THE PRESTIGE
致命魔术

［英］克里斯托夫·普瑞斯特　著

梁宇晗　译

Christopher Priest

河南文艺出版社
·郑州·

中文版权 © 2025 读客文化股份有限公司

经授权，读客文化股份有限公司拥有本书的中文（简体）版权

豫著许可备字-2023-A-0077

图书在版编目（CIP）数据

致命魔术 /（英）克里斯托夫·普瑞斯特著 ；梁宇
晗译 . — 郑州：河南文艺出版社，2025.5
（读客科幻文库）
ISBN 978-7-5559-1602-4

Ⅰ . ①致⋯ Ⅱ . ①克⋯ ②梁⋯ Ⅲ . ①幻想小说 – 英
国 – 现代 Ⅳ . ① I561.45

中国国家版本馆 CPP 数据核字 (2023) 第 166407 号

致命魔术

著　　者	[英] 克里斯托夫·普瑞斯特	
译　　者	梁宇晗	
责任编辑	孙晓璟	
责任校对	殷现堂	
特约编辑	窦维佳　武姗姗	
美术编辑	张　萌	
策　　划	读客文化	
版　　权	读客文化	
封面设计	陈艳丽　梁剑清	
出版发行	河南文艺出版社	
印　　刷	三河市龙大印装有限公司	
开　　本	889mm × 1270mm 1/32	
印　　张	13	
字　　数	292 千	
版　　次	2025 年 5 月第 1 版　2025 年 5 月第 1 次印刷	
定　　价	69.90 元	

如有印刷、装订质量问题，请致电 010-87681002（免费更换，邮寄到付）

版权所有，侵权必究

献给伊丽莎白和西蒙

目　录

第一部分

安德鲁·韦斯特利

1

故事开始于一列向北穿越英格兰大地的火车上，不过不久后我就发现，故事真正的开端其实是在一百多年以前。

彼时的我对此全然无知。我正在出差，对在某个教派发生的一起事件进行跟踪报道。我的腿上放着一个厚重的信封，是那天早上父亲寄给我的，尚未启封，因为在父亲给我打电话说起它的时候，我完全心神不定。当时卧室的门被砰的一声关上，我的女朋友正朝我走来。"好的，爸。"我在电话里这样说道，与此同时，塞尔达搬着我的一箱光碟，怒气冲冲地从我身边大步走过，"把它寄过来吧，我会看的。"

我读完了早上出版的《纪事报》，在售货小推车上买了一个三明治和一杯速溶咖啡，然后打开了爸爸的信。一本大尺寸的平装书从中滑落而出，信封里尚有一张短笺，以及一个用过并且对折起来的信封。

短笺上写道：

> 亲爱的安迪，这就是我与你谈起过的那本书。我认为是给我打过电话的那个女人寄来的。她问我是否知道你在哪里。随信附上我收到这本书时的那个信封。邮戳有一点模糊，不过你应该认得出来。你妈妈很想知道你什么时候能再回家来陪陪我们。下个周末怎么样？
>
> 爱你的爸爸。

过了好一会儿，我终于记起了我父亲在电话里所讲的一部分内容。他说这本书已经寄到他那里了，而寄书来的那个女人似乎是我的某个远亲，因为她一直在谈论我的家人。我还是该仔细听听他说了些什么的。

不管怎么说，这本书现在到了我手上。书名是"魔术秘法"，作者是一个叫阿尔弗雷德·伯登的人。无论怎么看，这就是一本描述如何使用卡牌、手法、丝巾等诸多手段表演魔术的指导书。初看之下，此书唯一引起我注意的是：尽管这本平装书是于近期出版的，但其内容本身似乎是翻版自另一个古老得多的版本。它的排版、插图、章节标题和矫揉造作的文风全都隐晦地指向这一结论。

我不明白为何会有人认为我应当对这样一本书有兴趣。对我来说，只有作者的姓氏令我颇感熟悉：我原本的姓氏正是伯登，不过我在很小的时候就被养父母收养并改为他们的姓。我现在的名字，我合法的全名，叫安德鲁·韦斯特利，而且尽管我从小就知道自己是领养来的，但我一直都将邓肯·韦斯特利和吉莉安·韦斯特利夫妇视为我的父母，我像他们的亲生儿子那样爱他们、尊重他们，到现在也依然是这样。我对我的亲生父母毫无感觉。我不想知道他们是谁，也不想知道他们为什么要把我送给别人收养，直到如今我已长大成人，也从未想过去追查他们。那一切都只存在于我遥远的过去，我始终觉得他们与我并无多大关联。

不过，与我个人背景有关的另一件事则令我着迷了。

我确信——或者更准确地说——几乎确信，我有一个同卵双胞胎兄弟，而且我们在被领养时分开了。我不知道为什么我们没有一起被领养，也不知道我的兄弟可能在什么地方，但我一直相信他与我是同时被领养的。我到了差不多十岁时才意识到他的存在。一次偶然的机会，我读到一本书，一个冒险故事，其中提及许多双胞胎之间会存在一种无法解释的、似乎属于心灵感应方面的联系。即便他们相隔千里，或者生活于不同国家，这些双胞胎仍能同时感受到痛苦、惊奇、快乐或沮丧的情绪，双胞胎中的一个会将这些感受传递给另一个，反之亦然。读到这段话，我感觉到许多事情突然间清晰起来。

自我有记忆开始，我就有一种感觉：有另外一个人在分享我的生命。在我小时候，除了实际的体验之外，我几乎没有想过这件事，还以为所有人都会有这种感觉。不过随着我逐渐长大，我意识到我的所有朋友都没有这种体会，这就成为一个谜题。故事书中的这一说法似乎解答了这个谜题，令我如释重负。在这世上的某个地方，我有一个双胞胎兄弟。

从某些方面来说，这种精神上的联系相当模糊，类似于一种被关注，甚至被监视的感觉，但在另一些方面却又显得更为具体。总体的感觉犹如一个恒定的背景，更为直接的"信息"只是偶尔出现。这些"信息"全都敏锐而精确，然而交流实际上总是非语言的。

举例来说，有那么一两次，我喝醉的时候，感觉到我兄弟的恐惧在我胸中滋长，在害怕我的健康会遭到损害。有一次，当我深夜离开一个派对，准备自己开车回家时，突如其来的担忧情绪强烈得让我一下子从醉意中清醒过来！当时我试着向和我在一起的朋友们描述此事，但他们以为我只是在开玩笑，并未在意。尽管如此，那一夜我还是出奇清醒地开车回了家。这是一种我虽然不能理解，却完全能够应用的心灵感应现象。据我所知，尽管这种现象相当常见并有很多相关记录，但没有任何人曾经给出过令人满意的解释。

然而，对我而言，这个谜题之中还套着另一个谜题。

我从未找到我的双胞胎兄弟，不仅如此，所有的记录都未曾显示我有一个兄弟，当然更不会有双胞胎兄弟。虽然我被领养时只有三岁，但我确实对自己此前的生活有一些断续的记忆，然而我的记忆中也完全没有一个兄弟的存在。我的养父母对此也一无所知，他们说在领养我的时候，从种种迹象来看，我应该是没有兄弟的。

作为一名被收养人，你具有一些法律上的相关权利。其中最为重要的一项是，你拥有针对你亲生父母的人身保护令，他们以任何方式接触你均属违法。另一项权利是，你在成年之后有权了解自己被收养前后的一些情况。例如，你可以查询你亲生父母的姓名，还有批准收养事宜的法院地址，从而可以检索其他相关的记录。

我在过完十八周岁生日之后不久，就着手跟进此事，急切地想要了解我双胞胎兄弟的现状。儿童收养机构将我介绍到了保存着相关文件的伊令郡法院，在那里我发现我的送养手续是由我的亲生父亲办理，他名叫克里夫·亚历山大·伯登。我的亲生母亲是戴安娜·鲁斯·伯登，娘家姓艾灵顿，不过她在我出生后不久就去世了。我原以为我是因为母亲去世而被送养的，但实际上，此后我又由父亲独自抚养了两年多。我的原名叫尼古拉斯·尤利乌斯·伯登。文件上没有记录伯登夫妇是否有其他小孩，自然也未表明他们是否也由他人收养。

此后我又前往伦敦的圣凯瑟琳府邸检索出生记录，结果只不过是证实了我就是伯登夫妇仅有的孩子。

尽管如此，我与我的双胞胎兄弟之间的心灵感应仍然保持不断，直到现在。

2

这本书由多佛出版公司在美国出版，作为平装书而言，堪称装帧精美、制作上佳。封面上，一位身着晚礼服的舞台魔术师正夸张地用双手指向一个大木箱，一位年轻的女士正从箱子里走出来。她笑容灿烂，穿着一身在当时看来或许算得上有伤风化的服装。

在作者一栏下方印着一行字："由考德戴尔阁下编辑并注释"。

而在封面的底部则有一行简介："蜚声海内外、受誓约保护的秘密之书"。

封底上的简介则更长、更具描述性，细节方面也更为丰富。

本书的初版于1905年由伦敦的专业出版商古德温和安德鲁森出版，当时是严格限量发行，只售给愿意立下誓约不透露其中内容的职业魔术师。现存的初版书极其稀少，一般读者几乎没有可能获得。新版本首次公开发行，完全未经删节，纳入了原版的所有插图，并由当代著名魔术爱好者、英国考德戴尔伯爵撰写注释及补充说明。

作者阿尔弗雷德·伯登是传奇的"新人体传送"魔术的首创者。他的艺名是"魔法教授"，是本世纪前十年舞台魔术师之中的佼佼者。早年受约翰·亨利·安德森勉励投身魔术行业，拜入内维尔·马斯基林门下，与霍迪尼、大卫·德万特、程连苏和布亚迪尔·德·科尔塔同为当时顶尖魔术师。他居住在英国伦敦，但也经常到美国和欧洲各国旅行表演。

尽管严格来说本书算不上是指导手册，但它蕴含着对魔术表演方法的广阔理解，体现了这位有史以来最伟大的魔术师之一的思想，足以激发出无论是外行还是专业人士的惊人的灵感。

看来我的一位祖先是个魔术师，这倒有点意思。不过我对魔术没什么特殊的兴趣。我认为有些魔术几乎可以说是索然无味，特别是扑克牌戏法，其他的技法也都差不多。有时候你会在电视上看到一些令人印象深刻的魔术表演，但我从来不好奇那些效果是如何实现的。我记得有人曾经说过，魔术的问题在于，魔术师越是保守他的秘密，被揭穿的方法就越是平平无奇。

阿尔弗雷德·伯登的书中有很长的一部分用于描述扑克牌戏法，另外一部分则是利用香烟和硬币表演魔术的法子。每一个魔术都附带有相应的插图和文字说明。最后一部分则是关于舞台幻术的，有许多插图用于介绍有隐藏隔间的柜子、有假底的箱子、隐藏在帷幕后的升降桌以及其他种种设备。我快速浏览了其中部分页面。

这本书的前半部分没有插图，而是长篇大论地介绍作者的人生经历以及对魔术的观点和态度。开头是这样写的：

以下的文字是在1901年写下的。

我的名字，我真正的名字，是阿尔弗雷德·伯登。我一生的故事就是我赖以生存的秘密的故事。它们是第一次，也是最后一次被写下来。这是现存唯一的副本。

1856年5月8日，我出生于海滨小镇黑斯廷斯。小时候的我身体健康，精力充沛。我父亲是当地的一位匠人，以制造车轮和木桶的手艺而闻名。我们的住房……

我略微想象了一下，作者是怎样开始下笔写自己的回忆录的。尽管没有确切的原因，但在我的想象中，他是一位高个子的黑发男人，面容严肃，留着胡须，微微驼背，戴着窄框的阅读用眼镜，在他手肘旁的一盏孤灯照明之下奋笔疾书。住宅里的其他人都保持着恭敬的沉默，以免打扰主人静心著书。事实无疑与此不同，但对自己祖先的刻板印象总是很难消除。

不知道这位阿尔弗雷德·伯登是我的什么人。假设他是我的直系祖先，或者说不考虑他可能是一位同姓堂亲的话，他应该是我的曾祖父或是高祖父。如果说他生于1856年，那么他写作此书时就是四十四岁或者四十五岁。这样看来，他不太可能是我父亲的父亲，那么就应该是再往上一代或是两代的人。

序言部分的写作风格与正文大致相同，几段大篇幅的插叙解释了此书得以出版的原因。这本书似乎是由伯登的私人笔记改编而来，并非为了计划出版而创作。考德戴尔为此书扩展了不少内容，改写了部分文字以增添可读性，大多数戏法的描述性说明也是由他添加上去的。扩展内容之中并没有伯登的传记类信息，不过如果通读完全书，想必能够知道一些。

我不清楚这本书对我寻找双胞胎兄弟能有什么帮助，他是我在原生家庭中唯一关注的人。

这时我的移动电话响了起来。我飞快地接起，因为火车上的其他旅客显然会对响个不停的电话感到很不愉快。来电人是索尼娅，她是我的责编伦恩·威克汉姆的秘书。我立刻就开始怀疑是伦恩让她打电话给我，好确认我是不是已经上了火车。

"安迪，用车的计划得改改，"她说，"埃里克·兰伯特把车子送去修理刹车了，所以它这会儿在修车店里。"

她把修车店的地址给了我。正是因为报社在谢菲尔德有这么一台总是坏掉的福特牌老爷车，才导致我不能开自己的汽车出差。既然报社有能用的车，伦恩就绝对不会报销汽车的费用。

"大叔还说了别的什么吗？"我问。

"比如？"

"这件事咱们还要继续报道吗？"

"是的。"

"有关机构有没有什么其他消息？"

"我们收到了加利福尼亚州立监狱的传真。他们确认富兰克林还在他们那里坐牢。"

"好吧。"

我们挂断了电话。我顺便又拨通了我爸妈的号码，是我爸爸接的。我告诉他我现在正在开往谢菲尔德的火车上，接下来要从那儿驾车去峰区，如果他们不介意的话（他们当然不介意），我晚上可以到他们家过夜。我爸爸好像很高兴。他和吉莉安一直住在柴郡的威姆斯洛，我如今在伦敦工作，所以不常去看望他们。

我告诉他我收到那本书了。

"你觉得她为什么要把那本书寄给你？"他问。

"我想不出原因。"

"你打算看一下吗？"

"这书的内容我不太感兴趣。刚才稍微翻了翻，过段时间我可能会再看看。"

"安迪，我看到作者是一个姓伯登的人。"

"是的。她说过关于这个伯登的事吗？"

"没有。我觉得没有。"

挂断电话后，我把书放进行李箱里，盯着车窗外向后退去的乡间景致。天空灰蒙蒙的，雨点不断地落在玻璃上。我需要把精力集中到这次上级要求我进行调查的事件上来。我在《纪事报》担任一般专题记者，名头不小，实际只能算是个写手。真实的情况是，我爸爸曾经在《纪事报》的姊妹报《曼彻斯特晚邮报》工作，他为我能得到这份工作感到自豪，不过我倒是一直怀疑这是他动用了一些关系的结果。作为一名撰稿人，我的相关技能并不娴熟。我一直都在接受培训，但表现也不算出色。有一件事始终让我极为担忧，那就是或许有一天我将不得不向他解释，为什么我要辞去一份在他心目中是英国最好之一的报纸的体面工作。

与此同时，我不情不愿地继续打起精神。我之所以现在要前去报道这样一桩事件，是因为几个月前我写过一篇关于一群 UFO（不明飞行物）狂热爱好者的文章。从那之后，我的上级编辑伦恩·威克汉姆就指派我开展关于女巫集会、空中飘浮、人体自燃、麦田怪圈以及其他各种非主流事件的调查。如同我业已发现的那样，一旦你深入调查这类事件，就会发现大多数时候它们并没有什么值得一提的，而且我创作出来的文章也极少被报纸采用。尽管如此，威克汉姆仍旧继续指派我去报道它们。

不过这一次还有点儿不太一样。威克汉姆兴致颇高地告诉我，那个教派的某位信徒打电话来询问《纪事报》是否打算报道这次的事件，并且如果报社有此打算的话，能否派我过去。据说来电人读过我以前的一些文章，认为我表现出了既诚实又恰如其分的怀疑观点，因此我理应可以写出一篇表达真相的文章。尽管如此，或许可以说正因如此，这很可能最终不过又是一颗哑弹。

多年前，一个名叫"耶稣基督狂喜教会"的教派从加利福尼亚来到德比郡一座村庄中的乡间大宅，在那里建立了一个社区。其中的一位女性信徒在几天前自然死亡。她的家庭医师和她女儿均在现场。在她弥留之际，躺在床上一动不动的时候，一个男人进入了房间。他站在床边，做出一些抚慰的动作。这位妇女不久后就死了，而那个男人则并未与房间中的另外两个人说话，立即离开。此后再无人见过他。这位妇女的女儿以及另外两个在男人在场时进入房间的信徒均指认，那个男人就是该教派的创立者——帕特里克·富兰克林神父，这一教派能围绕着他蓬勃发展，正是因为他声称自己有分身之术。

这桩事件之所以具有新闻价值，原因有两个。首先，除了该教派的信徒，这是第一次有人目击到富兰克林的分身，其中的一位是去世妇女的家庭医师，也是在当地颇有声誉的职业女性。其次，富兰克林当天的行踪确定无疑：大家都知道他被关押在加利福尼亚州立监狱，而索尼娅刚才的电话已经证实，他至今仍在狱中。

3

教派的社区建立在峰区考德洛村附近，该村以前是板岩开采行业的中心，如今基本只靠一日游的游客过活。村子的中心地带有一家全国托管协会开办的商店、一个矮种马野游俱乐部、几家礼品店和一家旅馆。当我驾车从村中穿过时，冷雨正在山谷里飘扬，雨幕遮蔽了两侧的岩石山峰。

我在村中的咖啡馆停下来点了一杯茶，本来打算找个当地人打听一下狂喜教会的事，然而咖啡馆里除了我和服务员之外，一个人也没有。仅有的一位服务员说她住在切斯特菲尔德，每天开车来这里上班。

正当我坐在咖啡馆里，琢磨着是否应该干脆在这儿把午饭也给解决了，我的兄弟突然出乎意料地联系了我。那种感觉极其强烈，极其紧迫。在那一瞬间，我甚至下意识地以为房间里有人在叫我，因而吃惊地转过头去。我连忙闭上眼睛，低下头，试图获取更多的消息。

没有语言，没有那么明确的东西，我也无法回应。我不能把它写下来，甚至无法用我自己的语言来表达。但总体而言，那是一种期待、快活、兴奋、欣喜和鼓励交杂的情感。

我试着发送回复的信息：这是因为什么？为什么我会受到欢迎？你在鼓励我做什么？是关于教派社区的事吗？

我等候着，尽管我知道这种交流从来不是一问一答的形式，因此无论提出什么问题均不会收到回答，但我只是期待着我的兄弟会再一次发来信号。我本以为他与我联系是希望我能与他交流，因此试着延展我的精神去接近他，但从这个角度而言，我完全没有感受到他的存在。

我脸上的表情一定显露出了五味杂陈的内心情感，因为柜台后的服务员正好奇地盯着我。我迅速喝完杯里的茶，将茶杯和茶碟放回柜台上，礼貌地微笑了一下，然后急匆匆走出去上了车。当我坐在驾驶位关上车门的那一刻，我的兄弟再一次发来了信号。它与第一次的完全相同，似乎是在催促着我赶快去与他会合。我仍然没办法用语言去形容它。

4

一条陡峭的行车道从主路上斜伸出来，是通往狂喜教会的入口，但被一扇对开的熟铁大门拦住去路，还有一个门卫室。大门一侧还有一扇门，也是关着的，上面标着"私有地产"。我把车停在两扇门之间的空地上，下了车，走向门卫室。木质门廊里面的墙壁上安装着一个现代化的门铃，其下方是印刷体的告示：

耶稣基督狂喜教会欢迎你

访客请先预约

预约电话：393960

推销员或其他情况按两下门铃

耶稣爱你

我按了两下门铃，不过没听到铃声。

一些传单放在一个半封闭的支架里，下面是一个挂着锁的金属盒子，盒子上有一个用于投入硬币的开口，牢牢地固定在墙壁上。我拿了一张传单，往盒子里塞了一个五十便士的硬币，然后回到车子旁边，背靠在右边的翼板上开始读传单。第一页是该教派的简史，以及一张富兰克林神父的照片。后面三页都是一些语句摘录。

当我再次看向大门时，发现它正在某种遥控下悄无声息地开启，于是我立即上车，将车开到坡度略大的砾石车道上。这条路弯弯曲曲地上了山，道路的一边是一片略微高于路面的草坪。每隔一段距离，草坪上会种植观赏树或灌木作为装饰，它们的枝叶在雨雾的遮蔽下低垂着。而在略低于路面的另一侧，则是茂密的深色叶片杜鹃花灌木丛。我在后视镜里看到，随着我逐渐远离，大门又关上了。很快，我见到了主楼：一座巨大而又缺乏吸引力的建筑，有四五层，黑色石板屋顶，暗褐色砖石砌成了看起来很坚固的墙壁。窗户又高又狭窄，空荡荡地映出满是雨水的天空。这个地方给我一种寒冷又阴郁的感觉，然而当我驱车开往那块被改造成停车场的空地时，我再一次感觉到我的兄弟在呼唤我、催促我。

我看到一个"访客由此进入"的牌子，于是根据指示，沿着靠近建筑正面墙壁的一条小路走去，不断避开从密集的常青藤上滴下的水滴。我推开一扇门，走进一条狭窄的走廊，其中散发着古旧的木头和灰尘的气味，让我想起我曾就读的学校的下层走廊。这座建筑与学校一样充斥着一种制度感，但与我的学校不同的是，这里一片死寂。

我看到一扇门上写着"接待处"，于是敲了敲门。没有得到回应，我把头伸进门里看了看，房间里没人。里面只有两张看起来很旧的金属办公桌，其中一张桌子上摆着一台电脑。

这时我听见一阵脚步声，于是回到走廊里，一小会儿之后，一个瘦削的中年女人出现在楼梯拐角处。她手里拿着几个信封，里面似乎装着档案文件。她的脚步落在没有铺地毯的木头地板上，发出响亮的声音，看到我的时候，她对我露出询问的眼神。

"我找霍洛维夫人，"我说，"您就是吗？"

"是的，我就是。您找我有什么事？"

我曾有些期望她会有美国口音，但她并没有。

"我叫安德鲁·韦斯特利，来自《纪事报》。"我出示了我的记者证，但她几乎一眼都没看，"我想，或许您可以回答一些关于富兰克林神父的问题。"

"富兰克林神父现在人在加利福尼亚。"

"我也是这么听说的，但上周发生了一件事——"

"您指的是哪一件事？"霍洛维夫人说。

"据我所知，有人在这里见到了富兰克林神父。在这座房子里。"

她缓缓地摇了摇头。她站在办公室门外，背对着门。"我想您一定是搞错了，韦斯特利先生。"

"富兰克林神父在这儿的时候您见到他了吗？"我说。

"我没有。他也根本不在这儿。"她开始拒绝回答问题了，这是我最不想见到的情况，"你联系过我们的媒体办公室吗？"

"他们在这里吗？"

"我们在伦敦设有一个媒体办公室，所有的媒体采访都要由他们来安排。"

"有人告诉我来这边。"

"是我们的媒体办公室让你来的吗？"

"不是……据我所知，在富兰克林神父出现在这儿之后，有人联系了《纪事报》。您的意思是没有这么一回事吗？"

"你是说联系你的报社？我们这儿没人联系过你的报社。如果你问的是富兰克林神父出现过没有，答案同样是否定的。"

我们大眼瞪小眼地互相看着。我既对她的无礼感到气恼，也为自己的无能感到泄气。但凡是遇到这种事情进展不顺利的情况，我都深感自己无论是经验还是主动性都非常欠缺。报社的其他记者似乎总是知道该怎么对付像霍洛维夫人这样的人。

"我能见这里的负责人吗？"我说。

"我就是管理机构的负责人。其他人都正忙于教学。"

我几乎已经准备放弃了，但我还是说道："难道您对我的名字一点印象都没有吗？"

"我应该有吗？"

"有人指名要我来的。"

"就算有，也应该是我们的媒体办公室，而不是我们这里。"

"等一下。"我说。

我走回汽车，从车中拿出了前一天威克汉姆给我的那张纸。我在车门处站了一会儿，在小雨中注视着泥泞的地面。当我返回时，霍洛维夫人仍然在楼梯转角处站着，但她已经把手里的文件放到了别的什么地方。

我将那张纸给了霍洛维夫人，顺势站到她的旁边。那是一份传真，上面写着：

致《纪事报》专题编辑 L. 威克汉姆先生。您要求的必要书面详细信息如下：德比郡，考德洛，耶稣基督狂喜教会。位于考德洛村以北半英里，A623号公路上。在正门停车，或者在院子里停车。管理者霍洛维夫人将向您的记者安德鲁·韦斯特利先生提供信息。K.安吉尔。

"这与我们无关，"霍洛维夫人读完之后说道，"很抱歉。"

"这个K.安吉尔是什么人？"我说，"男的还是女的？"

"安吉尔女士是这座建筑东翼侧楼私有住宅的住户，她与教派没有任何关系。谢谢。"

她这会儿已经把手放在我的胳膊肘上，客气地把我推到门口。她表示，沿着砾石小径继续走，我将找到一扇门，那就是私有住宅的入口。

我说："如果有什么误会的话，我很抱歉。我不知道为什么会这样。"

"如果您想了解更多关于教派的信息，请联系我们的媒体办公室，我将不胜感激。那就是他们的职责，请您知晓。"

"好的，好的。"现在雨下得更大了，而且我没有带雨衣。我说："也许我可以再问一个问题，现在是不是没有人在这里？"

"当然不是，我们的人员很齐全。本周有超过二百人在这里受训。"

"我感觉这里好像空荡荡的。"

"我们是一个在静默中狂喜的群体，我是唯一获得允许在白天说话的人。祝您日安。"她退回到建筑的内部。

5

我决定回报社去，因为很显然，我来报道的事件已经不存在了。我站在滴着水的常青藤下，注视着飘过山谷上空的漫天细雨，拨通了伦恩·威克汉姆的号码，内心充斥着不良的预感。他过了好一会儿才接起电话，我将这里发生的一切告诉了他。

"你见过线人了吗？"他说，"一个叫安吉尔的人。"

"我现在就在她家外面，"我说，并且表明了自己的想法，"我认为根本没有什么神秘事件。我开始觉得这可能就是邻居之间的争执，你知道，互相抱怨什么的。"但肯定不是因为噪声，我说出来的时候立刻就想到了这个。

漫长的沉默。

然后，伦恩·威克汉姆说："去见见那个邻居，如果有什么情况的话，再打电话给我。如果没有，今晚就回伦敦。"

"今天是周五，"我说，"我本想今晚去看看我父母呢。"

威克汉姆一言不发地挂断了电话。

6

一位中老年妇女在侧楼的门前接待了我，我称呼她为"安吉尔夫人"，但她只是记下我的名字，专注地将我的记者证看了一遍，然后把我引入一间侧屋请我稍作等待。这个房间非常大，装饰简单却华贵，陈设着印度地毯、古董椅子和抛光的桌子，相形之下，我身上的西服已经因旅途而变得皱巴巴，又被雨水打湿，堪称衣衫褴褛了。大约五分钟之后，那位妇女回来了。

"凯瑟琳女爵现在可以见你了。"她说。

她领着我上了楼，进入一间宽敞舒适的起居室，窗外是谷地，远处的岩石峭壁此时只隐约可见。

一个看起来相当年轻的女人站在敞开的壁炉旁边，壁炉中的木柴不时闪出火光并散发出烟雾。当我走近时，她伸出双手对我表示欢迎。一开始我听说要会见一位拥有女爵头衔的贵族人士，不由得为这出乎意料的消息而吃了一惊，但她的亲切态度让我感到安心。她很高，黑色头发，宽阔的脸上长着一个结实的下巴。她的发型打理得不错，很好地遮掩了面容上尖锐的线条。她的眼睛睁得很大，神情似乎有些紧张，又有些热切，好像在担忧我会说些什么或者想些什么。

她和我打招呼很正式，但另一位妇女一离开房间，她的态度就变了。她介绍自己是凯特·安吉尔，而不是凯瑟琳·安吉尔，并叫我不用称呼她为"女爵"，因为她自己也很少使用那个头衔。她向我确认我是否就是安德鲁·韦斯特利。我说是的。

"我猜你刚刚去过主楼了。"

"狂喜教会？我几乎连门都没进去。"

"我想这是我的错。我告诉过他们你会来，但是霍洛维夫人好像不是很开心。"

"是您给报社发了消息？"

"我想见你。"

"我猜到了。但我猜不出为什么您会知道有我这么个人？"

"我正打算告诉你，但我还没有吃午餐。你呢？"

我跟着她下到一楼，遇到了那位刚才为我开门的妇女（凯瑟琳女爵称呼她为"马金夫人"），她正在准备简单的午餐，有冷盘肉、奶酪以及沙拉。我们在餐厅坐下之后，我询问凯特·安吉尔，为什么她要让我一路从伦敦跑到这儿来，进行一场目前看来是白费力气的追逐。

"我并不那么认为。"她说。

"我今晚就得写出一篇报道。"

"嗯，那可能有些困难。你吃肉吗，韦斯特利先生？"

她将冷盘递给我。用餐期间，我们进行着礼貌的谈话，她询问了我工作的报社、我的职业、我的住宅等情况。我仍然因她的贵族头衔而感到有些放不开，但随着谈话的进行，这种感觉越来越淡了。她的神情犹豫不定，甚至可以说是有些紧张，当我说话时，她经常转开眼神，好像不敢一直盯着我。我注意到当她伸手去拿桌子上的东西时，她的手在颤抖。过了好一会儿，我终于觉得是时候询问她本人的情况了，于是她告诉我，这座房子从三百多年前就属于她的家族。山谷中的大部分土地都属于她家族的庄园，其中的几个农场是她家族的佃户。她的父亲是此处的伯爵，但他在国外生活。她母亲已经去世，而仅有的一位近亲——她的姐姐已经出嫁，在布里斯托尔与丈夫和孩子一起生活。

这座房子一直都是他们家族和几位仆人的住宅，直到第二次世界大战爆发。此后，国防部征用了大部分的建筑，将其作为皇家空军运输大队的地区司令部。于是她的家人就搬到了东侧楼，无论如何，这里始终是他们整个住宅中最受青睐的一块地方。战争结束后，皇家空军离开了，并将建筑留给了德比郡议会作为办公室，现在的房客（她的提法）是在1980年住进来的。她说，她的父母一开始对于一个宗教教派的进驻感到担忧，但那时家族需要这笔钱，而事实证明一切都进展得很不错。教派一直在安静地教学，信徒都很有礼貌，一点儿也不讨厌，这段时间她和村民们都不担心他们在干什么。教派的成员在不停地轮换，时不时会乘着大巴来到或离开这里。

到了这个时候，我们都已经吃得差不多了，马金夫人为我们端来了咖啡。于是我说道："所以我认为那个把我带到这里来的事件——一个会分身的牧师，完全是假的了？"

"是，也不是。教派毫不掩饰地声称他们的教义都基于其领袖的言论。据说富兰克林神父身上有圣痕，而且还能分身，但从未有教派以外的人亲眼见过，或者至少他不会在目击者不受控的情况下施展分身之术。"

"但他真的会分身？"

"我真的不清楚。这次本地的医师也卷入进来，不知道为什么，她向某家小报发表了一些言论，后者据此炮制了一篇报道。我前两天到村里去了一趟才知道这事。我想不出这怎么会是真的——他们的领袖在美国的监狱里，不是吗？"

"但假如它确实是真的，那事情就有趣了。"

"那只会让整件事更像是骗局。比如说，埃利斯医生怎么会知道那个人长什么样子？其实最终也只是某个信徒的言论罢了。"

"可是您的做法好像确有其事似的。"

"我告诉过你了，我想见你。而且——会分身术的男人——听起来太理想了，不像是真的。"

她笑了起来，当人们希望自己说的事情会让别人感到有趣时，就会那样笑，但是我根本不明白她在说些什么。

"您不能直接打电话给报社吗？"我说，"或者给我写一封信？"

"是的，我当然可以……不过，虽然我觉得你就是那个人，但我不确定你是否真的是。我想先见见你。"

"我不明白为什么您会觉得一个会分身术的宗教狂热者与我有什么关系。"

"那不过是个巧合。你知道，关于幻术的争议什么的。"

她再一次充满期待地看着我。

"您认为我是什么人？"

"你是克里夫·伯登的儿子。对不对，阿尔弗雷德·伯登的曾孙？"

她试着迎上我的眼神，却再次下意识地移开了。她那种紧张和回避的态度使我们之间的气氛变得不那么融洽了，但我不知道她为什么会如此表现。

午餐剩余的菜肴摆在我们之间的餐桌上。

"我的亲生父亲确实名叫克里夫·伯登，"我说，"但我在三岁时就被其他人收养了。"

"那就对了。你确实是那个人。我们以前见过一次面，许多许多年以前，我们两个都还小的时候，那时候你的名字叫尼基。"

"我不记得了，"我说，"我那时肯定还不到三岁。我们是在哪里见的面？"

"就在这里，在这座房子里。你是跟你父亲一起来的。你真的不记得了？"

"一点也不记得了。"

"你还有被收养之前的记忆吗？"她追问道。

"只有一些断断续续的碎片，但没有关于这个地方的。如果是一个小孩见到这么一幢房子，肯定会留下深刻印象，难道不是吗？"

"好吧，你不是第一个这么说的人。我的姐姐……她名叫罗莎莉，她讨厌这座房子，迫不及待地想要搬走。"她将手伸到背后，那里的小吧台上有一个铃铛，她摇了两下，"我通常会在午餐后喝一点酒，你愿意和我一起喝一杯吗？"

"好的，谢谢。"

马金夫人很快出现在餐厅里，凯瑟琳女爵站了起来。

"今天下午，韦斯特利先生和我将会在会客室里，马金夫人。"

当我们一同走上宽阔的楼梯时，我感到一股想要逃离她、逃离这座房子的冲动。她比我更了解我自己，然而她了解的却是我生命中不想了解的那一部分。很显然，今天我不得不再次成为一个伯登家族的人，无论我自己究竟是否想要这样。首先是那本阿尔弗雷德·伯登写的书，接下来又是这些。这一切都是互相联系的，但我觉得这些都是她的谋划，而不是我的。我为什么要关心那个阿尔弗雷德·伯登和什么伯登家族呢？毕竟他们已经抛弃了我。

她将我引入我们一开始见面的那个房间，我进门之后，她果断地将门关上，简直就像她已经意识到我想要逃离，并且正在想方设法地让我能够多留一会儿。在一张矮茶几上放着一个银托盘，其上有一些酒瓶、几个玻璃酒杯和一个冰桶，茶几周围摆放着几把安乐椅和一张长沙发。其中一个杯子里已经装满了一大杯酒，很可能是马金夫人预先准备的。凯特示意我坐下，然后说："你想喝点什么？"

其实我更想喝一杯啤酒，但是托盘上只有烈性酒。我说："和您一样就好。"

"这是美国黑麦威士忌加苏打水，你也喜欢吗？"

我说是的，并且看着她开始调制酒水。随后她坐在长沙发上，把腿盘到身下，一口喝掉了大约半杯的威士忌。

"你能在这里待多久？"她问。

"喝完这一杯大概就得走了。"

"我有很多问题想问你。"

"为什么？"

"因为我们小时候发生的事。"

"我想我不会为您提供太大帮助。"我说。她显然喜欢喝酒，并且已经习惯了酒精的效用。这让我觉得自己处于熟悉的领域，通常每个周末，我都会和我的朋友们一起喝酒。尽管如此，她的眼神仍然让我感到不安，因为她总是看看我，然后转开眼神，然后又转回来，这让我觉得似乎有人在我身后，在房间里我看不到的地方走来走去。

"只需要一个简单的问题，用'是'或者'否'来回答，应该就能节约大量的时间。"她说。

"那好吧。"

"你是否有一个同卵双胞胎兄弟？或者说，你的双胞胎兄弟在你很小的时候就死去了？"

我不禁大吃一惊，酒都洒了出来。我连忙放下杯子，用手擦拭着洒在裤子上的酒水。

"您为什么会这么问？"我说。

"有，还是没有？"

"我不知道。我认为我有一个双胞胎兄弟，但一直都没能找到他。我是说……我不确定。"

"我想你的答案不出我的意料，"她说，"但并不是我期望得到的答案。"

7

我说:"如果这与伯登家族有关的话,我不妨告诉您,我对他们一无所知。"

"是的,但你就是伯登家族的人。"

"我曾经是,但那对我来说没什么意义。"我突然意识到了面前这位年轻女子的显赫家世:同一个姓氏,同一座房子,一切都一样,世代传承了三百余年而未曾断绝。而我的家族根源在我三岁时就断了。"我想您不明白被收养意味着什么。我那时候只有三岁,还在蹒跚学步,而我父亲就这样把我从他的生活中抛离。如果我的余生都在为此而悲伤,我就没有时间做其他任何事情了。很久之前我就封存了这段历史,因为我必须这样做。我现在拥有一个新的家庭。"

"但是,你的兄弟仍旧是伯登家族的人。"

每当她提到我的兄弟时,我都心怀愧疚、担忧和好奇。就好像她在利用他来突破我的心防。在我的一生之中,我兄弟的存在一直是只有我一个人知道的秘密,是我最为隐私的一部分。然而,此处的这个陌生人不断地提起他,就好像她认识他似的。

"您为什么会对这个感兴趣?"

"当你第一次听到我的姓氏时,你对它有没有特别的感觉?"

"没有。"

"你有没有听说过鲁珀特·安吉尔?"

"没有。"

"又或者是伟大的幻术师丹东？"

"没有。对我从前的家族，我只有一个想法，那就是有朝一日我或许可以找到我的双胞胎兄弟。"

在我们谈话的同时，她一直在快速啜饮杯中的威士忌，现在她的杯子已经空了。她倾身向前调了另一杯酒，并且试图再往我的杯子里倒酒。

因为预计很快将要开车返回，我很快地挪开了自己的杯子，所以她并没能把我的酒杯倒满。

她说："我相信你兄弟的命运与大约一百年前发生的某些事件有关联。我的一位祖先，鲁珀特·安吉尔。你说你从未听说过他，你也确实没有理由听说过他，但他是19世纪末的一位舞台魔术师，他的艺名叫'伟大的丹东'。他曾遭到一个名叫阿尔弗雷德·伯登的人的一系列恶毒攻击，而阿尔弗雷德·伯登是你的曾祖父，同样是一位魔术师。你是说你对此一无所知？"

"除了那本书我什么都不知道。我猜书是您寄来的。"

"他们之间的宿怨持续了许多年，双方一直都在互相攻击，主要的手段是破坏对方的表演。事情的始末都写在伯登的书里，或者至少是他这一边的看法。你读过了吗？"

"我今天早上才收到。我实在没有机会去——"

"我以为你会很想知道究竟发生了什么事。"

我再一次想道：为什么又是伯登家族？他们身处遥远的过去，我不了解他们，而且他们抛弃了我。她谈论的是她感兴趣的事，但我对这些丝毫不想了解。我觉得自己应该对她礼貌一点儿，仔细聆听她说的话，但她不可能知道我心底的那层防线，那是一个孩子得知自己被家人抛弃时在潜意识里构建起的防御机制。为了适应我的新家庭，我不得不抛弃我所知道的关于原来家庭的一切。我需要对她这样解释多少次，她才会相信我？

她说要给我看一样东西，于是放下酒杯，穿过房间走到我身后靠着墙壁的一张书桌前面。她弯下腰，在一个较低的抽屉里翻找着，衣领从脖子处垂下，我偷偷瞥了一眼：一条白色的细带子，一个花边的文胸的上半部分，勾勒出乳房的形状。她要把手伸到抽屉的深处，因此必须转过身背对着我才能尽可能伸长手臂，因此我看到了她背部的苗条曲线，以及轻薄衣料之下的肩带，她的头发垂在脸颊两边。她在试图让我参与到一些我一无所知的事情之中，而我却在粗鲁地打量她，漫不经心地思索着，要是与她发生性关系会是什么样子。与一位尊贵的女爵发生性关系——这正是办公室里的记者们会开的那种不怎么好笑的玩笑。不管是好是坏，那就是我自己的生活，尽管存在一些实际的困难，但还是比这些过去的魔术师的纠葛有趣得多。她问我在伦敦的住址在哪里，但没有问我和谁一起住，所以我没告诉她关于塞尔达的事。那个精致的、让人发狂的塞尔达，留着短发，戴着鼻环，穿着镶钉靴子，还有梦幻的身材。三天前的那个晚上，十一点半的时候，她说想要一段开放式的关系，拿着我的一堆书和大多数录音带走了。从那之后我就没再见过她，我已经开始担心了，虽然以前她也做过类似的事。我想要问问这位尊贵的女爵怎么看待塞尔达的行为，倒不是因为我对她会怎么回答感兴趣，只是因为塞尔达对我来说是真实的。你觉得我怎样才能挽回塞尔达？或者，我如何在不让父亲失望的情况下轻松地离开报社，另找其他工作？或者，我现在住的公寓属于塞尔达的父母，如果塞尔达不想继续和我在一起了，我应该住到什么地方去？如果没了工作，我该怎么谋生？还有，如果我的兄弟真的存在，那他现在在哪里？我又该怎样找到他？

对我来说，以上的这些问题才是我生活中的重点，比起那些我从未听说过的曾祖父之间的宿怨，它们显然重要得多。不过，其中一位还写了本书，也许能够得知此事还是有点意思的。

"我好久没把这些拿出来了。"因为正在抽屉的深处努力翻找，凯特的声音听起来有点模糊。她这会儿已经将抽屉里的一些相册拿了出来，把它们堆在地上，这才摸到抽屉最深处的地方。"找到了。"

她拿出了一叠不太整齐的文件，看起来很旧，墨迹都已经褪了色，大小不一。她把它们摊开放在长沙发上，自己坐了下来，拿起玻璃酒杯，然后开始翻阅。

"我的曾祖父就是人们所说的那种过分整洁的人，"她说，"他不仅会保留所有物品，还会给它们贴上标签，某些柜子专门用于放置特定的东西。小时候，我父母总说'爷爷的老物件'，我们从来没碰过那些，甚至不被允许看那些东西。但是罗莎莉和我总是忍不住想要看看它们。等到她结了婚离开之后，我就自己一个人住在这儿，我终于有时间把它们全都理了一遍，做好了分类。后来我想办法卖掉了一部分魔术装置和演出服，价格不错。我在他曾经的书房里找到了这些海报。"

她说话的同时一直在翻阅那些海报，现在她递给我一张脆弱的黄色纸片。它曾被反复折叠又打开过许多次，折痕已经变得毛茸茸的，似乎随时都有可能裂开。这是斯托克纽因顿艾弗林路皇后剧院的一张传单。它宣布从4月14日起至4月21日，每天下午和晚上都有演出，场次有限（请参阅报纸广告了解详细日程安排）。标题下方就是演职员名单，其中排在首位的爱尔兰男高音歌手丹尼斯·奥卡纳甘（用爱尔兰的欢乐填满你的心），用的是红色的字。其他演出者包括麦基姐妹（三个可爱的女歌手）、萨米·雷纳尔多（挠你的肋骨，殿下？），还有罗伯特和罗伯塔·弗兰克斯（同样卓越的两位朗诵者）。凯特倾身过来，用食指指向海报的中间部分，那里写着：伟大的丹东（世界上最伟大的幻术师）。

"其实那时他还没真正成名，"她说，"他一生中大部分时候都生活拮据，在死前几年才声名鹊起。这张传单是1881年的，那时候他刚开始步入正轨。"

"这些是什么意思？"我指着写在海报边缘的一排整齐数字问道。更多的数字则写在海报的背面。

"我将这些称为'伟大的丹东'的偏执型文件归档系统。"她说。她从长沙发上起身，不拘礼节地单膝跪在我椅子旁边的地毯上。她靠向我，以便更好地看清我手上的传单。"我还没有完全解读出这些数字的含义，但最开头的数字指的是这次演出。他在某处有一个账本，账本上记载着他的每一次演出。下面的这个数字表示他在这里总共出场多少次，其中又有多少次是日场、多少次是晚场。接下来的数字表示他实际上表演了哪些魔术。他在书房里还有十几个笔记本，记录着他能够表演的所有魔术。其中几本笔记本现在就在这里，你甚至可以查阅到他在斯托克纽因顿的那一周具体表演了哪些魔术。但实际的情况还要更为复杂，因为大多数魔术都有一些只存在稍许不同的变种，而他也将所有这些都做成了交叉引用。瞧，这里的这个数字，10g。我猜这是他得到的报酬：十个几尼[1]。"

"这个报酬高吗？"

"如果是一个晚上的表演，那是挺高的。但这很可能是一个星期的报酬，所以其实也就算一般。我想这个剧场并不太大。"

我拿起了其他的传单，果然如她所说，每一张上都有类似的数字代码。

"他所有的魔术装置也都贴上了标签，"她说，"有时候我真不懂，他怎么会有时间在这个世界上赚钱谋生！但当我清理地窖时，我发现每一件装置都有一个识别号码，并在一个巨大的索引中占有一席之地，所有这些都能与其他的笔记本交叉比对。"

"也许他有其他的工作人员帮他做这事。"

"不是的，每一张卡片上都是他的笔迹。"

"他是什么时候去世的？"我问。

"实际上，关于他的死有些奇怪的疑云。报纸上说他死于1903年，《泰晤士报》上有一份他的讣告，但村子里有人说他至少在1904年还居住在这里。让我感到奇怪的是，我在他的剪报本上看到了他的讣告，它被剪下来贴在了本子上，和其他所有东西一样贴上了标签和编号。"

"你能解释为什么会这样吗？"

"不能。阿尔弗雷德·伯登在他的书中谈到了这一点。我就是在那本书里知道这事的，后来我一直在想办法，希望了解他们之间究竟发生过什么。"

1　英制货币单位，1 几尼=1.05 英镑=21 先令。——编者注（本书脚注若无特别说明，均为编者所注）

"你只有这么多他的东西吗？还有别的吗？"

当她伸手去拿剪报本时，我又给自己倒了大半杯的美国威士忌。我以前从来没喝过这种酒，不过现在发现我还挺喜欢的。我也很喜欢凯特坐在我腿边的地毯上，转过头来看着我，对我说话，并且将身子靠向我。这一切都让我感到有点迷糊，似乎不能完全理解——我选择待在这里，谈论魔术师们的过往和童年的相遇，尽管是被派来工作的，我却完全没在工作，也没有像我计划的那样去看望我的父母。

我心底被我兄弟占据的那一部分，现在充满着一种满足感，这与我以前从他那里得到的任何信息都不相同。他在催促我留下来。

窗外，寒冷的午后，天空逐渐变暗，宾南山脉的雨继续下着。一股冰冷的气流不断从窗户的缝里钻进来。凯特又往壁炉里添了一根木柴。

第二部分

阿尔弗雷德·伯登

1

以下的文字是在1901年写下的。

我的名字，我真正的名字，是阿尔弗雷德·伯登。我一生的故事就是我赖以生存的秘密的故事。它们是第一次，也是最后一次被写下来。这是现存唯一的副本。

1856年5月8日，我出生于海滨小镇黑斯廷斯。小时候的我身体健康，精力充沛。我父亲是当地的一位匠人，以制造车轮和木桶的手艺而闻名。我们的住房位于庄园路105号，它坐落于山坡上一处长条形的弯曲台地，黑斯廷斯就是由几座这样的小山坡组成的一个城镇。房子后面是一个陡峭而又僻静的山谷，在夏季的几个月里，牛羊会在这里吃草，但在房子的前方，层层叠叠的房屋依山而建，翻过山便是大海。这些房屋里的住户，还有周边的农场主和商人都需要我父亲的手艺。

我们的房子比路上的其他房子更大、更高，因为它建在通往工坊院子和院子后面的棚屋的大门上面。我的房间位于大门正上方，面朝大街。因为只有少量的木板条和一层薄泥灰隔开室内外，这个房间每一天都非常嘈杂，而且冬天冷得要命。就是在这个房间里，我慢慢长大，成为现在的这个我。

现在的我是 Le Professeur de Magie，"魔法教授"，幻术的大师。

2

现在，是时候暂停一下了，尽管略显早了些，但本文并不像通常的自传那样介绍的是传主本人，而正如我之前所说，它介绍的是我生命中的秘密。保密是我所从事的行当的本质。

首先让我来思考并且描述写作本文的方法。描述我自己的秘密很可能相当于背叛了我自己，但作为一位魔术师，我当然可以确保你们只看到我想让你们看到的东西。其中隐含着一个谜题。

因此，我应当从最开始就试着去阐明这两个有着密切关系的主题——保密，以及对保密的理解。否则就不公平了。

以下是一个例子。

在我表演的过程中，几乎总有这样一个时刻，魔术师似乎停止了表演。他会走到脚灯前，在强光照射下直接面对观众。他会说，或者如果他表演的是默剧的话，他会表现得像是在说："看着我的手。我的手里没有藏任何东西。"然后他会抬起他的双手，让观众把他的手掌看个清清楚楚，并且张开手指，以证明手指之间没有隐藏任何物品。他会这样举着手，然后把手掌反复旋转，让手背也显露在观众面前，从而让他们彻底确定他的手确实是空的。为了消除任何剩余的疑虑，魔术师可能会轻轻扭动夹克衫的袖口，将袖口往后拉一两英寸[1]，露出手腕，表明袖口里面也没有藏什么。然后他开始表演他的戏法，在这时，刚刚无可争辩地证明了自己两手空空的魔术师，开始从手中不断地拿出各种东西：一把扇子、一只活的鸽子或兔子、一束纸花，有时甚至是一根燃烧着的灯芯。

1　英制长度单位，1 英寸＝2.54 厘米。

这是悖论，是不可能发生的事情！观众对这一神秘事件大感震惊，掌声雷动。

这一切怎么可能发生呢？

魔术师和观众达成了一种协议，我称之为巫术的默许契约。当然，实际上没有人会这样去表达，而且观众几乎不会意识到有这样一个契约存在，但事实就是如此。

毫无疑问，表演者并不是一位巫师，而是一个扮演着巫师角色的演员，他希望观众相信，或至少暂时相信，他与黑暗力量有接触。而与此同时，观众也知道自己看到的不是真正的巫术，但他们压制了自己的常识，默许了表演者的期望。表演者维持幻象的技能越高超，这种欺骗性的幻术效果也就越好。

尽管实际上魔术师不可能真的两手空空，但在从手里拿出东西之前，表明自己手里没有东西的这个行动却是必不可少的，它正是契约的组成部分。契约就意味着有一些特殊条款生效。例如，在平常的社交活动中，一个人有必要证明自己的手里没有东西吗？或者想象一下：魔术师突然从手中掏出一个花瓶，而省略了事先向观众示意自己手里没有东西的这个环节，那就不是魔术了。没有人会为此而鼓掌。

这就是我写作本文之方法的要点。

接下来我将把这个默许契约展示给读者，我写下的这些文字只在这个契约的特殊条件下才成立。读者从而会意识到接下来的文字并非真是巫术，而只是看起来像巫术。

首先，让我以一种描述的方式向你们展示我的双手——掌心向前，五指张开，并且我将会告诉你们（把这句话牢牢记下来）："这本笔记本上描述我生活和工作的每一个字都是真实的、详细的、准确的。"

现在，我将转动我的双手，好让你们看到我的手背，并且告诉你们："其中的许多信息都可以对照客观记录进行检查。我的职业生涯被记录在报纸的文章里，我的名字出现在传记的参考书目中。"

最后，我转动我的夹克衫袖口，向你们展示我的手腕，并且对你们说："毕竟，我写下这些记录不是为了给别人看，只是为了给自己看，或者给那些我最亲近的家人以及我可能没有机会见到的后代看。那为什么要留下虚假的记录呢？我能从中得到什么呢？"

确实，有什么好处呢？

但是，因为我已经展示了我的双手，你们现在不仅会期待幻象的出现，而且你们将会默许它。

借此，尽管我所写下的没有半句虚言，但我已经开始了欺骗，这就是我的生活。谎言包含在这些文字里，甚至在第一句话里。这是接下来一切的基础结构，但无论在何处，它都不会是显而易见的。

我用关于真相、客观记录和动机的说辞误导了你们。正如当我展示空空如也的双手时，我隐瞒了更为重要的信息，而你们现在正注视着的地方是错误的。

每一位舞台魔术师都很清楚，会有一些人对此感到困惑，有些人会声称自己不喜欢受到欺骗，有些人会声称自己知道那个秘密，而有些人——快活的大多数人——他们只会认为幻觉是理所当然的，他们为了娱乐而享受魔术表演。

但总有一两个人会把秘密带走，为它担惊受怕，并且从来未曾接近于解开它。

3

在我继续讲述我的生活之前，还有另外一件轶事可以说明我的叙事方法。

我年轻的时候，音乐厅里掀起一阵东方魔术的风潮。大多数情况下都是由欧洲或者美国的魔术师打扮成中国人的样子，但也确实有一两个是真的从中国来到欧洲表演的魔术师。其中一位魔术师，或许是他们之中最好的一位，是来自上海的朱连奎，艺名叫金陵福。

我只见过一次金先生的表演，那是好几年前的事了，在莱斯特广场的阿德尔菲剧院。演出结束后，我走到后台入口，递上我的名片，他毫不迟疑地发出亲切邀请，让我到他的更衣室去看看。他不打算谈论他的魔术，但我的眼睛被他最为著名的道具——巨大的玻璃鱼缸——吸引住了，它就放在他身边的台子上，每当它无中生有地出现时，总能让他的表演达到梦幻般的高潮。他请我检查这个鱼缸，一切都很正常，里面装满了水以及少说十几条观赏鱼，都是活的。我试着举起它，因为我知道它显现出来的秘密，并为它的重量感到惊奇。

金先生看到我在费力地试图将它举起，但他一言未发。显然，他并不确定我是否知道他的秘密，也不愿意说出任何可能泄露这个秘密的话，即使是面对一位同行。我不知道该如何透露我确实知道他的秘密，因此我也同样保持沉默。我和他一起待了十五分钟，这段时间他一直坐着，听着我对他的恭维并礼貌地点头。我到后台的时候，他已经换下了舞台服，穿着深色裤子和蓝色条纹衬衫，不过脸上化装用的油彩还未洗去。当我站起来准备告辞时，他也从化装镜旁边的椅子上起身，客气地将我送到门口。他走路的时候低着头，双臂有气无力地垂在身侧，拖着脚步，似乎他的腿给他带来了巨大的疼痛。

现在，因为时间过去了许多年，而金先生也已经去世，我可以揭露他保守得最为严密的秘密，也就是我那天晚上有幸得以窥见其保密程度的那个秘密。

他那个知名的金鱼缸，在整个表演的过程中一直都在舞台上，为它突然而神秘的登场做好了准备。它的存在被巧妙地隐瞒了。他把它放在他那飘逸的中式长袍下面，用他的双膝夹住它，随时准备着表演那轰动全场的、奇迹般的最后一刻。观众之中没有一个人能猜出这个魔术是如何完成的，尽管只需要一瞬间的逻辑思考就能解开这个谜题。

但逻辑本身却奇异地发生了自我矛盾！唯一可能藏住鱼缸的地方就是在他的长袍下面，但就逻辑而言，这又是不可能的。每个人都能清楚地看到，金陵福的身体非常虚弱，整个表演过程中都痛苦地拖着步子。当他最后鞠躬谢幕时，他甚至要靠着助手的搀扶才能蹒跚地从舞台上走下来。

事实与此完全不同。金先生是一个十分健康的人，力气很大，以这种方式将鱼缸携带到舞台上完全是他力所能及的。但即便如此，鱼缸的形状和体积也让他不得不拖着步子走路。这有可能会威胁到他的秘密，因为这样的步态很容易引起注意，因此，为了保守他的秘密，他一生都在拖着步子走路。无论是在家里还是街上，白天还是黑夜，他从来未曾用普通的步态行走，以防他的秘密被人猜测出来。

每一个扮演着巫师角色的人都有这样的天性。

观众都很清楚，一位魔术师会常年练习他的手法，并会耐心细致地排练每一次演出，但很少有人意识到魔术师的欺骗意图有多么强，这种对正常规则的蔑视演变成了一种困扰，支配着他人生中的每一刻。

金陵福每时每刻都在强迫自己维持骗局，而既然你们已经读过了我记录的关于他的轶事，你们很可能会正确地假设——我也和他一样。我的这个骗局统治着我的生活，影响着我的每一个决定，规范着我的每一个动作。即使是现在，当我开始写这篇回忆录时，它也在控制着我可以写什么、不可以写什么。我曾将我的写作方法与表面上两手空空的展示环节相比较，但实际上，这篇文章里的所有内容都是一个健康的人在有意地拖着步子走路。

4

由于工坊的生意十分兴隆，我父母有足够的资金将我送往佩拉姆学校，这是一所由佩拉姆小姐在东伯恩街开办的家庭小学，紧挨着中世纪城墙的遗迹，靠近海港。在海港的喧闹环境和海滩上死鱼的臭气之中，我学会了基本的读、写、算，甚至还学了点历史、地理以及难得吓人的法语。所有这些都让我在以后的生活中受益匪浅，但我在学习法语时付出的徒劳无功的努力最终却产生了一个讽刺的结果，因为成年后，我的舞台角色是一名法国教授。

我上下学的道路穿过西山的山脊，这条路就在我们家住房的旁边。大部分的道路都是狭窄的山中小径，穿过芳香的柽柳树丛——这些灌木占据了黑斯廷斯大部分的户外空间。

当时黑斯廷斯正在经历一个快速发展的时期，为接待夏季游客而建造了许多新的住宅和旅馆。不过我很少见到那些新建筑，因为学校在老城区，而度假区则建在白岩的另外一边——在我小时候，白岩已经因为要建设一条海滨走廊而被爆破了。尽管如此，在黑斯廷斯这一古老城镇的中心地段，人们的生活依旧与过去几百年来没什么不同。

关于我的父亲有许多可说的，有好的，也有不好的，但为了专注于我自己的故事，我将尽可能限制此处的篇幅。我爱我的父亲，并且从他那里学到了许多制造柜子的技巧，虽然并非他的本意，但这些技巧确实为我赢得了声望和财富。我可以明确地说，我的父亲勤奋、诚实、冷静、聪慧，并且以他自己的方式慷慨大方。他给雇工的待遇相当合理。因为他不敬畏上帝，甚至不去教堂，所以他把他的家人们都培养成了温和的世俗主义者，生活在这种世俗主义中，无论是作为还是不作为，都不会对他人造成伤害。他制作柜子的手艺十分杰出，制作轮子的技术也不错。我最终意识到，无论我的家人们不得不忍受他怎样的情绪爆发（发生过好几次），他的愤怒都一定来源于内心的挫折，尽管我从来都没能真正确定是怎样的挫折，又是由什么引起的。虽然我从未在他最糟糕的时刻成为他的目标，但在长大成人之前，我一直都有点惧怕我父亲，但同时我也深深地爱着他。

我母亲名叫贝琪·梅·伯登，娘家姓罗伯森，我父亲名叫约瑟夫·安德鲁·伯登。我总共有七个兄弟姐妹，不过因为其中部分幼年夭折，我只知道其中五个的名字。我既不是最大的孩子，又不是最小的，也没有受到我父亲或者母亲的特别青睐。我成长的过程中与大多数兄弟姐妹（如果不能说全部的话）相处得都很和谐。

到了我十二岁的时候，我就不再上学，而是成了父亲工坊里的一名制造车轮的学徒工。从此我的成年生活开始了，既是因为我从此时起就更多地与成年人而非孩子打交道，也是因为我自己真正的前途开始在我面前明晰起来。有两个因素至关重要。

第一个因素很简单，就是对木材的处理。我从小就看着木头、闻着木头长大，所以我对木材的外观和气味都非常熟悉。我不知道当你们捡起一块木头，劈开它或是锯开它时是一种什么感觉。从我开始有目的地处理一块木材的那刻起，我就给予它足够的尊重，并且意识到它可以用来做什么。木材经过恰当的风干处理并顺着其天然纹理劈开后，就是一种美观、结实、轻便而又柔软的材料。它几乎可以被切割成任何形状；它可以加工或者黏附在几乎所有其他种类的材料上。你可以给它刷上油漆、给它染色、给它漂白、让它弯曲。它性能杰出又极为平凡常见，所以当用木材制成的物品出现时，它给人一种平静的、坚实的、正常的感觉，因此很少会被注意到。

简而言之，它是魔术师的理想媒介。

虽然我是工坊老板的儿子，不过在工坊里，我并未因此得到任何优待。在来到工坊的第一天，我就得到了整个工坊里最粗重的工作——我和另一个学徒工被安排到了锯木场。每天十二个小时的工作（从早上6点到晚上8点，中间只有三次短暂的休息和吃饭时间）让我的身体变得硬朗，我想象不到还有其他什么工作能够如此迅速地让身体强健起来。繁重的工作也教会了我，对沉重的木材，需要的不仅是尊重，还有畏惧。在持续了几个月的启蒙学习之后，我获得了另一项体力要求较低但更为严格的工作，那就是学习切割、转动和打磨车轮轮辐及轮缘的木材。在这里，我经常见到的人是制轮工匠和我父亲的其他雇工，很少见到与我同为学徒的伙伴了。

在我离开学校大约一年后的某个早上，一位名叫罗伯特·努南的短工来到工坊里。几年前的一场风暴中，院子的后墙受损，那时就由他来完成这等候已久的维修和重新装饰的工作。努南的到来对我未来的生活方向产生了第二点重大影响。

我一直忙于自己的工作，没怎么注意到他，但到了下午1点，我们休息和吃午餐的时候，努南走了过来，坐到了我和其他人一起吃饭的长餐桌旁。他拿出一副扑克牌，问我们之中是否有人想和他玩"找女人"的游戏。一些年长的人嘲笑他，并试图警告其他人不要参加，但还是有几个人留下来观看。小额的资金开始易手，不过其中并没有我的钱，因为我根本没有余钱，但是另外一两个雇工愿意赌上几个便士。

让我着迷的是努南操控纸牌的那种流畅自然的方式。他的动作真是太快、太灵巧了！他的语气轻柔而富于说服力，在向我们展示了三张扑克牌的正面之后，他飞快地将它们朝下放在他面前的小盒子上，然后用他修长的手指移动它们，最后停下来让我们指出哪一张牌是 Q。其他工人们的眼神没有我这么好，他们指出正确答案的次数比我少得多（但我自己也是错的次数远超过对的次数）。

扑克游戏结束后，我对努南说："你是怎么做到的？能给我看看吗？"

起初，他试图用不相干的话来哄骗我，但我继续追问："我想知道你是怎么做到的！"我喊道，"Q 一开始在三张牌的中间，你只移动了两次牌，但是它不在我想的那个位置！秘密是什么？"

因此，在一次午餐时间，他没有去欺骗其他人，而是把我带到牲畜棚里的一个僻静角落，向我展示了该如何操控这三张牌，让手的动作把眼睛迷惑住。Q和另一张牌被用左手的拇指和中指轻轻夹住，其中一张在另一张上面，第三张牌则拿在右手里。最后把所有牌放下时，他会交叉移动他的手，用指尖在牌面上轻微搓动，短暂地停顿一下，以此暗示Q是最早被放置好的牌。实际上，几乎每一次都有另一张牌早在Q之前就已经悄然落下。这是一个经典的把戏，它正确的名字叫"三张赌一张"。

当我掌握到这个方法的诀窍之后，努南又向我展示了另外几个技巧。他教我怎样将一张牌藏在掌心里；怎样洗牌才能让牌的顺序不发生任何变化；怎样在切牌的时候把你选定的牌放到最上方或者最下方；在其他人要从你手中展开的许多张牌中抽一张时，该怎样做才能让对方抽自己想让他抽到的牌。他以一种不经意的态度演示了一遍，与其说是展示，不如说是炫耀。他很可能并没有意识到我一直在全神贯注地看着。在他演示完之后，我尝试了一遍将Q放到设想位置的操作，但是扑克牌散得到处都是。我又试了一遍，然后又一遍。就这样，我一直尝试着，而努南本人早就已经失去兴趣，游荡着离开了。到了这天晚上，我在自己的房间里彻底掌握了"三张赌一张"的技巧，并开始攻克当天我短暂见识过的其他戏法。

后来，努南的粉刷工作完成了，他离开了工坊，离开了我的生活。此后我再也没见过他。他在一个易受影响的青春期男孩心里留下了一种强烈的欲望。在我掌握我现在知道（从我在图书馆借阅的一本书里学到的）被称为"障眼法"的技巧之前，我决不会因任何事情而停下来。

障眼法、花招、预谋，这些成了我生活中的主要兴趣。

5

在那之后的三年，我的生活有了多线的发展。首先，我是一个正在快速成年的青少年。其次，我父亲很快意识到我的木工技能相当出色，而车轮工匠的工作相对而言没那么精细，不能完全施展我的技术。最后，我还在学习如何用我的手来表演魔术。

我生命中的这三个部分就像绞合成一条绳子的纤维那样互相缠绕。无论是我的父亲还是我，都需要工作赚钱，所以我在工坊里的主要工作还是制作木桶、车轴和车轮，这些都是我们业务中的主要部分，但每当我父亲有时间，他本人或者他的一名工头就会来指导我如何制作柜子，这是一项更需要精湛技艺的工作。我父亲在他的行业中为我制订了一个未来的计划。如果我的确如他所期待的那么熟练，他会在我的学徒期结束时，为我建立一个属于我自己的家具工坊，让我在自己觉得合适的时机将它开办起来。当他从工坊里退休时，他最终将会加入我的工坊。在这一点上，他过去所遭遇的一些挫折在我面前暴露无遗。我的木工技艺唤起了他对过去雄心壮志的回忆。

与此同时，我的另一项技能，我视为真正技能的那一项，也在飞速增长。我把空闲时间全都用来练习魔术技艺，特别是学习并尝试掌握所有已知的扑克牌戏法技巧。我将灵活的手法视为所有魔术的基础，正如无论多么复杂的交响乐都以音阶为基础一样。

这方面的参考书难以获取，但关于魔术的书籍确实存在，勤奋的研究者一定可以找到它们。每个夜晚，在我那间位于拱门上方的寒冷房间里，我站在一面全身镜前，练习藏牌、暗示、洗牌、摊牌、递牌、将手中的牌展开成扇形，研究不同的切牌方式和假动作。我学会了误导，在这门技艺中，魔术师利用观众的日常经验来迷惑他们的感官：看起来结实得不可能坍塌的金属鸟笼；看起来太大，不可能藏进袖子的球；看起来很锋利，绝对不可能——定然如此吧？——吞入腹中的钢剑。我很快积累了这样一套障眼法技巧，一次次地重复试验，直到我把这些技巧做到正确；然后再重复，直到我把它们做到精通；然后继续重复，直到我每一次都能做到完美。我从未停止练习。

我双手的力量与敏捷是成就这一切的关键。

现在，我暂时停下书写，观察我自己的手。我放下笔，将我的双手伸到面前，在灯罩反射的光线下反复转动它们。我不是以每天看自己手的方式在看它们，而是以一种我想象中的陌生人的方式在看它们。八根细长的手指，两根粗壮的拇指，指甲修剪得不长也不短。这不是一双艺术家的手，不是一双劳动者的手，也不是一双外科医生的手，而是一双由木匠转行成为魔术师的人的手。当我将手掌转向我自己时，我看到几乎透明的苍白皮肤，手指关节之间有颜色较深的粗糙斑点。拇指球部圆润，但当我的肌肉紧张起来时，手掌上会出现贯穿的硬脊。现在我将双手翻转过来，看到手背的细嫩皮肤，以及一层短短的金色汗毛。女人们对我的手很感兴趣，有些女人甚至说她们爱我的手。

每一天，即使是现在我已成年，我都会锻炼我的双手。它们十分强壮，其握力足以将橡胶网球捏爆。我可以用手指的力量弯曲钢钉，如果我用手掌根部敲击硬木，硬木就会碎裂。然而，同样的一只手可以轻易地用中指和无名指的指尖夹住一个四分之一便士的硬币，而与此同时，这只手还可以不受影响地操控仪器，或是在黑板上写字，或是抓住一个从观众席请上来的热心观众的胳膊，并且随时可以在进行这一切的同时灵巧地将硬币藏起来，等着在某个时刻让它奇迹般地出现。

我的左手上有一个小小的伤疤，这是我在年轻时留下的一个纪念，让我时时刻刻都记得我双手的价值。从一次又一次地使用扑克牌、硬币，或是精美的丝巾，或是任何一种魔术道具的练习之中，我早已知道了人的手是一种精妙的工具，它精细、强壮而又敏感。但是木匠活儿对我的手没有好处，这是我某天早晨在工坊里发现的令人不快的事实。在打磨一块轮缘的时候，我稍微有点走神，右手里的凿子不慎将左手深深划伤。我记得我当时站在那里，简直不敢相信会发生这种事。我的手紧张得像猛禽的爪子一样，而深红色的血液从伤口汩汩流出，黏稠地顺着我的手腕和手臂流下。

那天和我一起工作的较为年长的工匠们已经见惯了这样的伤势，并且也知道该怎样处理。我的伤口很快用止血带包扎好了，一辆马车迅速将我送到医院。我的手整整被包扎了两个星期。我不怕流血，不怕疼痛，甚至也不怕生活不便。让我感到恐慌的是，我的伤口愈合之后，我将有可能发现我的手遭到毁灭性的伤害，从此永远不能动弹。事实证明，这一次的伤势只是皮外伤。尽管刚解开绷带时这只手显得有点僵硬和笨拙，但随着韧带和肌肉逐渐放松，伤口愈合，结痂也掉了，两个月之后我就恢复了正常。

尽管如此，我仍将此视为一次警告。当时我的障眼法只是一种业余爱好。我从未给任何人表演过，甚至也未曾像罗伯特·努南那样，把它当作工作之余同伴们之间的消遣。我的所有魔术都只用于练习，在全身镜前表演着哑剧。但这是一种昂贵的爱好、一种激情，没错，甚至可以说是痴迷的开始阶段。我绝不能容许自己受伤，而使我的爱好处于危险境地！

因此，这次手受伤的事又是另一个转折点，因为它让我确定了我生命中至高无上的存在究竟是什么。在这之前，我是一个有着有趣业余爱好的见习制轮工匠，而在这之后，我是一个不会容许任何东西阻挡我的年轻魔术师。对我来说，更重要的是我需要能够在掌心里藏下一张扑克牌，或者灵巧地从一个毛毡衬里袋子里掏出一个藏起来的台球，或者偷偷地把一张借来的五英镑钞票塞进一个事先准备好的橘子里。尽管这些事情看起来很琐碎，但总比某一天，我在给一个酒保的独轮车做轮子的时候又伤了一只手要好得多。

6

我什么也没对我说！这是怎么一回事？它要写到什么程度？在我知道这些之前我不能再写了！

7

那么，我们现在已经谈过了，我可以继续了吗？基于这一共识，本文可以继续写下去了。我可以写我认为合适的东西，如果我认为有其他东西应该补充也可以补充。我不打算做任何我可能不会接受的事，只是在我读到这篇文章之前多写了一些。如果我认为我在欺骗我的话，我道歉，我并没有恶意。

8

我反复读了几遍，我想我已经明白我的意思了。我只是太惊讶了，才做出那样的反应。现在我冷静多了，到目前为止我认为这些都是可以接受的。

但还缺少了很多东西！我认为接下来我必须写我是如何与约翰·亨利·安德森见面的，因为我是通过他才结识了马斯基林家族。

我想没有什么特别原因让我不能直接说这件事吧？

要么我现在就必须这样做，要么给我留个便条。多把这个本子给我看看！

我无论如何都不能遗漏：

（1）我是如何发现安吉尔的行为，以及我对他做了什么。

（2）奥利芙·温斯科姆（请注意：不是我的错）。

（3）莎拉呢？孩子们呢？

契约甚至延伸到了这些，对不对？我是这样理解的。如果是这样的话，要么我必须留下很多不说，要么我就必须说得更多，比现在多得多。

我惊讶地发现我竟然已经写了这么多了。

9

1872年，我十六岁时，约翰·亨利·安德森将他的巡回魔术表演带到了黑斯廷斯，并在女王路的欢乐剧院待了整整一周。我每晚都去看他的演出，依照我能承担的票价，坐在观众席尽可能靠前的位置。我不敢想象若是错过了他的一场演出会怎样。在当时最优秀的那些舞台魔术师中，只有他会巡回表演。他还发明了许多令人迷惑的新特效。更重要的是，他以乐于帮助和鼓励年轻魔术师著称。

每天晚上，安德森先生都会表演一个特别节目，在魔术界，它被称为"现代木柜幻术"。在这个节目里，他会邀请观众中一些有意参与的人到舞台上来。这些人（全都是男人）会帮助他，将一个装有轮子的高大木柜拉到舞台上来，箱底距离舞台的地面有相当的距离，从而证实不可能有人通过箱底的翻板门进入柜子里。上台的观众此时将受邀检查柜子的内部和外部，让他们能够确认柜子里是空的。柜子将在舞台上旋转一周，以便让所有观众都能看到柜子的各个面，甚至还会邀请观众到柜子里面去待一会儿，以证明不可能有其他人藏在这个柜子里。接下来，他们会一起关好柜门，并且用一把挂锁把柜门锁起来。就在这一小批观众还在台上时，安德森先生会再次让柜子旋转一周，让观众确信柜子是完全密闭的，随后他飞快地打开那把锁，猛地拉开柜门……从柜子里会走出一位穿着亮闪闪的连衣裙、戴着一顶大帽子的年轻女助手。

每天晚上在安德森先生选择上台观众时，我都如饥似渴地站起身，希望能被选中，但每一次他都没有选我。我真的很希望他能选中我！我想知道在舞台的灯光下面对观众是怎样一种感觉。我希望能在安德森先生表演魔术时尽可能接近他。我非常希望能好好看看那个大木柜究竟是怎样制作出来的。当然，我知道"现代木柜幻术"的秘密，因为那个时候的我已经学会了，或者分析出了当时流行的各种魔术的机理，但近距离观看顶级魔术师的木柜将会是检验我所学知识的黄金机会。这个特别节目的秘密就在于柜子的制作。唉，这样的机会就这么错过了。

安德森先生短暂的演出季很快就结束了，在最后一场演出散场后，我鼓起勇气走到后台门口，打算在安德森先生离开剧院时拦住他。结果我没等到他出门，刚在门口站了不到一分钟，看门人就从他的小房间里走出来跟我说话，他的头微微偏向一边，好奇地打量着我。

"请见谅，先生，"他说，"不过安德森先生已经留下了指示，如果您出现在这个门口，我就需要邀请您到他的更衣室去。"

不用说，我大吃一惊！

"你确定他指的是我吗？"我问。

"是的，先生。我确定。"

尽管依旧十分迷惑，但欣喜和兴奋充满我的头脑。我根据看门人的指示，穿过狭窄的走廊和楼梯，很快找到了这位明星魔术师的更衣室。在里面——

在里面，我与安德森先生进行了一次短暂却激动人心的面谈。我不打算在此详细描述当时的情况，一方面是因为那是很久以前的事了，我不可避免地遗忘了一些细节，另一方面则是，我直到不久之前仍在为自己年轻时的口无遮拦而感到尴尬。我在观众席前排的座位上连续看了他整整一周的表演，此时的我已确信他是一位杰出的表演者，善于快速而流利地说话，在魔术的实践方面也无丝毫瑕疵。见到他时，我几乎说不出话来，但当我真的张开嘴时，我发现自己热情迸发地说出了一大串溢美之词。

然而，尽管如此，还是出现了两个令人感兴趣的话题。

首先，他解释了为什么他在选择热心观众时没有选择我。他说他第一天的时候差点儿就选中我了，因为我是第一个站起来的人，但是有些事情让他改变了主意。随后他说，在后来的演出中我一场不落，他就意识到我一定是一位魔术师同行（我因为得到这样的认可而欣喜若狂！），因此开始担心邀请我上台会产生一些意外的后果。他不知道，当然也不可能知道，我是否别有用心。许多魔术师，特别是处于上升期的年轻魔术师，都不甘示弱地想要从他们的资深同行那里窃取新鲜的主意，因此我完全理解安德森先生的谨慎做法。尽管如此，他还是为不信任我而向我道歉。

第二件事是紧接着上一件而来的。他已经意识到我正处于职业生涯的开端阶段。考虑到这一点，他写了一封简短的介绍信，指引我到伦敦的圣乔治大厅去，在那里我将见到内维尔·马斯基林先生本人。

就在这时，兴奋的情绪压倒了我，我青春的激情变成了尴尬的回忆。

在这次与安德森先生激动人心的会面之后大约半年，我确实在伦敦找到了马斯基林先生，正是从那时候起，我作为魔术师的职业生涯才真正开始。这就是我如何认识了安德森先生，随后又通过他认识了马斯基林先生的故事。我不打算详细描述我是如何完善我的技艺，又或者怎样开展了成功的表演之类的事，除非这类事情与本文的要点有直接的关系。在很长的一段时间里，我通过表演来学习，并且很大程度上，表演并不像我计划的那么成功。我生命中的这段时间实际上乏善可陈。

不过，在我与安德森先生会面的过程中，有一点确实是非常重要的。因为在我认识安德森先生和马斯基林先生的时候，我的契约还没有真正形成，所以他们是绝无仅有的、知道我的秘密的两位知名魔术师。目前，安德森先生已经去世，我对此深表遗憾；但是马斯基林家族，包括内维尔·马斯基林先生仍然活跃于魔术界。我知道我可以相信他们能够保守我的秘密；实际上，我不得不相信他们。我的秘密有时会受到威胁，但我不准备对马斯基林先生提出这样的指控。不，我很清楚那个罪犯是谁。

我现在要回来继续谈这篇文章的主旨，也就是我在被我打断之前准备做的。

10

几年前，有一篇报道称，一位魔术师（我相信是大卫·德万特先生）如此说道："魔术师保守他们的秘密，并不是因为这些秘密很重大或者很重要，而是因为它们既渺小又平凡。舞台上创造的美妙效果往往只是一个非常荒谬的秘密带来的结果，魔术师通常不愿意承认这个事实，因为这会让他们感到羞耻。"

简而言之，这就是舞台魔术师面临的悖论。

事实上，如果一个戏法的秘密被揭露，这个戏法就会"遭到破坏"。这一点不仅魔术师们清楚，连他们所取悦的观众也都清楚。大多数人喜欢魔术表演中的神秘感，不论他们对自己看到的奇特现象有多么好奇，他们都不想破坏这种神秘感。

魔术师自然希望能够保守他的秘密，以便可以继续借此赚钱谋生，这也是世人所公认的。然而，随着时间推移，他却成了自己秘密的牺牲品。如果某个戏法停留在他节目单上的时间越长，表演越成功，他用这个戏法欺骗的人越多，那么在他看来，保守这个戏法的秘密就越重要。

这个戏法的影响越来越大。许多观众曾经观看过它，其他的魔术师复制或者改编了它，魔术师本人也会不断地加以改进，如此，他的表演将会随着时间推移而发生改变，使得这个戏法变得看似更复杂或更难以解释。尽管如此，那个秘密仍然存在。它也仍然是渺小而又平凡的，随着影响的扩大，如此平凡的秘密将对魔术师的声誉造成更大的威胁。从而，保守秘密就有了强迫的性质。

因此，现在是本文的真正主题。

我的一生都在用步履蹒跚的模样掩盖我的秘密（当然，此处我指的是金陵福，而非字面上的意思）。以我现在的年龄，以及，坦率地说，已经赚取的财富而言，在舞台上表演已经失去了它黄金般的魅力。因此，我是否要在余生中一直象征性地一瘸一拐，以保守一个鲜为人知，甚至极少有人关心的秘密？我不这么认为，所以我终于改变一生的习惯，开始写下这篇关于"新人体传送"的记录。这是使我声名大噪的一个魔术，很多人说这是国际舞台上古往今来最伟大的魔术。

首先，我打算简短描述观众看到的是什么。然后，我将会——揭示它背后的秘密！

这就是本文的目的。现在，按照约定，我放下了我的笔。

11

我已经三个星期没有写这本书了。我不需要说是因为什么，也不需要告诉我是因为什么。"新人体传送"的秘密不只属于我，我没有权利去揭露它，并且它有一个目标。我到底感染了怎样的疯狂？

多年来，这个秘密一直对我非常有用，并且抵挡了无数的窥探和攻击。我一生中的大部分时间都在保护它。这还不足以成为达成契约的理由吗？

但现在我写道，所有的这些秘密都是微不足道的。微不足道！难道我将我的生命献给了一个微不足道的秘密吗？

我沉默了三个星期，头两个星期之中，我一直在反思我对我的生活和工作的这一令人恼火的见解。

这本书，这本日记，这篇文章——我该怎么称呼它呢？——正如我已经写下的那样，它本身就是我契约的产物。我有没有考虑过这将会产生的一切后果？

根据契约，如果我发表了什么言论，即使是一些不明智的说法或在没有防备的时候所说的话，我总是要为此承担责任，就如同我本人说过这些话一样。当角色反转时，我也会这样做，或者我认为我会这样做。这代表着目标、行动和言论的统一，它对契约至关重要。

出于这一原因，我不会坚持回过头来删除之前的那几行文字，也就是我承诺要揭示我的秘密的那些。（出于同样的原因，我也不能在此后删除我现在正在写的这些文字。）

尽管如此，我的秘密不可以被泄露，甚至不应该将这个问题纳入考虑的范围。我必须将蹒跚的姿态再维持一段时间。

我忽略了那个鲁珀特·安吉尔仍然活着的事实！确实，我有时候会有意将他从我的脑海中抹去，故意为他本人以及他的行为蒙上一层遗忘的面纱，但这个恶棍仍然还在呼吸。只要他还活着，我的秘密就仍处于危险之中。

我听说他还在表演他那个版本的"新人体传送"，并且不断地在舞台上发表冒犯的言论，说什么观众将会看到的这个魔术"经常被复制，但从未改进过"。我对这些报道感到愤怒，而来自圈内人士的其他报道则更加令我愤怒。安吉尔偶然间发现了一种新的传送方法，并且据说使用起来效果还不错。然而，他的致命缺陷是，他的方法起效太慢了。不管他怎么说，他还是不能像我一样快速完成这个魔术！如果他知道了我的真相，他一定会兴奋得发狂的！

契约必须继续生效。绝对不能揭露我的秘密！

12

既然我在这个故事之中已经提及了安吉尔，我将在此描述他第一次向我提出的问题，并详细记录我们的争端从何而起。很快就可以发现，是我率先挑起了我们之间的宿怨，我对这一责任毫不掩饰。

然而，我是因为坚持我心目中的最高原则而误入歧途，并且当我意识到我做了什么之后，我也确实设法去弥补。这就是它的开端。

在职业魔术圈子的边缘，有些人认为魔术伎俩是欺骗轻信者和富人的简单手段。他们使用的装置和道具都与合法的魔术师相同，但他们假装他们的效果是"真实的"。

可以说，这与舞台魔术师在台上扮演巫师的角色相差无几。但这一点差别却是非常关键的。

接下来我将举例说明。有时候，我会用一个叫作"中国连环"的戏法来作为开场表演。首先，我站在灯光明亮的舞台中央，手中随意地拿着一些圆环。我不会预先说明我将要用它们做什么。观众会看到（或自以为看到，或容许自己自以为看到）十枚由金属制成、亮闪闪的大圆环。我将向一部分观众展示这些圆环，他们可以拿起这些圆环仔细观察，并代表所有的观众证实这些圆环都是实心的，没有接头，也没有开口。随后我收回这些圆环，让所有人惊讶的是，我立即将它们连接起来，形成一根链条，并将链条举起来给所有人看。我请一名观众来触摸这根链条，并在他触碰到的任意地方将链条断开或是重新连接。我将一部分的圆环连接成数字或图案的形状，然后再同样迅速地将它们分开，随意地将它们套在我的一条手臂上，又或者脖子上。在这个戏法结束的时候，观众会看到（或自以为看到，以下略）我再一次拿着十枚互相分开的实心圆环。

这是怎么做到的？实际的答案是，这种戏法需要经过多年的练习才能顺利表演。当然，其中藏着一个秘密，并且因为"中国连环"仍然是一个广受欢迎的戏法，有许多魔术师还在表演它，所以我不能在这里轻易地将其揭穿。这是一个魔术、一个戏法，人们不应该因为它看起来像是一个奇迹而真的把它当成一个奇迹，而更应当去关注魔术师表演时所显露的技巧和天赋。

现在，让我们假设有另外一个魔术师。他使用同样的秘诀表演出了同样的戏法，但他声称他使用的是巫术的手段来连接和解开圆环。对他的表现是否应以不同的标准来评价呢？由于他的这一声明，他不再仅仅是一个熟练的魔术师，而是一个神秘而又强大的人。他不再仅仅是一名演艺人员，而是一位蔑视自然法则的奇迹创造者。

如果此时，我本人或者任何一位职业魔术师在现场的话，将不得不对所有的观众说："这只是一个戏法！那些圆环并不是它们看上去的样子。你们以为看到的并不是你们真正看到的。"

对此，奇迹创造者会（错误地）回答："我刚才向观众展示的就是超自然现象的产物。你如果声称这只是一个戏法，那么请向所有人解释这是如何做到的。"

如此一来，我就不能再说什么了。我不能揭穿一个魔术里面隐藏的秘密，因为我受到职业荣誉的约束。

因此，奇迹似乎仍然是一个奇迹。

在我刚开始上台表演时，有一种精神效应，或称"通灵术"正在流行。其中一部分是在舞台上公开表演的，另外一部分则在更为隐蔽的工作室或私人住宅中举行。它们都有共同的特点，通过让人觉得死后还有生命，使得那些近期丧失亲人的人或者老人产生了不切实际的期望。为了追求这种精神安慰，大量的金钱就此易手。

从一名职业魔术师的角度来看，通灵术有两个主要特征。首先，它使用了标准的魔术技法。其次，主事者总是声称，这些效果是超自然的现象。换句话说，这些人对"奇迹的力量"提出了错误的声明。

这让我十分恼火。因为任何一位名副其实的舞台魔术师都可以非常容易地复制这些把戏，所以听到有人说这些所谓的死后有来世、灵魂可以行走、死者可以与生者对话之类的事情都属于超自然现象时，我自然会感到恼怒。这是一个谎言，却没有很好的方法可以证实这一点。

我于1874年来到伦敦。在约翰·亨利·安德森的指导和内维尔·马斯基林的赞助下，我开始尝试着在遍布这座首善之都的剧院和音乐厅里获得一份工作。那个年代，人们对舞台魔术有需求，但伦敦到处都是聪明的魔术师，因此进入这个圈子并不容易。我在那样的世道下地位并不高，寻找任何我可以做的工作，尽管我的魔术表演一直受到好评，但名声积累得并不快。"新人体传送"离实现还有很长的路要走，尽管坦率地说，早在黑斯廷斯，我还在父亲的工坊里钉钉子、为前途而烦恼的时候，我就已经在构想这个伟大的魔术了。

与此同时，报纸和杂志上经常会登载通灵术士的广告，他们的一系列行为也引发了舆论的热议。在大众看来，通灵术比任何一种舞台魔术都更令人兴奋、更强大，也更有实际意义。一些人提出这样的观点：如果一个人有足够的技巧让一位年轻女子进入出神状态并且飘浮在半空中，为什么不更有效地运用这一技巧，与那些近期离世的人交流呢？为什么不呢？

13

鲁珀特·安吉尔的名字我已经很熟悉了。他是两三份私人发行的魔术杂志的通讯专栏评论员，从伦敦北部的一个地址写信到编辑部，以固执己见、长篇大论著称。他的主要目的无非是对那些他称为"老一辈"的魔术师进行恶意的攻击，这些人以其神秘的行事作风和彬彬有礼的传统而被安吉尔视为令人厌烦的前世遗物。鉴于我也按照这些传统行事，我不允许自己卷入安吉尔发起的各种争论之中，不过我认识的一些魔术师则已经被他的无礼所激怒。

举一个相当典型的例子，他有一个理论是这样的：如果魔术师真像他们自己所声称的那样技艺高超，那么他们应该准备好"全面"表演魔术。也就是说，要让魔术师的四周都坐满观众，因此必须去创造一些不依赖舞台框架和拱门的魔术效果，且不让观众看出任何端倪。我的一位受人尊敬的同行在他温和的答复中指出了一个不言而喻的事实，即在这种情况下，不论魔术师做了多么完善的准备，总会有一部分观众能够看到魔术得以成功的原理。安吉尔对此的反应是嘲笑另一位通讯作者。他说，首先，如果可以从各个角度去观赏魔术，那么魔术的观赏价值就会更高；其次，如果无法做到，总是会有一小部分观众看到秘密，那也没关系！他说，如果有五百个人看了魔术感到迷惑不解，而只有五个人看到秘密，那并没有什么大不了的。

在主流的魔术师看来，这种理论几乎算得上异端邪说。这并不是因为魔术师的秘密神圣不可侵犯（安吉尔似乎正是在暗示是如此），而是因为安吉尔对魔术的态度过于激进，对长久以来保持良好的传统漠不关心。

因此，鲁珀特·安吉尔变得相当有名，但这也许与他的谋划并不相符。我经常听到有人以嘲弄般的惊讶语气提起，安吉尔极少有机会登上公共舞台。因此，他的同行们无从欣赏他那毫无疑问的创新且辉煌的魔术表演。

正如我之前所说，我没有参与其中，我对他本人也并不感兴趣。然而，命运很快就介入进来了。

我有一位姑妈居住在伦敦，因为丈夫最近去世，她正处于悲痛之中，打算请个通灵术士办场仪式。因此，她在自己的住宅里安排了一次降神会。我是在与我母亲的日常通信中得知此事的，母亲的本意想来只是家人之间的闲谈，但此事立即激发了我作为一名专业人士的好奇心。我很快联系上这位姑妈，对她失去丈夫表示了迟来的哀悼，并自愿与她一起寻求慰藉。

那一天来临时，我的姑妈邀请我在她家吃午餐，这对我来说很幸运，因为那个通灵术士到达的时间比约定的至少提前了一个小时。这使得整个家庭陷入了混乱。我想他是有意如此，以便他能够在举行仪式的房间里做一些准备。他和他的两个年轻助手（一男一女）用黑色百叶窗把房间弄得很昏暗，把不需要的家具移开，同时把他们自己带来的一些家具搬进来，将地毯卷起，露出地板，然后立起一个木柜，其大小和形状足以让我相信传统的舞台魔术即将在此处上演。当这些准备工作正在进行的时候，我小心翼翼地躲了起来。我一点都不想让这位通灵术士注意到我，因为他如果足够警惕的话，可能会认出我。此前一周，我的舞台表演吸引到了一两家媒体的注意。

这位通灵术士是个颇为年轻的男人，年纪与我相仿，身材瘦削，头发是黑色的，额头狭窄。他总是带有一种警惕的神情，几乎像是一只正在觅食的动物。他双手的动作迅速又精准，这是一位长期练习的魔术师的明确标志。和他在一起的那位年轻女子有着苗条、敏捷的身体（因为她的体格，我猜测她会在他的魔术表演中出场，但事实证明我的猜测是错误的），以及坚强而又迷人的面容。她穿着朴素的深色衣服，很少开口说话。另一位助手则是个身材魁梧的年轻男人，似乎刚成年不久，宽大的头颅上长着一头乱糟糟的金发，面相粗鲁。当他拉着沉重的家具时，口中不停地发出嘲讽和抱怨。

到了这个时候，我姑妈邀请的其他客人都到齐了（她邀请了八九个朋友到场，很可能是为了略微分担一点费用），通灵术士的准备工作也已完成，他和他的助手在准备好的房间里耐心地坐着，等待指定的时间。因此，我无法检查他们的装置。

整场表演，包括所有的开场白以及营造气氛的暂停，持续了一个多小时，分为三个主要的戏法，经过精心的编排，以产生恐惧、兴奋以及暗示的感觉。

首先，这位通灵术士表演了一个倾倒桌子的戏法：桌子自动旋转，然后飘浮到空中，吓人地整个竖起，使得大多数参与者摔倒在没有铺地毯的地板上。在这之后，与会者都激动得直发抖，并准备好迎接后面的任何事情。第二个戏法是，在女同伙的帮助下，通灵术士似乎进入了催眠状态。随后，他的助手把他的眼睛蒙上，嘴堵住，手脚都捆起来，将他无助地放入柜子里。很快柜子里就开始散发出各种嘈杂的、令人震惊的、无法解释的超自然效果：奇怪的灯光闪烁，喇叭、钹和响板的声音混在一起，诡异的"星界物质"从柜子中飘了出来，在神秘的灯光照射下飘浮于整个房间。

这个环节结束后，通灵术士从柜子里被放了出来，解开了束缚（当然，在柜子刚打开的时候，他的手脚还是被捆绑着的），并且奇迹般地从催眠状态中恢复过来了。于是他开始进行他的主要业务。他对"跨越"到灵魂世界的危险发出了简短而生动的警告，并且暗示其结果能够证实冒险是合理的，随后通灵术士就陷入了另一种出神状态，很快就与"另一边"取得了联系。不久后，他就能够辨认出聚集在房间里的人们的某些已故的亲朋好友，并在两边之间相互传达安慰的信息。

14

这位年轻的通灵术士是如何做到这些的？

正如我已经说过的那样，我受到职业道德的束缚。无论是当时还是现在，我所能揭示的都只是，这些都是魔术的效果，而关于如何实现它们，我只能给予最粗略的解释。

倾倒的桌子其实根本算不上是一个魔术（尽管它可以作为一个魔术来呈现，正如这次这样）。这是一个鲜为人知的物理现象：假如有十个或者十几个人聚集在一张圆形木桌周围，将手掌按在桌面上，然后告诉这些人说桌子很快就会开始旋转，那么只需要再等一两分钟，桌子就会开始旋转了！一旦人们感受到桌子在动，桌子几乎总是会向某一边倾斜。这时候只需要再有一只灵活的脚突然抬起某一条桌腿，就会使桌子戏剧性地失去平衡，导致桌子翻倒并撞到地面上。幸运的话，它会使得大多数的参与者一同摔倒，让他们既惊讶又兴奋，但不会给他们的身体造成任何伤害。

我想不需要我去强调，我姑妈家里的这张桌子是这位通灵术士自己带来的道具。它的构造使得四条木腿与中间的柱子相连，并且刚巧有足够的空间可以让一只脚伸到它下面去。

至于柜子的表演，我只能简单说明：一位熟练的魔术师可以很容易地挣脱看似不可能解开的束缚，如果是他的助手将他捆绑起来的话，更是如此。一旦进入木柜之后，他只需要几秒钟时间就可以完全自由，让原本令人困惑的超自然现象得以展现。

至于这次聚会的主要目的"通灵术"，也不过是魔术师标准的暗示和替换技术，任何一位出色的魔术师都可以毫不费力地表演出来。

15

我去姑妈家本是为了满足职业上的好奇心，但是，让我最终感到羞愧和遗憾的是，我带着一股义愤离开了。这些标准的舞台魔术被用来欺骗一群容易受到暗示和伤害的人。我的姑妈相信自己听到了她心爱的丈夫抚慰的话语，她悲痛万分，立刻就回到了自己的房间。另外几个人也因为他们听到的消息而同样深受触动。但我知道，只有我知道，这一切都是一场骗局。

我产生了一种令人振奋的感觉，那就是我可以，并且应该在他造成更多伤害之前，揭露他是一个骗子。我当时就很想和他对质，但他表演时那种自信的气势让我有些不敢出手。当通灵术士和女助手忙着收拾他们的设备的时候，我与那个头发乱糟糟的年轻人谈了几句，很快就拿到一张通灵术士的名片。

从这张名片上，我了解到了一个未来将成为我职业生涯绊脚石的人的名字以及风格：

鲁珀特·安吉尔

预言者，灵媒，降神会士

严格保密

北伦敦，艾德弥斯敦别墅45号

　　那时的我年轻又缺乏经验，对我所认为的崇高原则耿耿于怀，而令我后来颇感懊恼的是，这些使我看不到自己立场的虚伪。我开始追查安吉尔先生的行踪，一心想要揭露他的骗局。很快，借助一些我无须在此详述的方法，我确定了他下一次召开降神会的地点和时间。

　　这次的降神会又是在伦敦郊区的一所私人住宅中举行的，尽管这次我与这个家庭（因母亲突然离世而陷入悲痛）的联系是人为的。我之所以能参加这次降神会，是因为前一天我到他们家去，声称自己是安吉尔的合伙人，是"灵媒"本人要求我必须参加的。在他们表现得特别明显的悲痛之中，这家人似乎对这一类的事情并不怎么在意。

　　第二天，我早早地来到房子外面的街道上，从而确定了安吉尔上次提前到我姑妈家不是偶然的，而确实是准备工作的必要部分。我偷偷地看着他和他的助手从一辆马车上搬下他们的道具，将它们搬到屋子里。一小时后，我在接近约定的时间进入了住宅，房间已经准备好了，处于半明半暗的状态。

　　和上次一样，降神会的第一个把戏还是倾倒的桌子，幸运的是，当安吉尔准备好开始时，我发现自己不可避免地站在他身边很近的地方。

　　"我是不是认识你，先生？"他柔声说道，带着一种指责的意味。

"我不这么认为。"我试图轻描淡写地说。

"你养成了参加这种场合的习惯，是吗？"

"和你差不多，先生。"我尽可能尖刻地说。

他用令人不安的眼神盯着我，但因为所有人都在等着他，他别无选择，只能开始。我认为他从那刻起就知道我是来揭穿他的，但值得赞扬的是，他用我已见过一次的同样的天赋完成了表演。

我在等候时机。揭穿桌子的秘密是没有意义的，但在他被塞进柜子的时候，我差点儿就冲过去打开柜门，让所有人都看到柜子里的他。毫无疑问，那时我们将看到他的双手已经摆脱了本应束缚着他的绳索，人们会发现他的嘴里正吹着一只喇叭，又或者响板正在他的手指之间发出咔嗒声。但是我没有动手。我认为最佳的时机是在紧张情绪达到最高峰，也就是所谓的灵魂信息在来回传送的时候。安吉尔用卷成小球的纸片来完成这项工作。这家人早些时候已经在这些纸片上写下了姓名、物件、家庭秘密等，安吉尔把这些小球按在额头上，假模假式地读取其中的"灵魂"信息。

在他刚刚开始时，我抓住了机会。这时候，所有人的手都握在一起，据说是为了建立起"心灵的连接"，而我从中挣脱出来，离开圆桌旁边，一把拉开了离得最近的窗子上蒙着的百叶窗。阳光如同潮水般涌了进来。

安吉尔说："这究竟是——？"

"女士们，先生们！"我呼喊道，"这个人是一个骗子！"

"坐下，先生！"通灵术士的男助手迅速向我走来。

"他在对你们使用障眼法！"我用坚决的语气说道，"瞧瞧他藏在桌子下的那只手！这就是他带给你们的信息的秘密！"

正当那个年轻男助手伸出双臂搂住我的肩膀时，我看到安吉尔脸上露出内疚的表情，迅速藏起了他手中的那张纸条，这纸条正是他的把戏成功的关键。这家人之中的那位父亲从座位上站了起来，脸上的表情因愤怒和悲伤而显得扭曲。他开始大声斥责我。其中一个孩子不高兴地哭了，随后所有孩子都哭了起来。

我用力挣扎，这时最大的那个男孩悲伤地说："妈妈在哪儿？她刚才在这儿！她刚才在这儿！"

"这个人是一个诈骗犯，一个撒谎精，一个舞弊者！"我喊道。

我被那名男助手不断推着向后退，这时已经快到房间的门口了。我看到那名女助手正匆忙走到窗前要拉下百叶窗。我用肘部猛地一击，暂时摆脱了攻击者，向她猛扑过去。我抓住她的肩膀，粗暴地将她推开。她摔倒在地板上。

"他不能和死者对话！"我喊道，"你们的母亲根本不在这里！"

房间里一片混乱。

"抓住他！"在喧闹之中，安吉尔的声音仍然十分清晰。那名男助手第二次抓住我，把我转了个身，让我面对着房间里的其他人。那个年轻的女人仍然躺在地上，脸上一副怨毒的神情，眼睛直勾勾地盯着我。安吉尔笔直地站在桌旁，表情看起来很平静。他直视着我。

"我认识你，先生，"他说，"我甚至知道你该受诅咒的名字。从今以后，我将尽全力关注你的事业。"然后他对他的助手说："把他弄出去！"

一小会儿之后，我倒在门外的大街上。我尽可能保持着尊严，不理会那些目瞪口呆的路人，整理了一下衣服，迅速步行离开了。

此后的几天，我因自己正义的行为而心满意足，我知道那一家人的钱被骗走了，舞台魔术师的技能遭到了滥用。在那之后，不可避免地，我对自己产生了怀疑。

安吉尔的客户们似乎从这些降神会中得到了足够真实的安慰，无论其来源究竟为何。我记得那些孩子的面容，在那几分钟里，受到安吉尔的引导，他们真的相信他们去世的母亲正从另一边送出安慰的信息。我看到了他们天真无邪的表情，看到了他们的微笑，看到了他们互相传递的幸福眼神。

这与魔术师在音乐厅里带给观众的那种神秘的愉悦感有区别吗？事实上，这难道不是更好的吗？比起在音乐厅表演，这真的更应该受到谴责吗？

我充满遗憾和痛苦地沉思了将近一个月，直到我的良知深深地感到内疚，因此我不得不采取行动。我给安吉尔写了一封低声下气的信，无条件道歉并且恳求能获得他的谅解。

他立即做出了反应。他把我的道歉信撕成碎片还给了我，并附带上他自己写的一张便签，充满讽刺地向我挑战，要求我用高超的魔术技巧将撕碎的纸张变回原样。

两天之后的晚上，我在李维斯汉姆帝国剧场表演时，他从观众席的前排站起身来，大声喊道："他的女助手藏在柜子左侧的帘子后面！"

这当然是真的。我没有别的选择，除非我乐意拉下舞台大幕就此放弃这场表演，否则就只能继续演下去。我尽可能用更戏剧化的方式请我的助手出场，然后在稀稀拉拉的掌声中尴尬地谢幕。在观众席的前排留下了一个空着的座位，就像张开的嘴里缺少的一颗牙齿。

我们持续多年的宿怨就是这样开始的。

我只能自辩称，这是由年轻和缺乏经验引起的，我的职业热情被用到了不该用的地方，我对人情世故还不那么熟悉。安吉尔也应承担一部分责任：尽管我没有很快向他道歉，但我的道歉是真心的，他拒绝的方式则充斥着恶意。但那个时候，安吉尔也同样还很年轻。现在很难以那时候的心态去回想当时的情况，因为我们之间的争斗持续了太久，并且产生了许多不同的形式。

如果说我在一开始时犯了一些错误，那么安吉尔必须承认，是他让这场宿怨持续至今。很多时候，我已厌倦了这一切，试图继续我的生活和事业，却发现有人对我发起了新的攻击。安吉尔经常想方设法破坏我的魔术道具，以致我尝试在舞台上表演的新魔术出现了微妙的错误。某天晚上，我试图将水变成红酒却失败了；还有一次，我本应从一顶大礼帽里华丽地拉出一大串彩旗，结果拉出的只有绳子；在另一场演出中，一位本应飘浮在空中的女助手仍然躺在床上，一动不动，令人难堪。

另外一些场合，在剧院外宣告我即将进行表演的标语牌上被写满了涂鸦，比如"他用的剑是假的""你将选中的扑克牌是黑桃Q""在镜子戏法中注意他的左手"，等等。当观众成群结队地入场时，所有这些涂鸦全都清晰可见。

我想这些攻击可能会被视为恶作剧，但它们有可能会损害我作为一名魔术师的声誉，而安吉尔十分清楚这一点。

我为什么会知道他是这一切的幕后黑手？首先，在某些情况下，他明确表示自己介入过。如果我的一场表演遭到破坏，当天他一定会出现在观众席上，并且在事情出错的那一瞬间第一时间站起来发表质问。但更明显的一点是，我后来发现，这些攻击的策划者看待魔术的角度与安吉尔是完全一致的。他几乎只关注魔术背后的那个秘密，魔术师的行话称之为"隐藏机关"。如果一个把戏完全依赖于魔术师桌子后面的一个隐藏架子，那么这个架子本身将会成为安吉尔关注的焦点，他不关心一位魔术师可能会利用这个架子发挥出的各种充满想象力的用途。暂时不论我们之间的争执最初是由什么引起的，安吉尔对魔术的理解存在着根本的缺陷和局限性，这才是我们之间矛盾的核心问题。魔术的奇迹不在于那个技术方面的秘密，而在于将之表现出来的技巧。

正是因为这一原因，他从未公开攻击过我最知名的魔术"新人体传送"。他无法理解它。他根本不知道它是怎样做到的，部分原因是我保守住了那个秘密，但更主要的是我表演它的方式。

16

所有的魔术都分为三个阶段。

第一个阶段是布局，在这一阶段魔术师将会尝试着暗示或者明示接下来他将要做些什么。观众可以看到他即将使用的道具。有时魔术师会请一些热心观众来参与准备工作。随着布局的进行，魔术师会尽可能地尝试使用误导。

第二个阶段是表演，魔术师会利用他毕生的实践，与他作为表演者的天赋技能相结合，在舞台上进行表演展示。

第三个阶段有时被称为效果，或是产出，这是魔术的最终产品。如果魔术师从礼帽中拉出了一只兔子，那么这只兔子，由于它在魔术开始之前并不存在，就可以称为是这个魔术的产出。

在所有的魔术之中，"新人体传送"是比较特别的，因为它的布局和表演阶段引发了观众、评论家和我的魔术师同行的极大兴趣，而对我这个魔术的表演者来说，产出才是最重要的。

舞台幻术分为不同的种类，但本质上最为基础的只有六个大类（此处不论及通灵术这一涉及心理的特殊领域）。每一个曾经表演过的舞台幻术都可以归入以下的一个或者多个类别。

第一类：产生。某人或者某物从无到有地神奇出现。

第二类：消失。某人或者某物神奇地消失化为虚无。

第三类：转化。一种物品向另一种物品的明显变化。

第四类：位移。两个以上的物体位置发生明显变化。

第五类：挑战自然法则。例如，克服重力飘浮在空中；让一个固体穿过另一个固体；大量的人或物从一个显然很小，因此不足以容纳这许多人或物的空间中出现。

第六类：神秘动力。使一种无生命的物体看起来像是自己在行动，例如，让一张选定的扑克牌从牌堆里神奇地升起。

"新人体传送"不是一个非常典型的魔术，因为它涉及至少六大类别之中的四种。大多数舞台幻术只涉及一种或者两种。我曾经在欧洲大陆观看过一次精心编排的表演，其中用到了六大类别之中的五种。

最后还需要提及的是魔术的技巧。

魔术师可以使用的方法不能像其他元素那样简单地进行分类，因为一旦涉及这一方面，一个好的魔术师不会轻视任何一个技巧。魔术的技巧可以是非常简单的，例如，将一个物品放在另一个物品后面，这样观众就看不见它了；也可以是非常复杂的，必须事先在剧院里进行布置，并且需要一组助手开展协作。

魔术师可以从传统的技术列表中进行选择。例如，一套被设置了"隐藏机关"的扑克牌，利用它可以使得一张或者多张扑克牌一定会被选中；一张令人眼花缭乱的背景布，从而使许多必要的魔术技巧得以在不受到注意的情况下进行；被涂成黑色的桌子或者道具，以使观众不会看得过于清楚；还有假人、替身、傀儡、百叶窗，等等。并且，一位有创造力的魔术师应当能够接受新鲜事物。这个世界上任何一种新的设备、玩具或者发明创造都应当引起魔术师的思考：怎样才能利用它创造一个新的节目呢？因此，近年来我们看到了一些新的技巧，利用往复式发动机、电话、电力进行魔术表演，还有令人印象极为深刻的沃布尔教授的烟幕弹玩具魔术。

对魔术师来说，魔术并不神秘。我们使用标准的方法，加以自己的变化。对观众来说极为新奇又或者令人困惑的魔术，在其他的职业人士看来只是一个技术上的挑战。如果一位魔术师发明了一个新的舞台幻术，那么其他人复制这种效果只不过是时间问题。

每一种幻象，无论是通过隐蔽的隔间、巧妙放置的镜子、混在观众里充当"热心观众"的助手，或者就是简单地对观众的注意力进行误导，它们的实现方法都是能够清楚地解析出来的。

现在，我在你们的面前举起双手，展开所有的手指，从而你们可以看到我的手里没有隐藏任何东西，并且说道，"新人体传送"与其他的舞台幻术一样，它是可以解析的。但是，由于一个简单的秘密得到安全的保护，并且经过多年的实践、相当大量的误导以及传统魔术技巧的运用，它已经成了我表演和职业生涯的基石。

正如我即将记录的那样，它也挫败了安吉尔窥探其秘诀的企图和行动。

17

我和莎拉还有孩子们在南海岸度过了一个短暂的假期。我随身带着笔记本。

我们先去了黑斯廷斯，因为我已经好几年没回去过了，但我们没有待多久。这座城镇已经开始衰落，这种衰落的趋势恐怕无法逆转。我父亲的工坊在他去世时就卖给了他人，如今它已再次易主。现在那里成了一家面包房。我们故居后面的山谷里建起了许多房屋，即将有一条通往阿什福德的铁路从此处经过。

离开黑斯廷斯后，我们去了贝克斯希尔，然后是伊斯特本，然后是布赖顿，然后是伯格诺。

以下是我对笔记内容的第一个评价：是我首先试图羞辱安吉尔，后来也是我反过来被他羞辱了。除了这个说到底并不是很重要的细节之外，我认为我对这件事的记录是准确的，甚至包括其他的所有细节也是如此。

我对那个秘密发表了很多评论，并因此而显得对它很重视。这让我觉得十分讽刺，因为我曾经不厌其烦地一再强调大多数魔术背后的秘密其实微不足道。

我不认为我的秘密是微不足道的。要猜到这个秘密并不困难，安吉尔似乎已经猜出来了，无论我写了或者没写什么。其他人或许也已经猜到了。

任何一个读过这段记录的人很可能也可以靠自己猜出来。

无法猜测出来的是这个秘密对我生活的影响。这就是安吉尔永远无法真正解开整个谜团的原因，除非我自己告诉他答案。他绝不会相信，为了保守这个秘密，我的生活已经被扭曲到了怎样的程度。而那才是真正重要的。

只要我能继续监视这本笔记的写作，那么我就可以继续记录，那个舞台幻术在观众看来是什么样子。

18

作为一个舞台幻术，"新人体传送"的表现形式在多年来发生了一定的变化，但其实现的方法始终不变。

总体而言，它需要的道具包括两个木柜，或是两个木箱，或是两张桌子，或是两张凳子。其中一个安排在舞台的前半部，另一个则在舞台的后半部。根据每个剧院舞台区域的不同大小和形状，具体的摆放位置会有所不同，这不是关键问题。对它们的位置只有一个要求，那就是它们应当尽可能地分开。它们必须用灯光一直照射着，观众从一开始到结束都能清楚地同时看到它们。

我将描述这个魔术最老的，因此也是最简单的那一版本，当时我用的是关着门的柜子。在那个时候，我称它为"人体传送"。

然后，就像现在一样，我的表演在这个幻术中达到了高潮，此后只有一些细节发生了变化。因此，我将描述这个幻术早期的版本，就如同它仍旧在我现今的节目单上一样。

经由布景员、助手，又或是在某些情况下受邀的热心观众的帮助，两个柜子被移动到舞台上，并且打开展示，证明里面是空的。随后热心观众可以走进这两个柜子，他们不仅可以打开柜子的前门，也可以打开柜子的铰链式后壁，窥视其下安装着轮子的空间。将这两个柜子移动到它们各自事先确定的位置，并关上柜门。

接下来是简短幽默的开场白（使用我的法国口音），讲述同时身处两个地方的各种好处，然后我走向舞台前部的柜子，也就是一号柜子，并且打开柜门。

当然，柜子里仍然是空的。我从我的道具桌上拿起一个色彩鲜艳的大号充气球，将它扔向地面让它弹起，从而展示它移动的速度是非常快的。接下来我走进一号柜子，并且暂时不关门。

我从柜门中伸出手来，用力将球抛向二号柜子。与此同时，我在一号柜子里面猛地将柜门关上。

我在二号柜子里面推开门，并且走了出来。我接住了那个向我飞来的球。

就在我接住球的那一瞬间，一号柜子倒塌了，它的柜门、侧面和背面的木板戏剧性地折叠起来，表明它完全是空的。

我拿着球，走到舞台前侧的脚灯前，向掌声雷动的观众鞠躬致意。

19

让我简要回顾一下我直至19世纪末的生活和职业生涯。

我在十八岁的时候离开了家，在各家音乐厅担任专职魔术师。然而，即便是有马斯基林先生的帮助，我仍然很少有演出赚钱的机会。我既不出名，也不富有，其后的数年间，我甚至没怎么登上过演职人员的名单。我所做的大部分舞台工作都是协助其他魔术师进行表演，但在很长一段时间里，我通过设计和制造柜子以及其他魔术道具来支付我的房租。我父亲制造柜子的培训对我很有帮助。我作为一名可靠的舞台幻术发明家和机关师的声望逐步树立。

1879年，我的母亲去世。其后一年，父亲亦随她而去。

到了19世纪80年代末，在我已三十出头的时候，我开始获得单人表演的机会，并采用了"魔法教授"这一艺名。我定期表演"人体传送"的各种早期版本。

尽管这个魔术的成功率从来不是问题，但我长期以来一直对它的舞台效果不太满意。在我看来，封闭的柜子缺乏足够的神秘感，无助于提高观众对危险和不可能性的预期。在舞台魔术的背景下，这种柜子实在过于普通。我逐渐找到了可以强化舞台效果的方法：首先是把柜子改成看起来不太可能容得下我的箱子，然后是带隐藏挡板的桌子，最后，在魔术界追捧"开放式"魔术的风潮中，我大胆尝试改用平板长凳，让观众可以一直看到我的身体，直到传送的那一瞬间。

然而，在1892年，我生出了一个我一直在寻求的想法。它是间接被发现的，并且它播下的种子要过上许久才能发芽。

一位名叫尼古拉·特斯拉的巴尔干发明家于当年的2月来到伦敦，推广某些电力的新效用，他当时是电力领域的先驱。特斯拉是一位塞尔维亚裔的克罗地亚人，据说有着难以听懂的外国口音，并且将向科学界发表数次有关其专业的演讲。这类事情在伦敦并不鲜见，平常我很少会注意到。然而，这位特斯拉先生在美国是一个争议人物，他卷入了关于电的性质和应用的学术争论，因此各大报刊都在大肆宣扬他的到来。正是从这些报道之中，我产生了一个想法。

一直以来，我需要的是一种壮观的舞台效果，一方面是为了强化"人体传送"的表现力，另一方面也是为了遮掩其实现的过程。我从新闻报道中得知，特斯拉先生能够制造足够高的电压，从而实现闪电和火花的效果，并且对人体无害，也不会引起烧伤。

特斯拉先生返回美国后，他的影响仍在持续。不久后，伦敦和其他城市开始向能够买得起的人提供少量的电力。因为电力是一种革命性的新发明，新闻里总是提到它，例如，人们使用电力完成了这个任务，又或是解决了那个问题，诸如此类。又过了一段时间，我听说安吉尔正在演出一个"人体传送"的模仿版本，我开始觉得我应当进一步改进这个魔术。我意识到，将电纳入我的表演之中并不很困难，因此我开始在伦敦的科技产品交易商的旧货仓库里进行搜索。在我的机关师汤米·埃尔伯恩[1]的协助下，我最终成功造出了"新人体传送"所需要的舞台道具。之后几年，我一直在对它进行增添和改进，而到了1896年的时候，新的电光效果已经永久地进入了我的舞台表演。这引起了广泛的赞誉、收银机的阵阵响动以及对我秘密的徒劳无功的猜测。我的舞台幻术在炫目的电光中达到了新的水平。

---

1 即后文的托马斯·埃尔伯恩。"汤米"是昵称。

20

接下来我将稍微回溯一点时间。1891年10月，我与莎拉·亨德森结婚，此前我在阿尔德盖特的一家救世军招待所参加慈善演出时结识了她。她当时在那里担任义工，在表演的休息时间，她十分随意地坐过来和我一起喝茶。我的扑克牌戏法让她十分开心，于是她用玩笑般的语气邀请我再单独为她表演一些戏法，好让她看看我究竟是怎么做到的。因为她年轻貌美，我便接受了邀请，她眼睛里的困惑让我感到非常有趣。

然而，这是我第一次在她面前表演魔术，也是最后一次。我作为一名魔术师的技巧与我们之间的感情毫无关联。我们认识后不久就成了一同散步的伙伴，此后很快对彼此袒露爱意。莎拉从未在剧院或是音乐厅工作过，事实上她是一位出身高贵的年轻女性。她父亲威胁说若是她继续与我交往，就要剥夺她的继承权（他最终确实这样做了）。经历了这样的考验，她仍对我痴心不改。

婚后，我们搬到伦敦贝斯沃特区的出租房居住，但没过多久，成功就向我露出了微笑。1893年，我们买下了圣约翰伍德的一座大房子，从那之后我们就一直住在那里。同年，我们的双胞胎孩子格雷厄姆和海伦娜出生了。

我一直把我的职业生涯和我的个人生活分开。在刚才我所说的这段时间里，我在埃尔金大道的办公室和工作室里练习我的技艺，如果我去往英国的偏远地区进行巡回演出，我不会带莎拉去。当我在伦敦演出，或者暂时没有演出的时候，我会和她一起，在家里过着平静而满足的生活。

我之所以要强调我令人满意的家庭生活，是因为我将要写到接下来即将发生的一件事。我要继续写下去吗?

21

我想我必须写下去,是的。我怀疑我知道我在这里指的是什么事。

22

因为我的女助手乔治娜·哈里斯要结婚了,我一直在戏剧期刊上登载广告,招聘一名替代的女助手。我总是惧怕新员工到来所引起的巨变,特别是像舞台女助手这样重要的位置。当奥利芙·温斯科姆写信来申请面试的时候,初看起来她似乎并不怎么合适,因此我将她的信件搁置了一段时间,暂时没有回信。

据她信中所说,她当时已经二十六岁了,我觉得这个年纪略微大了一些。她在信中写道,她是一名训练有素的芭蕾舞女演员,后来转行做了魔术师的助手。许多魔术师乐意雇用舞蹈演员,因为她们身材健美,身体柔韧,但我通常更倾向于招募具有专业魔术表演经验的年轻女性,而不是那种仅仅因为有相关职位聘用了她们就入了行的女性。尽管如此,在那样一个很难找到好助手的时期,奥利芙·温斯科姆的信就刚巧寄来了,所以最终我还是与她约了一个时间见面。

魔术师的女助手是一个要求很高的工作,大多数人并不适合。

有这样一些必须满足的硬性条件。首先，她必须年轻，而且她的容貌如果不是生来就特别美的话，至少也得是令人愉悦的，这样才能通过化妆来打扮成美丽的模样。除此之外，她的身体必须足够苗条、轻盈，同时又足够强壮。她必须愿意在有限的密闭空间里站着、蹲着、跪着或者躺着，通常每次都要维持好几分钟不能动弹，而且从密闭空间里出来的时候，必须露出轻松的表情，好像从未被关起来过似的。最重要的是，她必须愿意忍受她的雇主为实现自己各种不切实际的想法而提出的各种古怪要求。

如同以往的类似面试一样，奥利芙·温斯科姆的面试是在我位于埃尔金大道的工作室里进行的。这里，在这些敞开的柜子、镶满镜子的方格和带有帷幔的壁龛里，许多我工作中不可避免地使用到的秘密就这样暴露出来。我从来未曾向我的任何一位员工完整地展示一个戏法的原理，除非这对他们的工作至关重要。尽管如此，我仍希望他们明白，每个戏法的背后都有一个合理的解释，而且我知道自己在做什么。某些舞台幻术，包括我也会表演的那些，会使用到刀剑，甚至是火器，从观众的角度来看十分危险。特别是"新人体传送"这个魔术，还加上了爆炸性的电学反应以及碳放电法所产生的烟雾，经常会把前六排的观众吓得够呛！但我不希望让任何一位我的员工觉得自己会遭遇什么危险。我唯一小心地保护着的秘密是"新人体传送"本身，它的原理即使是对和我一起上台的女助手来说也是隐瞒着的，直到魔术开始时的那一刻。

需要澄清的是，与当代所有的魔术师一样，我并不是完全独自工作。除了我的舞台助手以外，托马斯·埃尔伯恩也为我工作，他是我的机关师，具有完全不可替代的作用。此外托马斯还有两个年轻的工匠作为助手，协助他建造和维护各类魔法道具。托马斯差不多是从我开始登台表演的时候就受到我的雇用。在那之前，他在埃及大厅为马斯基林工作。

（托马斯·埃尔伯恩知道我隐藏得最深的那个秘密，他必须知道。但是我信任他，我也必须信任他。我说得尽量简单，是为了表达我对他信任的简单。托马斯一生都在为魔术师工作，再也没有什么能让他感到惊讶。如今我拥有的魔术知识，要么是我从他那里学到的，要么是我曾经教给过他的，没有什么是我知道而他不知道的。而在我与他合作的那么多年之中——他几年前已经退休了——他从未向我或是任何人明确地透露过其他魔术师的秘密。对他是否值得信任提出疑问，就相当于对我自己的理智提出疑问。托马斯来自伦敦的托特纳姆区，已婚，没有孩子。他的年纪比我大很多，但我从来没有搞清楚他究竟比我大多少。我猜，在奥利芙·温斯科姆开始为我工作的时候，托马斯应该已经快七十岁了。）

奥利芙·温斯科姆一到，我就基本决定要雇用她了。她既不高大，也不魁梧，但有着苗条而又迷人的身材。她无论是走还是站都高高地昂着头，五官端正，形象颇佳。她出生于美国，说着一口她称之为"东海岸口音"的美式英语，不过她已经在伦敦生活和工作好几年了。我尽可能以一种非正式的态度向她介绍了托马斯·埃尔伯恩和乔治娜·哈里斯，并且询问她是否带来了推荐信。在选择应聘者时，我通常会给予推荐者很大的权重，若是有任何一位我听说过其作品的魔术师写来推荐信，则应聘者几乎肯定能获得这份工作。她带了两封推荐信，其中一封是由在度假胜地苏塞克斯和汉普郡工作的一位魔术师所写，这位魔术师的名字我没什么印象；但另一封则来自约瑟夫·布亚迪尔·德·科尔塔，在世的顶级魔术师之一。不得不承认，我对此印象深刻。我悄悄将德·科尔塔的推荐信递给托马斯·埃尔伯恩，并注意观察他的表情。

"你为德·科尔塔先生工作了多久？"我问她。

"只有五个月，"她说，"他在一次欧洲巡回演出的时候雇用了我，巡演结束后他就让我走了。"

"我明白了。"

在那之后的面试基本上就是走个形式了，但即便如此，我仍觉得有必要让她接受常规测试。也正因如此，乔治娜才参与了试演活动，因为在没有女伴陪同的情况下，要求一位（即使是像奥利芙·温斯科姆这样有经验的）女性求职者展示自己的能力是非常不合适的。

"你有没有带彩排服装？"我问。

"有的，先生，我带了。"

"那么，如果你愿意的话——"

几分钟后，托马斯将身穿紧身服装的奥利芙·温斯科姆带到我们的几个柜子前，并要求她在其中的一个柜子里藏好。从一个看似空空如也的柜子里走出一个健康活泼的年轻女性，这是魔术界传统的备用措施。为此，舞台助手必须藏进一个隐藏的隔间，而这个隔间越小，魔术的效果就越令人惊讶。此外，若是能精心挑选一件颜色鲜艳的宽大服装，再加上嵌着亮片的缎带用以吸引和反射聚光灯，神秘感还可以进一步增强。我们所有人都看得出来，奥利芙显然精于这些秘密隔间和挡板。托马斯首先将她带到我们的"花轿"前（此时我们已经很少在演出中使用这个道具，因为这个戏法早就广为人知），她完全清楚隐藏的隔间在什么地方，很快就爬了进去。

接下来，托马斯和我请她演示一个被称为"名利场"的幻术，在这个节目中，一位年轻女子看起来似乎穿过了一面固体的镜子。这不是一个很难实现的幻术，但它确实需要表演者身体灵活、行动迅速。

虽然奥利芙说她没有表演过这个，但在我们给她讲解了这个魔术的原理之后，她就能够以令人称赞的速度完成表演。

接下来只需要测量她身体的尺寸就可以了，不过到了这个时候，我认为就算她的身材略微偏大，我和托马斯也可以为她重新打造一部分她能使用的魔法道具。我们不必担心这个问题。托马斯把她放在一个名叫"斩首公主"的幻术所使用的柜子里（对大多数舞台助手来说，这个柜子的空间都尤为紧凑，而且需要在里面待上好几分钟不能动弹，令人十分不适），但她能够平稳地爬进爬出，并且声称她在演出期间不会因为待在这个柜子里而感到痛苦。

可以说，奥利芙·温斯科姆通过所有的常规测试证明了自己是最合适的人选，因此当准备工作完成后，我就按照惯例的薪水留下了她。一周之内，我完成了对她的训练，确保她清楚了解在我所有需要她上台的节目中她应该如何表演。在一个恰当的时机，乔治娜离开了，嫁给了她的男朋友，此后奥利芙就代替她成为我的专职女助手。

23

瞧瞧，我写得多么整洁、平静而专业！既然我已经写下了"官方记录"版本的奥利芙，就由我，在我们契约的限定下，将那个不可回避的真相，那个迄今为止我一直对所有重要的人隐瞒着的真相，添加进来。奥利芙差点儿就愚弄了我，因此我必须附上真实的叙述。

当然，乔治娜并没有参加那次试演，我也没有。汤米·埃尔伯恩在场，但他一如既往地躲在一边。实际上可以说，工作室里除了她和我就没有别人。

我问奥利芙有没有带彩排服装，她说没带。当她说这话时，她直视着我的眼睛。我沉默了许久，思索着这可能意味着什么，以及在她看来这意味着什么。任何一位申请这份工作的年轻女性，都不会指望自己能无须经历测量、检验或者某种形式的试演就能得到录用。所以，应聘者总是会带一套彩排服装。

好吧，奥利芙就没带。然后她说："我不需要服装，甜心。"

"现在这里没有女伴，亲爱的。"我说。

"我觉得没有什么大不了的！"她说。

她很快脱下了外套，里面穿着女人只有在闺房里才会穿的衣服，那种不庄重的、容易发生事故的宽松衣物。我把她带到"花轿"前面，尽管她显然很清楚这个道具的用途以及她应该藏在什么地方，但她要求我帮她爬进去。这需要我与衣不蔽体的她发生一些十分亲密的接触！在我向她演示"名利场"的原理时，同样的事情发生了。她假装跌跌撞撞地穿过了暗门，并且倒在我的怀里。面试的剩余部分是在工作室后部的一张长沙发上完成的。

汤米·埃尔伯恩在我们两个都没注意到的时候悄悄离开了。总之，事后他并不在工作室里。

其余的部分基本正确。我雇用了她担任我的女助手，她学会了所有需要她登台表演的魔术。

24

我的表演总是以"中国连环"开场。尽管老套，但效果还是很好，观众总是喜欢它，就算他们以前看过也是一样。圆环在聚光灯下闪着光，金属互相撞击发出叮当声，魔术师的手和胳膊有韵律地摆动着，圆环轻易地互相连接或是分开，几乎让观众进入了催眠状态。没有人能够看穿这个戏法，除非你站在距离表演者仅仅几英寸的地方，并且能够从他手中抢走指环。这个戏法总是魅力四射，总是创造出那种令人兴奋的神秘感和奇迹。

"中国连环"之后，我开始表演"现代木柜幻术"，这期间我仅使用舞台的前面部分。我把柜子放在离脚灯一码左右的位置，并且将其旋转一周，让观众可以看到柜子的侧面和背面。我需要确保观众看到我从柜子的后面走过，并且他们可以透过舞台地板与柜子底部的空隙看到我的脚。在柜子旋转的时候，他们已经看到没有人紧贴在柜子的背面，这时他们就可以确定没有人可以藏在柜子底下。我猛地打开柜门，露出柜子的内部，然后走进柜子，松开后面板的插销，将后面板移开，现在观众可以清楚地看到柜子从前到后的整个空间。他们看着我从后面走进柜子，从前门出来，然后反过来从前门进入柜子，从后面出去，再把后门板关上。

这时柜门是敞开的，当我假装在柜子后面忙碌的时候，观众会抓住机会，更加专心地注视柜子的内部。当然，那里头没什么可以看的——柜子本身必然是空空如也。然后，我迅速关闭柜门，用安在柜子下边的轮子将它转动一圈，然后大力把柜门推开。柜子里有一位年轻女子，她面容美丽，穿着一套装饰华丽臃肿的服装，完全占据了柜子里的空间，并且微笑着向观众挥手。她从柜子里走出来，向着掌声雷动的观众席鞠躬致意，然后下台。

我把柜子推到舞台的侧面，在那里，托马斯·埃尔伯恩会悄然将它收回后台。

进入下一个环节。这个环节不那么壮观，但我会邀请两三位热心观众上台。每一场魔术表演都需要这样一个扑克牌戏法的环节。魔术师必须展示他的手法，否则他的同行就有可能发表评论，称他仅仅是一台自动化机器的操作者。我走向台前的脚灯，我身后的一层幕布被拉上。在某种程度上，这是为了在扑克牌戏法环节中营造一种封闭、亲密的氛围，但主要目的是让托马斯在幕后布设"新人体传送"的装置。

扑克牌戏法结束之后，我需要打破那种安静、专注的感觉，所以我迅速开始无中生有地掏出各种各样色彩鲜艳的物品。旗帜、彩带、扇子、气球和丝巾从我的双手、袖子以及口袋里源源不断地涌出来，使我的周围变得明亮而又混乱。我的女助手这时候上了台，在我身后假装清理那些彩带，实际上是为了悄悄给我传递更多经过压缩的物品用于展示。最后，颜色鲜亮的纸张和丝绸在我的脚边堆到几英寸高。我向掌声致意。

就在观众的掌声还没停止的时候，我身后的幕布缓缓拉开。在半明半暗间，隐约可以看到我表演"新人体传送"的装置。我的助手们迅速走上舞台，动作轻巧地清除了所有的彩带。

我回到舞台前，面对观众并且开始直接对他们发言，用的是断断续续、带着法国口音的英语。我告诉观众，接下来我要做的事只有在电力发明后才成为可能。我的演出是从地球的内部吸取力量。某种难以想象的，甚至连我自己都不能完全理解的力量在起作用。我说，观众即将见证一个名副其实的奇迹，在这之中，生与死相得益彰，就像我的祖先们为了躲避灾难而玩的骰子游戏一样。

在我讲话的同时，舞台灯光亮了起来，光线映照在抛光过的金属支架、金色的线圈和闪光的玻璃球上。这些装置是美的，但那是一种带有威胁性的美，因为这个年代，所有人都听说过电流的致命力量。这种在许多城市已经投入使用的新型能源造成的可怕烧伤甚至是致死的事件，报纸报道了太多起。

"新人体传送"的装置在设计之初就有意要提醒观众回忆起那些令人恐惧的事件。它装有许多白炽灯，其中一些甚至在我说话时就亮了起来。它的一边是一个巨大的玻璃球，里面有一道明亮的电弧，发出刺耳的咝咝声和爆裂声。而在观众看来，这个装置的主体部分看起来像是一张长条木板凳，离舞台地面高约三英尺[1]。他们可以看到这条长凳的后面、周围以及下面。在板凳靠近电弧玻璃球的那一头有一个凸起的小平台，上面布满电线，裸露的末端危险地垂在空中。平台上方是一个顶棚，许多白炽灯安装在这里。另一端则是一个金属圆锥体，上面螺旋形装饰着较小的电灯。这个圆锥体安装在一个万向节设备上，因此可以朝数个方向

---

1 英制长度单位，1 英尺＝30.48 厘米。

转动。主体部分的周围设置了许多小的凹坑和架子，未经包裹的电线接头放置其中，仿佛在等待着。整个装置都在发出响亮的嗡鸣声，似乎其中蕴藏着无尽的力量。

我向观众说明，我本应邀请他们之中的几位登上舞台，代表所有观众亲自检查这些设备，但考虑到这对受邀者来说极其危险，因此我不会这样做。我暗示以前曾发生过这样的事故。我告诉他们，我设计了一些简单的演示作为代替，足以展示这台机器内在的力量。我将一些镁粉撒在两个裸露的触点上，一道耀眼的白光瞬间让离舞台最近的前排观众暂时双目失明！

当镁粉放出的烟雾向上升腾时，我拿出一张纸，将它丢在装置的另一个半开放区域中。它立刻燃烧起来，烟雾戏剧性地升向上方的布景阁楼。机器内部的嗡鸣声更响了。整个装置似乎是有生命的，其内部的可怕能量仅仅是勉强受到限制。

在舞台左侧，我的女助手和一个装着轮子的柜子一同出现了。这个柜子使用坚固的木料制成，但因为底部装有轮子，所以她可以将它旋转一圈，让观众看到它的四个面。然后她放下柜子的前面和侧面挡板，证明柜子是空的。

我向着观众露出一个悲伤的表情，然后朝女助手打了个手势，于是她将一双很大的深棕色手套递给我，表面看起来像是用皮革材料制成的。我戴上这双手套后，她就领着我走向装置，直到我站在它后面。观众仍然可以看到我身体的大部分，并满意地发现这里没有隐藏着什么镜子或者挡板。我将戴着手套的双手放在平台上，此时，电压的嗞嗞声变得更大了，玻璃球里再次放出明亮的电弧。我摇晃着后退，仿佛大受震惊。

女助手向着远离装置的方向移动，略微弯曲着身子。我停了下来，恳求她离开这里，以保证自己的安全。一开始她稍微抗拒了一下，然后就高兴地从侧面退到后台。

我抬起戴着沉重手套的双手，小心翼翼地握住定向锥，并且极为谨慎地移动它，直到它的轴心直接指向那个柜子。

这个魔术正在接近高潮部分。乐池里传来一阵鼓声。我再一次将双手放在平台上，所有的灯都随之神奇地亮了起来。凶险的嗡鸣声再度增大。我先是坐在平台上，然后旋转身体，好让我的腿能够伸展开，然后躺了下去，最终，我平躺在长凳上，周身环绕着可怖的电流效果。

我抬起双臂，先脱掉一只手套，然后是另一只。当我放下手臂时，我容许自己的手从平台的两侧垂下去。其中一只手，观众能够看到的那一只，随意地落入一个凹陷处，就在几秒钟之前，一张纸在这里被点燃了。

一道炫目的白光闪过，照射在装置上的所有灯光都熄灭了，它沉入了黑暗。

与此同时……我从平台上消失了。

柜子的门砰的一声打开，观众看到我蜷缩在柜子里面。

我缓缓地从柜子里滚了出来，倒在地板上，沐浴在舞台的灯光下。

我逐渐恢复了神志。我站了起来。我在明亮的灯光下眨着眼睛。我面对着观众。我转过身面对着平台，那是我曾经在的地方；然后又再次转向我身后不远处的柜子，那是我到达的地方。

我向观众鞠躬。

观众看到了我被传送的整个过程。就在他们的眼前，电的威力将我弹射到了舞台上的另一个位置。十英尺的距离，中间什么都没有。又或者二十英尺、三十英尺，这取决于舞台的大小。

一个人的躯体在一瞬间被传送了。一个奇迹，一起不可能事件，一支魔术。

我的女助手回到舞台上。我紧握住她的手，微笑着再次向发出雷鸣般掌声的观众席鞠躬，直到大幕在我面前落下。

25

如果我不再多说的话，这可以接受。我不会再插手了。我可以继续写到结论的部分。

26

在我那间位于霍恩西的公寓里，生活还有许多可以改善的地方。霍恩西是伦敦北部的一个区域，离我那幢位于圣约翰伍德的住宅也就几英里[1]。这座公寓楼坐落在一条僻静的小巷里，总共有十间公寓，我租了其中的一间。我之所以选择这间公寓，是因为它似乎满足了我对隐居的要求。它位于一座朴素的中世纪建筑的三楼后部，占据了其中的一个角落，因此，尽管它有几扇能够俯瞰房子周围小花园的窗子，但入口则只有一道平平无奇的门，直通楼梯间。

1　英制长度单位，1 英里 ≈ 1.61 公里。

入住之后不久，我就开始后悔自己的选择。这里的其他租客大多是中下层家庭，家境相当普通。举例来说，三楼的其他住户都有同住的小孩，并且有许多各个种类的家庭佣工来来往往。而我看起来像是个单身汉，却又租住了这么大的一间公寓，很显然引起了邻居们的好奇心。尽管我用尽各种方法暗示自己不想与他们交谈，但仍无法避免与别人说上一两句，而且很快我就发现他们在对我进行各种各样的猜测。我知道应该搬到别的地方去，但在刚开始租住公寓的时候，我渴望有这样一个足够稳定的地点，让我在两次演出之间有地方可去。即使真的搬到其他地方，我也无法保证不会引起人们的好奇。我决定装出礼貌而又冷淡的样子，尽可能不显眼地到来以及离开，既不与邻居们过多地交往，也不显得特别神秘。最终，我相信他们已经不那么在意我了。英国人对怪癖有一种传统的容忍，我时常深夜回家的怪异行为、我没有仆人的独居状态、我无法解释的谋生手段，最终都变得既无害又熟悉了。

　　抛开这些不谈，在我首次入住之后的很长一段时间里，我仍然觉得公寓里的生活十分不愉快。

　　我租住这间公寓的时候，房间里是没有家具的。因为我必须把我的大部分收入用于圣约翰伍德的家庭住宅，一开始我只能买一些便宜又差劲的家具。取暖的用具只有一个火炉，我必须从下面的院子里把木柴搬上来，而且虽然火炉附近的温度很高，但是房间里其他地方还是很冷。当然也没有什么地毯。

　　因为这间公寓对我来说相当于一个避难所，所以我必须让这里的隐居生活变得足够舒适和便利，甚至需要满足长期生活于此的需求。

身体上的不适暂且不提，因为当我能够获得我想要的各种用具时，这方面自然会有所缓解，但最糟糕的是孤独、与家人隔绝的感觉。无论是当时还是现在，都没有任何方法可以治愈。起初，我只是与莎拉分离，这已经够让人难以接受了，在她分娩双胞胎的艰难过程中，我经常因担忧她而十分痛苦。格雷厄姆和海伦娜出生后，情况变得愈加困难，特别是在他们之中的一个生病的时候。我知道我的家人备受关爱，我们的仆人敬业奉献，值得信任，即便遭遇严重疾病，我们也有足够的资金可以获得最好的治疗，但这些还远远不够，尽管这些想法确实提供了一定程度的安慰。

在我谋划"人体传送"及其最新版本的那些年之中，在我的整个魔术职业生涯之中，我从未想到过有一天，结婚生子可能会威胁到这个魔术的可行性。

许多次，我曾想过要放弃舞台，再也不表演那个魔术了，从而在事实上完全放弃魔术表演。这都是因为我感受到了对我亲爱的妻子的爱和责任，以及对我的孩子们的炽热的爱。

在霍恩西公寓那些度日如年的日子里，在某些时候连续几个星期都没有我表演机会的时间里，我有极其充裕的时间来思考。

当然，最重要的一点是，我没有放弃。

在我艰难的早年，我没有放弃。在我的声誉和收入开始飙升时，我没有放弃。现在的我仍然没有放弃，虽然几乎在一切方面，无论出于什么目的，我那著名的幻术只剩下围绕在它周围的谜团。

不过，近来这方面变得轻松了许多。在奥利芙·温斯科姆为我工作的第二个星期，我发现她居住在尤斯顿车站附近的一家商务旅馆，那里的名声相当糟糕。对此她解释说，她的前雇主，汉普郡的那位魔术师曾为她提供住宿，但当她不再为他工作时，自然也就放弃了这个待遇。这时，奥利芙和我正在定期亲密地使用我工作室里的那张长沙发。不需要多长时间，我就意识到我也可以为她提供永久的住所。

当然，所有类似的决定都受到契约的控制，但在这种情况下，也只是走个形式罢了。几天之后，奥利芙搬进了我在霍恩西的那间公寓。从那之后，她一直住在那里。

在她搬进来几个星期之后，她揭露了那个本应改变一切的真相。

27

1898年年底，由于一家剧场取消了演出，我不得不在两场"新人体传送"表演之间休息了一个多星期。我在霍恩西公寓度过了这段时间，尽管曾经到工作室去过一次，但大多数时候都与奥利芙愉快地待在一起。我们开始重新装修公寓，利用最近在西区伊利里亚剧院成功演出的部分收入买下了好几件漂亮的家具。

在田园诗生活即将结束的那个晚上（我本来计划前往布赖顿的竞技场演出），她让我大吃了一惊。那时候时间已经很晚了，我们正在一起休息，打算要睡觉。

"听着，甜心，"她说，"我一直在想，你可能需要再去找一个新的助手了。"

我一时间目瞪口呆，不知该如何回答。在那一刻之前，我觉得我已经达到了我职业生涯所追求的那种稳定。我有我的家人，我有一个情人。我和我的妻子住在我的房子里，我和我的情人住在我的公寓里。我爱我的孩子，我爱我的妻子，我爱我的情人。我的生活被分为截然不同的两半，互不干涉，每个半边都从未曾怀疑过竟然还有另外半边存在。此外，我的情人还担任我美丽迷人的舞台助手。她在工作中才华横溢，并且我确信她可爱的外形帮助我吸引到了比往常更多的观众。用俗话来说，我拿到了我的蛋糕，并且贪婪地吃着。而现在，奥利芙说的这些话似乎使一切都失去了平衡，我陷入了沮丧之中。

看到我的反应，奥利芙说："我有很多话想告诉你。这不像你想象的那么糟糕。"

"我想不出来还有什么可能会更糟糕了。"

"好吧，如果你只听我前面的话，情况会比你想象的还要糟，但如果你坚持听完，我想你最终会感觉很好。"

我仔细看着她并且发现，她看起来相当紧张。我早该发现的。显然正在发生一些事情。

她滔滔不绝地讲述着她的故事，很快就印证了她的警告。她的话语让我充满了恐慌。

一开始她说，她不想再为我工作有两个原因。第一个原因是她登台演出已经有好几年了，她只是想要改变一下。她说她想要住在家里，做我的情人，并从这一角度来追随我的事业。她说只要我有需要，她愿意继续一直做我的助手，或者直到我找到另外一位助手代替她为止。到这里都还不错。但是，她说，我还没有听到第二个原因。第二个原因是，她是受某人指派到我这里工作的，那个人想要让她发掘我职业中的秘密，然后将它们传递给他。这个人，她说——

"安吉尔！"我大声说道，"你是安吉尔派来刺探我的秘密的？"

她立刻就承认了。看到我怒火爆发，她马上向后退去并且哭了起来。我极力试图回想起在过去的几个星期中我对她说过些什么，她看到过或者使用过哪些装置，她可能学到或者自己发现了哪些秘密，以及她可能会向我的敌人传送了哪些信息。我的脑子里一片混乱。

有这么一段时间，我完全无法听到她在说些什么，无法冷静地、有逻辑地思考。与此同时，她几乎一直在哭泣，恳求我听她继续说下去。

两三个小时就这样在痛苦和徒劳之中过去了，最终，我们的情感都变得麻木。由于僵局已经持续到了凌晨，我们都迫切地需要睡眠。我们关上灯，一起躺下，刚刚被揭露的可怕真相还没能打破我们的习惯。

我躺在黑暗中无法入眠，试图去思考该如何应对这一切，但我的头脑仍在漫无目的地盘旋。然后，在我身边的黑暗中，我听到她的声音，平静而又坚定："难道你不明白吗？如果我还是鲁珀特·安吉尔的密探，我会告诉你吗？是的，我曾和他在一起，但我现在已经烦透他了。他一直在和别的女人鬼混，这让我很恼火。一直以来，他都痴迷于对你进行攻击，而我也正好想要改变生活状态，所以我自己想出了这个主意。但当我见到你时……你给我一种很不同的感觉。你和鲁珀特在所有方面都完全不一样。你知道发生了什么，而且我们之间的一切都是真实的，对吗？鲁珀特觉得我在为他刺探你的秘密，但我想，到了现在他肯定已经意识到他不会听到我的回音。我不想再做你的助手，因为只要我还在和你一起上台表演，鲁珀特就会指望着我去做他想让我做的事。

我只是想摆脱这些，和你一起住在这间公寓里，阿尔弗雷德。你知道，我想，我爱你……"

她继续这样说着，直到深夜。

早晨，在阴雨绵绵、令人心生沮丧的黎明微光中，我对她说："我已经决定该怎么做了。你为什么不去给安吉尔传一句话呢？我会告诉你该说什么，然后你去告诉他，这就是他一直在寻求的秘密。这就是我最主要的秘密，而你偷到了它，这就是他在寻找的主要信息。只要他能相信你，你说什么都行。在那之后，如果你回来，并且发誓再也不会与安吉尔有任何关系，而且还能让我相信的话，我们就可以再次开始我们共同的生活，否则就不行。你同意吗？"

"我今天就去做，"她发誓说，"我想要把他永远赶出我的生活！"

"在此之前，我需要先到我的工作室去。我需要决定哪些事情是我可以告诉安吉尔而不会造成危害的。"我没有再向她解释更多，直接把她留在公寓里，乘公共汽车去了埃尔金大道。我静静地坐在公共汽车的上层，吸着烟斗。我不由得思索，我是不是一个被爱情冲昏头脑的傻瓜，准备好了要失去一切。

当我到达工作室后，这个问题得到了充分的讨论。尽管可能造成严重后果，但多年以来，契约不得不应对几次危机，这也是其中的一次。相对而言，我觉得这一次并不算是特别巨大或者新奇的问题。当然，这并不容易，但在结束的时候，契约证实了它同往常一样强大。事实上，我回到公寓时，是我留在了工作室，可以说这正是我对契约继续抱有信心的一个可供记录的证明。

在公寓里，我向奥利芙口述了一段话，要求她用自己的笔迹抄写在一张纸上。她写了下来，尽管紧张，但下定了决心要做她认为有必要的事。这条信息的目的是让安吉尔朝着错误的方向去搜索，因此它不仅要有说服力，而且要有他自己不会想到的东西。

她在下午2点25分离开了霍恩西，直到晚上11点才回到公寓。

"完成了！"她喊道，"他拿到了我给他的信息。这一生中，我绝不想要再见到他了，而且我绝对不会再说一句对他表示友善的话。"

28

我从未询问过在她离开的八个半小时之中发生了什么，以及为什么她花了这么长时间去传递一份书面信息。她给出的解释可能是最简单的那种，例如，在伦敦乘坐公共交通工具花费了太长时间，或者没有马上找到安吉尔，或者发现他在城市的另一个地方演出，时间就这样无辜地被用掉了。但在那个漫长的晚上，我产生了许多可怕的幻想：这位曾经背叛过她的第一个主人的双重间谍可能会再次转变立场，或者不再回来，又或者回来，但带着新的颠覆任务。

然而，这一切是发生在1898年底，而我写下这些文字的时间是在非常有纪念意义的1901年1月下旬。（外界发生的各种事件在我的耳中回响。在我写下这些文字的前一天，女王陛下终于安息了，这个国家摆脱了一段哀悼期。）两年多以前，奥利芙回到了我的身边，信守了她的约定，而且她仍然继续和我在一起，满足了我的愿望。我的职业生涯依然顺风顺水，我在魔术界的地位无懈可击，我的家人健康成长，我的财富得到保证。我再一次经营着两个平和的家庭。自从奥利芙向鲁珀特·安吉尔传递了错误的信息之后，他就没再攻击过我。我周围的一切都很平静，在经历了动荡的岁月之后，我终于可以安顿下来了。

29

现在是1903年，我再一次启用这本笔记，这一次是不情愿的。我曾经打算永久封存这本笔记，但事情的发展破坏了我的计划。

鲁珀特·安吉尔突然去世了。他年仅四十六岁，比我还要小一岁。根据《泰晤士报》上登载的一份公告，此前他在萨福克的一家剧院表演舞台幻术时受伤，最终因并发症而去世。

我仔细读了这份公告，以及《晨邮报》上的另一份较短的公告，想知道我最终能发现关于他的什么信息，但对我来说，这些都是我已经知道的。

我早已怀疑他身患疾病。上一次我见到他本人时，他看起来很虚弱，我猜他患有某种让人身体衰弱的慢性病。

我可以总结一下已经发表的讣告，此时它们就放在我的面前。1857年，安吉尔在德比郡出生，但他在年轻时就搬到了伦敦，随后在伦敦作为一名魔术师工作了许多年，取得了相当大的成功。他曾在不列颠群岛和欧洲各地巡演，并且三次前往新大陆巡演，最后一次是在今年早些时候。人们公认他发明了几个著名的舞台幻术，特别是一个名叫"光明的早晨"的（在这个魔术中，他从一个观众全程都能看到其全貌、似乎是透明的瓶子中释放出一名助手），这个幻术受到很多同行的模仿。后来他又成功设计出了一个名叫"刹那之间"的幻术，致使他殒命的事故就是在表演它时发生的。安吉尔是一位障眼法的大师，曾经是小型或私人聚会上受欢迎的表演者。

他已婚，有两个女儿和一个儿子，在他去世前，他与家人一同住在伦敦的海格特地区。在导致他死亡的事故发生之前，他一直在定期演出。

30

记录安吉尔的死亡并不让我高兴。这是一系列持续两年多的事件的悲剧性高潮。我不屑于记录它们之中的任何一件，因为，令人遗憾的是，它们对我们之间的不快起到了推波助澜的作用。

正如我此前已经提到的，我的生活和事业达到了令人愉快的平衡和稳定的状态。我认为，并且真诚地相信，即便安吉尔再对我进行任何形式的攻击或是报复，我也只会耸耸肩。事实上，我有充足的理由相信，奥利芙给他的那张便条上提供的虚假线索终结了我们之间的敌对行为。这是为了让他偏离正轨，去寻找一个不存在的秘密。

他的确有两年时间没有进入过我的视线，这表明我的计谋应当是奏效了。

然而，在我完成了第一部分的记录后不久，我碰巧注意到一家杂志评论了在芬斯伯里帝国公园举办的一场演出。鲁珀特·安吉尔参与了这次演出，而且据说他在节目单上的排位很低。评论只是顺带提到了他，声称"看到他的才能没有减损是件好事"。这本身就表明了他的事业正在陷入一定的困境。

两三个月后，一切都变了。一家魔术期刊出了一期对他的专访，甚至还刊登了他的照片。一家日报发表了一篇题为"重振魔术技艺"的社论，指出众多的魔术表演再次成为音乐厅节目单的压轴好戏。其中提及了鲁珀特·安吉尔的名字，当然还有另外几位魔术师。

由于创作这类文章所必需的时间，又过了一段日子之后，一家专业的魔术期刊登载了一篇关于安吉尔的详细文章。文中将他近来的演出称为开放式魔术的胜利启幕。他新发明的舞台幻术"刹那之间"被特别提及，并获得有关专家的好评。据说，这个新的魔术重新定义了卓越技术的标准，因此除非安吉尔先生本人选择揭示它运行的原理，否则至少在可预见的未来，其他魔术师不太可能模仿出它的效果。该文同时声称，"刹那之间"是移位幻术领域"先前努力"的一次重大发展，其中不仅提到了"新人体传送"，也提到了我本人。

我试过，我真诚地试过无视这种挑衅，但这只是类似的诸多论调在媒体上的第一次出现。毫无疑问，鲁珀特·安吉尔成了我们这一行业的佼佼者。

自然地，我觉得自己应该做些什么。近几个月来，我的大部分工作都是前往首都以外的各个小型俱乐部和剧院开展巡回演出。我决定，为了重新建立自己的名声，我需要在伦敦的某家著名剧院连续演出一段时期，从而展示自己的技能。此时舞台幻术正巧引发了大众的兴趣，我的经纪人没费什么力气就安排好了一场据说会相当盛大的演出。地点是在斯特兰德大街的抒情剧院，在1902年9月连续一个星期的一系列演出中，我的名字出现在节目单的顶端。

我们开演的时候，有一半的观众席空着，第二天关于我们的新闻公告寥寥无几。只有三家报纸提及我的名字，其中最苛刻的评论称我的表演风格"更值得注意的是它的怀旧价值，而非它的创新天赋"。接下来的两个晚上，剧院里几乎空无一人。原定一周的演出仅仅三天后就提前结束了。

31

我下定决心，必须亲眼去看看安吉尔的新幻术，因此当我听说他将于10月底在哈克尼帝国连续演出两个星期时，我悄悄地从售票处买了一张票。哈克尼帝国是一个又深又窄的剧场，有着狭长的过道，在整个演出过程中，观众席几乎一直都很昏暗，所以它完全符合我的计划。我的座位可以很好地看到舞台，但并不太近，以免安吉尔可能会看到我。

他表演的主要部分在我看来没有出乎意料，这期间，他熟练地表演了传统节目单中的几个舞台幻术。他的台风不错，说话的口气很有趣，他的助手很漂亮，他的表演技巧高于平均水平。他穿着一套做工考究的晚礼服，头发闪着晶亮的光彩。然而正是在他表演的这一部分，我第一次观察到他的脸颊开始消瘦，以及另外一些暗示着他身体状况不佳的线索。他的动作有些僵硬，数次有意护住自己的左臂，就好像他的这条胳膊比另一条更虚弱无力似的。

最终，在一个相当有趣的例行节目结束后（一个看似密封好的信封里装着一位观众所写的一条信息），安吉尔准备开始表演最后一个舞台幻术。他以一篇严肃的演讲作为开场，我迅速将演讲内容记在笔记本上。他是这样说的：

女士们，先生们！随着新世纪的快速发展，我们在生活的各个方面都见到了许多科学的奇迹。这些奇迹几乎每天都在成倍增加。到了新世纪末，会出现怎样的奇迹呢？也许，人类将可以飞翔，将可以跨越大洋互相交谈，将可以在群星之间旅行。然而，科学所能创造的奇迹之中，没有一个可以与奇迹之中最伟大的奇迹相比。这个最伟大的奇迹就是……人类的思想和人类的躯体。

今晚，女士们，先生们，我将尝试一项神奇的壮举，将科学的奇迹与人类思想的奇迹相结合。全世界绝没有另一个魔术师能够重现你们即将目睹的情景！

说完，他故作姿态地举起他没有毛病的右臂，他身后的幕布缓缓拉开。在那里，我看到了我此次专程来观看的那个装置。

它比我预想的要大得多。魔术师通常更青睐结构紧凑的装置，从而提升神秘感。但是安吉尔的装置占据了整个舞台的空间。

舞台中央是三条很长的金属腿，它们向上延伸，最终相交于顶点处，形成了一个三脚架，这个三脚架支撑着一个闪光的金属球，金属球的直径大约有一英尺半，三脚架底部有一个足够一人站立的空间。在顶点上面，金属球的正下方，有一个用木头和金属制成的圆筒形装置，紧密地安装在接合处。这个圆筒是由木条制成的，木条之间有明显的缝隙，并用金属丝缠绕了几百圈。从我坐的位置看去，这个圆筒的高度至少在四英尺，直径应该也差不多。它缓慢地旋转着，捕捉着舞台上的灯光，并将灯光反射到我们的眼睛里。光点在观众席的墙壁上晃动。

在这个装置周围有另外一个由八块金属板组成的圆圈，以三脚架为圆心，半径大约十英尺，同样是用金属丝缠绕着的。这些金属板竖立在舞台的表面，每一块都宽阔而均匀，它们之间有很大的空隙。透过这些空隙，观众可以看清这个装置的主要部分。

这大大出乎了我的预料，因为我一直以为他会使用和我自己用的差不多大小的柜子装置。安吉尔的装置实在太过巨大，以至于舞台上根本没有地方能放得下另一个隐藏柜子。

我魔术师的大脑开始飞快运转，试图揣测这个幻术究竟是怎样的，它与我自己的幻术可能有哪些不同，以及背后的那个秘密可能藏在哪里。第一印象：对装置的巨大规模感到惊讶。第二印象：装置的外形简直就像工厂里的机器。除了正在顶点上方缓缓旋转的圆柱体之外，没有使用明亮的颜色、分散注意力的灯光或故意涂成黑色的区域。装置的绝大部分似乎是由未经雕饰的木头和没有抛过光的金属制成的。第三印象：没有任何关于即将发生什么事情的暗示。我不知道这个装置的外形想要给人以什么样的印象。通常来说，魔术装置的外表可能会显得很普通，但那是为了误导观众。比如，一个魔术装置看起来可能像是一张普通的桌子，或者一段楼梯，或者一个行李箱，但是安吉尔的装置并不像是任何一种日常生活中能见到的东西。

安吉尔开始了他的表演。

看起来舞台上没有镜子。装置的每一部分都可以直接看到，当安吉尔在舞台上四处走动、进行准备工作的时候，他穿过每一个缝隙，短暂地从金属板后面经过，但无论如何，观众都能一直看得见他，并且他一直在移动。我仔细观察他的双腿，通常来说，当一名魔术师在舞台上走来走去，有时部分身体被他的装置挡住的时候，我需要特别注意他的腿，如果他的腿有什么奇怪的动作，则说明台上有一面镜子或者其他隐藏装置。但是安吉尔的步态显得轻松自然。我没有发现可供他使用的翻板门。另一方面，舞台上铺着一大块橡胶垫子，从而杜绝了进入地板夹层的可能性。

最古怪的一点是，这个幻术最根本的理念至今尚不明朗。魔术装置通常用于引发观众的猜测，并且误导他们。它包含着一个太小以至于不可能藏得下人（但事实证明里面确实有一个人）的箱子，或者一块看起来不可能穿透的钢板，或者一个上了锁因而不可能从中逃脱的大行李箱。无论如何，魔术师一定会试图混淆观众经过自己观察这些魔术装置而得出的结论。但是安吉尔的装置是前所未见的，仅仅通过观察这个装置根本无法想象它可能会有什么用途。

与此同时，安吉尔继续在舞台上大步走着，仍然在发表有关科学和生命奇迹的言论。

他回到舞台中央，面对着观众。

"尊敬的先生们，女士们，我请求你们之中的一位上台担任志愿者。你不必忧虑可能会发生的事情。我只要求你做出一个简单的核实。"

他站在明亮的脚灯前，向着坐在观众席第一排的贵宾席位上的人们倾斜身子，做出邀请的姿态。我突然产生了一个疯狂的想法：我想要冲到前面去，主动要求上台，好仔细地看看他的机器。

但我还是压制住了这个冲动。我知道如果我这样做，安吉尔会立即认出是我，很可能会因此提前结束演出。

在一阵寻常的紧张和犹豫之后，一个男人走向前方，从侧面的坡道登上了舞台。与此同时，安吉尔的一名助手也从后台走了出来，手里端着一个托盘，里面装满了数样物品。这些物品的用意很快就被揭示出来了，因为每一样物品都提供了一种标记或是识别的方法。其中有两三个墨水瓶，装着不同颜色的墨水；有一碗面粉；有一些粉笔；还有几根木炭。安吉尔请志愿者从中选择一样物品，后者选中了面粉，于是安吉尔转过身去，请志愿者将面粉倾倒在他夹克衫的背面。那个男人照做了，舞台灯光下，一团白色的烟雾引人瞩目地飘荡着。

安吉尔再次转过身面对观众，并要求志愿者选择一种墨水。那个男人选择了红色墨水。安吉尔伸出他沾满面粉的双手，让志愿者将红色墨水泼到他的手上去。

如此一来，安吉尔就有了明确的标记。他请志愿者回到自己的座位上。舞台上的灯光变暗了，但一盏聚光灯打出一道明亮的光柱。

一阵离奇的噼啪声响了起来，仿佛空气本身正在被撕裂成碎片，令我惊讶的是，一道蓝色的电光突然从那个闪光的小球上向外刺出。这道电弧以一种可怕的突然性和随机性，在由外圈金属板围成的竞技场中肆意奔腾。而安吉尔本人这时候也在圈子里。电流不断地发出嗞嗞声和噼啪声，宛如其本身就具有一种邪恶的生命力。

电流突然增加到了两条，然后是三条，所有的电流在这封闭的空间中蜿蜒爬行，仿佛在寻找着什么。其中一条不可避免地找到了安吉尔，立刻将自己包裹在他的身周，似乎用青色的光照亮了他。它不仅在他的身体周围发光，似乎也在从他的身体内部发着光。他伸出他健康的右臂，欢迎电光的射入。他转过身来，让不断发出嗞嗞声、蜿蜒爬行的火焰彻底包围了他。

更多的电流出现在他周围，充满恶意地嗞嗞作响。他无视了它们，就像他无视最开始出现的那些电流一样。每一条电流似乎都在轮流对他发起攻击，其中一条会像举起的鞭子那样向他抽去，然后再弹回，从而容许另外一条或者两条电流在他身上燃烧，用不断扭曲的火焰抽打他的身体。

放电所产生的气味很快就向观众席袭来。我与其他人一起呼吸着这种气味，它引发的想法让我在精神中惊骇得连连后退。它具有一种非人间的、原子的本性，仿佛一种迄今为止人类禁止取得的力量如今终于得以释放，并且散发出纯粹能量的恶臭。

随着越来越多的电流在安吉尔身边呼啸而过，安吉尔移动到了地狱之火源头的正下方，三脚架下面的那个空间。到了那里之后，他看起来安全多了。那些明亮的弧光似乎不能，或者不愿按照原路折回，因此它们突然从他身边消失，转而更凶猛地冲击着外圈的金属板。一瞬间，每一块金属板上都连接着一条电弧，它们嗞嗞作响，喷吐着光芒，但是同时也被金属板限定了位置。

从而，这八条电弧形成了竞技场上方的某种遮篷，而在它下面，安吉尔独自站立其中。聚光灯突然熄灭了，而舞台上的其他灯光在此之前就已经调整得很暗淡。只有电弧那炽热的光照在安吉尔身上。他一动不动地站着，右臂高高举起，他的头距离那个发出所有电流的圆柱体只有一英寸，或者更近。他正在说话，是对观众的一种宣示，但由于他周围的喧嚣，我并没有听清他到底说了些什么。

他放下手臂，默默地站了两三秒钟，似乎屈服于他所创造的可怕场面。

然后，他消失了。

一瞬间之前，安吉尔还在那里；一瞬间之后，他不在了。他的装置发出一种尖厉的叫声，似乎正在抖动并且撕裂开来，但随着安吉尔的消失，明亮的电弧也瞬间熄灭。电弧的卷须像是小型焰火一样发出哧哧声，然后就消失了。舞台上一片黑暗。

我突然发现自己站着，并且已经在完全没有意识到的情况下站了相当长的时间。我，还有所有的观众都惊呆地站着。那个男人在我们眼前消失了，没有留下任何痕迹。

我听到身后的过道里一阵骚动，和其他人一起转过身去想要看到发生了什么。因为人太多了，我一时间看不清楚，但我知道在昏暗的观众席有什么东西在移动！谢天谢地，剧场里的灯光亮了，工作人员操作着其中一个位于包厢上方高处的聚光灯转了过来，它的光柱精确地捕捉到发生了什么事。

安吉尔在那里！

剧场的工作人员正匆忙沿着过道向他奔去，一些观众也试图接近他，但他站了起来，并且把他们推开了。他摇摇晃晃地通过过道，向着舞台走去。

我试图从震惊中恢复过来，并很快做出估算。从他在舞台上消失，到他重新出现在过道上，最多也就一两秒钟的时间。我朝舞台看去，又回头看他出现的地方，试图算出这距离究竟有多远。我的座位离舞台至少有六十英尺，而安吉尔出现的地方非常靠后，接近一个观众出口。那里离我的座位也不近，至少有四十英尺。

难道他有可能借助舞台上陷入黑暗的时机，用一秒钟的时间跑了一百英尺吗？

无论是当时，还是现在，这都是一个反问句。很显然他做不到，除非他使用了魔术的技巧。

但他究竟使用了哪些呢？

他沿着过道走向舞台时，经过了我所在的这一排座位，而且他在一个台阶上绊倒了。我敢确定他没有看到我，因为他显然没有余力去看观众席上的任何一个人。他的举止完全像是沉浸在身体的剧痛之中，他脸上的表情和他抖动着的身体无不表明他正遭受痛苦的折磨。他的脚步蹒跚，像个醉汉，或者病人，又或是一个终于耗尽了生命力的人。我看到他曾有意护住的左臂，这时正软绵绵地垂落在他的体侧，而他的手上沾满了面粉和红墨水，现在已经成了黑乎乎的一团糟。在他的夹克背面，仍然可以看到面粉的痕迹，那杂乱无章的形状与此前那名观众在他背后拍打出来的一模一样，也与几秒钟之前、一百英尺以外的他一模一样。

所有的观众都在鼓掌，很多人发出了欢呼声和口哨声。当他走近舞台时，另一盏聚光灯射中了他，跟着他沿舞台侧面的斜坡登上了舞台。他疲惫不堪地走到舞台中央，此时才似乎终于有所恢复。在舞台灯光的强烈照射下，他再次接受了掌声，向观众鞠躬、致谢、飞吻，面带微笑，扬扬自得。我和其他观众一起站着，为我所看到的一切感到惊叹。

在他身后，幕布悄悄合拢，掩盖住了他的装置。

32

　　我不知道这个幻术是如何完成的！我目睹了它，我早已熟知该如何观看一位魔术师的表演，我观察了所有传统的魔术师误导观众的各个细节。我怒不可遏地离开了哈克尼帝国。令我愤怒的是，他剽窃了我最好的幻术；更令我愤怒的是，它甚至得到了改进。然而最糟糕的是，我不知道他是如何做到的。

　　他是一个人。他在一个地方。随后他出现在另一个地方。他没有使用替身演员，他甚至不可能有一位替身演员。同样地，他也不可能如此迅速地从一个地方移动到另一个地方。

　　嫉妒使我更加愤怒。"刹那之间"，这是安吉尔为他的幻术取的哗众取宠的名字，它模仿了我的"新人体传送"，更该受诅咒的是，它甚至比我的还要好。这个幻术无疑将在魔术的历史上留下浓墨重彩的一笔，因为它为我们这一门经常受到嘲笑和误解的表演艺术设立了一个新的标准。为此，我不得不佩服他，不管我对他本人有些什么样的感受。我猜大多数的观众都与我有同样的感觉，那就是为在场观看了他的表演而感到荣幸。当我从前门步行离开剧场时，我经过了一条小巷，那里有一扇门通向剧场的后台，我甚至产生了一个念头，我想把我的名片送到安吉尔的化装室，如此一来，我或许可以有机会进去拜访他，并且当面向他表示祝贺。

　　我压下了这个冲动。在经历了这么多年的激烈竞争之后，我不能容许一个完美呈现的舞台幻术让我在他面前自取其辱。

　　我回到了我的霍恩西公寓，当时我恰巧住在那里。我度过了一个不眠之夜，在奥利芙的身边辗转反侧。

第二天，我开始认真而又务实地思考，对于他这个版本的我的幻术，我究竟可以分析出一些什么。

我不得不再一次承认：我不知道他是怎么做到的。无论是在现场观看表演时，还是在那之后，我都无法破解藏在其中的那个秘密。无论我应用魔术的哪一条原则，我都无法想出一个解决的方案。

这个魔术的核心涉及幻术六大类别的三种，或者四种。他让自己消失了，然后又在另一个地方让自己重新出现，从而引入了位移的因素，而所有这一切都成功地违背了自然法则。

让自己从舞台上消失是相对比较容易的环节。在恰当的地方放置全身镜或是半身镜、使用灯光、使用魔术师的"黑色艺术"或是百叶窗、将观众的注意力吸引到别处、使用舞台翻板门，等等。而在另一个地方出现，通常需要事先放置好对应的物品，或者是一个很相似的复制品……或者，当出现的对象是一个人的时候，就要事先安排好一个能够令人信服的替身。将这两种效果结合起来，就产生了第三种效果。观众将在迷惑中看到并且相信，魔术师挑战了自然法则。

那天晚上在哈克尼，我确实感觉自然法则遭到了挑战。

我不断地被这样一个认知困扰，即这个奇迹般的幻术的核心是一个简单得令人恼火的秘密。魔术的核心法则总是不会改变——观众所看到的并不是实际发生的事情。

我一直无从得知这个秘密。我只在两个较次要的方面得到了安慰。

第一个是，无论安吉尔的幻术有多么出色，他仍然未能接触到我自己的秘密。他没有按照我的方式来实现这个幻术，而事实上，他也确实做不到。

第二个是速度。无论安吉尔的秘密究竟是什么，在他的表演中，他实现的速度还是没有我快。我的身体是在一瞬间从一个柜子转移到了另一个柜子。我必须强调，我不是说事情发生得很快。我的意思是，我的幻术在一瞬间就生效了。没有任何的拖延。安吉尔的幻术生效显然较慢。那天晚上，我目睹了他的表演，我估计它生效的时间是在一两秒钟之后，也就是说，我认为他的幻术比我的慢了一两秒钟。

在一次尝试构建解决方案的过程中，我试着检查他的幻术所涉及的时间和距离。在那个晚上，因为我不知道会发生什么，也没有科学的测量手段，因此我所有的估测都是主观的。

这一部分就涉及魔术师的表演技巧。如果魔术师不让观众知道他即将要做什么，他就可以利用惊奇感去掩盖自己留下的痕迹。大多数人在看完了一场魔术表演后，并不能很准确地估计它实现的速度有多快。许多魔术表演正是以此为基础的：魔术师会很快地做出一些事情，没有心理准备的观众则会在事后声称这不可能发生，因为没有足够的时间。

想到这一点之后，我开始仔细回想我看到的一切，在我的思维里将这个幻术重新运转了一遍，并试图去估测，在安吉尔似乎从舞台上消失与他在另一处出现之间，究竟过去了多久。最后我得出结论，这肯定不少于我一开始估计的一两秒钟，甚至有可能达到五秒钟。在突如其来的、长达五秒钟的全然黑暗之中，一位熟练的魔术师可以实施许多不会被发现的伎俩！

这段短暂的时间是揭开谜团的明显线索，但它似乎仍不足以让安吉尔冲刺到观众席的后部。

在那场表演的两个星期后，我与哈克尼帝国的前台事务经理取得了联系，借口是希望在我的一场演出之前先对剧院进行测量。这对魔术表演来说是很正常的事情，因为魔术师需要针对剧院的硬件条件限制而对他的表演做出一些调整。这一次，我的请求得到了与往常一样的对待，一位经理助理礼貌地接待了我，并协助我进行测量。

我找到了观众席上我曾坐过的那个座位，并且确定它距离舞台只有五十英尺多一点。要想找到安吉尔重新出现的具体位置则更加困难，实际上我唯一的依据就是我对此的记忆。我站在我坐过的那个座位旁边，试图通过回忆我转头去看他时的角度来确定他的位置。最后，我只能确定那是在一条狭长的阶梯状过道上的某个地方，这条过道离舞台最近之处也超过了七十五英尺，最远的地方则大大超过了一百英尺。

我在舞台中央站了一会儿，差不多就是那个三脚架的顶端交点曾经所在的地方，注视着中间的那条过道，思索着我该如何在一个黑暗的、坐满观众的剧场中，从一个位置移动到另一个位置，并且将时间控制在五秒钟以内。

33

我前往沃金，与汤米·埃尔伯恩讨论这个问题，目前他正在该处享受着退休生活。我向他描述了这个幻术，并且询问他，他认为对此应做何解释。

"我应该亲自去看一看，先生。"在反复的思考和盘问之后，他如此说道。

我试着从另外一个角度来提问。我告诉他说，这可能是我想为自己设计的幻术。他和我过去经常这样做事：我会描述我想要达到的效果，可以这样说，我们是反过来设计达到这个效果的过程。

"但那对你来说不成问题，不是吗，伯登先生？"他指的是我的那个秘密方法。

"是的，但我和别人不一样！如果要演出的是另一位魔术师，我们应该如何设计？从这个角度考虑一下。"

"我不知道该怎么做，"他说，"最好的方法肯定是使用替身，一个早就隐藏在观众席里面的人，但是你说——"

"安吉尔不是这样做的。他只有一个人。"

"那我就不知道了，先生。"

34

我制订了新的计划。我将参与安吉尔下一季的演出，如有必要的话，我每晚都会去看他的表演，直到我解开那个秘密。汤米·埃尔伯恩会和我一起去。我会尽可能维持自己的尊严，如果我能从他那里获取这个秘密，并且不引起他的怀疑，那将会是理想的结果。但是，如果在他的演出季结束时，我们还没有形成一个具备可行性的理论，我们将放弃过去所有的竞争和嫉妒，我会直接接近他，如果有必要的话，我会恳求他，让他给我一个解释，甚至是一个启发。这就是他的谜团在我身上产生的令我疯狂的效应。

我写下这些的时候毫不羞耻。秘密是魔术师之间通用的货币，在我看来，了解每一个魔术如何运作是我的职业所赋予的责任。如果这意味着我必须放低身段，必须承认安吉尔是一个比我更优秀的魔术师，那就随它去吧。

然而，这一切都没能成为现实。在一个漫长的圣诞假期之后，安吉尔于1月底出发前往美国巡回演出，我未及赶上他的脚步，心中异常颓丧。

他于4月返回英国（《泰晤士报》登载了他归国的消息），此后一周，我前去他的住宅拜访他，决心与他讲和，但他不在家。他的房子位于海格特公园附近的一座台地上，虽然很大，但外表看来并不奢华。这座房屋大门紧闭，窗子也用百叶窗完全封闭起来。我试着与他的邻居们交谈，但所有的邻居都告诉我，关于这家人他们一无所知。安吉尔显然从不对外透露他的私生活，我自己也是如此。

我联系了赫斯基斯·安文，我知道他是安吉尔的经纪人，但对方未予理睬。我又给安文留了一条消息，请求他告诉安吉尔，让他尽快联系我。尽管这位经纪人承诺会将这条消息转达给安吉尔本人，但我从未收到过答复。

我直接以我个人的名义给安吉尔写了信，提议结束所有的竞争、所有的仇恨。我告诉他，我愿意为我们之间的和解而付出他要求的任何代价，包括道歉以及经济补偿。

他没有回信，最终，我觉得我的痴迷已经使我失去了理性。

恐怕不得不说，对他的沉默，我的反应是下意识的。

35

在5月的第三个星期，我乘火车从伦敦出发，前往萨福克的海滨渔港小镇洛斯托夫特，安吉尔即将在此进行为期一周的演出。我此行的目的只有一个，就是潜入后台，亲自去发现那个秘密。

通常来说，进入剧院后台区域的通道都由受到雇用的员工控制着，确保没有外人可以进出，但如果你熟悉剧院生活，又或者对这座剧院的建筑本身很了解，一般都能找到进入的方法。安吉尔将在展览馆剧院演出，这是一家位于海边、设备精良的剧院，我本人过去也曾在这里演出。我预计这不会有什么困难。

我遭到了断然拒绝。从剧院后门进入显然不可行，因为门外有一张显眼的手写告示，宣布所有有意参观的人都必须获得授权，否则就连进入门卫室也不行。由于不想引起人们对我的注意，我没有提出要求就离开了。

我在布景区也遭遇了同样的困境。同样的，如果你知道的话，实际上有许多通道和方法可以进入，但安吉尔布置了充分的预防措施，我很快就发现了这一点。

我在布景区后面碰到了一位年轻的木匠，他正在准备一套布景。我给他看了我的名片，他相当友好地跟我打了招呼。与他闲谈了一番之后，我说："我真想从幕后看看这场表演。"

"谁不想呢？"

"你觉得你能不能在某个晚上把我带进后台？"

"没戏，先生，而且也没必要。这周的大戏布景现在装在大木盒里呢，什么都看不见！"

"对此你有什么想法？"

"不太糟，他给了不少钱呢……"

我再一次退却了。用木板将整个舞台布景封闭起来，这是只有少数的魔术师才会采用的极端方法，他们极其担心自己的秘密会被布景人员或者其他后台工作者发现。这种举动通常不受欢迎，除非给予大量的小费，否则演出者会发现自己不得不与之合作的人员表现得不太配合。既然安吉尔决定这样做了，这也就进一步证明了他的秘密需要最为精心的守护。

如此一来，能够潜入剧院后台的方法就只剩下三个，而且每一个都非常困难。

第一个方法是，从前门进入剧院，然后利用观众区与后台区之间的某条通道进入后台。（所有从门厅通往观众席的门都被锁上了，并且工作人员警惕地注视着每一位来访者。）

第二个方法是，尝试应聘后台临时工。（本周剧院没有临时雇用人员的计划。）

第三个方法是，作为一名观众去看演出，然后试着从观众席登上舞台。鉴于已经没有其他的选择，我去了售票处，买下了安吉尔每一场还有票的演出门票，座位都是在正厅的前排。（更令人恼火的是，我发现安吉尔的演出极其成功，以至于大多数场次的门票都已售罄，还有大量的观众预约了等待退票，因此剩下的只有最昂贵的座位的票。）

36

在我第二次出席观看安吉尔的演出时，我的座位是在正厅的第一排。安吉尔走上舞台的时候瞥了我一眼，但我已经给自己进行了专业的伪装，我确信他没有认出我。从我自己的经验中，我知道有时候你可以提前意识到哪些观众愿意上台帮忙，因此大多数魔术师都会悄悄看一眼坐在前两三排的观众。

在安吉尔例行的扑克牌戏法表演开始时，他发出了对热心观众的召唤，于是我假装犹豫了一下，随后站起身来，因而理所当然地得到了登上舞台的邀请。我一靠近安吉尔就发现他非常紧张。在我们挑选和隐藏扑克牌的有趣过程中，他几乎没看我一眼。我配合地完成了，因为破坏他的表演不是我想要做的事。

这个节目结束时，他的女助手迅速走到我身后，礼貌但却坚定地抓住我的胳膊，领着我走向舞台侧面的斜坡。在先前的演出中，上台帮忙的观众是自己从坡道走下来回到观众席的，而女助手则很快返回舞台中央参与下一个幻术的表演。

得知了这一点，我意识到这是一个绝佳的机会。在喧闹的掌声中，我用伪装的乡村口音对她说："没关系，亲爱的。我能找到自己的座位。"

她感激地笑了笑，拍了拍我的胳膊，然后转身走向安吉尔。掌声停止时，他正将他的道具桌向前拉动。他们两个都没有看我。大多数的观众在注视着安吉尔。

我向后退了一步，然后溜进了侧舞台。我不得不用力推开沉重帆布下面的一块狭窄的挡板。

立刻，一名舞台管理员走出来挡住了我的去路。"对不起，先生，"他大声说道，"不允许进入后台。"

安吉尔离我只有几英尺远，正在开始表演他的下一个节目。如果我与此人争吵，安吉尔肯定会听到，并且意识到发生了一些预料之外的事。我突然灵光一闪，伸手摘下了用于伪装的帽子和假发。

"这是表演的一部分，你这该死的蠢货！"我急促而又低声地说道，用的是我本来的声音，"给我让开！"

舞台管理员看起来有些不安，但他咕哝着道了歉并且再次退开了。我从他身边擦肩而过。此前我已经花费了许多时间用于计划寻找线索的最佳地点。鉴于整个舞台被木板包围，我更可能有所发现的地方是在夹层里。我沿着一条很短的走廊前进，一直走向通往舞台下方夹层的一道楼梯。

夹层是剧院中主要的技术区域之一，充斥着用索具拉动的阁楼和吊景区。这里有几个活动门和桥接机构，以及用于移动布景屏的绞盘。几块很大的布景屏叠放在一起，显然是为了一场即将上演的戏剧而准备的。我在各种各样的机器之间快速移动。如果现在正在演出的是一场大型的戏剧，那么这个夹层中就会有许多技术人员在操作这些机器，但是因为魔术表演主要使用的是魔术师自带的道具，对技术人员的需求就仅剩下操纵幕布以及灯光。因此，我感到高兴，并且毫不吃惊地发现这个区域空无一人。

在夹层的后部，我找到了我正在寻找的东西，尽管我一开始根本没意识到它是什么。偶然间，我看到了两个又大又结实的板条箱，上面有许多用于搬运的抓手，并且还有明确的标记：私人物品——伟大的丹东。它们旁边是一台笨重的变压器，是我并不熟悉的类型。我自己的演出中也使用一台类似的设备为长凳供电，但我的那一台并不算大，也不是很复杂。

安吉尔的这台设备则展示着纯粹的力量。当我走近时，我能感到它散发出的热量，并且它内部的深处正在发出低沉有力的嗡鸣声。

我倾斜身子，向那台变压器靠过去，试图弄清它的原理。我能听到安吉尔的脚步声从头上传来，他说话的声音十分响亮，似乎要让所有的观众都能听清。我能想象他在发表关于科学奇迹的演讲时大步走动的样子。

　　突然间，变压器内部响起了巨大的敲击声，令我震惊的是，一股轻薄的蓝色烟雾开始从它上方面板的格栅喷了出来，显然是有毒的。嗡鸣声加剧了。我先是后退了一步，但越来越强烈的恐惧感让我再一次向前走去。

　　我能听到安吉尔的脚步声在我头上几英尺处继续响着，很显然他不知道他的下方正在发生什么事。

　　敲击声再次从设备的内部响起，这一次还伴随着最为险恶的尖叫声，就像细的金属条被锯断。烟雾比刚才更快地喷出，当我移动到这个物体的另外一边时，我发现几个厚金属线圈正在变得红热。

　　在我周围，舞台夹层的物品杂乱无章地摆放着。这里有成吨的干燥木材、沾满润滑油的绞盘、数英里长的绳索、成堆的无法计数的碎纸残片、巨大的涂着油画颜料的布景板。整个地方就像是一个火种箱，而在火种箱的中心有一个似乎马上要爆炸成一团火焰的东西。我站在那里，因心中的可怕想法而犹豫不决——安吉尔，或者他的任何一位助手有可能知道这下面正在发生什么吗？

　　变压器发出更多的噪声，烟雾再一次从格栅处散发出来。它进入了我的肺部，我开始窒息。我绝望地寻找着某种可能存在的灭火器。

　　随后，我看到变压器的电力来源于一根粗大的绝缘电缆，这根电缆则连接在后墙上的一个大型电气接线盒上。我冲了过去。接线盒里面有一个紧急开关手柄。我毫不犹豫地抓住了它，把它拉了下来。

变压器的异常现象立即停止了。只有气味刺鼻的蓝色烟雾继续从格栅里喷出，但现在它变得稀薄多了。

头顶上传来一声沉闷的巨响，然后是一片寂静。

一两秒钟过去了，我懊悔地盯着上方的舞台地板。

我听到四处奔跑的脚步声，以及安吉尔愤怒的吼叫声。我也能听到观众的声音，那是一种更加模糊的噪声，既不是在鼓掌，也不是在欢呼。上方传来的急促脚步声和高亢的喧哗声越来越响亮。不管我究竟做了什么，我一定给安吉尔的演出带来了一场浩劫。

我来到这家剧院是为了解决一个谜题，而不是为了让演出中断，但我解决谜题的努力失败了，还无意间破坏了演出。我只是了解到，他用的变压器比我的强大很多，并且因此而带来火灾的风险。

我意识到如果继续待在这里必然会被发现，因此我从快速冷却下来的变压器旁边离开，沿着我进入的道路返回。我的肺部因为吸入了那些烟雾而开始疼痛，我感到天旋地转。在我的头顶上，包括舞台上以及大部分后台区域，我可以听到许多人在迅速走动并且发出各种噪声，这可能对我有利。在这座建筑中离我不远的某处，有人发出了一声尖叫。我应该可以趁着这一团混乱溜走。

当我一步两级地跑上台阶，并且打算好了不会因任何人而停下的时候，我看到了一个惊人的景象！

我的头脑被那些烟雾搞得有些混乱，又或者那是因为我刚才所做的事情带来的兴奋感，又或者是害怕被抓到的恐惧。总之，我无法清晰地思考。

安吉尔本人正站在台阶的顶端，等待着我，他的双臂愤怒地抬起。但在我看来，他仿佛是一个幽灵！我瞥见他身后的灯光，不知道是什么戏法，那些灯光似乎穿透了他的身体。我的脑海里立刻闪过了几个念头——这一定是他穿的某种特别的衣服，能够帮助他完成这个戏法！

经过处理的布料！变成透明的衣服！让他隐形！这就是他的秘密吗？

但就在同一个瞬间，向上的冲力把我推向了他，我们两人都倒在了地板上。他试图抓住我，但不知他手上涂抹了些什么东西，总之他没能抓住我。我挣脱开来，连滚带爬地从他身边溜走。

"伯登！"他的声音因愤怒而嘶哑，就像一种可怕的耳语声，"别跑！"

"那是个意外！"我喊道，"离我远点！"

我爬了起来，从他身边飞奔离开，放任他躺在坚硬的地板上。我加速跑过一条短走廊，我的脚步声在涂得锃亮的光滑地砖上回响。我转过一个弯角，跑下一小段台阶，沿着另一条没有装饰的走廊飞奔，然后从看门人的小房间前面跑了过去。看门人抬起头来惊讶地看着我，但他已经没有机会质问我或是阻拦我了。

几秒钟后，我来到了剧院的后门外面，沿着灯光昏暗的小巷匆忙走向海边。

我在这里停留了一会儿，面向大海，身体前倾，将双手扶在膝盖上。我痛苦地咳嗽了几下，试图清除肺部中残留的烟雾。这是一个初夏时节凉爽干燥的晚上。太阳刚落下没多久，海滨步行大道的彩灯正在逐次亮起。高潮位的海浪轻轻地拍打着海堤。

观众从展览馆剧场走出来，四散到城镇的各个地方。很多人都面带困惑的表情，大概是因为演出突然提前结束了。我和人群一起沿着海滨步行大道走了一段，然后当我到达主要的购物街时，我离开了海边，走向当地的火车站。

过了很久，时间已经到了凌晨，我返回了我在伦敦的住宅。我的孩子们正在他们的房间里睡觉，莎拉在我身边，她的身体很温暖。而我躺在黑暗之中，想知道这一夜究竟发生了什么。

37

七个星期之后，鲁珀特·安吉尔去世了。

如果说我被内疚感吞噬，那似乎太轻描淡写了一点，特别是两家报纸都提到他的死亡与表演魔术时"受伤"有关。报纸上没有说事故发生在我身在洛斯托夫特的那一天，但我知道一定就是那样。

我已经确知，安吉尔取消了后续在展览馆剧场的所有演出，并且其后也没再公开露过面。我原本不知道那是因为什么。

如今，我才知道他那天晚上受了致命伤。

使我费解的是，那天晚上我在意外打断了安吉尔的表演之后，仅仅不到一分钟就在楼梯上撞到了他。他当时似乎并没受什么重伤，甚至连轻微伤都没有。相反，他显得活力十足，并且下定决心要与我对抗。在我竭力逃开之前，我们曾在地板上厮打了一会儿。唯一显得不太正常的是，他的身上和衣服上似乎涂着一层油腻的东西，大概是为了表演幻术，又或者是通过某种我不知道的方式帮助他隐身。这是一个真正的谜题，因为当我从吸入有毒烟雾的影响中恢复过来后，我对那几秒钟的记忆是准确无误的。很明显，在一个瞬间，我的视线"穿透"了他，似乎他身体的一部分是透明的，又或者他的整个身体是部分透明的。

另外还有一个较小的谜题。在我们搏斗时，他身上的那种油腻的东西一点都没有沾到我的身上。他的手无疑抓住了我的手腕，我清晰地感受到了那种黏糊糊的感觉，但是却没有留下任何痕迹。我甚至记得我坐在返回伦敦的火车上，将我的手臂举到灯光前，想试试我的视线能不能"穿透"自己！

尽管有着如此的疑虑，但悔恨之情还是主导了我对这条消息的反应。事实上，面对已经发生的如此可怕的事情，我觉得我必须做出某种补偿。

不幸的是，讣告是在安吉尔去世后数日才登报的，当时葬礼已经举行完毕。葬礼本应是我的一个好机会，可以让我开始与他的家人和同事迎来迟到的和解。一个花圈、一份简单的悼词本可以为我铺平道路，但现在这个机会已经失去了。

经过深思熟虑之后，我决定直接联系他的遗孀，给她写了一封真诚的吊唁信。

在信中，我向她说明了我的身份，以及在我比现在年轻得多的时候，我是如何与她的丈夫翻脸成仇并因此而陷入永恒的悔恨的。他早逝的消息让我深感震惊和悲痛，我如此写道，我知道这是整个魔术界的重大损失。我赞扬了他作为一名表演者的非凡技巧，以及作为一名充满奇思妙想的机关师的天赋。

接下来我谈到这封信的主旨，但我希望在安吉尔的遗孀看来，这部分是后来才想到的。我写道，当一位魔术师去世时，魔术界的其他同行通常会主动提出购买所有余下的魔术装置，因为逝者的家人可能不会再使用这些装置。我补充道，鉴于安吉尔在世时，我与他存在着长期令我感到困扰的关系，现在他已经过世，我认为买下他的所有魔术装置是我的责任，我很乐意这样做，并且我有很多财富可供支配。

寄出这封信后，我预感到我不能指望安吉尔的遗孀愿意合作，于是我又通过生意上的联系人开展了询问。在这一角度，我同样需要进行敏锐的判断，因为我不知道还有多少同行会对安吉尔的魔术装置感兴趣。在我看来，很多人都会感兴趣的。不可能只有我一个职业魔术师目睹过那令人震撼的表演。因此，我广而告之：如果市面上出现任何安吉尔曾使用过的装置，我都有兴趣购买。

在我写给安吉尔遗孀的信寄出两个星期后，我收到了一封回函，是大法官巷的一家律师事务所寄来的。我在此处将它一字不差地转录下来：

关于已故的鲁珀特·大卫·安吉尔先生的遗产处置事宜

亲爱的先生：

根据您最近向我们客户的询问，我奉命通知您，已故的鲁珀特·大卫·安吉尔先生的主要动产及附属物已做出所有必要的处置安排，您无须进一步询问其目的地或受益方。

我们预计将依照此前客户有关遗产处置的指示，通过公开拍卖形式处置各种次要的财产，拍卖的日期及地点将以通常的公报形式披露。

始终是您忠实的仆人，
肯达尔，肯达尔和欧文
（律师及宣誓公证员）

38

我走到脚灯前面，在它们明亮的灯光照耀下，我直接面对着你们。

我说："看着我的手。我的手里没有藏着任何东西。"

我把我的双手举起，让你们看到我的手掌，伸展开我的手指，以证明它们之间没有任何隐藏着的东西。我现在表演我的最后一个戏法，从你们已经知道是从空着的双手中拿出一束褪色的纸花。

39

今天是1903年9月1日，我要说的是，从各种角度而言，我自己的职业生涯都随着安吉尔的死亡而结束了。

我拥有一定的财富，我结了婚，有了孩子，我需要维持昂贵而复杂的生活方式。我不能简单地抛弃我的责任，因此只要有人请我演出，我都乐意接受。从这个角度来说，我并没有完全退休，但早年那些驱使着我前进的雄心壮志，那些想要让观众感到惊奇和迷惑的意愿，那些梦想着不可能的事情的纯粹喜悦，全都离我远去了。我仍然有着足以表演魔术的技术能力，我的双手依然灵巧，而且随着安吉尔的去世，我再一次成为唯一一个可以表演"新人体传送"的魔术师，但这些都还不够。

一种巨大的孤独感降临在我的身上，由于契约的约束，我不能全面地描述这种感觉。我只能说，我是我自己唯一一个渴望见到的朋友。然而，理所当然地，我是我自己唯一一个无法见到的朋友。

我尽可能小心地触及这一点。

我的生活充满了各种我永远不能说明的秘密和矛盾。

莎拉和谁结了婚？是我吗？还是我？我有两个孩子，我热爱他们；但他们是不是我的孩子，只属于我的孩子……或者，他们真的是我的孩子吗？除了本能的渴望，我要怎么才能知道呢？说到这里，奥利芙爱上的究竟是哪一个我，她和哪一个我一起搬到了霍恩西的那间公寓？和她第一次做爱的不是我，邀请她搬进公寓的也不是我，然而我利用了她，因为我知道我也在做同样的事。

是哪一个我最初试图揭穿安吉尔的降神会？哪一个我最先发明了"新人体传送"，第一次被传送的又是哪一个我？

即使是在我自己看来，我也似乎是在胡言乱语。但这里的每一个字都是连贯并且准确的。这就是我生活中的终极困境。

昨天，我在伦敦西南部巴勒姆的一家剧院演出。日场表演结束后，在晚场开始之前，我有两个小时的休息时间。如同以往这种时候我的做法那样，我回到了化装间，拉上窗帘，调暗灯光，把门关好、锁上，在长沙发上睡着了。

我醒了过来——

我真的醒过来了吗？这会不会是一个幻觉，一个梦？

我醒了过来，并且发现鲁珀特·安吉尔的灵体站在化装间里，用双手拿着一柄长刃刀。

我还没来得及移动或是开口叫喊，他就跳向我，落在长沙发的侧面，并且迅速爬到我的上方，跨坐在我的胸腹部上。他举起刀，刀尖直抵我的心口。

"准备去死吧，伯登！"他用沙哑可怖的声音低语道。

在这地狱般的幻象中，我觉得他似乎没有重量，我可以轻易地将他从我身上甩开，但恐惧削弱了我的力量。我抬起双手，抓住了他的前臂，试图阻止他将致命的刀尖刺入我的身体，但令我惊讶的是，我发现他身上仍然涂着那种滑腻的东西，让我无法抓紧他。我越是用力，我的手指就会越快地在他恶心的肉体上滑动。我的呼吸中充斥着他的恶臭，那种来自坟墓的臭气。

我惊慌地喘息着，因为我感觉到刀尖正压迫着我的胸腔，让我感到疼痛。

"马上告诉我，伯登！你是他们之中的哪一个？哪一个？"

恐惧几乎让我无法呼吸，我深知那柄刀可能随时会穿透我的胸腔、刺入我的心脏。

"告诉我，我就饶了你！"刀尖上传来的压力增大了。

"我不知道，安吉尔！我已经不认识自己了！"

不知道为什么，这似乎终结了这个幻象，如同它开始时那样突然。他的脸离我的脸只有几英寸，我看到他在愤怒中嘶吼。他酸臭的气息扑面而来。刀开始刺穿我的皮肤了！恐惧让我变得勇敢。我向他挥拳，一拳，两拳，拳头落在他的脸上，把他打得向后退去。我心口上致命的压力减轻了。我抓住机会，双拳用力击出，打在他的身上。他号叫着，身体向后晃动，刀抬了起来。他仍然坐在我的身上，所以我再一次击打他，然后身子向外翻滚，试着把他摔下去。令我大为宽慰的是，他摔倒在地，手也松开了刀。致命的刀锋啪的一声撞在墙上，然后落在地板上，与此同时，灵体在地面上翻滚。

他迅速爬了起来，看起来十分警惕地注视着我，似乎担心我再次发起攻击。我从长沙发上坐起来，做好了防御下一次攻击的准备。他是终极恐怖的幻影：我毕生最可怕的敌人死后的幽灵。

我能看到一盏灯发出的闪烁光芒透过他的身体。

"离我远一点，"我的声音十分粗哑，"你已经死了！你与我再也没有关系了！"

"我本来就与你没有关系，伯登。杀死你不会为我复仇。永远不会。永远！"

鲁珀特·安吉尔的鬼魂转过身，走向锁着的门，然后直接穿了过去。他什么都没有留下，除了一点挥之不去的腐臭气味。

这种萦绕在心头的恐惧让我不能动弹，当我听到报幕员在说着开场白的时候，我仍然一动不动地坐在沙发上。几分钟之后，我的化装师来到门前，他持续不断地敲门，才终于使我能够从沙发上站起身来。

我在化装室的地板上找到了安吉尔的刀，并且我现在随身带着它。它是真实的。一柄由鬼魂带来的刀。

这一切都不合逻辑。无论是呼吸还是移动都让我感到疼痛，我仍然能感受到刀尖压迫着我的心脏。我在霍恩西公寓，我不知道我该做什么，也不知道我究竟是谁。

我在这里写下的每一个字都是真实的，每一个字都描述了我生活的真相。我的手里空空如也，我用真挚的表情面对着你们。我就是这样度过我的生活，但它没有揭示任何东西。

我会独自走向结局。

第三部分

凯特·安吉尔

1

我那时候只有五岁，但在我的内心中，我毫不怀疑那件事真的发生过。我知道人的记忆有很多是靠不住的，特别是一个震惊而又恐惧的孩童夜间的记忆。我知道人会将他们认为发生过的事情、他们希望发生过的事情，或者其他人后来告诉他们发生过的事情拼凑起来，形成他们对这件事情的记忆。这一切都确实发生了，我花了许多年才发掘出了事实的真相。

那是一个残忍、暴力、无法解释，并且几乎肯定是非法的事件。它毁掉了卷入其中的大多数人的生活。它毁掉了我的生活。

现在，我可以讲出我看到的所发生的一切，但我是作为一个成年人来讲述的。

2

我的父亲是考德戴尔伯爵，这个头衔传承到他已经是第十六代。我们的家族姓氏是安吉尔，我父亲的全名是维克托·爱德蒙·安吉尔。他的父亲是鲁珀特·安吉尔的独子，名叫爱德华。因此，鲁珀特·安吉尔，这位艺名叫"伟大的丹东"的魔术师，就是我的曾祖父，也是第十四代的考德戴尔伯爵。

我母亲的名字叫珍妮弗，不过在家里我父亲总是叫她珍妮。

我的父母是在我父亲为外交部工作时结识的，自第二次世界大战爆发起，我父亲就在外交部任职。他不是一名职业的外交官，但由于身体原因，他不能参军，因此他志愿担任文职职务。他在大学时学过德国语言文学，还曾于20世纪30年代在莱比锡待了一段时间，因此对战时的英国政府来说，他拥有一项有用的技能。显然，将从德国最高司令部截获的信息翻译成英语就是这一技能的主要用途。1946年，他与我母亲在从柏林开往伦敦的火车上相识。我母亲是一名护士，她曾在德国首都与占领国一起工作，并在任务结束后返回英国。

他们于1947年结婚，几乎与此同时，外交部不再需要我父亲的服务了。他们来到了考德洛村，并居住在这里，我的姐姐和我都是在这里出生的。我不太清楚在我们出生之前的那些年发生了什么事，也不知道为什么他们隔了那么长时间才有孩子。我知道他们经常旅行，但我认为那只是因为他们想要逃离无聊的生活，而不是积极地想要去看看各地不同的风景。他们的婚姻从来不是风平浪静的。我知道我母亲在20世纪50年代末曾经短暂地离开过，因为在那之后许多年，我无意间听到了她和卡罗琳姨妈之间的对话。我姐姐罗莎莉出生于1962年，我出生于1965年。我父亲当时已经年近五十，我母亲也已三十六七岁了。

和大多数人一样，我对人生的头几年没什么记忆。我记得家里总是很冷，不管我妈妈在我的床上堆了多少毯子，又或者我的热水袋有多么热，我总是感觉到刺骨的寒意。有可能我只记得其中的某一个冬天，又或者是某一个冬天之中的某一个月或某一个星期，但即使到如今，这里似乎仍然是那么冷。在冬天，这座房子无法获得足够的供暖。从10月到第二年的4月，风一直从山谷里吹过来。每年有三个月时间房子会被雪覆盖。我们直到现在都使用庄园里的树木出产的木柴作为燃料，但木柴的取暖效率不像煤或者电那么高。我们住在整座建筑最小的侧楼里，因此在我小时候，我根本不清楚整个房子到底有多大。

我八岁时，父母送我到康格尔顿附近的一家女子寄宿学校上学，不过我小时候几乎一直待在家里，和我的母亲在一起。我四岁的时候，她将我送往考德洛村里的一家托儿所，后来我又去了保尔顿的小学读书（保尔顿是通往教堂的路上最近的一个村庄）。我上学和放学都是乘坐我父亲的黑色斯丹达汽车，斯廷森先生小心地驾驶着它。当时，斯廷森先生和他的妻子就是我们仅有的用人了。在第二次世界大战爆发之前，我们的家族曾经有许多用人，但是战争改变了这一切。从1939年到1940年，房屋的一部分被征用，安置从曼彻斯特、谢菲尔德和利兹疏散出来的人口，另一部分用于开办儿童学校。1941年，它被皇家空军接管，从那时起，我的家族就不再居住于房屋的主要部分。我们只居住于侧楼，这就是我成长的地方。

3

如果说我们家曾经为这次拜访做过什么准备的话，至少罗莎莉和我都不知道有这回事。我们第一次知道这事是因为一辆汽车开到了我们的大门前，斯廷森下楼去为它打开了大门。这一时期，德比郡议会正在使用我们的房子，他们总是会在周末把大门关起来。

开到我们房子前的汽车是一辆宝马迷你。它的油漆失去了光泽，前保险杠因先前的一次碰撞而弯曲着，车窗周围锈迹斑斑。它完全不是我们以往常在房前看到的那种汽车。我父母的大多数朋友显然要么相当富有，要么地位显赫，即便是在我们家陷入困境的时期也是如此。

停好车后，开车的男人将手伸向宝马迷你的后座，从那里抱出了一个刚醒过来的小男孩。他用双手将那个男孩抱到肩膀上方。斯廷森礼貌地将他们引入房内。罗莎莉和我从楼上的窗子注视着下方，我们看到斯廷森又走到宝马迷你车旁边，将车上的行李搬下来，而这时我们从儿童房里被叫出来迎接客人。所有人都在我们的主客厅里。我的父母都穿着盛装，仿佛这是一个很重要的社交场合，但是客人们看起来就随意多了。

我们互相做了介绍。来访的男人名叫克里夫·伯登，男孩是他的儿子，名叫尼古拉斯，或者尼基。尼基大概只有两岁，也就是比我小三岁，比我姐姐小六岁。伯登夫人似乎不在场，但没人告诉我们是因为什么。

后来，我了解到了有关这个家庭的更多情况。比如，我知道克里夫·伯登的妻子在她的孩子出生后不久就去世了。她婚前的名字叫戴安娜·鲁斯·艾灵顿，来自赫特福德郡的哈特菲尔德。尼古拉斯是她唯一的儿子。克里夫·伯登本人则是格雷厄姆·伯登的儿子，后者又是魔术师阿尔弗雷德·伯登的儿子。因此，克里夫·伯登是鲁珀特·安吉尔毕生之大敌的孙子，而尼基是他的曾孙，我的同辈人。

显然，当时罗莎莉和我对此一无所知。几分钟后，妈妈提议让我们带尼基去儿童房，给他看看我们的玩具。我们温顺地服从了，正如我们从小受到的教育那样，另外，我们熟悉的斯廷森夫人则照料着我们。

三位成年人之间发生了什么，我只能靠猜测了，但无论如何，这持续了整个下午。克里夫·伯登和他儿子是在午餐之后不久就到了，我们三个孩子在一起一直玩到天快黑。斯廷森夫人一直让我们忙个不停，如果我们乐意一起玩，就不干涉我们，但当我们表现出有些疲劳的时候，她就会读书给我们听，或者鼓励我们尝试新的游戏。她会在适当的时候叫我们去上厕所，并给我们带来零食和饮料。罗莎莉和我拥有许多昂贵的玩具，我们虽然年纪不大，但也能看得出来尼基不习惯这些东西。从事后的大人眼光来看，或许两个女孩的玩具对一个两岁男孩来说也算不上多么有趣。不管怎样，我们度过了一个漫长的下午，我不记得有过什么争吵。

他们在楼下究竟在谈些什么呢？

我现在知道，这次会面一开始时，肯定又是我们两个家族试图终结我们祖先之间宿怨的一次尝试。为什么他们——我们——不能让过去的事情就过去了呢？我不知道，但似乎双方内心深处都有一些解不开的结，以至于继续为此争斗不休。当时是怎样的仇怨使得两位舞台魔术师互相纠缠，这种纠缠又如何能够持续至今？无论两位老人之间有着怎样的怨恨、宿仇和嫉妒，这些与有着自己的生活和事务的后裔们又有什么关系？好吧，这似乎有悖于常理，但血脉中的激情是没有理性可言的。

以克里夫·伯登为例，非理性似乎是他的天性之一，无论他的祖先可能发生过什么事情。他的个人生活难以探究，但我知道他出生于西伦敦。他经历了普通的童年，在运动方面颇有天赋。中学毕业后，他曾就读于拉夫堡学院，但只读了一年就辍学了。

在此后的十年中，他经常无家可归，似乎曾在一些朋友和亲戚家借住。他因酗酒和行为不检而数次被捕，但不知为何，他并没留下犯罪记录。他声称自己是一名演员，在影视界中过着朝不保夕的生活，只要有机会，他就会担任群演或者替身，其间还不时领取失业救济金。

在他的一生中，他仅在遇见戴安娜·艾灵顿并与她结婚的短暂期间处于情感和身体的稳定阶段。他们一起在米德尔塞克斯郡的特威肯汉姆建立了家庭，但婚姻生活却在不久之后就以悲剧收场。戴安娜去世后，克里夫·伯登仍居住在他们租住的公寓里，并且说服了一位住在同一区域的已婚姐妹帮他照料婴儿。他继续从事表演行业，尽管他再次在社会上漂泊，但他的收入似乎足以养活孩子。这就是他来拜访我父母时基本的生活情况。

在这次来访之后，他离开了特威肯汉姆的公寓，似乎搬回了伦敦的中心区，并且于1971年冬季出国。他首先去了美国，但后来又去了加拿大或者澳大利亚。据他的姐妹说，他似乎改了名，有意断绝了他与过去生活的一切联系。我已尽我所能去调查，但我甚至无法确定他是否还活着。

4

但现在，我回到克里夫·伯登访问考德洛宅邸的那个下午以及晚上，并试着去重现当我们几个孩子在楼上玩耍时发生的事情。

我的父亲看起来非常热情好客，提供酒水，甚至还专门开了一瓶上好的葡萄酒。晚餐一定很丰盛。他会亲切地询问伯登先生驾车前来此处的旅途，或是他对某些新闻的观点，甚至是他的身体健康情况。当我父亲不得不参与一个他无法预测或者控制其后果的社交场合时，他就会这样表现。这是一位正统的英国绅士伪装出的虚张声势、讨人喜欢的外表，他并没有什么恶意，但他就是完全不适应这种场合。不难想象，这会使他们意图达成的和解变得更加困难。

与此同时，我母亲会扮演一个更为微妙的角色。她能够更好地调和两个男人之间的紧张气氛，但具体到这件事上，她会觉得自己相对而言是个局外人。我认为她不会说太多话，至少在第一个小时之内不会，但她会意识到有必要将他们的注意力集中在一个与他们所有人都有关的问题上。她会一直尝试，以一种不引人注目的巧妙方式，将谈话引向那个方向。

我发现我很难讨论克里夫·伯登的情况，因为我几乎不算是认识他，但这次会面很可能是他提议的。我确信我的父母都不会这样做。他们最近一定有过数次通信，最终导致了这次会面。现在，在我了解了他当时的经济状况之后，我认为也许他希望通过与我们家的和睦相处，能有一定的收获并改变这一情况。或者，也许他最终找到了一本回忆录，可能借此解释或至少辩解阿尔弗雷德·伯登的所作所为。（当然，伯登的书当时已经存在，但在魔术界以外，极少有人知道它。）另一方面，他可能已经发现了鲁珀特·安吉尔有一本个人日记。鉴于我的曾祖父对日期和细节格外痴迷，几乎可以确定他必然有一本日记。

我敢肯定，无论会面是由谁所提议，它背后一定有着一种尝试弥合分歧的意图。我当时看到的以及后来记忆中的场景都相当亲切，至少一开始是这样。毕竟，这是一次面对面的会面，是他们的父辈未曾有过的。

无论如何，那年代久远的宿怨都隐藏在这一切的背后。除此之外，再没有什么能如此隐秘地将两个家族联系在一起，又如此不可避免地将它们分开。我父亲的温和以及伯登的紧张感最终都会消失。他们之中的一个一定会说：好吧，你能告诉我们发生了什么新的情况吗？

当我回想起来时，这一对峙局面以其极端的愚蠢笼罩了我的心灵。我们的曾祖父之间曾存在的，那种因职业要求而产生的保密束缚，随着他们的过世，本应全都烟消云散。在这两个家族的后裔中，没有一个是职业的魔术师，甚至没有人对魔术产生过任何兴趣。如果说有的话，那就是我本人，但那只是因为我在尝试着进行我的研究。我读过几本介绍舞台魔术的书，以及一些知名魔术师的传记。其中大多数都是现代的作品，我读过的最老的一本书就是阿尔弗雷德·伯登写的那本。我知道自从19世纪末以来，魔术已经有了很大的进展，当时流行的魔术如今早已过时，取而代之的是更为现代化的舞台幻术。比如说，在我们曾祖父的那个时代，从来没有人听说过一个女人看似被锯成两半的魔术。直到20世纪20年代，在丹东和教授都去世了很久之后，人们才发明了这种如今已为人熟知的魔术。这就是魔术内在的本质，魔术师必须不断地构思出更令人费解的方式来表演他们的魔术。以现代的眼光来看，教授的魔术堪称古朴无趣、平淡无奇、节奏缓慢，最重要的是，一点都不神秘。让他成名致富的魔术如今看来就像是博物馆里的一件藏品，任何一位自视甚高的魔术师都可以毫不费力地重演它，甚至给它加上更令人困惑的效果，更不要说是他的宿敌了。

尽管如此，这场世仇仍然延续了将近一个世纪。

克里夫·伯登来访的那天，晚餐时，斯廷森夫人把我们这些孩子从楼上的儿童房带到楼下的餐厅，与大人们一起吃饭。我们喜欢尼基，我们三人很高兴能坐在餐桌的同一边。我清楚地记得那一餐，但那只是因为尼基和我们在一起。当时我姐姐和我都以为他是在装腔作势，有意逗我们开心，但我现在意识到，在这之前，他从来就没有机会坐在一张摆放整齐的长餐桌旁，更不会有人给他上菜。他简直不知道该如何是好。他父亲有时候会严厉地对他说话，试图纠正他的行为或者让他冷静下来，但是罗莎莉和我则继续逗弄这个小男孩。我们的父母没有对我们说什么，因为他们几乎从来不对我们说什么。我们这种社会阶层的父母不会去管教孩子，他们大概做梦也没想过在外人面前斥责自己的小孩。

当时的我们自然不可能明白，不过我们吵闹的表现一定导致了大人们之间的关系变得更加紧张。克里夫·伯登的高亢嗓门儿变成了一种充满威吓的刺耳声音，我一点都不喜欢这种声音。我父母对他的反应都很糟糕，原本装出来的谦恭和善这时候已经被抛到一边去了。他们开始争吵，我父亲对他说话的语气就像是在一家上菜奇慢的餐馆里对服务员说话。到了用餐结束的时候，我父亲半醉半怒；我母亲脸色苍白，沉默不语；而克里夫·伯登（大概已经醉得不轻了）则没完没了地谈论着他的不幸遭遇。斯廷森夫人催促着我们三个离开餐厅，进入隔壁的起居室。

不知道为什么，尼基哭了起来。他说他想回家，罗莎莉和我试图让他冷静下来，但他对我们又踢又打。

我们以前也见过父亲陷入这种情绪。

"我害怕。"我对罗莎莉说。

"我也是。"她说。

我们在两个房间之间的双扇门旁边倾听。我们听到了声调尖锐的说话声，然后是漫长的沉默。我父亲不耐烦地在房间里走来走去，他的脚步在抛光的镶木地板上咔嗒作响。

5

在我们的房子里，有一个区域是从来不允许我们两个小孩进入的。通往这一区域的入口是一扇不引人注目的棕色门，位于后部楼梯间下方的三角形墙角。这扇门总是锁着的，直到克里夫·伯登来访的那一天为止，我从未见到家里的任何一个人，包括我们家人以及用人，从这扇门走进或是走出。

罗莎莉曾经对我说过，这扇门后是一个闹鬼的地方。她编造了一些恐怖的画面，对其中一些进行了详细描述，其余的则保持模糊的状态，好让我自己去想象。她说那下面囚禁着一些被切断了肢体的受害者、绝望地寻求安息的迷失魂灵，她说它们的爪子在门里几英寸的地方等着紧握住我们的手脚，她说它们为了逃跑而高声尖叫着扭动并四处抓挠。它们不断低声念诵着对我们这些生活在阳光下的人可怕的复仇计划。罗莎莉比我大三岁，她很清楚怎样才能吓到我。

在我小的时候，我经常感到害怕。我们的房子不适合神经质的人居住。在冬天，在静谧的夜晚，它孤立的地理位置使得它的墙壁周围极为寂静。你会听到一些无法解释的细碎声音：巢穴里快要冻僵的动物或是鸟类，为了取暖偶尔抖动身子；树木和没有叶子的灌木在风中相互摩擦；山谷底部呈漏斗形状，放大并且扭曲了山谷远端传来的声音；村民们沿着我们院墙外的道路行走；其他的时候，风从北方的荒野上吹来，咆哮着穿过遍布谷底的岩石和零星的牧草地，呼啸着穿过屋檐和木瓦上华丽的雕饰。整个地方都非常古老，充斥着其他人的生活记忆，到处都有他们死后遗留的物品。这里不适合一个想象力丰富的孩子居住。

在室内，那些阴暗的走廊和楼梯间，那些隐蔽的凹陷处，那些暗色的壁毯和阴郁的古人肖像画，所有这些都给人一种压抑的威胁感。我们居住的那些房间灯火通明，使用的都是现代的家具，但我们大部分的家庭腹地都让人不禁想起死去的祖先、古代的悲剧和寂静的夜晚。我学会了匆忙穿过房子的某些部分，目光直视前方，以免被任何来自过去的可怕事物耽搁。那扇棕色门所在的、后部楼梯旁边的走廊就是这样的一个地方。有时，在不经意间，我会看到门在门框中略微晃动，好像有什么东西从它后面向它施加压力。那一定是由气流引起的，但只要我看到那扇门在动，我总是会想象，有一个又高大又安静的人站在门后，静静地看着门最终是否会打开。

在我的整个童年时期，包括克里夫·伯登来访之前和之后，我经过那条走廊时都离那扇门尽可能远，并且不去看它，除非是无意间看错了。我从来不会停下来去听那扇门后面的动静。我总是匆匆而过，试着完全无视它。

那天晚上，我们三个人——罗莎莉、我和伯登家的尼基——都在起居室里等着，与此同时，在一墙之隔的餐厅里，大人们仍在继续他们那莫名其妙的冲突。这两个房间都有一扇棕色的门通向走廊。

大人们说话的声音又变得高亢了。有人从连接两个房间的门走了过去。我听到了我母亲的声音，她听起来很不高兴。

随后，斯廷森迅速穿过起居室，从连接两个房间的门进入了餐厅。他开关门都很迅速，但我们还是看到了另一个房间的三个大人。他们仍然待在餐桌边他们原本的位置，但是现在他们都站着。我瞥到了我母亲的面容，她的表情似乎既悲伤又愤怒。门很快关上了，所以我们没法跟着斯廷森进入餐厅。他一定站在门口，以防我们推门走进去。

我们听到我父亲的声音，他正在发号施令。那种语气通常意味着即将有糟糕的事情发生。克里夫·伯登说了些什么，而我父亲愤怒地回答，声音大到我们足以听清每一个字。

"你可以的，伯登先生！"他的声音在愤怒中突然变成了假声，"你现在就可以！你他妈的绝对可以！"

我们听到餐厅通往走廊的门打开了。伯登又说了些什么，但是我们还是听不清。

然后罗莎莉在我的耳边低声说道："我猜爸爸要打开那扇棕色门了！"

我们全都倒吸了一口冷气，我在恐惧中紧紧抓住罗莎莉的衣服。尼基感染了我们的恐慌，大声号哭起来。我也开始大喊大叫，这样我就听不清大人们在干什么了。

罗莎莉想让我安静下来。"嘘！"

"我不想打开那扇门！"我哭喊道。

就在此时，突然间，高大的克里夫·伯登从走廊的门冲进起居室，看到我们三人正畏惧地蜷缩在一起。我无法想象我们这种戏剧性的姿态在他看来是怎样的，但似乎他也受到了我们对那扇门所象征的恐慌的传染。他向前走了几步，弯下身子，单膝跪地，将尼基抱了起来。

我听到他对那个男孩低声咕哝着什么，但那声音并不能让人安心。我沉浸在自己的恐惧之中，无法集中注意力去听他说的话，因此我无从得知。在他身后，走廊的对面，楼梯的下方，我看到那扇棕色门已经被打开了，留下一个长方形的空间。那里有一盏灯亮着，我可以看到门内有两个向下的台阶，然后是一个半转弯，以及更多通往下方的台阶。

我注视着被抱出房间的尼基。他父亲把他抱得很高，这样他就可以双臂环抱住他父亲的脖子，脸朝向他父亲的后方。当他父亲抱着他穿过门口、走下台阶的时候，他父亲伸出一只手，挡在男孩的头上以防碰伤。

6

被丢在后面的罗莎莉和我面临着恐怖的抉择。一个是，继续留在熟悉的起居室里，但是无人陪伴；另一个是，跟着大人们走下台阶。我用双臂抱住我姐姐的腿。斯廷森夫人不知道去哪里了。

"你要和他们一起走吗？"罗莎莉说。

"不！你去！你去看看他们在做什么，再告诉我！"

"我要到楼上的儿童房去了。"她说。

"别离开我！"我喊道，"我不想一个人留在这里。别走！"

"你可以跟我一起走。"

"不。他们要对尼基做什么？"

但是罗莎莉粗鲁地用手推开我的肩膀，挣脱了我。她的脸色苍白，眼睛半睁半闭。

她浑身发抖。

"你想干什么都随便你！"她说。尽管我试图再次抓住她，但她躲开了并且跑出房间。她沿着那条恐怖的走廊向前，穿过敞开的门扉，在楼梯底部的厚石板上转了个弯，沿着楼梯向上飞跑。当时我觉得她对我的恐慌十分鄙视，但从一个成年人的视角看来，我怀疑她吓唬我的时候反而把自己吓得更厉害。

不论原因究竟如何，我发现自己真的孤单一人了，不过鉴于罗莎莉已经独自离开，做出决定便不再像此前那么困难。一种冷静的感觉席卷我的全身，麻痹了我的想象力。那只是恐惧的另一种形式，但它让我能够行动起来。我知道我不能待在原地不动，我也知道我没有力量跟着罗莎莉跑到那道较远的楼梯并且上楼，所以我只有一个地方可以去。我穿过一段较短的距离，来到那道棕色门前，向台阶下面望去。

天花板上有两个灯泡，照亮了通往下方的路，但在楼梯的底部有一扇开向侧面的门，从那里涌出了更为明亮的光，将台阶照得亮堂堂的。这道楼梯看起来非常普通，没有任何装饰，并且出人意料地干净。没有任何危险的迹象，无论是超自然的还是平常的。我能听到下方传来说话的声音。

我不想引起人们的注意，于是悄然走下楼梯，但当我到了下面并且望向地窖的中央部分时，我意识到没有必要掩藏自己。大人们正忙于做他们自己的事情。

我现在已经能够理解当时正在发生的大多数事情，但我却不再能记起大人们当时正在说着什么话。当我第一次走到那些台阶的底部时，我父亲和克里夫·伯登又在争吵，不过这一次伯登说得更多。我母亲站在一边，我们家的仆人斯廷森和她在一起。尼基仍然被抱在他父亲的胸前。

地窖的大小和清洁程度都让我大为惊讶。我从不知道我们的房子下面竟然有如此开阔的一个空间。从我作为一个儿童的眼光来看，地窖的高度似乎相当高，其天花板向四面八方延伸到涂了白漆的墙壁，而那些墙壁几乎已在我的视野边缘。（当然，尽管大多数成年人无须低头就可以在地窖中行走，但是地窖的高度远不如其上的普通房间，并且地窖也不可能比房屋本身更大。）

地窖中堆满了大量从房子的主要部分搬出来的各类物品。在战争期间搬出来的大量家具仍然堆放在此，覆盖着白色的防尘布。其中一面墙边堆放着一排镶着框架的画布，不过因为画过的那一面朝着墙，所以无法看到。靠近台阶的一个区域被用砖墙分隔出来，改建成了一个酒窖。而在地窖主体部分的远端，以我所在的位置很难看得清的地方，整齐地堆放着大量的板条箱和储物箱。

这个地窖给我的整体印象是宽敞、凉爽和洁净。这是一个正在使用的地方，但同时也保持着整洁。不过，事实上这些都不是我最初对它的印象。我方才描述的一切都是以我现在对它的认知为基础，是一种经过修正的记忆。

在那一天，从我来到楼梯底部时开始就吸引了我全部注意力的东西，是建在地窖正中央的那个装置。

我的第一印象是，它似乎是某种比较矮的笼子，因为它看起来像是八块结实的木板组成的一个圆环。接下来我意识到，它实际上是建在地面上的一个坑里，一个人如果要进入其中，则必须先往下走，所以实际上它比第一眼看起来要更大。我父亲这时已经走到了这个圆环的中央，我只能看到他腰部以上的部分。它的上面还有一些电线，以及某种我不能准确分辨出其形状的东西，缠绕在中间的一个轴上，散乱地反射着地下室里的灯光。我父亲正在忙碌地做着什么事情；显然在我视野的下方有一种能控制这个装置的设备，而他正弯着腰，努力地拉扯着什么东西。

我的母亲退后站着，热切地注视着他，斯廷森站在她的身边。两人都一言不发。

克里夫·伯登站在其中的一块木板旁边，看着正在工作的我的父亲。他用双手抱着他的儿子尼基，后者也回过头看着下面。伯登在说着什么，我父亲则继续用力拉动，同时挥舞着一只胳膊大声回应。我知道我父亲正处于一种危险的情绪之中：每当罗莎莉和我激怒了他，让他觉得不得不向我们证明一些什么，无论有多么可笑的时候，我们都将必须忍受这种情绪。

我意识到伯登正在激怒他，让他陷入这种情绪，而且可能是有意的。

我走上前去，不是朝着任何一个大人，而是朝着尼基。这个小男孩被一种他绝无可能理解的东西缠住了，我本能地想要冲向他，想要抓住他的手，或许我可以将他带离大人们的危险游戏。

我已经走到一半了，仍然没有人注意到我，这时我父亲突然喊道："所有人退后！"

我母亲和斯廷森立刻向后退了几步，似乎早就知道会发生什么事似的。我母亲说了些什么，对她来说应该算是很大声了，但她的声音完全被淹没在装置发出的越来越响亮的噪声里。装置躁动不安地发出嗡鸣声，透露出危险的迹象。克里夫·伯登站在离坑边只有一两英尺的地方，寸步未退。仍然没有人注意到我。

突然间，一连串响亮的砰砰声从装置的顶部爆发出来，每一次的爆裂音都伴随着一道又长又卷曲的白色电光。每一道白色电光都像是某种可怖的深海生物伸出的触手一般，四处探寻着它的猎物。噪声极为巨大：每一次闪光，每一条挥舞着的纯粹能量的触角，都伴随着一种极其尖厉的嗞嗞声，响亮到足以伤害我的耳朵。我父亲抬起头来，看着伯登，脸上露出我常见的胜利者的表情。

"现在你知道了吧！"父亲朝他吼道。

"把它关掉，维克托！"我母亲喊道。

"但是伯登先生坚持要这样做！好吧，这就是了，伯登先生！这足够满足你的坚决要求了吧？"

伯登仍然站在离蜿蜒的电弧很近的地方没有动弹，像是被困住了一样。他用双臂抱着他年幼的儿子。我能看到尼基脸上的表情，因此我知道他和我一样恐惧。

"这证明不了什么！"伯登喊道。

对此，我父亲拉下了连接在装置内侧一根柱子上的一个很大的金属操纵杆。锯齿形的能量束立刻扩大了一倍，以比之前更灵活的姿态绕着笼子外侧的木条盘旋而行。噪声震耳欲聋。

"进去啊，伯登，"我父亲喊道，"进去自己看看吧！"

令我惊讶的是，我父亲随后便从坑里爬了上来，从两根木条之间的空隙间走出。立刻便有大量的电射线从他身上穿过，在他的身体周围发出恐怖的嗞嗞声。有一瞬间，他被它们完全包围，被火焰焚烧殆尽。他似乎与电流融合在了一起，他的内部发出光亮，变成了一个可怕的影子。然后他再向前一步，从中走了出来。

"你一点都不害怕，对吗，伯登？"他用粗粝的声音喊道。

我离我父亲并不远，我能够看到他头上的头发根根直立，就连手臂上的汗毛也竖立起来并且从袖子里钻出来了。他的衣服以一种古怪的方式挂在他身上，就像是它们想要从他身上飘走似的，而且在我被电光刺得昏花的眼睛看来，他的皮肤似乎在被电流包围的那几秒钟之内永久地变成了蓝色。

"该死的，该死的！"伯登喊道。

他转向我父亲，用力把被吓呆了的孩子塞了过去。尼基试图抓住他父亲，但伯登把他推开了。我父亲不情愿地接过了孩子，以一种尴尬的姿势抱着他。尼基发出恐慌的喊叫，想要挣脱开来。

"现在跳进去！"我父亲对伯登怒吼道，"几秒钟之内效果就会发动！"

伯登向前迈了一步，来到了电流区域的边缘。我父亲站在他旁边，而尼基则伸出双臂，哭叫着要他的爸爸。如同舞动的蛇一般的电弧疯狂地在离伯登不到一英寸的地方挥动。他的头发竖了起来，我能看到他不停地握紧拳头又松开。他的头稍微往前探了探，一道电弧立即发现了他，从他的颈部向下，绕过他的肩膀和背部，在他的两只鞋子之间的地板上发出哗啦啦的噪声。

他在恐慌中向后跳去。我为这个人感到悲哀。

"我做不到！"他喘息着说，"把这该死的东西关掉！"

"这就是你想要的，不是吗？"

我的父亲已被疯狂的情绪充斥。他向前走去，远离克里夫·伯登，进入了致命的电流区域。五六条电弧立即环绕在他和尼基的周围，使得他们都散发出致命的蓝色光芒。他头上的所有头发都竖立起来了，这使得他比我见过的任何时候都更为可怕。

他将尼基扔在坑里。

我父亲向后退去，离开了致命的电弧。

在尼基往地面上摔落的时候，他的胳膊和腿都疯狂地在空中舞动。他再次发出尖叫，一声绝望的叫喊。那是一种纯粹的恐惧、孤独与被抛弃感的持续爆发。

在他落地之前，装置爆发出巨大的光芒。火焰从头顶的电线上蹿了出来，一阵猛烈的撞击声响起。木头的支柱似乎随着来自内部的压力而向外膨胀，当电光的触须收回时，它们发出尖锐的响声，就像是钢铁之间摩擦的声音。

一切都在恐惧中结束了。浓重的蓝色烟雾沉重地悬浮在空气中，沿着地窖的天花板缓缓向外扩散。那个装置终于安静下来，再也没有了任何动静。

尼基一动不动地躺在下方的硬地板上。

似乎在远处的某个地方，我仍能听到他的尖叫声还在回响。

7

我的眼睛被电流的炫目强光刺得几乎半盲；我的耳朵因噪声的冲击而嗡嗡作响；我的脑海里充斥着因为我刚刚目睹的事情而产生的震惊。

我向着那个冒着烟的坑走去。尽管它现在静止不动，但仍充满了威胁，然而即便如此，我依然感觉到自己正被它无情地吸引过去。很快，我就站在了坑边，我母亲的身侧。正如我平常会做的那样，我向上伸出手，把它塞进我母亲的手指之间。她和我一样，在烟雾和怀疑中低头凝视着。

尼基死了。他的脸冻结在他尖叫的表情中，他的胳膊和腿都扭曲着，保持着被我父亲扔进坑里时四肢乱挥的姿态。他仰面躺着。他的头发在穿过电场时都竖了起来，现在仍竖立在他僵硬的脸庞周围。

克里夫·伯登发出痛苦、愤怒以及绝望的恐怖吼叫，然后跳进了深坑。他趴在地上，用双臂搂住他儿子的尸体，柔和地试图将男孩的四肢放回它们正常的位置，他用一只手抱住男孩的头，将他的脸贴在孩子的脸颊上，同时浑身颤抖，从他身体的深处发出可怕的呜咽声。

这时，我的母亲就像是刚刚意识到我在她旁边似的，她突然用双臂抱住我，把我的脸贴在她的裙子上，然后把我抱了起来。她飞快地穿过地窖，将我从灾难的现场带走。

我从她的肩膀上方向后望去，当我们迅速走向楼梯的时候，我最后一眼看到的是我的父亲。他凝视着坑底，脸上流露出强烈的满足感，那个表情即使在二十多年后的现在我仍记得清清楚楚，随之而来的厌恶让我浑身哆嗦。

我父亲知道会发生什么；他容许它发生；他亲手让它发生。他的姿态和表情都表明：我已经证明了我的观点。

我同时还注意到，我们的仆人斯廷森正蹲在地上，双手撑地保持平衡。他的头低垂着。

8

关于紧随其后发生了什么事，我所有的记忆或是丢失了，或是被压制了。我只记得此后的那一年，我开始上学，然后是转学，交了些新的朋友，逐渐成长起来。我周遭的一切都正常得不得了，就像是对我目睹的可怕事件的某种尴尬的补偿。

我也不记得父亲是什么时候离家出走，将我们抛在身后的。我知道具体的日期是哪一天，但那是因为我找到了我母亲生命中最后几年的日记本，而我自己对此事的记忆则丢失了。因为那本日记，我也得知了她对分居一事的大部分看法，以及小部分的原因。对我来说，在我小时候的记忆里，他的存在给我的总体感觉是一个令人不安并且难以预测的形象，我很高兴能避免在我们的日常生活中见到他。我还记得他离开之后的生活，他的缺席给了我们很强的宁静感，而罗莎莉和我尽可能地利用了这种感觉，从那时起直到现在。

一开始，我对他的离去感到高兴。直到我长大了，我才开始像现在这样想念他。我确信他还活着，因为如果他去世了，我们一定会听说的。我们的财产处于复杂的管理程序下，并且仍然由我父亲亲自负责。我们有一份家族信托基金，由德比的律师进行管理，显然这些律师仍与我父亲保持着联系。房屋、土地以及贵族头衔都还在他的名下。许多直接支出，例如税费等，都由信托基金进行处理和支付，罗莎莉和我仍能得到信托基金提供的生活费。

我们上次与他直接联系还是在大约五年前，当时他从南非写来了一封信。他说他是路过该国，不过他并没有说他从哪里来，又打算到哪里去。他已经七十多岁了，可能与其他的英国流亡者一起在某处闲逛，从不透露自己的背景，是一个老迈无害的、有点疯疯癫癫的、细节模糊的外交部前工作人员。我无法忘记他。无论多少时间流逝而过，我始终记得他脸上挂着冷酷的表情，将一个男孩扔进一台他明确知道会置人于死地的机器里。

9

当晚，克里夫·伯登离开了我们的房子。我不知道尼基的尸体去了哪里，不过我确信伯登一定把他带走了。

因为我那时候年纪很小，对父母的权威无法提出疑问，因此他们告诉我说警察不会对男孩的死亡感兴趣时，我相信了他们。无论如何，在这件事上，他们似乎没有说错。

许多年以后，随着年纪增长，我开始意识到这件事情究竟有多么严重的时候，我试着询问我的母亲，那个晚上究竟发生了什么。当时我父亲已经离开了家，离我母亲的逝世还有两年时间。

我当时觉得，应该是时候澄清过去的秘密，把一些阴暗的事情抛在脑后了。同时我也将此视为我成长的一个标志。我希望我的母亲能对我坦诚相待，把我当作一个成年人。我知道她本周收到了一封父亲的来信，这给了我一个提出问题的借口。

"为什么警察从来没有来过这里调查？"我明确提出我想谈谈当晚的事情，并且如此提问道。

她说："我们从来不谈论这件事情，凯瑟琳。"

"你是说你们从来不谈论，"我说，"但是为什么爸爸会离开呢？"

"这得问他才行。"

"你知道我不能那样做，"我说，"你是唯一的知情人。那天晚上他做了错事，但我不知道是因为什么，我甚至不知道他怎么会那样。警察是不是在找他？"

"警察不会介入我们的生活。"

"为什么？"我说，"难道爸爸不是杀死了那个男孩吗？那不是谋杀吗？"

"所有的事情当时都已经处理好了。没有什么可隐瞒的，没有什么可感到内疚的。我们为那天晚上发生的事情付出了代价。当然，伯登先生遭受的痛苦最大，但看看我们所有人的生活都发生了什么。我不能告诉你你想要知道的事情。你目睹了发生的一切。"

"我不敢相信一切就这样结束了。"我说。

"凯瑟琳，你应该知道不要问这些问题。你也在场。你和我们其他人一样都有罪。"

"我那时候才五岁！"我说，"我怎么可能有罪呢？"

"如果你对此有疑问，你可以自己到警察局去查证。"

在她冷酷而又不肯屈服的语言和行动面前，我失去了勇气。当时斯廷森先生和夫人仍在为我们工作，后来我又去问斯廷森同样的问题。他礼貌、生硬而又简短地拒绝承认他对其中的任何事情知情。

10

我十八岁那年，我的母亲去世了。罗莎莉和我曾有些期待父亲会因为这个消息而从自我放逐之中返回，但事实并非如此。我们继续住在这座房子里，并且慢慢地意识到它现在已经是我们的了。我们对此做出了不同的反应。罗莎莉逐渐从心理上脱离了它，最终她搬走了。而我则开始被这座房子给困住，并且一直待在这里。很大原因是我无法摆脱那种负罪感，我无法忘记地窖中发生的那件事。一切都集中在那件事上，最终我意识到，我必须做些什么来将它从我心底清除。

我终于鼓起勇气到地窖里去，看看我曾经看到的东西是否还在那里。

我选择在一个夏日到那下面去，那时我的朋友们从谢菲尔德来访，整个房子里充满了摇滚乐，以及年轻人的谈论和欢笑。我没把我的计划告诉任何人，只是从花园中的一场交谈中溜走，进了房子。在此之前，我喝了三杯葡萄酒。

在伯登来访之后不久，那道棕色门上的锁就被换掉了，我母亲去世后我又换了一次锁，但我从来都不敢进去。斯廷森先生和他的妻子早已离开，但他们和后来的管家都把地窖当作储藏间使用。我就连走到通向那扇门的楼梯上方时都会心跳加速。

但那一天，我不会容许任何事情阻止我。我已经为此准备了太久。一进门，我就从里面把那道门锁上（这是我定下的规矩之一），打开电灯，走下楼梯来到了地窖。

我立即开始寻找曾经杀死了尼基·伯登的那台装置，然而不出所料，它已经不在那里了。不过，地窖中间的那个圆形大坑倒是还在，于是我走过去仔细观察。看起来这个坑是在地窖建好之后挖出来的。很明显在挖掘之初就已经设计好了计划，因为混凝土内每隔一段距离就会打上几根钢筋，很可能是为了给装置上的那些木条充当支柱。在大坑中央上方的天花板上有一个电气接线盒。一根粗电缆从那里通向地窖侧面墙壁上的一个变压器，不过接线盒本身已经变脏并且生锈。

我注意到天花板上有许多烧焦的痕迹从接线盒向四周扩散，并且虽然有人用白色乳胶漆涂过，但那些痕迹还是露了出来。

除此之外，没有任何迹象表明这里曾经有那样一台装置。

我开始检查在墙边整齐堆放着的板条箱、行李箱和大型神秘物件，几分钟后，我就发现了那台装置。我很快就明白，这是我曾祖父的魔术用具存放处，很可能是在他去世后统一放置在这里的。我发现了两个结实的木板条箱，它们的位置比较靠前，但除此之外并没有什么引人注意之处。它们都很重，我用尽力气也不能将它们移动分毫，更不用说想把它们搬出地窖了。其中一个箱子上用黑色的字体印着运送途经的地名，但由于年代久远，已在很大程度上褪色：丹佛，芝加哥，波士顿，利物浦（英国）。一张报关单贴在箱子的侧面，不过胶水早已失效，我一碰它便掉在我的手里。我把它拿到最近的电灯下面，看到有人用印刷花体字写着：**内容物——科学仪器**。两个箱子的四个侧面都用金属线箍了起来以便吊装，板条箱上到处都有很明显的把手。

我试着打开两个箱子之中较近的那一个，在它的顶盖周围摸索着试图找到移开顶盖的方法，不过令我吃惊的是，盖子轻轻地向上旋转，似乎内部有什么让它保持着平衡。我立刻就明白了，我已经发现了那个晚上我所见到的电气装置的工作原理，但它现在已经被拆散，因此所有的威胁都消失了。

盖子的内侧贴着几张很大的厚纸片，尽管历经沧桑却仍没有变黄或者卷曲，其上有着手写的、较小但清晰并且一丝不苟的使用说明。我略读了开头的几行：

> 定位，检查，测试本地接地线连接情况。如果不满足使用条件，请勿继续使用。有关如何安装、检查以及测试接地线连接情况的详细说明，参见下面的第（27）

条。每次使用都要检查接线的颜色；参见附件图表。

（如果在美国或者英国以外的地区使用。）定位，检查，测试本地电力供应情况。使用包裹4.5.1中的设备以确定电流的性质、电压和频率。有关主变电单元的设置，参见第（15）条。

组装设备时，测试当地供电的稳定性。如出现超过正负二十五伏特的电压波动，请勿尝试操作此设备。

搬运设备部件时，务必佩戴包裹3.19.1中的防护手套（包裹3.19.2中有备件）。

诸如此类，这是一份详尽的组装说明书，其中大量使用到科技方面的单词以及短语。（后来我安排将它们复印下来，复印件在我的房子里。）清单上有"F. K. A."的首字母签名。

在第二个板条箱的盖子内部是一份类似的说明书，这一部分主要涉及如何安全断电、拆卸设备并将部件存放在板条箱内的适当位置。

就在这一刻，我开始意识到我的曾祖父是一个怎样的人。我是说，我第一次开始明白他做了些什么，他有着怎样的能力，他在世时取得了怎样的成就。在那之前，他只是一位祖先，一位把他的东西堆满了整个房子的老祖宗。这是我初次见到那个真正的他。这些板条箱是属于他的，这些详尽的说明是他本人写的，或者至少是为他而写的。我在原地站了很长时间，想象着他和他的助手们一起打开这些箱子，装配这台装置，争分夺秒地准备着他的首场演出。我仍旧对他几乎一无所知，但最终，我对他所做的事情有了一些了解，也对他如何做到此事初窥门径。

这一年的晚些时候，我整理了他的其他各种物品，这也帮助我更好地理解了他是一个怎样的人。他的书房里堆满了整理得非常干净的各种文件：账单、杂志、信件、订票单、旅行证件、剧本和节目单。他生活中的一大部分都归于这些档案之中，地下室里还有许多他的演出服装以及道具。大多数服装都因时间久远而碎裂，我把它们丢掉了，但是许多用于表演幻术的柜子仍旧可以使用，或至少可以修理，因为我需要钱，我将其中最好的一些样本卖给了魔术界的收藏者。同时，我也处理了鲁珀特·安吉尔收集的魔术书籍。从买家那里，我得知他的材料大多相当值钱，但已失去了实际的用途。对现代的魔术师而言，这些东西仅能满足他们的好奇心。伟大的丹东所表演的大多数幻术如今看来已相当平常，对收藏家或者专业人士来说，它们并不令人惊讶。我没有卖掉那台电气装置，它现在仍在地窖中的板条箱里存放着。

让我没有想到的是，自从我进入地窖之后，我童年的恐惧心理就不翼而飞了。也许只是因为这么多年过去，我已是一个成年人，又或者是因为其他的家人都已不在，我成了这座房子真正的主人。无论如何，当我从那扇棕色门走出来，将它再次锁好的时候，我确信我已将某些一直困扰着我的不受欢迎的东西丢在脑后了。

11

然而，这些都还不够。那天晚上，我看到一个小男孩被我自己的父亲残忍杀害，这是没有任何借口的。

这个秘密渗透到我的生活之中，间接地影响着我所做的一切事情，抑制着我的情感，让我在社交方面停滞不前。我与世隔绝。我没有什么朋友，我不想谈恋爱，我对工作没有兴趣。自从罗莎莉结婚并搬走之后，我就一个人居住在这里，与我的父母一样都是受害者。

我曾想远离那持续多年的宿仇带给我家族的疯狂，但随着年龄的增长，我逐渐确信，唯一的出路就是勇敢地面对它。在我完全明白尼基·伯登是怎么死的、为什么会死之前，我的生活永远都无法继续。

他的死亡啃咬着我的心。如果我能够得知有关那个男孩以及那天晚上他究竟遭遇了什么的更多信息，我的困扰就终将解除。而随着我对我自己家族的了解越来越深入，无可避免地，我也了解到了更多关于伯登家族的信息。

我找到了你，安德鲁，因为你和我是解开整个谜题的钥匙——你是唯一在世的伯登家族成员；而我，从各种意义上说，是唯一在世的安吉尔家族成员。

尽管违背了所有的逻辑，但我知道尼基·伯登就是你，安德鲁，并且你以某种方式从那严酷的磨难中存活了下来。

12

天黑之后，雨转成了雪，当安德鲁·韦斯特利和凯特·安吉尔吃完晚餐，坐在餐桌旁边的时候，雪还在继续下着。她的故事一开始似乎并没有引起他的反应，因为他只是静静地盯着他喝完了咖啡的杯子，用手指搅动着茶碟里的汤匙。然后他说他想要四处走走。他穿过餐厅来到窗边，凝视着窗外的花园，双手交叉放在脖子后面，左右晃动着头。外面一片漆黑。她知道他什么也看不见。主干道在房子的另一边，而且他们现在是在二楼。在房子的这一边，只有草坪、树林、丘陵以及更远处的岩石峭壁。他在那里站了很长时间。鉴于凯特看不到他的脸，她觉得他或者是闭上了眼睛，或者只是茫然地盯着一片黑暗。

最后，他开口说道："我会把我知道的一切都告诉你。在我小时候，差不多是你所说的那个年纪，我与我的孪生兄弟失去了联络。也许你刚才所说的情况能够解释这个问题。但是我找不到他的出生记录，因此我无法证明他确实存在。我知道他是真实的。你听说过双胞胎之间那种神秘的联系吗？我就是因此而确定他是真实的。还有，我知道他一定以某种方式与这座房子相关联。今天来到这里时，我就感觉到他在这儿。我不知道这是怎么回事，而且我也无法解释。"

"我也查询过出生记录，"她说，"你是独生子。没有任何迹象表明你有一个孪生兄弟或者姐妹。"

"会不会是有人篡改了出生记录？这种事情有可能办到吗？"

"当然，我也考虑过这种可能。如果那个男孩被杀了，这不正使得某人有足够的动机去伪造那些记录吗？"

"也许是那样没错。我唯一可以确定的是，我对这一切都没有任何记忆，全是空白。我甚至不记得我父亲。我只知道他的名字叫克里夫·伯登。那个死去的孩子显然不可能是我，即使这样想想也简直太荒谬了。那一定是其他人。"

"但那天来的人确实是你父亲……而尼基是他唯一的孩子。"

他从窗边转过身，走回自己的椅子并且坐下。

"只有几种可能，"他说，"第一，那个被杀的男孩是我，而我又复活了。这完全不合逻辑。第二，死去的那个男孩是我的双胞胎兄弟，而杀死他的凶手，按照你所说，就是你的父亲，并且是他后来设法篡改了官方的出生记录。坦白说，我认为这也是不可能的。第三，也许你搞错了，那个孩子根本没有死，所以他可能是我，也可能不是。第四……我怀疑整件事情都是你想象出来的。"

"不，绝对不是我想象出来的。我知道我的眼睛看到了什么。而且我母亲其实也算是承认了这件事。"她拿起她的那一本伯登的书，并把它翻到她之前用一张小纸条做过记号的那一页，"还有另外一种解释，但它与其他几种解释同样不合理。如果你那天晚上没有被杀死，那可能是一种魔术。我那天晚上看到的那个机器实际上是一台魔术装置，是为了表演一种舞台幻术而建造的。"

她将那本书递给他，但他不耐烦地挥了挥手。"这些全都荒谬绝伦。"他说。

"我亲眼见到的。"

"我觉得你可能理解错了你看到的东西，或者这些事情是发生在另一个人身上。"他又朝没有拉窗帘的窗子瞥了一眼，然后心烦意乱地看了看手表，"你介意我用一下移动电话吗？我得告诉我的父母我今天会晚到。而且我还得给我在伦敦的公寓打个电话。"

"我认为你今晚应该留下过夜。"听得此话，他微微一笑，凯特立即意识到自己说错了话。她觉得他相当有魅力，以一种无害的粗俗方式，但他显然是那种从来不会放弃性爱机会的男人。"我是说，马金夫人会为你准备好备用的房间。"

"如果有必要的话。"

他们来餐厅用晚餐之前就发生过这样的事。她一定给他倒了太多的黑麦威士忌，或者是因为她过于频繁地提及她的家族和他的家族之间那种不可调和的分歧，又或者两方面的原因都有。整个下午，她都相当享受他那种断断续续地、毫无顾忌地盯着她的眼神，但在一个半小时之前，就在他们来餐厅用晚餐之前，他明确表示他想要尝试再一次让两个家族取得和解。就他们两人，最后的一代传人。她感到有点受宠若惊，但他所想的与她并不相同。当时，她尽可能温柔地拒绝了他。

"你喝了这么多酒，还能在大雪天开车吗？"她说。

"能。"

但他并没有从椅子上起身。她把伯登的书倒扣在餐桌上，放在他们两人之间。

"你想从我这里得到什么，凯特？"他说。

"我不再知道了。也许我从来就不知道。我认为现在的情况与克里夫·伯登来见我父亲的时候一样。他们都觉得应该试着解决一些问题，并且也尝试过了，但是传承下来的仇怨依旧有很大影响。"

"我只对一件事情感兴趣。我的孪生兄弟就在这里，在这座房子里。今天下午，你给我看你曾祖父的东西时，我就感觉到他了。他告诉我不要离开，他告诉我要找到他。我从没有如此明确地感受到他的存在。不管你说了些什么，也不管出生记录是怎样的，我认为1970年来到这里的就是我的兄弟，而且我认为不论如何，他一定还在这里。"

"只有一个问题：你并没有孪生兄弟。我们两个都清楚这一点。"

"是的。但这不会改变我的想法。"

她感到自己陷入了一个僵局。这个僵局是她长久以来一直面对着的。她看着那个男孩死在她的眼前，但她后来又发现他还活着。她见到了这个曾经是那个男孩的男人，但这没有改变什么。他就是他，但他又不是他。

她给自己又倒了一点白兰地。安德鲁说道："有什么地方可以让我打几个电话吗？"

"留在这里吧。这是整座房子里最暖和的地方。我得去检查一些东西。"

当她起身离开的时候，她听到他按下移动电话按键时发出的声音。她下楼来到大厅，从前门朝外看去。外面已有三四英寸的积雪。在这里，在这座房子背风处的小径上，雪总是安然落下，但她知道，再往下走，在山谷里的那条主路那里，雪会飘到树篱和路边的沟岸上。这里没有车来车往的声音，如果是平常，在这里应该能够听到。她走到房子的后部，发现柴火棚的墙边堆满了很厚的积雪。风把一串串的雪花吹进黑暗之中，将它们吹积起来。马金夫人在厨房里，因此她让马金夫人准备好备用的房间。

在马金夫人收拾好了餐厅之后，凯特和安德鲁继续待在那里，面对面地坐在火炉旁，谈论着日常生活中各种各样的事情。她告诉他，本地的议会想征用她的一些土地搞些建设项目。后来他告诉她，他和与他同居的那个女孩之间有了些麻烦，她离家出走了，这让他不再确定是否想让她回到自己身边。

但是凯特感到很累，对这样的闲谈没有真正的兴趣。

11点时，她带他上楼，给他看了为他准备的房间，以及他可以使用的盥洗室。令她有些惊讶的是，他没有再次提出那个提议。他礼貌地感谢她的热情招待，对她说晚安，就这样结束了。

凯特返回餐厅，她在那里留下了一些属于她曾祖父的东西。它们已经被整理好了，也许是某种遗传特质阻止了她把纸张撒得到处都是。她总是有一种想要变得不那么整洁、更加随意、更加自由的倾向，但她的天性不容许她那样做。

她坐在离火炉最近的一把椅子上，感受着腿部传来的热力。她往火炉里又扔了一根木柴。

现在安德鲁已经去睡觉了，她反而没有那么困倦。让她筋疲力尽的不是他，而是在与他交谈的过程中，她需要把所有的那些童年记忆都发掘出来。把它们全都说出来，就像是释放出了被压抑着的毒药，她现在感觉好多了。

她坐在火炉边，思索着她用四分之一个世纪追寻着的那件往事，试图弄明白它究竟代表着什么。它仍然让她心存恐惧。那个安德鲁称之为他的孪生兄弟的男孩是这一切的核心，是属于过去的人质。

这时马金夫人走了进来，凯特请她为自己冲一杯不含咖啡因的咖啡，在她上床睡觉前饮用。在她啜饮咖啡的时候，她开始听收音机第四频道的午夜新闻，随后是BBC（英国广播公司）世界频道。她仍旧毫无睡意。安德鲁所住的那个房间就在楼上，她能清晰地听到他在那张古旧的床上辗转反侧。她知道那个房间有多么寒冷。那是她幼年时所住的房间。

第四部分

鲁珀特·安吉尔

我一生的故事

1866 年 9 月 21 日

　　我的简史，我叫鲁比（鲁珀特）·大卫·安吉尔，我今天满9
九岁[1]了。我准备每天写这本日记，直到我变得很老。

　　我的祖先，我有很多祖先，但首先是爸爸和妈妈。我有一个
哥哥：亨利·理查德·安格斯·圣约翰·安吉尔，他十五岁了，
在读寄素学校。

　　我居住在德比郡考德洛村的考德洛宅邸。这个星期我的猴咙
有点不舒服。

　　我们的用人，我有一个保姆，还有格列尔森，还有一个女佣，
在下午她会和其他的女佣换班，但我不知道她叫什么名字。

　　等我写完了之后我要给爸爸看。结束。签名：鲁珀特·大
卫·安吉尔。

我一生的故事

1866 年 9 月 22 日

　　今天医生又来看我，他说我已经好了。我收到了我哥哥亨利

1　鲁珀特·安吉尔在 1866 年 9 月 21 日～9 月 23 日的日记中出现了许多错误，下
　文"猴咙""寄素"和不正确的标点等都是他的书写错误。

写来的一封信，他说从现在开始我必须称他为"长官"，因为他已经毕业了。

爸爸去伦敦参加议会了。他说在他回来之前，我就是这个家的户主。也就是说亨利也得称我为"长官"，不过他不在家。

我给亨利写信，把这件事告诉他。

我去散了步，跟保姆聊天，格列尔森给我读书，但他和平常一样睡着了。我不需要再把这本日记给爸爸看了，只要自己留着就行。

1866 年 9 月 23 日

我的猴咙好多了。今天跟格列尔森一起骑马出去兜风，他话不多，但他告诉我，亨利说过等到他接管了我们的房子的时候，他就得离开。我是说亨利接管了房子的时候格列尔森就得离开。格列尔森说，他认为这些都已经安排好了，但只要上帝保佑，那会是许多年之后的事情。

我正在等着妈妈来看我她今晚来得很晚。

1867 年 12 月 22 日

昨天晚上我跟村里的几个男孩和女孩一起开了场派对，因为是圣诞节，所以他们可以来这里。亨利也在家，但他不想和其他人在一起，所以没有参加派对。他错过了一场好戏，因为我们的派对上有一个魔术师！

这个名叫 A. 普列斯托的男人表演了我见过的最精彩的把戏。

一开始，他从不知道什么地方拿出了各种各样的横幅、旗帜和雨伞，还有许多气球和缎带。然后他又表演了扑克牌把戏，他可以猜出我们选了什么牌。他很聪明。他从一个男孩的鼻子里拿出了许多台球，当他抓住一个小女孩的耳朵时，许多硬币从那里掉了出来。他把一根绳子切成两段，然后又连在一起，最后，他从一个透明的玻璃小盒子里拿出了一只小鸟，但在那之前我们都能看到盒子里是空的！

我恳求他告诉我这些把戏是怎么做出来的，但是普列斯托先生不肯告诉我。后来其他人都走了，但无论我说什么他都不肯透露秘密。

今天早上，我有了一个主意。我叫格列尔森开车去谢菲尔德，帮我买下所有能买到的与魔术有关的东西，看看有没有什么书能教我怎么玩魔术。格列尔森差不多去了一整天，当他回来时，他带来了我想要的大多数东西。其中包括一个特殊的玻璃盒子，可以在其中藏下一只鸟，从而我能够在表演魔术时放出它。（盒子里有一个夹层，这是我没想到的。）其他的把戏就没这么简单，我得多练习才行。但我已经学会了一个能够猜出别人选了哪张扑克牌的把戏，而且已经在格列尔森身上试过好几次了。

1871 年 2 月 17 日

今天下午，我设法单独和爸爸见了一面，这是许多个月以来的第一次。我发现情况与亨利描述的差不多。显然对此没什么可做的，除了接受一份差劲的工作并且尽力去做之外。

我真想杀了亨利。

1873 年 3 月 31 日

今天我将日记本里过去两年的记录都销毁了。这是我从学校返回之后做的第一件事。

1873 年 4 月 1 日

我已从学校返家。我现在有足够的隐私空间来写这本日记。

我的父亲，第十二代考德戴尔伯爵，已于三天前，即1873年3月29日逝世。我的哥哥亨利继承了他的头衔、领地以及财产。我自己、我的母亲，以及这个家庭中的所有其他成员，无论他们曾经多么显赫又或者多么卑微，现在他们的未来都是不确定的。甚至连这座房子本身的未来都不能确定，正如亨利以前公开说过的那样，他准备做出重大改变。我们只能等待，但目前全家人都还在忙于准备葬礼。

爸爸明天将会在家族墓穴下葬。

今天早上，我对自己的前景感到更加乐观。我整个上午一直待在这里，自己的房间里，练习魔术的技巧。由于我最近销毁了前两年的日记，我在这一方面所取得的进展都已不再留有记录。我原本详细记录了如何才能更熟练地表演，但鉴于我决定销毁的日记中涉及其他方面的内容，这些记载也不得不一同被销毁。我只能说，我相信我的水准已经足以上台表演，尽管我还没有机会尝试那样做，但我经常在学校里给同学们表演新的把戏。他们假装对魔术不感兴趣，还有一些人声称他们知道我的秘密，但还是有那么一两个瞬间，我高兴地发现他们的表情中出现了真正的迷惑。

没必要操之过急。我读过的所有魔术指导书都建议初学者不要仓促行事，而是要充分准备，这样在真正表演时就既有惊喜又有技巧。如果他们不知道你的身份，你本人和你将要表演的戏法的神秘感就会增加。

据说是这样。

我希望——这是我在这最为悲哀的一周之中唯一的愿望——我能用我的魔术让爸爸死而复生。这是一个自私的愿望，因为这无疑将使我的生活恢复到三天前的水平，但同时也是一个充满爱的愿望，因为我爱我的爸爸，我已经开始想念他了，他的去世让我万分悲痛。他只有四十九岁，还很年轻，过早地死于心力衰竭。

1873 年 4 月 2 日

葬礼举行完毕，我的父亲已经安息了。在礼拜堂举行仪式后，他的遗体被运往东山下的家族墓穴。送葬者排成一行走向墓穴的入口，然后亨利和我，与殡仪负责人及其下属一起把棺材抬到地下。

我没有为接下来发生的事做好准备。我从来没有进入过家族墓穴。从外面看，只有一道建在两根柱子之间的门，里面似乎是一个小型山洞或者一条挖出来的过道。走进去之后才会发现，里面是一个很大的天然洞穴，延伸向丘陵内部，后来似乎又经过人工拓宽，用作家族墓室。里面一片漆黑，脚下的地面坚硬而崎岖，空气中弥漫着一股恶臭，我们看到了几只老鼠，无数参差不齐的架子和支撑结构伸入走廊，略有不慎便会在黑暗中遭遇令人疼痛的碰撞。我们每个人都拿着一盏提灯，但在我们走到台阶底部并远离日光之后，提灯的用处就不大了。尽管在这种情况下抬棺材显然非常困难，但殡仪从业者们以专业的态度接受了这一切。而对我哥哥和我来说，这是一次短暂却重大的考验。我们找到了一个合适的壁架用于安放棺材，殡仪负责人念诵了几句经文，我们立即起程返回地面。我们回到了我们几分钟前离开的明媚春日早晨，东边的草坪上长满了水仙花，我们周围的树上花蕾正在绽放，但至少对我而言，在那条黑暗的隧道里逗留的时光在这一天剩下的时间里投下了阴影。当那扇坚固的木门关上时，我不寒而栗，我无法忘记那些古老破旧的棺材，那些灰尘、那种气味，以及墓穴中死气沉沉的绝望。

当天晚上

大约一个小时之前，举行了仪式。我使用"仪式"这个词，因为它正是我想要表达的，这一天的一切都是在为这个仪式做准备。相对而言，安葬只是举行这个仪式的必要条件，宣读我父亲的遗嘱才是最重要的。

我们所有人都聚集在主楼梯下的大厅里。我父亲的律师杰弗里·福泽尔－亨特爵士命令我们安静，然后他用坚定而又谨慎的手法打开了装着那份可怕文件的结实的棕色信封，文件从折叠的牛皮纸之中滑了出来。我环顾四周，看着其他人。我父亲的兄弟姐妹，还有他们的配偶都在这里，有孩子的也都带来了。管理庄园、保护猎场、在沼泽地巡逻、守卫农场和渔场的人排成队站在一旁。另一侧是同样排成一队的佃农，他们的眼睛睁得很大，充满了希望。在这一大群人中间，我和妈妈面对着书桌对面的杰弗里爵士，仆人们则站在我和妈妈身后。亨利站在我们所有人的前方，双臂交叉放在胸前，他是这一刻所有人的焦点，整个现场都由他主宰。

没有什么出乎意料的事情。作为主要继承人，亨利的继承权不受我父亲的遗嘱约束，家族传承的财产也是如此。但除此之外还有些永久业权的地产、股票、现金、有价证券等需要处理，以及最重要的，即所有权与居住权。

妈妈需要在两个选项之间做出选择：在她的有生之年中，她可以占据主屋的一个侧翼的主要部分，或者取得大门旁的嫁妆屋的完全占有权。我被允许继续居住在我目前占用的这些房间之中，直到我完成学业或是成年为止，在那之后，我的命运将由亨利决定。我们各自的仆人的命运将依据我们本人的最终去向而确定。家里的其他人或是留下来，或是被遣散，都由亨利一言而决。

我们的生活将发生巨大的变化。

一部分遗产以现金形式赠予了受宠的家臣，但大多数的财富都归亨利所有。当这一消息宣布时，他没有动作，也没有流露出任何表情。我亲吻了妈妈，然后与几名庄园管理人和农民握手。

从明天开始，我应该试着决定自己将如何度过一生，我不想等着让亨利替我做出这个决定。

1873 年 4 月 3 日

我究竟应该做什么呢？我需要在一个多星期之后返回学校，这是我毕业之前的最后一个学期。

1874 年 4 月 3 日

　　时隔一年之后再往这个日记本里写下新的内容，似乎是一个合适的时机。我仍然住在考德洛大宅，部分原因是我还未满二十一岁，亨利仍然是我的合法监护人，但主要的原因是妈妈希望我继续住在这里。

　　我的生活由格列尔森负责照料。亨利目前居住在伦敦，据说他每天都在议院里开会。妈妈的身体很好，我每天早上都会步行前往嫁妆屋，那是她精神最好的时候，我们会在那里不断猜测，我成年之后可以做些什么事，不过，这些显然都徒劳无益。

　　爸爸去世后，我停止了障眼法的练习，但大约九个月之前，我又重新将这门手艺拾了起来。从那之后，我一直在专心练习，并利用一切机会去观看舞台幻术的表演。为此，我时常前往谢菲尔德或是曼彻斯特的音乐厅，虽然每次表演的标准各不相同，但我确实看到了足够多的花样，这激发了我的兴趣。我已经对许多种幻术有了些了解，但在每次演出中，我至少能见到一个让我感到兴奋或是迷惑的戏法。在这之后，我便开始追寻那背后的秘密。格列尔森和我现在已经与数名魔术装置的供应商建立了良好关系，通过坚持不懈的努力，我们最终获得了我所需要的东西。

　　在我们规模大不如前的家庭之中，格列尔森是唯一知道我在魔术方面的兴趣和抱负的人。当妈妈悲观地谈起我的未来时，我不敢把我的计划告诉她，但在内心深处，我有着很大的信心：当我最终从德比郡的这种僵化的生活中脱离开来时，我会取得一个成功的职业生涯。我订阅的魔术杂志上说，当前一位顶级的魔术师每表演一场都会得到巨额报酬，舞台上的出色表现还会带来更高的社会地位。

我已经开始扮演我的角色了。我是一个没有继承权的贵族子弟，时乖运蹇，只能依靠监护人的施舍，在德比郡这些多雨的丘陵上艰难度过沮丧的一生。

然而，我已经准备好了，因为一旦我成年，我真实的生活就会开始！

1876 年 12 月 31 日
北伦敦，艾德弥斯敦别墅

我终于有机会从储藏处拿回了我的箱子，在刚刚度过的这个凄凉的圣诞节假期里，我重新整理了我的旧物品，将那些我不再需要的东西和我很高兴能再次找到的东西分门别类。这本日记就属于后者，过去几分钟里，我一直在通读它。

我记得曾经有一次，我决定记下我魔术生涯的每一个细节，就在我写下这段话的同时，我又有了同样的想法。不过，日记上已经有了太多的空缺。我撕掉了所有描述我与亨利之间争吵的页面，记录我魔术手法进展的页面也一同被撕去了。过去的那些日子里，我学到了各种戏法、技巧和动作，并且频繁地练习它们，但我不能沉溺于这些回忆。

从我将近三年前的最后一篇日记之中，我也看到当时的我正沮丧地等待着二十一周岁生日的到来，好让亨利能把我赶出家门。事实上，我并没有等那么久，而是主动做出了选择。

因此，我以十九岁的年纪住在租来的公寓里，这座公寓位于伦敦某个郊区的一条体面的街道。我成了一个没有过去的人，并且在未来的至少两年之内不会有经济方面的担忧（因为无论我住在哪里，亨利都需要为我提供生活费）。我已经在公众场合表演过一次魔术，但是没有得到报酬。（对那次充满羞辱的经历说得越少越好。）

我现在是，将来也会是，平民鲁珀特·安吉尔先生。我抛弃了我的过去。在我的一生中，将永远不会有人发现我其实是贵族子弟出身。

明天是新年的第一天，我将重新总结我在魔术方面出人头地的计划，也许还会制定我的解决方案。

1877 年 1 月 1 日

在早上的邮件中，我收到了一个等待了好几个星期的包裹，一批来自纽约的书。今天我一直在翻阅这些书，从中寻找灵感。

我热爱表演。我学习使用舞台、展示节目、用一连串或诙谐或滑稽的评论娱乐观众的技巧……我做梦都想听到观众的哄堂大笑声、惊讶的喘息声，以及雷鸣般的掌声。我知道我只需要通过卓越的表现力就能走到这个行业的巅峰。

我的缺陷是，除非有人给我解释清楚，否则我完全无法理解一个幻术的原理。当我第一次看到一个把戏时，我和普通观众一样被它迷惑住了。我发现自己在魔术方面的想象力很差，因此很难利用已知的一般原理来产生预期的效果。当我看到一场精彩的表演时，我总是被我看到的东西搞得眼花缭乱，而忽视了我看不到的东西。

有一次，在曼彻斯特竞技场的一场舞台幻术表演中，一位魔术师向所有观众展示了一个玻璃瓶。他将它举到自己面前，让我们可以透过玻璃瓶看到他的面容。他用一根金属棒轻轻地敲打玻璃瓶，从它轻柔的响声中我们可以确定它是对称的，制造得十分精美。最后，他将玻璃瓶倒置，这样我们就可以断定它里面是空的。随后他转向道具桌，桌上放着一个金属罐子。他从金属罐向玻璃瓶里倒了大约半品脱的清水。在此之后，他毫不停顿地走向舞台一侧放着玻璃酒杯的托盘前，给每一只酒杯倒入了大量的红葡萄酒！

关键在于，我已经取得了一个这样的魔术装置，可以让我看起来像是把水倒在一张折叠起来的报纸上，然后又从报纸里倒出一杯牛奶（整个过程中，报纸一直是干燥的）。

原理是大致相同的，表现却是不同的，而在欣赏后者的过程中，我完全忽视了前者。

每个月我收到生活费时，都会把其中很大一部分交给魔术道具商店，我买下魔术背后的秘诀或是应用的装置，从而逐步扩大我表演的节目单。当秘密不能买到的时候，要得知它们是非常困难的！即使我能够买到，有时它也并不是正确的，因为随着竞争的加剧，魔术师们不得不发明只属于他们自己的把戏。我发现，看到这些新的幻术，既是一种欢乐，也是一种挑战。

在这里，魔术界对新来者关闭了大门。我敢说，未来我会真正进入这一行业，那时我也一样会排斥新人，但目前我认为，老的魔术师们保守他们的秘密，只是因为他们嫉妒新人的年轻。今天下午，我给《幻术师展板》（这是一份仅限订阅的月刊）写了一封信，阐述了我对当前魔术界普遍痴迷于保密的荒谬做法有何种意见。

1877 年 2 月 3 日

每个工作日的上午，从 9 点到 12 点，我沿着现在已经很熟悉的道路，游走于四家主要从事魔术或新奇表演的戏剧代理机构之间。每进入一间办公室之前，我都要做好遭到不可避免的拒绝的心理准备，然后伪装出勇敢的神态，大张旗鼓地走向接待处，礼貌地询问我是否有可能得到雇用。

到目前为止，答案总是否定的。接待员的情绪似乎各不相同，但大多数时候他们都很有礼貌，同时粗暴地说不。

我知道他们被像我这样的人无休止地纠缠着，因为一群真正的失业表演者和我一样每天都在走同样的路。自然地，我在这些机构见到了这些人，并且也很自然地与其中一些人交上了朋友。与他们之中的大多数人不同的是，我不缺一两杯酒的钱（或至少目前不缺），所以在午餐时间，我们会前往霍尔本区或者索霍区的某家酒馆，那时我就会请他们喝几杯。当然，我因此而受到他们的欢迎，不过，我绝不会自欺欺人地认为他们欢迎我是有别的原因。我很高兴能认识这些人，也希望有一天我能通过与这些同行打好关系而获取一份工作。

这是一种足够和谐的生活，到了下午和晚上，我有充足的时间可以继续练习魔术的技巧。

同时我也有足够的时间写文章。我已经成为魔术界一名执着的通讯员，甚至可能颇有争议。我给我看到的任何一份魔术期刊的编辑部写信投稿，并且总是试图表现出尖锐的争议观点。我真诚地相信，腐朽的魔术界有很多地方都需要进行纠正，但我同时也有一种感觉，除非我的名字以一种让人印象深刻的方式传播出去，否则我将永远寂寂无名。

有些文章我用自己的本名署名，另外一些文章则签上了我选择的未来进入魔术界时的艺名：丹东。有了两个名字之后，我的文章立场上就有了一定的灵活性。

不过现在为时尚早，我的文章还鲜有发表的。我想，当我的文章开始出现在杂志上时，我的名字很快就会挂在许多人的嘴边。

1877 年 4 月 16 日

我财务方面的死刑判决已经正式下达，即将生效！亨利通过他的律师告诉我，我的生活费补贴将在我二十一岁生日那一天如期结束。我有权继续居住在考德洛大宅，但仅限于那些已经分配给我的房间。

我很高兴他终于说出了这些话。我不会再受到不确定性的困扰。明年9月。我还有十七个月的时间来打破这个恶性循环：无法找到工作——不为人知——我的技能没有引来观众——无法找到工作。

我一直频繁拜访戏剧代理机构。从明天开始，我必须以新的决心继续这样做。

1877 年 6 月 13 日

已经到了夏季，但对我来说迟来的春天终于来了。终于有人给我提供了一份工作！

在伦敦的一家宾馆即将召开人造珠宝商人联谊会，需要有人在现场表演扑克牌戏法。不是什么重要场合，出场费也只有半个几尼，但足以庆贺一番了。

十先令六便士[1]！足够这些公寓一周多的租金了。真是可观的收入！

1877 年 6 月 19 日

我曾读过一位印度魔术师古普塔·希拉尔的书。在他的书中，他给那些表演出错的魔术师提出了一些建议。其中大多数建议都是讨论尽可能引开观众的注意力的各种方法，但其中的一个建议是基于印度教特有的宿命论而给出的——魔术师的生涯一定会充满了失望与失败，必须以坚忍的态度去面对它们。

因此，我以坚忍的态度记下了丹东的魔术师职业生涯的开局。我的第一个把戏（一个简单的换牌动作）就出了错，这让我大为恐慌，后面的几个把戏也都一团糟。

我得到了五先令三便士的半价报酬，表演承办者建议我多加练习后再尝试上台表演。希拉尔先生也是这样建议的。

1877 年 6 月 20 日

在绝望中，我决定放弃成为一名职业魔术师。

1　英制货币单位，1 先令＝0.05 英镑＝12 便士。

1877 年 7 月 14 日

我回到德比郡去看望妈妈，回来之后，我的心情比离开前更加阴郁。另外有消息说，从下个月起我的公寓租金将上涨到每周十先令。

我只有不到一年的时间了，必须找到养活自己的办法。

1877 年 10 月 10 日

我恋爱了！她的名字叫德鲁西拉·麦卡沃伊。

1877 年 10 月 15 日

太仓促了！那个姓麦卡沃伊的女人不适合我。我打算自杀，如果后面的页面都是空白的，任何看到这本日记的人都会知道我成功了。

1877 年 12 月 22 日

我终于找到了我生命中的那个女人！我从来没有这么开心过。她名叫茉莉亚·芬塞尔，比我小两个月，她的头发是红棕色的，从她脸颊的两旁倾泻下来，闪闪发光。她有一双蓝色的眼睛，鼻子又长又直，下巴上有个小酒窝，一张似乎总是带着笑意的嘴，以及纤细的脚踝，让我疯狂地陷入爱与激情之中。她是我见过的最漂亮的年轻女子，而且她说她像我爱她一样爱我。

我简直不敢相信我会有这样的好运气。她驱散了我所有的忧虑、恐惧、愤怒、绝望以及野心。她完全填满了我的生活。我甚至不敢在日记里写到她，以免我再次诅咒自己的厄运！

1877 年 12 月 31 日

每次想起茱莉亚，还有我的生活，我都不由得兴奋地颤抖。这一年即将结束，晚上 11 点时，我将会到茱莉亚那里去，和她一起迎来新的一年。

1877 年的总收入：五先令三便士。

1878 年 1 月 3 日

从上个月中旬开始，我每天都和茱莉亚见面。她成了我最亲爱、最亲密的朋友。我必须尽可能客观地描述她，因为我与她的结识已经改变了我的命运。

首先我需要记录下来，自从几个月前我在朗汉姆街宾馆那次失败的表演之后，我还没有获得任何的工作机会。我失去了自信，在那之后的一两天，我甚至无法鼓起虚假的乐观情绪，继续拜访戏剧代理机构的办公室。

然而，我不得不重新开始，因为这是获得工作的唯一途径。正是在这样一次忧郁的旅程中，我第一次见到了茱莉亚。当然，我以前也见过她，就像我见过活跃在那条街上的所有人那样，但她是那么美，让我对她望而却步。最终，当我们在大波特兰街的一家代理机构的外间办公室等待时，我们交谈起来。那个办公室里没有暖气，没有地板，油漆很差，配备着最坚硬的木质座椅。我不能假装自己没有看到她，所以我鼓起勇气与她说话。她说她是一个演员，我说我是一个魔术师。不久之后我就发现她最近也很少有机会演出，所以她的说法与我的一样，都只是理论上的。我们觉得这样的心口不一很有趣，很快就成了朋友。

除了格列尔森之外，茱莉亚是我第一个私下展示我魔术技巧的对象。不管我表现得多么笨拙或是糟糕，格列尔森总是鼓掌喝彩；与之不同的是，茱莉亚既表示赞赏，同时也提出中肯的批评意见。她会鼓励我，但如果我的表演失败了，她也会毫不留情地指出。这类批评我通常难以接受，然而，尽管她的批评如同暴风骤雨般无情，但接下来她就会用表达爱意和支持的话语，还有建设性的提议来平复我的情绪。

我从简单的硬币戏法开始，那是我最早掌握的技巧。接下来是扑克牌戏法、手绢戏法、帽子戏法和台球戏法。她的兴趣激励我前进。我逐渐完善了我的节目单中的大多数戏法，甚至连以前那些未能完全掌握的也都学会了。

有时，茱莉亚也会为我背诵伟大诗人、伟大剧作家所写下的词句，那些对我来说都很新鲜的作品。她竟然能记住这么多，这让我感到惊讶，但她说这是靠着一些很容易学会的技巧。这就是茱莉亚——既是艺术家，又是手艺人。艺术与技巧相得益彰。

很快，茱莉亚开始为我介绍演讲的技巧，这是一个我非常关注的话题。我们的关系开始加深。

圣诞节期间，伦敦的其他地方都在庆祝，而茱莉亚和我则待在我的公寓里，当然，我们还保持着贞洁，只是互相传授我们各自行业中的经验教训。她是在上午来到我的住处，度过了一个短暂的白天，夜幕降临后不久，我将她送回她在基尔伯恩的住所。随后的夜晚中我一直在想着她，想着她给我带来的快乐，想着她教给我的各种舞台上的技巧。

茱莉亚正在缓慢地、无可避免地将我一直都拥有的天赋挖掘出来。

1878 年 1 月 12 日

"我们为何不设计一种以前没有人表演过的魔术呢，我们两人一起表演？"

这是茱莉亚在我写完上篇日记之后的那一天说的。

如此简单的语句！却对我的生活造成如此巨大的破坏，并且让我陷入绝望与沮丧的循环，因为我们正在尝试设计一种类似超感能力的表演。茱莉亚一直在把她的记忆技巧传授给我。我正在学习记忆的科学，即记忆辅助工具的使用。

在我看来，茱莉亚的记忆力一直非同寻常。当我第一次认识她，并向她展示我刻苦学习过的扑克牌戏法时，她提出让我以任意的顺序口述我想到的两位数字，并把它们写在纸上，放在她看不到的地方。当我在笔记本上写了满满一页数字之后，她冷静地背出了那些数字，没有停顿，也没有错误……正当我为此而感到惊叹时，她又背了一遍，这次是倒序！

我认为这是一种魔术，她以某种方式迫使我说出她已经事先背下来的数字，或是她以某种方式看到了我自认为她看不到的笔记。她向我保证，情况并非如此。这不是骗局，也不是什么把戏。与魔术师的表演方法截然相反，她的秘密与表面上看起来的完全一致——她记下了那些数字!

现在，她向我揭示了记忆法的秘密。我还没有她那么熟练，但我已经具备了我以前所不敢想象的记忆力。

1878 年 1 月 26 日

我们准备好了。想象我现在坐在舞台上，蒙着眼睛。观众中的志愿者监督了我被眼罩蒙住双眼的整个过程，并满意地发现我确实什么都看不到。茱莉亚在观众席里走动，拿起观众的私人物品，并把它们举得高高的，让除了我以外的所有人都能看清楚。

"我拿着什么?"她喊道。

"一位男士的钱包。"我回答道。观众屏住呼吸。

"现在我又拿着什么?"茱莉亚说。

"是一只黄金婚戒。"

"而它属于——?"

"一位女士。"我宣告道。

（如果她说的是"它来自——?"，我就需要以同样的确定语气说:"一位男士。"）

"现在我又拿着什么呢?"

"一位男士的手表。"

事情就是这样。一连串预先安排好的问题和答案，但在没有准备好见证奇迹的观众看来，如此冷静的答复一定代表着两位表演者之间拥有精神方面的联系。

原理很简单，但是学习则很困难。我对记忆法还不是很熟练，并且正如所有的魔术表演一样，我必须通过练习来达到完美。

随着不断地练习，我们得以避免去思考一个更为困难的问题——如何获得演出机会。

1878 年 2 月 1 日

明天晚上我们会开始表演。我们浪费了两个星期的时间，试图获得某家戏院或者音乐厅的预约，但今天下午，当我们沮丧地走在汉普斯特德希斯路上时，茱莉亚提议我们应当自己处理这件事。

现在是午夜，今天晚上我进行了一次初步的调查，现在刚刚返回。茱莉亚和我拜访了附近步行范围内的六家酒馆，并从中选出了一家似乎最有可能成功的。这家酒馆的名字叫"兰姆和柴尔德"，位于基尔伯恩大道和米尔巷的街角处。主要部分是一个宽敞明亮的房间，其一端有一个略高的小平台（目前这里放着一架钢琴，但我们拜访时并没有在演奏）。餐桌之间的距离比较宽敞，茱莉亚可以在与观众说话的同时在桌子之间顺畅地移动。我们并未将我们的意图告知店主或是员工。

茱莉亚已经返回她的住所，而我很快也会上床睡觉。我们明天会继续排练，然后在晚上去进行冒险。

1878 年 2 月 3 日

昨天晚上茱莉亚和我一共收到了二英镑四先令九便士，是兰姆和柴尔德酒馆的顾客们用一枚枚硬币扔给我们的。实际上应该比这要多，但其中有一些可能被偷走了，并且当店主对我们失去了耐心，将我们赶到街上时，其中一部分钱丢失了。

但我们没有失败。我们学到了许多经验教训，例如如何准备、如何宣称自己的身份、如何吸引注意力，甚至是——我们认为——如何讨好店主。

我们打算明晚到伊斯灵顿的水手之臂酒馆去再尝试一次，那里离基尔伯恩颇有些距离。根据周六晚上学到的经验，我们已经对我们的表演进行了改编。

1878 年 2 月 4 日

我们总共只收到了十五先令九便士，但再一次地，尽管在财务上回报甚微，我们还是取得了宝贵的经验。

1878 年 2 月 28 日

这个月以来，茱莉亚和我总共从超感能力的表演中获得了十一镑十八先令三便士的报酬。我们的努力让我们筋疲力尽，我们的成功让我们欢欣鼓舞，我们现在犯了足够多的错误，也因此确信我们知道未来该如何继续，并且我们已经听说有一对竞争对手在南伦敦的酒馆里表演了同样的节目（显然是成功的迹象！）。

此外，在下个月的 3 日，我将在庞德思路的哈斯克音乐厅进行一次合法的魔术表演。丹东将在节目单的第七位出演，排在一组三重唱之后。为此，茱莉亚和我暂停了超感能力的表演，全力为这次重要的表演机会做准备。在伦敦的各个杜松子酒宫殿里冒险进行演出之后，这次的机会看起来相当有把握，但这是在真正的剧院里进行真正的表演，而我多年来的努力就是为了这一天。

1878 年 3 月 4 日

从哈斯克先生处收到了三镑三先令的报酬，他还说他计划在 4 月再雇用我一次。

我的彩带戏法大受欢迎。

1878 年 7 月 12 日

新的尝试。我的妻子（我有一段时间没有写日记了，不过茱莉亚和我在 5 月 11 日结了婚，现在我们一同心满意足地居住在埃德米斯顿我的住所里）认为我们应该再次拓展业务。我表示赞同。我们的超感能力表演对没看过的观众来说相当有趣，但它是重复的，表演起来很累，而且观众的反应难以预料。表演过程中我几乎一直蒙着眼睛，所以茱莉亚基本上是独自一人游走在醉醺醺的吵闹人群之中。有一次，在我被蒙着眼睛的时候，我的口袋遭到扒窃。

我们都觉得是时候做出改变了，虽然我们一直在赚钱。目前我还不能靠舞台表演维持生活，而且两个多月之后，我将收到我的最后一笔生活费补贴。

事实上，近来剧场表演的机会正在稳步增加，从最近到圣诞节，我已有了六场演出安排。为了做好准备，趁着我仍有支付能力的这段时期，我开始投资购买一些大型幻术的用具。我的工坊（是我上个月买下的）里堆满了魔术装置，从中我可以迅速整理出一场既新鲜又刺激的表演。

剧场表演的问题在于，尽管报酬很高，却没有持续性。每一次表演都像是一条死胡同的尽头。我完成演出，接受掌声，收取报酬，但所有这些都不能保证我下次还有演出的机会。媒体上的评论也没有什么反响。举例来说，我在克拉帕姆帝国剧院表演之后（那是我到目前为止最成功的表演之一），《晚星报》评论称："……女高音歌手之后是一位名叫达特福德的魔术师出场。"靠着这种零星的正式鼓励能成为一名职业的魔术师吗？！

有关新尝试的想法是在我阅读一份日报时产生的。（或者更确切地说，是茱莉亚想到的。）

我读到一篇报道，声称最近有证据表明，生命，或者生命的某种形式在死后仍然继续存在。一些灵媒专家能够与最近去世的人取得联系，并代替逝者从另一个世界向那些失去亲人的家属传递消息。我把报道的一部分读给茱莉亚听。她盯着我看了一会儿，我能看得出她正在思考。

"你不相信，对吗？"最后，她说道。

"我认为这个问题很严肃，"我确认道，"无论如何，现在有越来越多的人已经与去世的亲人联系上了。当证据出现时，我就进行探讨。你不能忽视人们说的话。"

"鲁珀特，你不会是认真的吧！"她喊道。

我傻乎乎地说道："但是，一批拥有最高学历的科学家已经调查了这些降神会的过程。"

"我没听错吧？你竟然会说这种话，要知道你自己可就是一个专业的欺骗者！"

听了这话，我才开始明白她是什么意思，但我仍无法抛开那些专业人士，例如安格斯·约翰斯爵士的证词，他认为我刚才所读的那一篇报道中提及的灵魂世界的确存在。"你总是说，"我挚爱的茱莉亚继续说道，"那些受过最好的教育的人，其实最容易被欺骗。他们的知识让他们看不到最简单的魔术秘诀！"

终于，我完全明白了她的观点。

"所以你是说，这些降神会其实就是……普通的幻术？"

"除此之外，还有别的可能吗？"她得意扬扬地说，"这是一项新的事业，亲爱的。我们必须参与其中。"

因此，我认为，我们的新尝试将会是进入灵魂的世界。记录下与茱莉亚的这一段交流，我知道这里的我一定显得很蠢。我一直很难真正理解一个魔术，直到我弄清楚它背后的秘密。

1878 年 7 月 15 日

我发现我去年年底投稿到魔术期刊的文章之中，有两篇在本周刊登出来了。看到它们，我感到些许不安！自从我写下那些文章之后，我的生活发生了巨大的变化。举例来说，我记得其中的一篇是我在发现了德鲁西拉·麦卡沃伊真面目的第二天写下的。当我重读自己的文章时，我回忆起了去年10月的那一天，天气阴冷，在我缺乏暖气的公寓里，我坐在书桌前，肆意发泄我对某个倒霉的魔术师的怒火：期刊上的报道称，此人异想天开，竟然希望建立一个类似银行的机构，让魔术师把他们的秘密上交并且保护起来。我现在意识到这其实只是一个半开玩笑式的评论，但我的文章枯燥而又严肃地对这可怜的家伙进行了冗长的批判。

而另一篇文章——现在看来也很尴尬——我甚至想不起来我是在怎样的情况下写出来的。

所有这一切都让我想到，在遇到亲爱的茱莉亚之前，我的生活充斥着情感上的痛苦。

1878 年 8 月 31 日

我们现在总共参加了四场降神会，已经完全搞清楚了它是怎么一回事。这种诡计的水平总体来说相当低。也许与会者的痛苦太过强烈，以至于他们可以轻易地接受任何事情。事实上，在其中一个不幸的场合，表演的效果几乎完全无法令人信服，因此自愿的轻信恐怕是唯一可能的解释。

茉莉亚和我花费了很长时间来讨论我们究竟应该怎么做。我们决定，最好的，也是唯一的办法就是把我们的行动视为专业的魔术，以最高的标准来执行。已经有太多的江湖骗子成为通灵术士，我不想再成为他们之中的一员。

对我来说，这一行动是达到我最终目的的一个手段、一种挣钱的方式，或许我可以通过它来积攒一些钱，直到我能在剧院表演中养活自己。

降神会中涉及的幻术手法相当简单，但我们很快就发现了一些更为夸张的方法，可以让我们的表演效果显得更加超自然。正如我们在超感技能表演中所做的那样，我们将在实践中吸取经验，不断进步，因此我们已经在伦敦的一份报纸上发布了第一份广告，并为此付了钱。我们一开始要以适当的标准收费，一方面是为了能够在学习的同时负担起开支，另一方面也是为了尽可能多地收取佣金。

我已经收到了我最后一份按月给付的生活费津贴，并且也把它花掉了。三个星期后，我必须自给自足，无论我喜不喜欢。

1878 年 9 月 9 日

到目前为止，我们的广告吸引到了十四个咨询者！鉴于我们提供每次服务的价格定为两个几尼，而广告费只花了我三先令六便士，我们已经开始赚钱了！

在我写日记的同时，茱莉亚正在起草回信，试图为我们安排好一个确定的时间表。

今天上午我在练习一个名叫雅各比绳结的魔术。这种技巧的原理是，一位魔术师被普通的绳子绑在普通的木头椅子上，却可以从捆绑中逃脱出来。在魔术师助手（对我来说就是茱莉亚）最小限度的监督之下，不限数量的热心观众可以亲手进行捆绑、打结，甚至是封闭绳子，但魔术师仍能从中逃脱。另一方面，如果将表演者隐藏在一个柜子里，则他不仅可以从捆绑中脱身出来，以便在柜子里进行一些外面的人感觉像是奇迹一样的操作，更神奇的是，其后他还可以将自己恢复成被绑着的样子，由那些将他捆起来送入柜子的热心观众找到，并经受他们的检查。

今天上午，我有两次未能将一只胳膊从绳结中脱离出来。因为我们不能指望运气，我必须用下午和晚上的时间继续进行排练。

1878 年 9 月 20 日

我们得到了两个几尼，委托人感激地抽泣着，我谦虚地说，我们与死者进行了短暂的交流。

然而，明天，也就是我二十一周岁的生日，我作为一名成年人的生活从各个方面来说都将正式开始，并且我们将在德特福德举行一场降神会，我们有许多事情需要准备。

我们昨天犯的第一个错误是过于守时。当我们进入房子试图安装设备时，我们的委托人和她的朋友们早就已经到了，一直在注视着我们。这种事以后不允许发生。

我们需要有人帮助我们做些体力活儿。昨天我们租了一辆马车把我们送到委托人的住址，但是车夫完全不愿意帮我们把那些设备搬进房子里（这意味着茱莉亚和我需要自己动手，而那些设备有的很重，大多数都很庞大）。当我们离开客户家时，那该死的车夫没有按照约定等在外面，我不得不带着我们所有的魔术装置站在我们刚刚离开的房子外面的街道上，而茱莉亚则前去寻找另外一辆出租马车。

还有，我们绝对不能再认为我们能够在现场找到适合我们的家具。今天的运气不错：委托人家里刚巧有一张合适的桌子。但下次绝不能再靠碰运气了。

许多改进措施已经安排好了。我今天买了一辆马车和一匹马（在租到一个合适的马厩之前，这匹马必须暂时存放在我工坊后面的小院子里）。我还雇了一位车夫，他也可以帮助我们将设备搬进搬出。从长远角度来看，阿普尔比先生可能不太合适（我一直希望能找到一位不会比我年长很多的、身体强壮的人），但就目前而言，他比昨天让我们大失所望的那个白脸浑球车夫强多了。

我们的开支正在增加。在超感能力表演中，我们只需要我们自己、两副好记性和一个眼罩就够了；但要想成为灵媒，我们需要的支出可能会远远超过我们的潜在收入。昨天晚上我很久都没睡着，一直在想着这件事，不知道接下来还要花多少钱。

接下来我们还要到德特福德去！从我们的住址出发，德特福德是整个伦敦最难以到达的地区之一，不仅远在东区以东，而且还需要过河。要提前到达那里，我们就得在拂晓时分出发。茱莉亚和我已经一致决定，以后我们将只接受合理距离之内的委托，否则的话工作太辛苦，时间太长，经济回报相对就太低了。

1878 年 11 月 2 日

茱莉亚怀孕了！孩子预计明年6月出生。由于这件事引起的极大兴奋，我们取消了几件委托。明天我们将起程前往南安普敦，以便把这个消息告诉茱莉亚的母亲。

1878 年 11 月 15 日

昨天和前天各举行了一场降神会。两次都没有发生什么问题，委托人很满意。然而，我越来越担心工作的压力可能会对茱莉亚的健康造成影响，因此我认为我必须尽快找到一名女助理代替她与我一起工作。

如同我之前猜测的那样，阿普尔比先生在工作了几天之后就递交了辞呈。我用一位名叫欧内斯特·纽金特的人代替了他。纽金特年近三十岁，体格健壮，直到去年为止一直在陆军担任志愿士官。我觉得他有点像一颗未经打磨的钻石，是个外粗内秀的人，但他并不愚蠢，整天工作也不会抱怨，并且已经表现出了自己的忠诚。两天前的那场降神会上（我们从南安普敦返回后的第一次），我为时已晚地发现，其中一个我原本以为是死者亲属的出席者，实际上是一名来自某报社的记者。此人的任务是揭露我是一个骗子，但在我们意识到他的目的之后，纽金特和我迅速地（但同时也是礼貌地）将他请了出去。

因此，我们的工作还需要再增加一项预防措施：我必须警惕那些有行动力的怀疑者。

因为我确实是他们想要抹黑的那种骗子。我不是一个真的灵媒，但我的欺骗是无害的，而且我真诚地相信，对那些失去亲人的人来说，我甚至很有帮助。我的收费也相当合理，到目前为止，没有一个委托人抱怨物非所值。

本月剩下的日子都已经安排满了，但此后直到圣诞节都没有委托。我们早已知道，降神会通常是在一个突然而又痛苦的决定之后安排的，因此委托人不会提前很久预约。所以我们还是要发布广告，而且要一直发布广告。

1878 年 11 月 20 日

今天，茱莉亚和我一起面试了五名年轻女子，她们都希望代替茱莉亚担任我的助手。

遗憾的是无人胜任。

两个星期以来，茱莉亚一直感到恶心想吐，但她说现在已经好起来了。一个儿子或是女儿即将降生，这个想法照亮了我们的生活。

1878 年 11 月 23 日

今天发生了一件特别不愉快的事情，我怒不可遏，不得不等到现在（晚上11点25分，茱莉亚终于睡着了）才能平静地将此事记录下来。

我们今天去了伊斯灵顿。委托人是一位还算年轻的男士，最近其妻子去世了，他现在不得不独自照料三个幼年的孩子，其中最小的一个还只是婴儿。这位先生，我这里就称他为L先生，是第一位经由其他人推荐而找到我们的委托人。出于这个原因，我们以特别谨慎的态度对待这次机会，因为到了现在我们已经很清楚，如果我们想要在灵媒这一行业出人头地，我们就必须逐渐提高费用，但这需要委托人对我们满意并愿意向其他人推荐。

我们正打算开始时，一个迟到的人来了。我立刻对他产生了怀疑，这绝对不是事后才产生的想法。委托人及其家人似乎都不认识他，他的到来在房间中引发了一种紧张的感觉。我已经可以在这类演出的开始阶段敏锐地感受到这样的气氛了。

我朝茱莉亚使了个眼色，示意我认为有一名报社记者在场。我从她的表情中读出她也得出了类似的结论。纽金特站在一扇被遮住的窗子前面，对我们无声的交流一无所知。我必须迅速决定自己该如何应对。如果我坚持要求这个男人必须在降神会开始前离开，那很可能会引起一些不愉快的骚动，这是我以前已经体验过的。另一方面，如果我放任不管，那么在降神会结束前，我无疑会被揭露为一个骗子，不但不能得到报酬，委托人也无法得到他寻求的安慰。

在我还在思考该怎样做的同时，我意识到我以前见过这个人。在早前的一场降神会中他也在场，我记得他是因为他一直盯着我看。他出现在这里是巧合吗？如果是这样的话，那么他在短期内两次丧亲的概率有多大？而且刚巧两位逝者的家人都邀请我来主持降神会，而他也两场都参加了，这个概率又有多大？

如果不是巧合的话——我认为确实不是——那么他究竟有什么计划呢？不难想象他一定是来对付我的，但他以前也有过机会，当时他没有动手。为什么上次他不那样做呢？

在这极为短暂的时间里，我想了很多。我无法集中精神思考，那是因为我必须保持冷静的外表，为与逝者的交流做好准备。但经过我的快速评估，考虑到各种可能性，我应当继续主持降神会，我也这样做了。我现在意识到我做出了错误的决定。

其他的暂且不提，尽管他连手都没有抬起来过，但他已经几乎毁掉了我的表演。我非常紧张，无法专注地处理手头的事情，以至于茱莉亚和在场的另一个人将我用雅各比绳结捆绑起来的时候，我的一只手被绑得比我想要的更紧。在柜子里，躲开了沉默的对手那恶意的凝视，我费了很大一番工夫才把手从绳结里脱出来。

衣柜幻术结束后，我的敌人立刻发动了陷阱。他离开桌旁，用肩膀将可怜的纽金特撞开，一把拉开了一扇百叶窗。接下来是一连串的大喊大叫，给我的委托人和他的孩子们带来强烈而无法控制的悲痛。

纽金特在与那个男人搏斗，茱莉亚则试图安慰 L 先生的孩子们，这时，灾难发生了。

那个男人在疯狂中用两手抓住茱莉亚的双肩，将她向后拉，转了半圈，把她推倒在地上！她重重地摔在没有铺地毯的木头地板上，而我在极大的痛苦中从桌边站起身来，试图靠近她。袭击者挡在我和她之间。

纽金特再次抓住了那个男人，这次是从后面控制住他，把他的双臂限制在他身后。

"我该怎么处置他，先生？"纽金特勇敢地喊道。

"把他扔到街上去！"我喊道，"不，先等等！"

窗外的光线直接照在他的脸上。在他身后，我看到了当时我最想看到的景象：我最亲爱的茱莉亚又站了起来。她很快向我示意她没有受伤，因此我再次将注意力转向这位袭击者。

"你是什么人，先生？"我质问道，"你对我的事情似乎很有兴趣？"

"让你的恶犬放开我！"他发出嘶哑的呼吸声，低声咕哝道，"我马上就走。"

"我说让你走你才能走！"我说。我向他走了一步，因为这时我已经认出了这个人。"你是伯登，对不对，伯登？"

"我不是！"

"阿尔弗雷德·伯登，果然是你！我看过你的表演！你在这里做什么？"

"放开我！"

"你对我有什么不满吗，伯登？"

他没有回答，只是更加激烈地反抗纽金特对他的控制。

"把他丢出去！"我命令道，"把他丢到他该去的地方，丢到阴沟里去！"

我的命令得到了执行，纽金特以令人称道的速度将那个恶棍拖出了房间，不久后又独自回来了。

这时我已经用双臂抱住茱莉亚，紧紧地将她抱在怀里，试图让自己确信她没有受伤，即使是在被粗暴地摔在地板上之后。

"如果他伤到了你或是我们的孩子——"我低语道。

"我没受伤，"茱莉亚回答道，"他是什么人？"

"稍后再告诉你，亲爱的。"我轻声说道，因为我十分清楚，目前我们还处在被摧毁的降神会会场上，这里有一位愤怒或者屈辱的委托人，他可怜的孩子们，还有四位成年的亲戚或者朋友，很明显他们都极为震惊。

我尽可能严肃并有尊严地对他们所有人说道："你们明白我无法继续了吧？"

他们表示赞同。

孩子们被带到其他地方去了，L先生和我单独会面。他确实是一个富有同情心和智慧的人，在单独会面中，他立即提议我们将所有事情暂时搁置，过一两天后再见面，决定下一步应该怎样做。我感激地同意了，纽金特和我一起将我们的装置搬回马车上，然后我们动身回家。纽金特负责驾车，而茱莉亚和我一起坐在他身后，挤在一起，充满了痛苦和自省。

当我们在渐浓的暮色中蹒跚前行时，我表达了自己的疑惑。

"那是阿尔弗雷德·伯登，"我说，"我对他所知甚少，只知道他是一个魔术师，但在这个行业几乎没什么名气。自从他打断我的表演开始，我一直在试着回忆我是怎么认识他的。我想我一定看过他在舞台上表演。但在我们的行业中，他并不是什么重要角色。也许我看到他的时候，他是在给其他魔术师担任助手。"

与其说我是在与茱莉亚说话，倒不如说是说给自己听的，试图搞清楚袭击者的动机。我只能用职业嫉妒来解释。除此之外，还能有什么动机呢？我们彼此并不算是认识，除非我的记忆出了错，否则我们的道路从来都未曾相交过。然而，他的举止就像是一个一心想要复仇的人。

在傍晚雾蒙蒙的空气中，茱莉亚蜷缩在我身旁。我多次询问她的身体状况，试图安慰自己她并没有因那次摔倒而受伤，但她只说她想要快点回家。

很快，我们就回到了埃德米斯顿别墅，我让她直接上床休息。她看起来很疲惫，也很紧张，但她仍旧坚持说只需要休息一下就没事了。我一直坐在她身边，直到她入睡，在那之后，我匆忙煮了一碗汤喝下，然后在附近的小巷中快速步行，试图让自己清醒过来。最后我回到家中记下这一天发生的事情。

其间我两次去看茱莉亚的情况，她睡得很安详。

1878 年 11 月 24 日

我生命中最糟糕的一天。

1878 年 11 月 27 日

茱莉亚已从医院回家，并再一次睡着了。我再一次开始写日记，尽管这完全无法令我分心或是感到安慰。

简而言之，茱莉亚在 24 日凌晨醒来。她失血过多，痛苦不堪。疼痛就像一阵阵波浪穿过她的身体，让她在痛苦中尖叫、呻吟，短暂的停顿之后，又重来一次。

我立刻穿上衣服，叫醒了邻居们。我请求詹森太太起床并与茱莉亚坐在一起，而我则出门寻求帮助。她毫无怨言地同意了，于是我立即冲入夜色之中。幸运——如果可以用这个词的话，短暂地眷顾了我。我遇到了一位出租马车的车夫，他似乎是结束了整晚的工作后正要回家，我恳求他帮忙，他帮助了我。一小时之后，茱莉亚被送入了位于帕丁顿的圣玛丽医院，在那里，外科医生做了他们必须做的事。

我们的孩子没有了。我差点也失去了茱莉亚。

那一天余下的时间，以及其后的两天，她一直住在公共病房，直到今天早上医院才终于允许我将她接回家。

有一个名字以一种我从未想到过的方式进入了我的生活，我永远不会忘记这个名字。阿尔弗雷德·伯登。

1878 年 12 月 3 日

茱莉亚的身体仍很虚弱，但她说想要从下周开始继续帮助我完成降神会。我还没有告诉她，但我已经决定绝不能再让她身处险境。我再次在报纸上登载广告，招募一名女助手。同时，我今晚需要进行一场舞台表演。我必须搜索我的节目单，安排出一个不需要助手的节目组合。

1878 年 12 月 11 日

我今天偶然看到了伯登的名字。在布伦特福德的一场综艺表演中，他作为客串魔术师出场。我与最近任命的经纪人赫斯基斯·安文对接了一下，并满意地发现，伯登是代替另一位突然生病的魔术师出场的，与此同时，魔术表演的次序被从第二位移动到了所有魔术师的"墓地"：幕间休息之后的第一场！我把这张广告给茱莉亚看了。

1878 年 12 月 31 日

1878年来自魔术方面的总收入：三百二十六镑十九先令三便士。其中还要扣除许多费用，包括雇用阿普尔比和纽金特、购买以及驯养马匹、购买演出服装以及许多装置。

1879 年 1 月 12 日

新年来我的第一场降神会，也是第一场在莱迪希亚·斯温顿的协助下举办的降神会。

莱迪希亚从前是亚历山大里亚合唱团的成员，在魔术行业还有许多要学习的，但我认为她很有提高的希望。降神会结束后，我请纽金特尽快把我送回埃德米斯顿别墅，准备要把今天发生的事讲给茱莉亚听。

一封信在我们的住所等着我。L 先生决定，在现在的情况下，他已不再需要在家中安排降神会，但在仔细考虑了所有发生的事情之后，他决定应按照事前约定，给予我全额的报酬。他的付款夹在信里。

1879 年 1 月 13 日

今天，茱莉亚把自己锁在卧室里，无论我如何敲门、恳求都不让我进去，她只允许女佣进入并带给她一些茶和面包。我今天没有安排工作，本来打算去工坊，但鉴于茱莉亚的古怪情绪，我觉得自己应当留在家里。晚上 8 点之后，茱莉亚出来了，她没有说她做了什么，也没有说她为什么要这样。我对这一切感到极为迷惑。她说她不再感受到痛苦，但除此之外，她拒绝讨论发生了什么。

1879 年 1 月 15 日

今天下午，纽金特、莱迪希亚·斯温顿和我一起举办了一场降神会。对我来说，这已经是常规操作了，仅有的新奇之处在于：第一，我不可避免地要与在魔术方面还不熟练的新助手合作；第二，每个遭受丧亲之痛的家庭情况都各有不同；第三，依据举行降神会的房间情况不同做出不同的布置。后面两点通常不会给我造成什么困难，就连莱迪希亚也展现出了相当高的学习能力。

降神会结束后，我请纽金特把我送到西区。我走到高霍尔本的女皇剧场，买了张票，坐在观众席靠后的凹陷处。

伯登的表演出现在整个演出的前半部分，我聚精会神地观看着。他一共表演了七个把戏，其中有三个是我无法解释的。（明天晚上之前我就会把它们搞清楚！）他是一个相当有说服力的表演者，他的把戏进行得也都很顺利，但出于某种原因，他用一种令人不信服的法国口音向观众说话。这让我想要嘲笑他是一个骗子！

然而，我必须等待时机。我希望我的复仇是甜蜜的。

我回来后，茱莉亚拒绝与我交流，甚至在我告诉她我所做的事情之后，她仍然对我十分冷淡。

哦，茱莉亚！在那一天之前你不是这样的！

1879 年 1 月 19 日

　　我们两人都在为那个我们无缘见到的孩子悲痛。茱莉亚的悲哀是如此深重、如此内敛，以至于有时她似乎没有意识到我与她在同一个房间里。我也一样悲伤，但工作能够分散我的注意力。这是我们之间唯一的区别。

　　上个星期，我一直在努力完善自己的魔术技巧，试图通过大量的努力让自己重新进入我想要进入的职业。为此——

　　我清理了我的工作室，扔掉了许多垃圾，修复并改进了一些幻术，并且大体上将工作室变成了一个较为商业化的地方，从而可以适当地进行练习和排演。

　　我通过赫斯基斯·安文的办公室和其他魔术方面的联系人开展了谨慎的咨询，希望能找到一位机关师为我工作。我需要专业的协助。这是毫无疑问的。

　　我为自己设立了一个必须绝对遵守的练习时间表：每天上午两个小时，下午两个小时，晚上一个小时（如果茱莉亚不需要陪伴的话）。除非有工作安排，否则练习绝不停顿。

　　我为自己和莱迪希亚定做了新的演出服，以便让我们的表演更加增色。

　　最后，我向自己做出保证，一旦经济状况允许，我将停止举办降神会。与此同时，在我真正停办降神会之前，我需要尽可能多地承担此项任务，因为它仍是我赖以谋生的唯一可靠手段。我的经济责任巨大。我要付住房的租金、工作室和马厩的租金、纽金特和莱迪希亚的薪水，接下来还有新机关师的薪水……以及料理家务，养活茱莉亚还有我自己。

所有这些都需要由轻信的逝者家属来支付！（不过，今晚还有一场剧场表演。）

1879 年 12 月 31 日

1879年魔术方面的总收入：六百三十七镑十二先令六便士。
未扣除支出。

1880 年 12 月 31 日

1880年魔术方面的总收入：一千一百四十二镑七先令九便士。
未扣除支出。

1881 年 12 月 31 日

1881年魔术方面的总收入：四千七百七十七镑十先令。
未扣除支出。

从明年起我将不再记录自己的年度收入。这十二个月以来的成功已足以让我买下这座我们此前只是租用的房子。现在我们占据了整座房子，还有了三名家仆。年轻时困扰着我的不安情绪被成功地引导到我的表演中，使它充满能量，我或许可以在此宣称，我很可能就是全英国最受欢迎的舞台魔术师。我明年的预订已经满了。

1891 年 2 月 2 日

十年前，我把这本日记放在一边，打算再也不翻开它，但今晚早些时候在利物浦的赛富顿综艺剧院发生的羞辱事件绝不能噤口不言，因此我在乘火车返回伦敦期间写下了这篇记录。因为我已经很久没有写日记了，现在又利用不上我的笔记和档案系统，所以只能用现有的这些零散的纸张满足我的需求。

我当时正在进行我表演的第二部分，正朝着当前我表演的高潮部分前进。那就是"水下逃生"，这一节目结合了体力、一定程度的可控风险，以及一点点魔术表演的技巧。

这一舞台幻术开始时，我被绑在一把结实的金属椅子上，看起来似乎无法挣脱。

为实现这一效果，我邀请了六名观众上台：这些都是真正的观众，其中没有卧底，不过欧内斯特·纽金特和我的机关师哈里·卡特确实在关注着一些事情。

观众上台之后，我以幽默的闲聊与他们打招呼，一方面是为了让他们放轻松，另一方面也是为了分散他们的注意力，以便让艾琳·特雷梅恩（我现任的女助手——我确实已经很久没在这个日记本上写东西了）开始为我打上雅各比绳结。

然而在今天晚上，我刚在椅子上坐下，就发现阿尔弗雷德·伯登也在登台观众之中！他是第六个人！（哈里·卡特和我用代号来识别和安置登台的观众。在这些准备的阶段，第六个人被安置在离我最远的位置，任务是握住绳子的一端。）今晚，伯登是第六个人，离我只有几英尺的距离。所有的观众都在看着我们！节目已经开始了！

伯登演得很好，他笨拙的行动带着一种伪装得很像的尴尬，非常适合他在舞台上的小角色。观众中没有任何人会认为他是一个几乎与我一样训练有素的表演者。卡特显然没有认出伯登，只是把他安排在对应的位置。艾琳·特雷梅恩这时候正在把我的双手绑在一起，然后再把我的手腕绑到椅子的扶手上。从这时开始，我的准备工作就出了纰漏，因为我一直在关注着伯登。到了两名登台观众拿到绳子的两端，并按照指示尽可能紧地把我绑在椅子上时，已经太迟了。在聚光灯明亮的光线下，我被无助地捆了起来。

在一阵紧促的鼓声中，我被滑轮吊到玻璃水箱上方的空中，在链条的末端晃来晃去，好像一个受酷刑的无助受害者。实际上今晚我确实是这样的，不过在通常的表演中，到了这个阶段我已经可以将手腕从绳结中脱出，并将我的手移动到一个可以立即动作的位置。（在链条末端晃动也是一个精心设计的环节，可以为我的手臂从绳结中脱离后进行迅速移动提供掩护。）今晚，我的手臂还是被紧紧地绑在椅子上，我只能惊恐地低头凝视着下方正在等待着吞噬我的冰冷水面。

一小会儿之后，按照计划，我垂直掉入水中，溅起巨大的水花。在水淹过我头顶的时候，我试着用面部表情向卡特表达我目前所处的困境，但他已经开始放下水箱周围的遮光帘。

在昏暗中，我半倒在椅子上，手和脚都被捆住，完全浸没在冷水中，我开始溺水——

我唯一的希望是，水会使绳子略微松一些（这是我秘密准备的一部分，以防登台观众把第二个绳结打得太紧，无法及时逃脱），然而我知道即使如此，那活动的余地也不足以在今晚拯救我的生命。

我急切地拉扯着绳子，已经感觉到肺内空气的压力。空气正不顾一切地想要从我的体内冲出，让致命的水冲进我的肺，把我带走——

然而，我现在仍在书写这篇记录。显然我逃脱了。

讽刺的是，如果不是伯登本人的干预，我就不会活下来写下这些文字。他用力过猛，忍不住对走了霉运的我幸灾乐祸。

以下是我对舞台上发生的事情的推演，因为我的视线被遮光帘挡住了。

在一场正常的表演中，舞台上只能看到那六位受邀登台的观众，他们会下意识地围绕在水箱周围的遮光帘旁边。与其他的观众一样，他们也看不到我在做什么。管弦乐队演奏了一首欢快的集合曲，一方面是为了消磨时间，一方面也可以遮掩我在逃脱时不可避免地会发出的动静。但随着时间的推移，无论是台上还是台下的观众都开始对时间的流逝感到不安。

管弦乐队也开始显得心烦意乱，最终，音乐停止了。全场一片沉寂。哈里·卡特和艾琳·特雷梅恩满脸焦急地跑上舞台，似乎要应对某种紧急情况，观众发出一阵担忧的喧嚣。在登台观众的帮助下，卡特和艾琳掀开了遮光帘，露出——

——椅子还在水里！绳子还绑在椅子上面！但是我却不在那里！

当观众发出惊讶的喘息声时，我戏剧性地出现了。通常是在观众席的侧门处，不过如果我有足够的时间，我更乐意从观众席的正中央现身。我跑向舞台中央，向观众鞠躬致意，并确保每位观众都能看到我的衣服和头发都非常干燥。

今晚，伯登登台就是为了毁掉这一切，但也许是无意间，他又把我从被淹死的结局中救了出来。在这个幻术还远未到结束的时候，也幸好是还远未到结束的时候，管弦乐队还在演奏时，他就离开了卡特给他指定的位置，大步走到遮光帘前，一把把遮光帘拉到了一边！

我第一次意识到这一点是因为一道明亮的光线突然照在我身上。我在巨大而突然的希望中抬起头来，与此同时，我肺里的最后一点空气正在我的眼睛周围冒着泡！当时我觉得是自己的祈祷得到了回应，卡特中断了演出，救了我一命。

在希望破灭的那一刻，没有什么比这更重要了。透过旋转的水流和强化玻璃，我看到一张扭曲的脸，正是我最凶恶的敌人那嘲弄的面孔！他俯身向前，得意扬扬地将脸贴在玻璃水箱上。

我感到自己即将昏迷，确信自己马上就会死亡。

随后，我的意识出现了断裂。当我再次恢复意识时，我在昏暗中躺在坚硬的木头地板上，浑身冰冷刺骨，许多张脸在上方凝视着我。音乐在咫尺之外演奏着，随着水一股股地从我的耳道里流出，那声音显得震耳欲聋。我能感觉到地板在有节奏地上下震动着。我身处于舞台侧面的一个绳索壁龛，躺在地板上。当我抬起头来，漫无目的地扫视时，我看到离我只有几英尺远的舞台，灯光明亮，合唱团正在踩着踏板，首席舞者正和着管弦乐队演奏的曲调昂首阔步。我如释重负地呻吟一声，容许自己的头再次落到地板上。卡特将我拖到了安全地带，并设法使我恢复了呼吸，结束了这耻辱的场面。

在我被抬到演员休息室之后不久，我开始真正恢复过来。大约有半个小时的时间，我感到一生中从未有过的疲惫和痛苦，但总体而言，我的身体相当健壮，一旦我能够正常呼吸而不会被肺里的水呛到，我的体力就迅速恢复了。当时时间尚早，我十分确信（并且直到现在仍然确信）我有足够的时间返回舞台上再次尝试完成我的幻术表演。但所有人都不允许我那样做。

相反，在对这次惨败的演出进行悲哀的追悼后，我与艾琳、卡特以及纽金特在我的更衣室里会面。我们约定两天后回到我在伦敦的工作室再次召开会议，想办法改进逃脱的方法，以免我再次遭到丧命的风险。最终，我的三位忠实部下将我送到火车站，满意地看到我的身心都已恢复健康，然后返回了我们原本计划全员一起过夜的旅馆。

就我自己而言，我只想迅速返回伦敦，去看看茱莉亚和孩子们，因为这件事，这与死亡擦肩而过的感觉，让我渴望与他们在一起。这次列车要到将近黎明时分才会到达尤斯顿站，但这是能够让我看到他们的最快方式。

具有讽刺意味的是，我之所以未能保持记日记的习惯，正是由于我现在急于返回的家庭生活所带来的充实感，而关于这些，我本来可以连篇累牍地记录下来，不过事实上却是只字未提。在过去的十年时间里，我不仅在事业上取得了成功，而且在家庭中也得到了前所未有的快乐。

在1884年的年初，茱莉亚终于再次怀孕，并如期顺利地生下了我们的儿子爱德华。两年以后，我的第一个女儿莉迪亚出生，而在去年，我们又高兴地迎来了迟到的次女弗洛伦斯。

在这样的背景下，与伯登的宿怨显得微不足道。的确，多年来我们一直在破坏彼此的表演。的确，这些恶作剧背后的动机往往十分恶毒。的确，我的恶意与他的相同，对此我并不感到骄傲。

所有这些都不值得让我再次打开日记本将它们记录下来，这并非巧合。

尽管如此，在今晚之前，伯登和我都没有直接威胁到对方的生命。

几年前，伯登直接导致了我的第一个孩子流产。虽然我当时本能地想要复仇，但随着时间流逝，我的怒火逐渐熄灭，取而代之的是，我对他进行了一系列的报复行动，目的却只是让他难堪，或是在他最关键的时刻让他的幻术失败。

与此同时，他也对我进行了几次出人意料的报复，尽管我可以宣布，他的任何一次报复行动都没有像我的那样精心设计。

今晚发生的事情让我们的仇怨上升到了新的层面。他想要杀死我。事情就是这样。他是一位魔术师。他知道在这种时候绳结必须是能够让人迅速而又安全地解脱出来的那一种。

现在，我想要再一次复仇。我希望，并且祈祷时间能够快一点过去，抚慰我的情绪，让我再一次恢复理智和平静，让我绝不会再经历如今晚一般的感觉！

1892 年 2 月 4 日

昨晚我看到了一件奇事。近来有一位名叫尼古拉·特斯拉的科学家造访伦敦，上周他做出的夸张发言成为街知巷闻的话题。人们正在谈论惊人的奇迹，几家知情的报纸报道称，我们世界的未来掌握在特斯拉手中。他接受的采访，以及关于他工作成果的文章，都无法解释为什么会有如此狂妄的言论。人们普遍认为，除非他的工作成果能得以适当地展示，否则其重要性就无从理解。

因此，在好奇心的驱使下，昨天我与数百名群众一起聚集在电气工程师学会门口大声喧哗，想看看这位据说冠绝古今的奇人。

我所目睹的是一场令人惊心动魄、几乎无法理解的电力展示。特斯拉先生（他说着一口流利的美式英语，尽管他来自欧洲大陆，却几乎没有一点口音）是发明家托马斯·爱迪生的合作伙伴。对具备现代意识的伦敦人来说，使用电力照明已是司空见惯，但特斯拉证明了电力还有其他多种用途。

我不加批判地注视着他耸人听闻的实验，眼花缭乱，令人印象深刻。他展示的许多效果都令人震惊，而且对外行人来说，更多的效果富有神秘色彩。当特斯拉讲话时，他用的是类似传教士的口吻。他那极有远见的话语比他展示的闪闪发光、噼噼作响的闪电更令我激动，他所说的都是我从来未曾知道的事情。他确实预言了下一个世纪将为我们带来什么。一个由发电站组成的遍布全世界的网络，在将电力输送给平民百姓的同时，也将能量和物质从一个地方传递到另一个地方，就连空气本身也随着以太的本质而颤动！

我从特斯拉先生的演讲中领会到了一个重要的事实。他的表演（因为那确实就是一场表演）与任何一位优秀魔术师的表演都有一种奇特的相似之处。那就是，观众不需要理解实现效果的方法，就能享受效果本身。简而言之，特斯拉先生描述了许多科学理论。尽管观众中极少有人能够理解除了那些最基本的概念以外的东西，但我们所有人都看到了一个令人信服的未来。

我已写信给特斯拉提供了地址，并要求提供一份文字版的解释说明。

1892 年 4 月 14 日

由于我的欧洲大陆巡回演出将在今年夏季中期开始，我近来一直忙于准备，几乎没有时间做其他事情。不过，为了将我在 2 月记下的记录补充完整，我需要说明我已经收到了特斯拉先生的解释性说明，但我完全无法理解。

1892 年 9 月 15 日

巴黎

人们在维也纳、罗马、巴黎、伊斯坦布尔、马赛、马德里、蒙特卡洛等地向我欢呼致意。尽管如此，现在这一切已经过去了，我心里想的只有再次见到茱莉亚，还有爱德华和莉迪亚，当然还有我的小弗洛伦斯。我们两个月前在巴黎共度了一个周末，在那之后，我只收到了几封珍贵的家书。如果航行准时、火车可靠，两天之后，我就终于可以在家中休息了。

我们都筋疲力尽，不过主要是因为无休止的旅行以及住在酒店，相对而言，欧洲大陆上的表演并不那么紧迫。但总的来说，这次的巡回演出大获成功。我们原计划在 7 月中旬返回伦敦，但由于我们非常受欢迎，十几家剧院发来请求，希望我能在他们那里举办魔术表演。当我们意识到观众对我们是如此感兴趣，以及额外表演中蕴含的经济利益时，我们高兴地接受了这些邀约。鉴于各种支出还未完全统计出来，约定的利润分成也还没有支付给我的助手们，因此记录目前的收入总额不是明智之举，但我可以有把握地说，这是我一生中第一次觉得自己是一个富有的人。

1892 年 9 月 21 日

伦敦

我原以为我会沉浸在成功巡演之后的余韵里,但我发现,在我离开的时候,伯登获得了极大的关注。看来他表演了多年的一个幻术终于引起了公众的喜爱,目前他得到的演出机会非常多。

尽管我曾看过几次他的演出,但我并没有看到他的表演有何特殊之处。当然,这是由于在种种原因作用下,我几乎从未看完过他的整场表演!

卡特与我一样,对这个受到称赞的戏法所知甚少,原因很显然,他和我一起去了欧洲大陆。我本觉得此事无关紧要,但在处理积压信件的过程中,我改变了主意。我的一位魔术界线人多米尼克·布劳顿给我寄来了一封简短的信。

表演者:阿尔弗雷德·伯登(艺名"魔法教授")。

魔术名称:"新人体传送"。

评价:极为精彩,不容错过。

难度:困难。但伯登能做到,所以我认为你也能。

我把这封信给茱莉亚看了。

稍后,我又给她看了另一封信。我收到邀请,希望把我的魔术表演带到新大陆。如果我同意的话,我们的巡回演出将于明年 2 月开始,首先在芝加哥待满一周,然后再在美国的十几个大城市进行巡演。

即便只是想想就让我既兴奋又疲惫。

216

茱莉亚说："别管伯登了。你必须到美国去表演。"

我也是这样想的。

1892 年 10 月 14 日

我看到了伯登的新幻术表演，它很好。简直是太好了。而且它非常简单，这让它变得更好了。这样的说法让我心生怒火，但我必须给予它正确的评价。

他首先把一个木头柜子推上舞台，就是魔术师会使用的那一种柜子。这个柜子很高大，足以让一个男人或是女人进入其中，它的三面是固定的（后面和左右两面），前面则是一扇可以开得很大的双开门，从而使观众可以完全看到柜子的内部。这个柜子带有脚轮，这些脚轮在方便推动的同时，也将柜子的高度提升，使柜子的底部与舞台地面之间形成一个较大的空隙，足以让观众确认，即使柜子的底部存在暗门，柜子里的人也无法在不被观众发现的情况下通过暗门进入舞台地下。

在例行向观众展示柜子里空无一物的过程之后，伯登关上柜门，将柜子推到舞台的左侧。

然后他站在舞台脚灯前，用他那无法令人信服的法国口音讲述了一番接下来他要做的事情有多么危险。

在他身后，一位俊俏的年轻女子将第二个柜子推上舞台，这个柜子的外形与第一个完全一致。她打开柜门，向观众展示这个柜子的内部，也是空无一物的。伯登甩了一下他的黑色斗篷，转过身，迅速走进第二个柜子里。

与此同时，鼓手开始敲出密集的鼓点。

接下来发生的事情完全就在一瞬间之内。事实上，写下发生的所有事情所需要的时间远远超过表演中实际花费的时间。

鼓点越来越响亮了，伯登摘下他的高礼帽，向后退到柜子内部，然后将他的帽子高高地扔向空中。他的助手砰的一声关闭了柜门。与此同时，第一个柜子的门打开了，而伯登不可思议地出现在第一个柜子里面！仅在一瞬之前，他进入的第二个柜子崩塌了，所有的面板都倒在舞台地面上，里面是空的。伯登抬头望向空中，看到他的礼帽正向他飞来，于是伸手把它接住，戴在头上，轻轻拍打到合适的位置……然后露出微笑，走到脚灯前向观众鞠躬致意！

掌声雷动，我承认我自己也鼓起掌来。我真想知道他是怎么做到的！

1892 年 10 月 16 日

昨晚，我与卡特一起前往沃特福特皇家剧院，观看伯登的演出。但是伯登并没有表演那个用到两个柜子的幻术。

在返回伦敦的漫长旅途中，我再次向卡特描述了我看到的情况。他的断言与两天前我第一次给他讲的时候相同。他说，伯登一定使用了替身。他告诉我，二十年前他就见过一个类似的表演，当时表演者是一个年轻女子。

我不确定。我认为看起来不像是替身。进入一个柜子的人与从另一个柜子走出的人完全是同一个人。我就在那里，这是我亲眼所见。

1892 年 10 月 25 日

由于我自己的工作安排，我不可能每天晚上都去看伯登的演出，不过卡特和我本周看了两场。他还是没有表演那个用到两个柜子的幻术。卡特拒绝在目睹表演之前提出更多的猜测，并且声称我是在浪费他和我自己的时间。这件事正在引起我们两人之间的摩擦。

1892 年 11 月 13 日

我终于又看到了伯登表演他那个利用两个柜子的幻术，而且这一次卡特和我在一起。这次的演出是在路易沙姆世界剧院，除了伯登的魔术表演之外，其他的综艺节目乏善可陈。

在伯登推出第一个柜子，并例行演示柜子里空无一物的时候，我感到期待和兴奋。我身边的卡特不动声色地举起了小型双筒望远镜。我瞥了他一眼，试图弄清楚他在看哪里，并颇有兴趣地发现他并没有在看台上的魔术师。他迅速移动望远镜，似乎正在观察舞台上的其他区域：侧舞台、吊景区、背景幕。我咒骂未能想到这一点的自己，让他继续做他的事。

我继续观看伯登的表演。在我看来，这一次的戏法与之前我看过的那一次没什么不同，就连用法国口音所讲的那一段关于接下来的行为有多么危险的发言，也都是一字不差。不过，当他走进第二个柜子的时候，我发现了两处细微的不同。其中较不明显的一处是，这一次他将第一个柜子放在离舞台后部更近的地方，因此那里的光线很差。我再次飞快地瞥向卡特，发现他根本没在关注魔术师本身，而是将望远镜稳稳地对准放置在舞台后部的那个柜子。

另外一处不同点则让我很感兴趣，也让我不由得发笑。当伯登摘下礼帽，将它扔到空中时，我倾身向前，准备好观看接下来的惊人一幕。然而，礼帽飞到了吊景区，然后就没有再出现！（很显然，那上面有一位收到了十先令钞票的舞台助手接住了礼帽。）伯登转向观众，露出一副苦笑，观众则哄堂大笑起来。笑声还没停止的时候，伯登冷静地伸出左手……礼帽从吊景区飞了下来，他很自然地接住了它。这是一个很不错的表演，值得人们再为此发出一阵笑声。

然后，没等笑声消失，以飞快的速度——

礼帽再一次飞向空中！柜门砰的一声关上！舞台后部的柜子门迅速打开！伯登从柜子里跳了出来，没有戴帽子！第二个柜子崩塌了！伯登敏捷地跑向舞台前方，抓住落下来的礼帽，猛地把它扣在自己头上！

他微笑着挥手，连连鞠躬，接受了他应得的掌声。卡特和我也一同鼓掌。

在返回北伦敦的出租马车上，我不客气地询问卡特："好吧，你觉得怎么样？"

"很不错，安吉尔先生！"他评论道，"真的很不错！如今人们很少有机会看到一个全新的幻术表演。"

不得不说，我感到这种评论令我相当不快。

"你知道他是怎么做的吗？"我追问道。

"是的，先生，我知道，"他回答，"因此我认为您也应该知道。"

"我从没有这么困惑过。他怎么能同时出现在两个地方呢？我看不出这是怎么做到的！"

"有时候您真的令我吃惊，安吉尔先生，"卡特语气尖锐，"这是一个逻辑谜题，要解决它，只能用我们自己的逻辑去推理。我们看到了什么？"

"一个人迅速地从舞台前部转移到舞台后部。"

"那是我们认为我们看到的，也是魔术师想让我们看到的。真实的情况又是怎样的呢？"

"你还是坚持认为他使用了替身？"我询问道。

"除此之外还有其他可能吗？"

"但你和我一样都亲眼看到了。那绝不是替身！我们在那一瞬间的前后都看到了他。就是同一个人！完全一致！"

卡特对我眨了眨眼，然后转向窗外，望着我们正经过的滑铁卢居民区那些灯光暗淡的房屋。

"怎么了？"我大声质问，"你想说什么？"

"我想说的都已经说过了，安吉尔先生。"

"我付你薪水，就是为了让你解释那些无法解释的情况，卡特。别跟我开玩笑了！这是一个非常严肃、非常重要的专业问题！"

这时他才终于意识到我的情绪很差，因为伯登的表演在我心里激发出的敬佩之情正在转化成愤怒和沮丧。

"先生，"他坚定地说，"您一定听说过同卵双胞胎这回事。这就是您想要的答案！"

"不可能！"我大声说道。

"不然还能怎么解释呢？"

"但第一个柜子是空的——"

"看起来确实如此。"卡特说。

"而第二个柜子在他离开之后立刻崩塌了——"

"我认为这个效果确实不错。"

我明白他的意思。这些都是标准的舞台效果，可以让隐藏某人的装置看起来像是空的。我自己表演的一些幻术也利用了类似的骗局。我遭遇的困难其实也是我一直在承受的。当我在剧院里观看其他人表演的幻术时，我与普通观众一样容易被误导。但是，同卵双胞胎！我从未想过这一点！

卡特给了我许多值得思考的东西，我把他送回他的住处后，返回自己家中，开始进行思考。现在我写下了今晚的记录，并且认为我必须认同他的观点。谜题解决了。

该死的伯登！不是一个人，而是两个！诅咒他的眼睛！

1892 年 11 月 14 日

我将卡特昨晚的猜测告诉了茱莉亚，让我吃惊的是，她立即发出快活的笑声。

"聪明！"她喊道，"我们从来没想到过这个，不是吗？"

"也就是说，你也认为有这种可能？"

"不仅是可能，亲爱的……要想在开放式舞台上表演这个幻术，这是唯一的方法。"

"我想你是对的。"

现在，我对茱莉亚产生了一股不理智的恼火。她本人从未亲眼见过那个幻术。

1892 年 11 月 30 日

昨天，我接受了一个特别有趣的关于伯登的观点，并且还得知了一些有关他的惊人事实。

应当提及的是，本周我一直无暇写日记，因为我一直处于伦敦赛马场节目单的顶端。这是一个巨大的荣誉，它不仅体现在每场演出都座无虚席上（除了一个午后的场次），也体现在观众的反应上。它引发了另一个后果，那就是新闻界的先生们正在关注我，昨天，一位来自《晚星报》的年轻记者对我进行了专访。他名叫亚瑟·科尼格。我发现这位年轻人既是一名记者，也是一位提供有趣情报的线人。

在问答环节中，他询问我对魔术界的同行们有什么观点。我适时开始表达对我最出色的同行人士的感谢和敬佩之情。

"您没有提及教授，"当我终于停下来时，记者先生说，"您对伯登先生的成果有什么看法吗？"

"很遗憾，我没有观看过他的演出，"我提出反对意见，"至少最近没有。"

"那么，您一定得去看看！"科尼格先生脱口而出，"他的表演是整个伦敦最棒的！"

"确实如此。"

"我看过几次他的表演，"记者继续说道，"有这么一个戏法，他不是每晚都表演，因为他说那样会消耗太多精力，但确实有这么一个戏法——"

"我听说过，"我强压下厌恶情绪，"是需要用到两个柜子的那一个。"

"就是那个，丹东先生。他在一瞬间消失并在另一处出现。没人知道他是怎么做到的。"

"没人，意思是除了他的魔术师同行们，"我纠正他的错误说法，"他使用的是标准的魔术技巧。"

"那么，您是说知道他是怎么做到的？"

"我当然知道，"我说，"但是，您一定不会指望我会向您透露那个方法——"

在这里，我承认我有些互相矛盾的想法。在过去两个星期里，我一直在努力思考卡特的理论，即"伯登"实际上由一对同卵双胞胎扮演，而我已经说服了自己，卡特的理论一定是正确的。此时此地，我有机会揭露伯登的秘密。我面前的这个人是一个饥渴的聆听者，一位供职于本地最有影响力的报纸之一的记者，一个被神秘的魔术表演激发了好奇心的人。我感觉到了平时被我抑制的复仇欲望，我告诉过自己几十次了，这是一个我永远不能再屈服的弱点。当然，科尼格对伯登和我本人之间的仇怨一无所知。

但是，没有一位魔术师会揭露其他魔术师的秘密。

沉默了一会儿之后，我说："有一些这样的方法。在幻术表演中，双眼看到的并非事实。大量的练习和排演——"

这会儿，面前的年轻记者真的从椅子上跳了起来。

"先生，您相信他有一个同卵双胞胎兄弟，并利用他来做自己的替身！伦敦的每一位魔术师都是这么想的！我第一次看到那个魔术时，也是这么想的。"

"是的，那就是他的方法。"我发现自己不需要揭穿任何东西，不由得松了口气。我试图让自己的语气显得对这个平淡无奇的发现不感兴趣："同卵双胞胎经常用于魔术的表演。"

"那样的话，您就和其他人一样犯错了，先生！"年轻人喊道，"教授并没有使用替身。这就是这个魔术真正的神奇之处！"

"他有一个孪生兄弟，"我说，"没有其他的办法。"

"无意冒犯，但事实并非如此。他没有孪生兄弟，也没有可以用作替身的人。我个人曾经调查过他的生活，所以我知道真相。他有一位和他一起登台表演的女助手，还有一个技术方面的负责人为他制造魔术装置，但没有其他工作伙伴。在这一点上，他与您的其他同行没什么区别。您本人也——"

"我确实有一位机关师，"我欣然证实了这一点，"不过，请多告诉我一些。您的话让我很感兴趣。您确定这个消息吗？"

"我确定。"

"您能为我证实一下吗？"

"正如您所知，先生，"科尼格先生回答道，"无法证明一样事物是不存在的。我只能说，在过去的几个星期里，我一直在以新闻报道的方法进行调查，没有找到任何证据能够证实您方才的假设。"

这时，他拿出了一捆薄纸，把它们递给我。这其中包含了一些关于伯登先生的信息，我发现这些信息非常有趣，于是请求记者先生把这些材料留给我。

接下来，我们之间发生了一些关于职业道德的小小争执。他坚持说，作为一名记者，他不能把他的调查成果交给第三方。我则反驳说，即使他最终确实发现了有关伯登的真实情况，在伯登去世之前，他也没有任何渠道能够发布这些消息。

另一方面，我说，如果我本人能够开展独立的调查，那么在未来的某个时候，我也许可以引导他去发现一个真正不寻常的故事。

争论的结果是，科尼格允许我从他的一部分笔记中进行摘录，于是我迅速在他的监督下草草记下了其中的一部分。他并没有把结论透露给我，不过说实话，我对他的结论也不是那么感兴趣。最后我给了他五个金币作为报酬。

我的摘抄完成后，科尼格先生对我说："先生，我能了解一下您希望从中学到什么吗？"

"我只是希望能提高我自己的魔术技艺。"我说。

"我明白了。"他站了起来，拿起他的帽子和手杖，"那么，当您取得如此进展的时候，您是否认为您也可以实现教授的魔术呢？"

"我向您保证，科尼格先生，"我冷淡而又厌恶地将他送到门口，"我向您保证，一旦时机合适，我可以利用他的小把戏，今晚就把它变成我自己的！"

然后他就走了。

今天我没在工作，所以我将这次会面的情况记录下来。在整个记录的过程中，我一直在想着科尼格最后发出的挑衅。我必须了解伯登那个魔术的秘密。如果我能用他自己的把戏打败他、在各个方面都胜过他，那简直是最甜蜜不过的复仇了。

而且，承蒙科尼格先生的帮助，我现在拥有了一些关于伯登先生的信息，这些信息将在日后发挥巨大的价值。不过，我必须首先对其真实性进行确认。

1892 年 12 月 9 日

事实上，到现在为止我还没展开对伯登的调查。美国巡演已经确定，卡特和我都在忙于准备工作。我将在外旅行两个多月，要与茱莉亚和孩子们分别这么长时间，这几乎是不可想象的。

然而，我不能错过这次机会。先不谈丰厚的报酬，我可能是全英国，甚至全欧洲受邀前往新大陆的魔术师中最年轻的一个，这让我有机会追随那些最伟大的魔术师的脚步。新大陆产生并且活跃着一些目前最优秀的魔术师，能受邀开展巡演是一种极大的肯定。

而伯登则到现在都还没有造访过美国！

1892 年 12 月 10 日

我一直在期待着一个安静的、在家度过的圣诞节假期。没有魔术，没有排演，没有旅行。我想融入我的家庭，将其他所有事情抛在脑后。不过，在一次演出取消后，我得到了一个在伊斯特伯恩的度假机会作为补偿，为期两周，条件好到无法抗拒，并且我还可以带上我的全部家人。我们全家将在俯瞰大海的大酒店度过圣诞节！

1892 年 12 月 11 日

幸运的发现。今天下午我读了一本地名索引，不禁注意到伊斯特伯恩离黑斯廷斯只有几英里，且两者之间还有直通铁路相连。我觉得我可以到黑斯廷斯去待一两天。听说那里是个不错的旅游胜地。

1893 年 1 月 17 日

突然之间，我的生活被横亘在眼前的漫长旅程蒙上了阴影。两天之后，我就将从南安普敦登船，起程前往纽约，并从那里再去波士顿以及更远的地方，进入美国的中心地带。过去的一周简直是一场噩梦，我必须收拾行李、做各种准备，并安排将需要用的魔术装置拆卸、装箱，然后提前托运。任何事情都不能靠运气，因为如果没有我的装置，也就不会有舞台表演。很大程度上这取决于跨大西洋的冒险是否能成功。

但现在我有一两天的空闲时间来做心理上的准备，在家里略微放松一下。今天我和茱莉亚还有孩子们一起去游览伦敦动物园，已经颇感失落，因为我知道我将离开他们如此之长的时间。孩子们现在睡着了，茱莉亚在她的起居室里阅读，在这个黑暗的1月的夜晚，我静静地待在书房里，多亏勤奋的科尼格先生，我终于可以将我对阿尔弗雷德·伯登先生的调查成果记录下来了。

以下是我亲自核实过的事实。

他于1856年5月8日出生在黑斯廷斯波希米亚路上的皇家苏塞克斯医院。他出生三天后，与其母亲贝琪·玛丽·伯登一同返回他们位于庄园路105号的住宅，他的父亲在此处做木匠的营生。孩子的全名叫弗雷德里克·安德鲁·伯登，根据医院记录，他是单胎。

既然弗雷德里克·安德鲁·伯登在出生时并非同卵双胞胎中的一员，显然日后他也不可能有同卵双胞胎的兄弟。

接下来，我开始研究弗雷德里克·伯登是否有年龄相近、长相相似的同父同母兄弟。弗雷德里克是其父母的第六个小孩，他有三个姐姐、两个哥哥，但其中一个哥哥比他大八岁，而另一个则在出生仅两周后夭折。

利用《黑斯廷斯和贝克斯希尔广告报》的档案，我找到了弗雷德里克的哥哥尤利乌斯的描述（根据报纸报道，尤利乌斯在学校里获得了某个奖项）。据说尤利乌斯在十五岁时有着一头金色的直发。弗雷德里克·伯登是黑发，不过，尤利乌斯也有可能染了头发充当替身。不过这条线索最后一无所获，因为我后来发现尤利乌斯在1870年因肺结核去世，当时弗雷德里克只有十四岁。

弗雷德里克还有一个弟弟。他名叫阿尔伯特·约瑟夫·伯登，是家庭的第七个小孩，出生于1858年5月18日。（阿尔伯特＋弗雷德里克＝阿尔弗雷德？这就是弗雷德里克登台所用的第一个假名的来由吗？）

再一次，由一位年龄接近的兄弟担任弗雷德里克的替身，这一情况的可能性很大。我在医院找出了阿尔伯特的出生记录并且详细检查，但除此之外我找不到什么有关他的记录。然而，富有进取心的科尼格先生早已提议，此时应该去拜访一位名叫查尔斯·辛普金斯的肖像摄影师，他的工作室位于黑斯廷斯的高街。

辛普金斯先生热情地招待了我，并高兴地展示了一系列达盖尔风格摄影作品。正如科尼格先生曾暗示的那样，其中有一张正是弗雷德里克·伯登与其弟弟在这个摄影工作室拍摄的肖像照片。这张照片拍摄于1874年，当时弗雷德里克十八岁，其弟弟十六岁。

这两人的外貌完全不像。弗雷德里克身材高大，有着通常被称为"像贵族"的特征，表情傲慢（这些特点我经常在自己的脸上看到）。阿尔伯特则不那么有魅力。他表情松弛，五官浮肿，脸颊圆润。他的头发比他哥哥的更为鬈曲，颜色也明显更浅淡。从他的站姿来看，他比他哥哥至少要矮四五英寸。

这张照片让我确信，科尼格是正确的。弗雷德里克·伯登并没有一位可以充当替身的近亲。

还有一种可能，就是他在伦敦的街道上漫游，找到了一个长得非常像他、在化装技术帮助下足以担任替身角色的人，但不管卡特怎么说，我自己亲眼看过伯登的表演。大多数魔术师的替身都只是短暂出场，还要配合上其他误导观众的手段，比如穿同样的演出服之类，从而使得观众在替身出场的几秒钟时间内无法发现替身与原身是不同的人。

在被传送之后，伯登允许观众看到自己，而且还能看得很清楚。他走到脚灯前面，鞠躬，微笑，抓起女助手的手，再次鞠躬，来回走动。毫无疑问，从第二个柜子里走出来的与走进第一个柜子的就是同一个人。

我还是不知道伯登是如何完成这个可恶的幻术的，但至少我知道他没有使用替身。

因此，带着某种沮丧的平静情绪，我完成了前往新大陆的漫长旅程的准备工作。

我要去的地方正在迅速成为魔术界的中心，在那里的两个月，我将与美利坚合众国部分最优秀的魔术师见面，甚至是一起合作。那里一定有许多人能够搞清楚那个幻术是怎么回事。我去美国是为了建立自己的名声，累积一笔一定会被认为是小财富的金钱，但现在我又有了一个额外的任务。

我发誓，两个月后我返回时，一定会带回伯登的秘密。我也发誓，在那之后一个月之内，我一定要在伦敦的舞台上表演那个幻术的升级版本。

1893 年 1 月 21 日
萨图尼亚号蒸汽轮船上

从南安普敦出发后，经历一天在英吉利海峡上的颠簸航程，以及在瑟堡的短暂停留之后，我们现在正向西破浪前行，坚定地向美国进发。这艘船规模宏大，燃煤动力，有三层甲板，可以容纳和招待来自欧洲和美国的最优秀人才。我的舱室位于二层甲板，与一位来自奇切斯特的建筑师共用。尽管对方礼貌地试探性询问，我并未透露自己的职业。我已经陷入了痛苦——远离家人的痛苦。

我似乎仍能看到他们站在被雨水打湿的码头上，不停地向我挥手。在这样的时刻，我总是会渴望我的职业可以让我真的学会魔法：哦！我会摆动双手，念诵不知所谓的咒语，让他们来到我的身边！

1893 年 1 月 24 日
仍然在萨图尼亚号蒸汽轮船上

我遭受了晕船症的困扰，但没有我来自奇切斯特的室友那么严重，昨天晚上，他在我们的舱室里呕吐了。这可怜的家伙十分懊悔，不停道歉，但事情已经发生了。因为包括这个不愉快的经历在内的种种原因，我有两天没吃过东西了。

1893 年 1 月 27 日

在我写下这条记录时，纽约已经出现在前方的地平线上。我安排了半小时后与卡特见面，以确保他做好了下船时的所有必要安排。没时间写日记了！

现在，冒险开始了。

1893 年 9 月 13 日

我毫不惊讶地发现，自从我上次在日记本上记录我的生活以来，已经过去了将近八个月。在重新打开它书写的时候，我有一种冲动，就像我以前有时会有的那种冲动一样，我想要把它彻底摧毁。

这样的行为将成为我本人行为的一个总结，因为自从我上一次在日记本上写字以来，我生活的各个方面都被我摧毁、移除或是放弃了。

然而，一个闪光的碎片得以存留。当我开始写这本日记时，我带着一种孩子气的热情，希望能记录下我的一生，无论结局会如何。我不记得我小的时候对自己满三十六岁时的生活有什么期待，但我肯定没有想象过会是如此。

茱莉亚和孩子们不在了。卡特不在了。我的大多数财富不在了。我的职业生涯在冷漠中枯萎、消亡了。

我失去了一切。

但我得到了奥利维亚·斯文森。

在这里，我将不会写奥利维亚的事，因为当我向前翻这本日记，看到那些描述我有多么热爱茱莉亚的记录时，我只能羞愧地退缩。我已不再年轻，在内心的问题上已经走得足够远，不再能够相信我的情感会发生这样的变化。只说这一点就足够了：我离开了茱莉亚，是为了和奥利维亚在一起，因为我在美国巡演的途中爱上了她。

马萨诸塞州美丽的波士顿为我举办了一场招待会，我与奥利维亚就是在这里认识的。当时她走近我，表达了她的钦佩之情，过去也有很多女人曾经这样做。（我毫无虚荣感地写下这一点。）也许是因为我离家太远，没有家人的陪伴让我异常孤独，这一次，我没能抵抗住一个女人直截了当的诱惑。奥利维亚此前是一名芭蕾舞演员，在此之后她就加入了我的团队。当我离开波士顿时，她愿意和我们在一起，随后我们就一起旅行。更重要的是，不到两周之后，她就担任了我的女助手，与我一起上台表演，并一同返回伦敦。

卡特对此并不在意，尽管他和我一起完成了巡回演出，但我们回来后就立刻拆伙了。

同样的事情不可避免地发生在茉莉亚和我之间。即使到了现在，有些时候我仍然无法在深夜入眠，惊叹于我做出的牺牲有多么疯狂。曾经，茉莉亚对我来说就是整个世界，她也确实帮助了我，让我能有今天的生活。我的孩子们，我那三个无辜的可怜孩子，也成了同一种牺牲的受害者。我只能说，我的疯狂就是爱情的疯狂。奥利维亚蒙蔽了我除了对她的激情以外的所有情感。

所以即使是在这本私密的日记中，我仍无法强迫自己写下当时的言行和遭受的痛苦。大多数的言行都属于我，而所有的痛苦都属于茉莉亚。

我现在供养着带着孩子们独居的茉莉亚，她则过着寡妇一般的生活。她和孩子们所有的物质需要都得到满足，因此，她如果不想见我的话，就可以不用再见我。实际上，如果有人发现我在她的住所，那么伪装就会破灭，所以我需要扮演一个死人。我永远不能在孩子们的家里与他们见面了，只能偶尔和他们一起去远足。当然，这一切都只能怪我自己。

在这种情形下，茉莉亚和我也会短暂见面，她甜美的天性仍然触动着我的心。但是，开弓没有回头箭。我自己铺好了床，现在躺在床上。当我设法不去想我失去的家人时，我就可以很快乐。我不期望任何人对我有好的评价。我知道我辜负了我的妻子。

我一直努力不去伤害我身边的人。就连在与伯登互相对抗的时候，我也不愿给他带来痛苦或是危险，宁愿通过激怒他或让他难堪来进行报复。但现在我发现，我对自己最重要的四个人造成的伤害反而是最大的。冒着食言的风险，我只能断言我决不会再做这样的事了。

1893 年 9 月 14 日

我正寻求让职业生涯重回新的正轨。从美国返回后的几周，由于各种动荡，我推掉了大多数我不在时由安文接下的演出邀约。毕竟，从巡回演出归来之后，我手里有着相当可观的一笔钱，所以我觉得自己不用工作也能过上一段时间。

不过，在写下本篇日记的同时，我感觉到我终于可以从之前的悲伤和昏睡中走出来，重新接下那些被拒绝的邀约，准备好重返舞台。我已经指示安文替我联系演出机会，我的表演生涯也许还能继续。

为了庆祝这一决定，今天下午，奥利维亚和我前往演出服装店，她在那里量身定做了一套新的舞台演出服。

1893 年 12 月 1 日

在我的预约记录本里，有一个三十分钟的圣诞演出，我将为一所孤儿学校表演。除此之外，没有其他的预约。即将来临的1894年没有任何工作机会。自从9月末以来，我只得到了十八镑十八先令的收入。

赫斯基斯·安文提到了一场针对我的造谣诽谤活动。他告诫我不要对此多加理会，因为我前往美国巡回演出一事广为人知，很容易引起嫉妒。

我为这个消息感到不安。伯登会是此事的幕后黑手吗？

奥利维亚和我讨论过重返灵媒这一行，以更好地联系我们的身心。但到目前为止，我认为这只能作为最后的应急手段。

与此同时，我每一天都在不停地练习和排演。一位魔术师无论怎么练习都不嫌多，因为在练习中花费的每一分每一秒都能提高他的表演水平。因此，我在工作室里勤奋工作，通常是独自一人，但有时候也和奥利维亚一起，一直排练，直到我对无休止的练习感到恶心。尽管我的魔术技巧一直在提升，有些时候，当我心情阴郁的时候，我真的开始怀疑我为什么还要继续排演。

至少孤儿们将看到一场精彩的娱乐节目！

1893 年 12 月 14 日

我收到了一些1月和2月的预约。不是什么大场合，但我们的精神因此而振奋。

1893 年 12 月 20 日

我又收到了一些1月的演出预约，我在此宣布，其中一个是让我代替某位缺席的"魔法教授"！我很高兴能拿走那些原属于他的几尼。

1893 年 12 月 23 日

圣诞快乐！我想到了一个有趣的主意，需要赶紧在改变想法之前把它记录下来。（一旦写下来，我的行动就确定了！）安文给我寄了一份合同，是 1 月 19 日在斯特雷瑟姆的公主皇家剧院的演出。这恰巧是伯登放弃的一个演出机会。我快速浏览合同文本（近来收到的合同十分稀少，而我也早就过了不论什么东西都随意签名的阶段），这时我的目光落在接近末尾处的一个条款上。当需要用另一位魔术师代替原来的魔术师进行表演时，通常都会有类似的条款：该条款要求我的表演应该达到与原定的表演相同的优良标准。

我的第一反应是发出讥讽的哼声。我怎么可能会达不到伯登的标准，真是可笑。然后，我又重新思考了一下。如果我是要取代伯登，为什么我不来表演一个他们本来看不到的戏法的复制品呢？简而言之，我为什么不代替伯登，表演他的那个戏法呢？

我被这个想法深深打动，整天在伦敦的街头奔波，试图找到一个能够担当我的替身演员的人。不过，在这个季节想找到这种人可不容易：通常人们可以在伦敦西区的每一个酒吧找到大量的失业演员，但如今他们都在全城无数的哑剧和圣诞演出中工作。

我只有三个多星期的时间来进行准备。明天就得开始打造柜子才行！

1894 年 1 月 4 日

还有两个星期的时间，我终于找到了我需要的人！他名叫杰拉尔德·威廉·鲁特，是一个演员、朗诵者、独白者……以及，从各个方面来看，一个长期酗酒斗殴的人。无论如何，鲁特先生最近急需现金，而我得到了他的保证：只要他为我工作，他就可以在每次演出后品尝烈酒。他急于取悦我，而且我能支付给他的报酬，以他通常的标准而言，也十分慷慨，因此我相信他能够表现得足够可靠。

他的身高与我相同，站姿和面容也与我相似。他比我略微粗壮一些，但他可以想办法减去那些多余的肉褶，或者我可以佩带一些垫子。这无关紧要。他的肤色比我略白一些，但同样的，这是通过油彩就能解决的小事。虽然他的眼睛是一种不纯的蓝色，而我的眼睛是淡褐色，但是差别并不明显，我们也可以用夸张的妆容来误导注意力。

这些细节都无关紧要。潜在的严重问题是他走路的姿态，明显比我更懒散，步幅更大，还有轻微的外八字。奥利维亚承担了解决这个问题的任务，她确信自己能够及时指导他改正。正如任何演员都知道的那样，你需要通过走路或举止来传达某个角色的特征，而不是面容、口音或手势。如果我的替身走路的姿态跟我不一样，那无论是谁都不会把他误认为是我。事情就是这么简单。

鲁特已经充分了解了他即将亲身参与的骗术，他声称自己能够理解这一问题。他试图用他的职业声誉来取悦我，以此消除我的忧虑，但我一点也不在乎他的职业声誉。只要那天晚上人们会把他误认为是我，他就能挣到钱。

还有两周的时间可以用于排演。

1894 年 1 月 6 日

我指导鲁特进行排演，他能顺利完成，但我感觉到他并不享受这个魔术表演。演员扮演一个角色，但是观众始终知道戏剧不是真实的。每个观众都清楚，舞台上那个看似哈姆雷特王子的人只不过是个在背台词的家伙。而我的观众在离开剧院时，一定会对他们看到的东西感到迷惑。他们必须相信自己双眼所见，但同时又不能完全相信！

1894 年 1 月 10 日

我请鲁特先生明天休息一天，以便给我时间考虑。他不对劲，完全不对劲！奥利维亚也认为这是个错误的选择，她催促我将伯登的幻术从我的表演中去掉。

鲁特实在太糟了。

1894 年 1 月 12 日

鲁特简直是奇迹！我们都需要时间来仔细思考。他告诉我，他和朋友们度过了一整天，但从他身上的酒气来看，我怀疑他在休息时嘴上叼着一瓶酒。

无所谓了。他的动作是正确的，他的时机基本是正确的，一旦我们穿上相同的演出服，骗局就足以通过考验。

明天我将同鲁特和奥利维亚一起前往斯特雷瑟姆，我们将在那里测量舞台，进行最终的准备。

1894 年 1 月 18 日

我对明天的演出感到莫名其妙的紧张，虽然鲁特和我已经反复排演到我们都感到恶心了。在完美的表现之后隐藏着风险：如果明天我表演了伯登的把戏，而且还做出改进——我正准备那样做——我所做的事情几天之内就会传到伯登那里。

在午夜前后的安静时间里，奥利维亚躺在床上，屋子里一片寂静，我思如泉涌，我知道还有一个事实我未曾面对。那就是，伯登一旦听说我表演了这个幻术，他立刻就会知道我是怎么做到的，但我还是不知道他是怎么做到的。

1894 年 1 月 20 日

大获全胜！掌声几乎掀翻了屋顶！今天出版的《晨报》称我为"可能是全英国在世的最伟大魔术师"。这里有两个小限定条件，如果没有的话我当然会更高兴，不过这也足以震撼伯登先生的沾沾自喜。

感觉不错。但同时也有一个我未曾预期到的负面效果。我怎么会没有想到呢？在魔术结束时，在我表演的高潮时，我很不体面地蜷缩在柜子巧妙折叠后的面板里。当掌声响彻整个剧场时，是醉汉鲁特大步走出，站在聚光灯下。是他接受了热烈的掌声，他握着奥利维亚的手，向观众鞠躬、挥手、飞吻，向乐队指挥致意，向坐在包厢里的绅士们致敬，脱下帽子，一次又一次地鞠躬——

而我只能等待着幕布落下，在那黑暗之中，我才能脱身。

不能再这样了。我们必须做出安排，让我成为那个从意想不到的柜子里出来的人，因此必须在这个把戏开始之前就与鲁特进行交换。我得想出一个办法。

1894 年 1 月 21 日

昨天《晨报》的报道产生了影响，今天我的经纪人已经几次收到咨询，并确定了接下来的三场表演。每一次都需要我表演神奇的人体交换魔术。

我给了鲁特一小笔现金作为奖励。

1895 年 6 月 30 日

两年前的事件似乎是一场正在逐渐退去的噩梦。我在年中时期再次打开这本日记，只是为了记录下我再一次处于平稳状态。奥利维亚与我相处和谐，尽管她永远不可能像茱莉亚那样成为我发展的驱动力，但她默默的支持已经成为我建立新的生活和事业的基础。

我打算再次与鲁特进行讨论，因为上一次并没取得什么效果。尽管他的表现十分出色，但对我来说他是一个棘手的问题，因此再次打开这本日记的另一个原因是，我打算记录下我和他最终会发生争吵的这一事实。

1895 年 7 月 7 日

魔术的世界有这么一条基础的规则（如果没有的话，就让我成为第一个创造这条规则的人）：不要与你的助手对抗。这是因为他们知道你的许多秘密，因此他们有一种超出你的特殊力量。

如果我解雇鲁特，我将会受到他的摆布。

他的问题一方面在于酒精成瘾，另一方面则是傲慢自大。

在我的表演中，他经常处于醉酒状态，他并不否认这一事实。他声称自己能够控制，不会喝得太醉。然而，麻烦在于你无法预测一个酗酒者的行为，我担心终究他会有醉得无法表演的一天。一名魔术师永远不能让自己的表演受到运气的影响，然而我每次与他进行交换时都是在碰运气。

他的傲慢自大则是更严重的问题。他确信如果没有他，我将无法有效地完成任何表演。只要他在我身边，无论是在排演还是在舞台后台，甚至在我自己的工作室，我都必须不断地听着他根据多年演艺经验提出的种种建议。

昨天晚上，我们进行了计划已久的"讨论"，然而事实上，大多数时候都是他在说话。我必须记录，他说的很多话既令人讨厌，又具有确实的威胁性。他说了我最害怕听到的话：他可能会泄露我的秘密，毁掉我的事业。

还有更糟的。他不知怎么发现了我和希拉·麦克弗森的关系，我原以为这件事是秘密的。我被勒索了，理所当然。我需要他，而他也知道这一点。他有着超出我的力量，而我也知道这一点。

我甚至被迫提高了他的演出费用，当然，他很快就接受了。

1895 年 8 月 19 日

今天晚上我很早就从工作室回家了，因为我把某样东西忘在了家里（我现在已经不记得是什么了）。我首先去拜访奥利维亚，至少可以说，我非常吃惊地发现鲁特也在她的客厅里。

这里我需要先解释一下，在我买下位于埃德米斯顿别墅45号的住宅之后，我保留了它原本的两层独立公寓布局。在我们结婚期间，茱莉亚和我在两层之间自由移动，但自从奥利维亚和我在一起之后，我们就居住在同一屋檐下不同的两层。某种程度上这算是为了保持礼节，但同样也反映了我们之间关系的随意性。尽管各自的家务是独立操持的，但只要我们高兴，奥利维亚和我就会不拘礼节地随意互相拜访。

我爬楼梯时听到了笑声。当我打开她公寓的门，看到她的客厅时，奥利维亚和鲁特仍然在开心地笑着。当他们看到我时，笑声很快停止了。奥利维亚看起来有些生气。鲁特试图站起来，但是脚步不稳，立刻又坐下了。我注意到桌边放着一瓶半空的杜松子酒，还有一个空酒瓶，这让我非常恼火。奥利维亚和鲁特手里都拿着半满的酒杯。

"这是什么意思？"我质问他们。

"我是来找你的，安吉尔先生。"鲁特回答道。

"你知道我今晚在工作室里排演，"我反驳道，"为什么你不到那里去找我？"

"亲爱的，杰里[1]只是过来喝一杯，"奥利维亚说，"现在他该

---

1 即杰拉尔德·威廉·鲁特，杰里是昵称。

走了！"

我用一只手臂顶着门不让它关上，示意他该离开了。尽管已经很醉了，但他还是摇摇晃晃地出了门。当他经过我身边时，他的呼吸浸透了杜松子酒的气味，短暂地萦绕在我周围。

接下来，奥利维亚和我之间发生了一场气氛不甚融洽的谈话，其细节我将不会在此记录。我们决定不再谈起此事，我也不会写下它。我有许多感受都不打算在这里详细描述。

1895 年 8 月 24 日

今天，我得知伯登将前往欧洲大陆和黎凡特地区进行巡回演出，今年年底前都不会返回英国。奇怪的是，他在整个巡演过程中都不会表演他那个版本的两个柜子的幻术。

这是今天早些时候我与赫斯基斯·安文见面时，他告诉我的。我开了个玩笑，说希望伯登到达巴黎时，他的法语能比我上次听到的有所进步。

1895 年 8 月 25 日

我花了二十四个小时才想明白这个问题，伯登帮了我一个忙。我终于意识到，鉴于伯登已经出国，我没有必要再表演那个换人的魔术，所以我毫不迟疑地解雇了鲁特。

当伯登从外国返回时，我或许已经找到了代替鲁特先生的人，或许将不会再表演那个魔术。

1895 年 11 月 14 日

奥利维亚和我今晚最后一次一同上台表演，地点是在查令十字路口的凤凰剧院。表演结束后，我们一起回家，心满意足地在出租马车的座位上握着彼此的手。自从鲁特先生离开后，我们彼此间的感情明显更好了。（我最近也很少去见麦克弗森小姐。）

下周，我将在雷丁郡皇家剧院开启短暂的演出季，届时将由一位年轻女士担任我的女助手，我过去两个星期一直在对她进行训练。她名叫格特鲁德，身体柔软轻盈，拥有着如瓷器一般的优美外观和聪慧心智，同时，她的未婚夫也是我的另一位新雇员工，担任木匠和装置技师的亚当·威尔森。我付给他们两人的报酬都很高，并且到目前为止，我对他们做出的贡献感到满意。

我必须在此记录，亚当的体格几乎与我完全相同，足以担任我的替身。尽管我还未与他提起过，但我计划将他作为鲁特的替代者，并会把此事铭记在心。

1896 年 2 月 12 日

今晚，我明白了"人的血液变得冰冷"这句话的含义。

在我表演的前半部分，我正在演出一个常规的扑克牌戏法。在这个戏法中，我请一位观众选择一张扑克牌，在上面写上他的名字，整个过程都被所有观众清楚地看到。写完之后，我将扑克牌从那名观众手里拿过来，在他眼前把它撕成碎片，把碎片扔到一边。一小会儿之后，我展示一个金属鸟笼，其中有一只活的金丝雀。当那名观众从我手中接过鸟笼时，它立即在他手中莫名其妙地倒塌（在此过程中，那只鸟从视野中消失了），而他手中的鸟笼残骸中还夹着另一样东西，看起来像是一张扑克牌。当翻过扑克牌时，他发现这正是他之前在上面写下了名字的那一张扑克牌。这个戏法结束了，观众返回他的座位。

今晚，在戏法的结尾处，正当我朝观众露出微笑，期待着掌声的时候，我听到那个家伙说："瞧啊，这不是我的那张牌！"

我转向他。这个蠢货站在那里，一只手吊儿郎当地提着鸟笼剩下的部分，另一只手里拿着那张扑克牌。他正试图读出牌上的文字。

"把它给我，先生！"我夸张地大声说道，此时我已经感觉到，在我迫使他选择我想要让他选的牌时恐怕是出了错，并准备好突然之间释放出大量的彩带，这是我常备的用于应付这种情况的最后一招。

我试着从他手中拿过扑克牌，但灾难接踵而至。

他迅速转开，得意扬扬地喊道："看！上面还写着其他的东西！"

这个人在向观众表演，尽可能利用他在自己的游戏中设法打败了魔术师这一事实。为了挽救局面，我必须拿到那张牌才行，于是我全力将它从他手中夺了下来。我向他挥舞彩带，向乐队指挥示意，向观众挥手让他们鼓掌，让这个可怕的家伙回到自己的座位上去。

在喧闹的音乐和稀疏的掌声中，我站在原地，目瞪口呆地读着写在扑克牌上的文字。

上面写着："我知道你和希拉·麦克弗森一起去的地址——阿布拉卡达布拉！——阿尔弗雷德·伯登。"

这张牌是梅花3，正是我迫使观众选中的那一张牌。

我完全不知道我是怎么完成余下部分的表演的，不过无论如何，我一定还是完成了。

1896 年 2 月 18 日

昨晚我独自去了剑桥的帝国剧场，伯登正在那里演出。他准备表演一个利用柜子的传统幻术，正在进行准备的过程中，我在观众席站起身来谴责了他。我尽可能大声地告诉所有观众，一位助手已经藏在柜子里面了。随后我立即离开剧场，只是回头瞥了一眼，看到幕布正在提前拉下，我感到一阵快活。

然后，出人意料的是，我发现自己必须为自己的所作所为付出代价。我乘火车返回伦敦，在那漫长、寒冷并且孤独的旅途上，我感到良心不安。在那个漆黑的夜晚，我有充足的时间去反思自己的行为。我为自己做出的事情感到后悔。我恐慌地发现自己非常容易地摧毁了他的魔术。魔术，就是一种幻象，是为了让观众得到娱乐而短暂地中止了现实。我（或者他，当轮到他的时候）有什么权利去摧毁这个幻想呢？

曾经有一次，那是很久之前的事了，当茱莉亚失去我们的第一个孩子之后不久，伯登给我写了封信，为他的行为向我道歉。愚蠢，多么愚蠢啊！当时的我竟拒绝了他。现在是时候了，我急切地想要结束我们之间的宿怨。两个成年人还要在公众场合互相攻击多久，才能解决某些除了他们之外的人都不知道、甚至连他们自己也都几乎不能理解的问题呢？是的，曾经，在茱莉亚被那个小丑伤害的时候，我有对他开战的合理理由，但从那之后，发

246

生了太多的事情。

在返回利物浦街车站的那次寒冷的旅途中，我一直在思考怎样才能结束这件事。现在，二十四小时之后，我仍然在思考。我会振作起来，给他写一封信，要求结束这一切，并提议安排一场私人会面，以讨论剩下的他认为必须解决的问题。

1896 年 2 月 20 日

今天，奥利维亚拆开了她收到的信件之后，来到我的房间里并且说道："这么说来，杰里·鲁特告诉我的事情是真的！"

我询问她说的是什么意思。

"你还在跟那个希拉·麦克弗森见面，对不对？"

随后，她向我展示了她收到的那封短笺，信封上收件人地址写的是"埃德米斯顿别墅45号B"。这是伯登寄来的！

1896 年 2 月 27 日

我同自己讲和了，也包括奥利维亚，甚至还包括伯登！

我在此简单记录一下：我已向奥利维亚做出承诺，我将永远不会再去找麦克弗森小姐（即使她来找我，我也不会见她），我对奥利维亚的爱没有减退。

另一方面，我决定不再与阿尔弗雷德·伯登争斗，不管对方如何挑衅。我认为他仍将设法破坏我的表演，作为对我在剑桥那次不合时宜的爆发的回应，但我不会理会他。

1896 年 3 月 5 日

比我想象的还要更早，伯登成功地羞辱了我，当时我正在表演一个知名度很高也很受欢迎的幻术，名叫特里比。（在这个戏法中，助手躺在两个椅背之间的平衡板上，当椅子被移走时，可以很明显地看到助手在空中悬浮。）伯登设法潜入了后台。

当我从格特鲁德的木板下移走第二张椅子时，隐藏的布景迅速升起，露出正蹲在其后操作机械设备的亚当·威尔森。

我放下主帘，结束了表演。我不会报复。

1896 年 3 月 31 日

又一起伯登事件。上一次才刚过去没多久！

1896 年 5 月 17 日

又一起伯登事件。

这一次我有点迷惑，因为我已经知道他这天晚上也有演出安排，但不知怎的，他横穿整个伦敦来到了大西方酒店，并且破坏了我的表演。

我还是不会报复。

1896 年 7 月 16 日

我不打算再在日记本上记录伯登事件了，以表示我对他的蔑视。（今晚又发生了一起，是的，但我没有报复的计划。）

1896 年 8 月 4 日

昨晚我在表演一个对我来说相对比较新的魔术，这个魔术使用一块可以翻转的黑板，我在其中对着观众的那一面用粉笔写下观众向我喊出的简单信息。我向观众展示写好的文字，然后突然间将黑板翻转过来……奇迹发生了，观众会看到黑板的另一面写着与之前相同的文字！

而这个晚上，当我将黑板翻转过来时，我发现我准备好的文字被擦除了。取而代之的是这样一些文字：

　　我发现你已不再表演人体传送的魔术。
　　这是否表示你仍然不知道那个秘密？
　　来看专家的表演吧！

我还是不会报复。奥利维亚对我们之间的宿怨了如指掌，她也赞同我应该做出的唯一回应是有尊严的蔑视。

1897 年 2 月 3 日

又一起伯登事件。打开这本日记只为了记录这件事多么令人厌烦啊！

他越来越大胆了。每次演出开始前和结束后，亚当和我都会仔细检查我们的装置，并在演出即将开始时仔细检查剧院的后台部分，尽管如此，伯登今晚还是设法进入了舞台下方的夹层。

当时我正在表演一个叫作"消失的女士"的把戏。无论是作为表演者还是观看者，这都是一个很有吸引力的魔术，因为用到的装置非常简单。我的助手坐在舞台中央一张平凡无奇的木头椅子上，而我将一张巨大的棉布床单扔向她。我将这张床单展开并且将她包裹起来。她继续坐在椅子上，透过床单的薄布仍能看到她的面容。她的头和肩膀可以很明显地辨认出来，作为表示她仍然存在的证据。

突然间，我用流畅的动作抽走了床单……椅子上没人！

光秃秃的舞台上只剩下椅子、床单和我自己。

今晚，当我拉开床单时，我惊奇地发现格特鲁德还坐在椅子上，脸上满是困惑和恐惧。我惊呆地站在原地。

然后，舞台上的一个翻板门啪的一声打开了，一个男人从下面站了出来，让整个场面变得更加复杂。他穿着一身晚礼服，戴着丝绸帽子和围巾，穿着斗篷。伯登（没错，就是他）像魔鬼一般冷静地向观众脱帽致意，然后悠闲地走向侧舞台，一阵烟草的烟雾跟在他身后。我追向他，决心要与他正面对质，但此时我的注意力被头上的一道巨大的放电光芒吸引了！

一个带电的告示牌正从布景区降下！在其上，某种电子设备用蓝光显示出如下的字样：

魔法教授

在此剧场表演——就在下周！

舞台上弥漫着青白色的恐怖气息。我朝侧舞台上的舞台经理疯狂示意，终于，幕布落了下来，掩盖住了我的绝望、羞辱和愤怒。

我到家后把事情告诉了奥利维亚，她说："你一定得复仇，罗比，而且要干得漂亮点！"

最终，我同意了她的观点。

1897 年 4 月 18 日

今晚，亚当和我第一次公开表演了换人魔术。我们已经排练了一个多星期，从技术角度来说，这次表演完美无瑕。

然而，最后的掌声听起来更像是出于礼貌，而缺少热情。

1897 年 5 月 13 日

经过长时间的工作和排演，亚当和我已经将我们的柜子换人魔术提高到了一个我认为无法再提高的标准。在与我密切合作了十八个月之后，亚当能够非常准确地模仿我的动作和举止。穿上一模一样的服装，再加上一点油彩，以及一顶（最为昂贵的）假发，他就成了我完美的替身。

每次我们表演这个魔术时，我们都在想象着它将带来的极大享受，然而观众用他们不温不火的掌声宣告，他们并没有被打动。

我不知道我还能做些什么来改进这个魔术。两年前，即使是声称我可能会表演换人魔术这样一个不确定的承诺，也会使我的演出费用翻倍。但现在，是否表演它几乎毫无影响。我为此困惑了许久。

1897 年 6 月 1 日

一段时间之前，我听到一些谣传说伯登"改进"了他的换人魔术，但是由于没有进一步的信息，我没把此事放在心上。我已经很多年没有看过他表演这个魔术了，所以昨天晚上，我带着亚当·威尔森一起去了诺丁汉的一家剧院，伯登上周一直在那里演出。（我今晚在谢菲尔德有一场演出，不过我提前一天从伦敦出发，刚巧可以顺路去看一下伯登的表演。）

我稍微化了下装：灰白色的假发、脸颊贴上垫子、凌乱的衣服，以及一副没有必要的眼镜，坐在第三排的座位上。当伯登表演他所有的魔术时，我离他只有几英尺的距离。

一切突然间得到了解释！伯登对他的幻术进行了大幅的提升。他不再使用柜子隐藏自身。他不再走来走去，说些废话，也不再将某个物件抛向舞台的另一边（这个动作我直到上周都还在使用）。而且他没有使用替身。

我可以肯定地说：伯登没有使用替身。我知道关于替身的一切知识。我能轻易地发现替身，就像我能看到天上的一朵云那样。我绝对确信伯登是独自完成这个魔术的。

在他的第一部分表演中，大幕是半拉开状态，从而，舞台的主要部分只有在他的演出进行到高潮部分时才会完全揭露。这时大幕被完全拉开，观众会看到一排装满化学品的罐子，用卷曲的线缆缠绕着、放满玻璃管和移液管的架子，特别是大量的闪着光的电线。这就像是你窥到了魔鬼的科学实验室的一角。

伯登继续扮演着蹩脚的法国学者，他绕着整套装置大步走来走去，向观众讲解电力有多么危险。在某些时刻，他会用一根电线去触碰另一根电线或者一罐气体，随之而来的是一种令人心生警惕的闪光，或是一声巨响。他的身边有不断飞舞的火花，一阵蓝色的烟雾开始萦绕在他的头顶。

当他做好表演的准备时，他示意乐队敲出密集的鼓点。他抓起两根沉重的电线，戏剧性地把它们接在一起，形成了一个完整的回路。

在随后的剧烈闪光中，换位发生了。就在我们的眼前，伯登从他站立的位置消失（两根粗大的电线落在舞台地板上，扭动着发出危险的哒哒声和火花），并且他立即在舞台的另一侧出现——与他原来所在的位置至少相距二十英尺！

如果是常规方法的话，绝没有可能在那么短的时间内移动那么长的距离。他的换位太快、太完美了。他的双手还保持着握住电线的姿势，即使在那一刻，电线也还在舞台上扭动着。

在热烈的掌声中，伯登走到台前鞠躬致意。在他身后，富有科技感的装置仍在冒出气泡和烟雾，这致命的背景反常地衬托出他的平凡无奇。

正当雷鸣般的掌声持续之时，他将手伸向他胸前的口袋，似乎想要从中掏出什么东西。他露出谦恭的微笑，邀请观众催促他进行最终的魔术表演。掌声随之停了下来，伯登的笑容变得更加灿烂了，他迅速把手伸进口袋，掏出了……一朵纸玫瑰，是鲜艳的粉红色。

这个戏法是对早些时候的另一个戏法的回应。在前面的那个戏法中，他让观众中的一位女士从一大束纸花中选择其中一朵，然后戏剧性地让这朵花消失。看到这朵玫瑰再次出现，观众完全着了迷。他把这朵小花举得高高的——它绝对就是那位女士之前选择的。当他将这朵花展示了足够长的时间之后，他用他的手指将它微微转动，露出它被烧得焦黑的一部分，像是经历过某种地狱火焰般的炙烤。他意味深长地转过头，朝他身后的装置看了一眼，然后再次深深鞠躬，并且离开了舞台。

即使在那之后许久，掌声也没有停歇，我的双手也和其他观众一样拍得通红。

为什么，一位如此有天赋、如此富有技巧和专业精神的同行魔术师，要与我持续进行卑鄙的争斗？

1898 年 3 月 5 日

我一直在努力工作，几乎没有时间写日记。自从我上次写日记以来，时间又过去了几个月。今天（一个周末）我没有工作安排，因此我可以简短地写一篇。

这次主要是记录一下，自从在诺丁汉那个晚上开始，亚当和我再也没表演过换人魔术。

即便我已停止了这种轻微的挑衅行为，但在这一期间，那个以"在世的最伟大魔术师"自命的人再次对我的演出进行了两次无缘无故的攻击。这两次都有可能对我的表演造成严重干扰。其中一次我可以开个玩笑，把事情遮掩过去，但另一次则演变成了一场持续数分钟的灾难。

因此，我放弃了假装蔑视的企图。

目前，我还有两个显然难以达到的期望。第一个是，试图与茱莉亚和孩子们达成某种形式的和解。我知道我已经永远失去了她，但她把我们之间的距离拉长到无法忍受的地步。第二个相对来说是次要的。现在，我与伯登的单方面休战已经结束，理所当然地，我希望能发现他那个魔术的秘密，从而有可能再一次超过他。

1898 年 7 月 31 日

奥利维亚提出了一个主意！

在具体记下这个主意之前必须先说明，近几个月来，奥利维亚和我之间的热情明显降温。我们之间既没有怨恨，也没有嫉妒，但冷漠如同一张薄纱般笼罩着整座房子。我们继续和平共处，她在她的套间里，我在我的套间里，有时候我们会表现得像是丈夫和妻子，但总体来说，我们不再表现出对彼此的爱和关心。不过我们仍在一起。

我在晚餐后得到了第一个线索。我们一起在我的套间里用餐，但此后她很快拿着一瓶杜松子酒离开了。我已经习惯了她独自喝酒这件事，因此不再对此发表评论。

不过，几分钟后，她的女仆露西来到楼上，询问我是否愿意到楼下去待几分钟。

我看到奥利维亚坐在她铺着绿色台面呢的小桌边，桌上放着两三个酒瓶和两个酒杯，对面是一张空椅子。她挥手示意我坐下，然后给我倒了一杯酒。我往酒里倒了点橘子糖浆，好去除它的气味。

“罗比，”她用她一向直截了当的语气说道，“我准备离开你。”

我咕哝了一声作为答复。几个月以来我一直觉得这样的事即将发生，但我一直不知道它真的发生的时候我该如何应对，正如此时一般。

"我准备离开你，"她又说了一遍，"然后我准备再回来。你想知道是因为什么吗？"

我说我想。

"因为比起我，有另外一样东西是你更加想要的。我想，如果我想办法为你找到那个东西，那么我就有机会让你再次想要我。"

我向她保证我一如既往地想要她，但她打断了我的话。

"我知道这是怎么回事，"她宣告道，"你和这个阿尔弗雷德·伯登，就像是一对无法好好相处的恋人。对不对？"

我试图支吾着应对过去，但当我看到她眼中的决心时，我很快就承认了这一点。

"瞧瞧这个！"她挥舞着本周出版的《舞台报》，"看这里。"

她把报纸对折后递给我。她已经用笔圈出了头版上的一条广告。

"这是你的朋友伯登发布的，"她说，"瞧瞧他说了什么。"

诚聘一名年轻漂亮的舞台女助理，全职工作。应聘者必须擅长合作，身体健壮，愿意长途旅行和长时间工作，包括登台表演及其他事务。应聘者应具有令人愉悦的外表，并乐于在众多观众面前参与激动人心、要求苛刻的例行表演活动。请随带合适的推荐信，至……

随后留下的地址正是伯登的排演室。

"他已经连续几周发布招聘女助手的广告，所以他一定很难找到合适的。我想我可以帮助他。"

"你是说你——"

"你常说我是你曾合作过的最好的女助手。"

"但是你……你打算去为他工作。"我悲伤地摇着头,"你怎么能这样对我呢,奥利维亚?"

"你想知道他是怎么表演那个戏法的。难道不是吗?"她说。

当我开始明白她在说什么的时候,我静静地坐在她面前注视着她,惊叹不已。如果她能得到他的信任,与他一起在排演室和舞台上工作,在他的工作室里自由活动,那么伯登的秘密很快就会为我所知。

我们很快开始讨论细节。

我担心伯登会认出她,但奥利维亚则毫不担心。

"如果我认为他知道我的名字,你觉得我还会想出这个主意吗?"她慢吞吞地说。她提醒我,曾经有一次,伯登给她寄了一封信,却只写了地址而没写名字。提供推荐信的要求一度似乎无法解决,因为奥利维亚只担任过我的助手,但她指出,我完全有能力伪造信件。

我对此有很多疑虑,而且我不介意在这里承认。这位美丽的年轻女子曾为我带来如此激动人心的感情浩劫,她为了和我在一起放弃了她自己的生活,这五年来,她几乎与我分享了一切,然而她却准备进入我最黑暗的敌人的营地,只是想到这些就让我几乎难以接受。

在我们忙于讨论她的主意以及制订计划的时候,两个多小时很快过去了。我们喝完了那瓶杜松子酒,奥利维亚不停地说着。"我会给你把那个秘密带回来,罗比。你想让我这么做,对不对?"而我则说"是的",但我不想失去她。

伯登冷酷无情的幽灵笼罩着我们。我因为能对他进行决定性的打击而感到喜悦，但同时也感到恐慌：一旦他发现奥利维亚是我的人，他一定会进行更加猛烈的报复。这两种截然相反的情绪让我左右为难。我将我的担忧说了出来。她回答道："我会回到你身边的，罗比，我会给你带回伯登的秘密——"我们很快就都喝醉了，开始互相调情，我直到今早吃完早餐才回到自己的套间。

此时此刻，她还在她自己的套间里起草给伯登的求职信。我则需要为她伪造一两封推荐信。我们将用她女仆的地址寄出求职信；作为进一步的伪装，她在求职信上的署名用了她母亲的婚前姓。

1898 年 8 月 7 日

奥利维亚于一周前给伯登寄出了她的求职信，但现在还没有收到回信。从某些方面来说，这甚至无关紧要，因为自从这个想法产生以来，奥利维亚和我就像是我们在美国初遇的那几个星期那样温柔地相爱。

她看起来比过去几个月更漂亮了，而且完全戒掉了杜松子酒。

1898 年 8 月 14 日

伯登已经寄来了回信（或至少，一位名叫 T. 埃尔伯恩的助手代表他回了信），提议于下周早些时候进行面试。

我突然坚决反对此事，因为在过去的几天里，我重新找回了和奥利维亚在一起的幸福感，我比以往任何时候都更不愿看到她落入伯登的魔爪，即使是为了某种我们共同梦想的东西。

奥利维亚则还想继续执行计划。我与她争论。我尽可能淡化那个戏法的重要性，对这场宿怨的严重程度不屑一顾，试图一笑了之。

然而，恐怕在过去，我给了奥利维亚太多独自思考的时间。

1898 年 8 月 18 日

奥利维亚参加了面试并且已经返回。她说她得到了这份工作。

她不在的时候，我陷入了恐惧与懊悔的双重折磨之中。我对伯登的疑心极其严重，在她离开的那一刻，我甚至觉得他在报上登载广告就是一个专门用于诱捕她的陷阱，我极力克制自己才没有追上去。我去了我的工作室，试图用镜子练习分散自己的注意力，但最后我还是回了家，在我的房间里来回踱步。

奥利维亚离开的时间比我们两人事先预计的要长得多，以至于我真的开始思考接下来该怎么办的时候，她突然回来了。她安然无恙，兴高采烈。

是的，她得到了这份工作。是的，伯登读了我伪造的推荐信，他认为这些信件是真实的。不，他似乎没有对我产生怀疑，而且他似乎也没有怀疑她和我之间有任何联系。

她向我描述了她在他的工作室里看到的一些装置，但令人失望的是，它们都非常普通。

"他有没有提起过那个换人魔术？"我询问道。

"只字未提。不过他说，有一些戏法是他独自表演的，所以那些时候不需要女助手上台。"

后来，她说她累了，就回到自己的套间睡觉。我再一次独自一人待在这里。我必须试着去理解她。无论是怎样的情况，试演都是一项很累人的工作。

1898 年 8 月 19 日

　　据悉，奥利维亚已经立即开始与伯登合作。今天早上我去她家门口时，女仆告诉我，她很早就出门了，要到下午才会回来。

1898 年 8 月 20 日

　　奥利维亚昨天下午5点到家，虽然她立刻返回自己的套间，但当我敲门时，她还是让我进去了。她看起来又是非常疲惫。我渴望得到消息，但她只是说伯登花了一天时间向她展示了她需要上台表演的幻术，她一直在忙于排演。
　　后来我们一起吃了晚餐，但她显然筋疲力尽，又一次独自在自己的套间入睡。今天早上她很早就出门了。

1898 年 8 月 21 日

　　今天是星期日，就连伯登也不会在这一天工作。奥利维亚在家里和我待了一整天，但她对她在他的工作室里看到的东西以及做的事情全都守口如瓶，这让我感到困惑。我问她，是否有可能是因为受到职业道德的约束，她觉得不应该向我透露他的秘密，但她否认了。有几秒钟时间，我感觉奥利维亚的情绪又像是两周前那样了。她笑了起来，并且说她当然知道自己应当对哪一方忠诚。
　　我知道我可以信任她，不管事情有多么困难，所以我一整天都没提及此事。因此，我们今天一起度过了清白的普通一天，一起在汉普斯特西斯的温暖阳光下散步。

1898 年 8 月 27 日

又一周过去了，奥利维亚还是没有向我提供消息。她似乎不愿意与我谈起此事。

今晚她给了我一张免费入场券，凭此可以观看伯登接下来的一系列演出。他的表演被称为"盛宴"，将在莱斯特广场剧院连续上演两个星期。奥利维亚将参与其中所有场次的演出。

1898 年 9 月 3 日

奥利维亚整晚都没有回家。我感到困惑、惊慌，并产生了许多不祥的预感。

1898 年 9 月 4 日

我派了一个男孩前往伯登的工作室给她带一条口信，但他返回时报告说那里锁着门，里面显然没有人在。

1898 年 9 月 6 日

我放弃了诡计，直接去找奥利维亚。我首先去了伯登的工作室，但正如昨天那个男孩所说，那里没有人在。然后我去了他位于约翰伍德的住宅，幸运地发现了一家咖啡馆，我可以在那里观察那座房子的正面。我尽可能长时间待在那里，但没有什么重大发现。不过，我确实看到了伯登本人，他和一个女人（我认为是他的妻子）一起离开了住宅。在下午2点时，一辆马车出现在门外，随后不久，伯登和那个女人一起出门并且上了车。短暂的停留之后，马车驶向西区方向。

我等了整整十分钟，以确定他已经走远并且不会再回来了。我紧张地走向大门，按响门铃。一位男仆来应门。

我直接问道："奥利维亚·斯文森小姐在这里吗？"

那个男人一脸惊讶。

"我想您一定是找错地方了，先生，"他说，"我们这里没有这位小姐。"

"对不起，"我及时想了起来，我们约定会使用她母亲的娘家姓，"我想问的是温斯科姆小姐。她在这里吗？"

那个人再一次礼貌而得体地摇着头。

"这里没有温斯科姆小姐，先生。也许您应该到高街的邮局去打听一下。"

"是的，您说得没错。"我说。因为不想再引起过多的注意，我决定离开。

此后我又返回了那家咖啡馆继续观察，直到一个小时后伯登和他妻子返回为止。

1898 年 9 月 12 日

奥利维亚一直没回过家，所以我拿着她给我的那张免费入场券去了莱斯特广场剧院。我在票房处换了一张伯登的演出门票。我特意选择了靠近观众席后部的座位，这样他在舞台上就不会注意到我。

在他惯用的开场节目"中国连环"之后，伯登迅速从一个柜子里请出了他的助手。当然，那就是我的奥利维亚，她穿着亮片长袍，在电灯下闪闪发光。她优雅地大步走向舞台侧面，一小会儿之后再出来时，身上的衣服已经换成了迷人的紧身连衣裤。尽管我有着极其强烈的失落和绝望的感觉，但她完全不加掩饰的性感外表仍使我心跳加速。

伯登用电流换人魔术将他的表演推向了高潮。他成功的演出让我更加沮丧。当奥利维亚回到舞台，与他一起谢幕时，我的阴郁情绪达到顶点。她看起来很美丽、快乐以及兴奋，在我不安的目光里，伯登牵着她的手，那动作和姿势似乎带着一种没有必要的感情。

我决心要把事情搞清楚，立即迅速离开观众席，跑向剧院的后门。我等待着，看着其他的艺人纷纷离开，消失在夜幕之中，直到守门人把门锁上并且关了灯，伯登和奥利维亚都没有从剧院中离开。

1898 年 9 月 18 日

此前我一直把奥利维亚的女仆留在家里，以备奥利维亚可能会回家。今天，她给我带来了一封她从前的女主人寄来的信。

我焦急地读着这封信，希望它可能包含着究竟发生了什么事的具体线索，但它上面只是写道：

露西：

    请你把我所有的物品打包、装箱，并尽快送到斯特兰德剧院的后门。

    请确保所有东西都清楚地贴上了属于我的标签，我会安排人收取。

    随信附上一笔费用，剩下的部分你一定要自己留着。如果你需要推荐信以利于寻找下一份工作，安吉尔先生当然会帮你写。

    谢谢。

奥利维亚·斯文森

我不得不把信读给这可怜的姑娘听，并向她解释奥利维亚与信件一起寄来的一张五英镑钞票应当如何使用。

1898 年 12 月 4 日

目前我正在泰晤士河边的里士满广场剧院开启一个演出季。在今天晚上的两场表演之间，我在化装室里休息，正打算去找亚当和格特鲁德一起出去吃个三明治。

这时有人敲响了门。

是奥利维亚。我立即让她进入房间，甚至几乎没有考虑自己正在做什么。她还是那么美，但是也很疲倦，她说她不知道我去了哪里，一整天都在找我。

"罗比，我已经拿到了你想要的信息，"她向我展示一个封好的信封，"尽管你必须明白我不会再回到你身边，我还是把它带来了。你必须保证你从此刻开始不会再与阿尔弗雷德争斗。如果你愿意做出这个保证的话，我就把这个信封给你。"

我告诉她，从我的角度来说，争斗早就结束了。

"那么，为什么你还是想要知道他的秘密呢？"

"你肯定知道为什么。"我说。

"就是为了继续争斗！"

我知道她说的是实话，但我说："我只是好奇。"

她急急忙忙地要走，说自己离开这么长时间会引起伯登的怀疑。我没有提醒她：当这件事情开始时，我也曾经历过类似的等待。

我询问她为什么要把消息写下来，而不是简单地当面告诉我。她说这太复杂了，是一种非常精巧的设计，她是从伯登的笔记本上抄下来的。最终，她把信封给了我。

我拿着信封说道："对我来说，这真的是谜题的终结吗？"

"我想是的，没错。"

她转过身打开了房门。

"我能再问些别的问题吗，奥利维亚？"

"什么问题？"

"伯登到底是一个人，还是两个？"

她笑了，我意识到这是一个女人想起她的爱人时的那种笑容，不禁嫉妒得要发狂。"他就是一个人，我可以保证。"

我跟着她来到走廊上，技术人员正在听得见的范围内走来走去。

"你现在快乐吗？"我问她。

"是的，我很快乐。如果我伤害了你，我很抱歉，罗比。"

她就这样离开了，没有拥抱，甚至没有微笑，也没有碰我的手。过去几个星期以来，我一直想要彻底忘记她，但即使如此，想到这就是我与她之间的结局，还是令我感到痛苦。

我回到化装室，关上门，用自己的身体顶住它。我打开了信封。里面只有一张纸，这张纸上，奥利维亚只写了一个单词。

特斯拉。

1900 年 7 月 3 日
伊利诺伊州的某个地方

今天早上 9 点，我们从芝加哥联合街车站出发，环绕着这座最具活力和刺激性的城市周边的工业荒地缓慢行驶，随后就以相当快的速度穿越西部的平原农田。

我有一个极好的卧铺，以及一个在头等车厢沙龙里为我保留的座位。美国的火车配备豪华，舒适无比。所有的餐点都在一节专门用于厨房的车厢里准备好，分量充足，营养丰富，服务上佳。我已经在美国的铁路上旅行了五个星期，从前很少有这么快活、吃得又这么好的时候。我简直不敢称自己的体重！我觉得自己安全地生活在美国，这个国家的美景正在窗外飞速地掠过。

我的旅伴都是美国人，外貌各异，对我都很友好，同时也很好奇。我认为他们之中有三分之一是高级商务旅行者，还有几个人也是通过各种方式受到某些企业雇用。除此之外，还有两名职业赌徒、一名长老会牧师、四个在芝加哥上大学准备返回丹佛的年轻人、几个生意兴隆的农场主和地主，另外还有一两个人我暂时还不能确定他们的职业。按照美国的方式，我们从第一次见面起就互相称呼对方的名字。我早就知道，在美国，鲁珀特这个名字会显得很好笑并且引起好奇，所以当我在美国时，我会自我介绍说我的名字叫罗勃或者罗比。

1900 年 7 月 4 日

昨晚，火车在伊利诺伊州盖尔斯堡停了下来。因为今天是美国独立纪念日，铁路公司给了所有头等车厢旅客一个选择的机会：除了留在自己的铺位上过夜之外，也可以选择前往镇上最大的一家宾馆入住。鉴于我最近几个星期几乎每天都在火车上睡觉，我选择了宾馆。

在入住之前，我有机会在城镇里简短游览了一番。这是一个很吸引人的地方，有一家很大的剧院。本周正好有一出话剧在上演，我听说此剧院的综艺节目（"杂耍"）也很频繁，并且相当受欢迎，魔术表演经常出现。我给剧院经理留了张名片，希望日后有机会在此演出。

必须记录下来的是，盖尔斯堡无论是剧院、宾馆还是街道，都是用电照明的。在宾馆里，我了解到美国的大多数城镇和城市都开始使用电力。我独自一人待在宾馆的房间里，亲身体验了用一个开关控制天花板正中的白炽灯是什么感觉。我敢说，这东西虽然现在还很新奇，未来必将成为司空见惯之物，因为电灯发出的光线既明亮又稳定，令人心情愉快。除了照明之外，电力还可用于其他多种用途，我看到许多电器正在出售：风扇、熨斗、暖气，甚至电动梳子！等回到伦敦，我立刻就要去咨询能否在我家里通上电。

1900 年 7 月 5 日

穿越艾奥瓦州

　　我透过车窗的玻璃，长久地凝视着窗外，希望能有什么改变一下这单调的景致，但农田向四面八方延伸，平坦而又宽阔。天空是一种明亮的淡蓝色，盯着它多看几秒钟就会让眼睛疼痛起来。云彩堆积在我们南边的某个地方，但无论火车如何行驶，它们的位置和形状似乎都不会改变。

　　我的旅伴之一，鲍勃·坦豪斯先生在一家公司担任副总裁，该公司正是那些引起我注意的电器制造者之一。他断言，随着我们迈向 20 世纪，电力能为我们做到的事情没有极限，没有束缚。他预测，人们可以乘坐电动船只在海上航行，睡在电动床上，乘坐比空气重的电动机器飞行，吃用电力烹饪的食物，甚至是用电动剃刀刮胡须！鲍勃既是一位幻想家，也是一个推销员，但他点燃了我胸中的巨大希望。我相信，在这个迷人的国家，新世纪即将到来之际，任何事情都是可能的，或者说是可以成为可能的。我现在的任务就是深入这片土地那未知的中心地带，希望它能把我渴望的那些秘密带给我。

1900 年 7 月 7 日

科罗拉多州，丹佛

　　尽管铁路旅行是一种享受，但不旅行总归是一件幸事。我计划在这座城市休息一两天，然后再继续旅程。这是我魔术事业中最漫长的一段休息时间：没有演出，没有练习，没有与我的机关师会面，没有试演，也没有排演。

1900 年 7 月 8 日
科罗拉多州，丹佛

在丹佛的东方，就是我从芝加哥来到此处的旅途中穿越的大平原。我这辈子都不想再看到内布拉斯加州了，回忆起那单调的景色甚至仍让我感到惧怕。昨天一整天，又热又干燥的风携带着沙粒从东南方吹来。宾馆的工作人员抱怨说，这些风沙来自干旱的邻州，比如俄克拉荷马州，但无论它的来源是什么，都表示我对城市的探索既炎热又不愉快。我缩短了行程，返回了宾馆。

不过，在我返回之前，当雾霾最终消散的时候，我亲眼见到了丹佛以西的地方：落基山脉，犹如一道参差不齐的城墙。那天晚些时候，天气终于凉爽下来，我走到阳台上，看着太阳落到这些令人惊叹的山峰后面。我估计，由于落基山脉投下的巨大阴影，这里的黄昏比其他地方要长半个小时。

1900 年 7 月 10 日
科罗拉多州，科罗拉多斯普林斯

这是一座位于丹佛以南约七十英里的小镇，不过乘坐公共马车来此的行程花费了整整一天时间。马车经常停下来，上下客、换马，换车夫。我感到不适，觉得自己很显眼，而且旅行也让我疲惫。从那些同行的务农者脸上的表情来看，我的外表很可能有些滑稽。不过无论如何，我安全到达了目的地，立即就被当地的景色所吸引。这里并不是像丹佛那样的大城市，但充分展现了美国人对小城镇的关注和热爱。

我找到了一家不大却很有吸引力的宾馆，刚巧适合我的需求。因为我一眼就喜欢上了这个房间，我预订了先住一周，如有必要的话还可再延长。

从我房间的窗子，我可以看到科罗拉多斯普林斯吸引我前来的三大特色之中的两个。

日落后，整个城镇都在电灯光中翩翩起舞：街道上有高大的路灯，每一座房子的窗户里都发出明亮的光，而且在城镇中心区域（我能从我的房间窗子看到），许多商店、企业和餐馆都有发光的广告牌，在温暖的夏夜中闪闪发光，令人眼花缭乱。

在它们之后更远的地方，一座著名的山峰在城镇旁边的夜色之中耸然矗立：派克峰，高度将近一万五千英尺。

明天我将第一次登上派克峰的低坡，去寻找将我带到此处的第三大特色。

1900 年 7 月 12 日

昨晚我太累了，没写日记，今天我不得不独自待在城镇里，所以我有充足的闲暇时间来讲述昨天发生的事情。

我一大早就醒了，在宾馆里吃了早餐，迅速步行走向城镇中心的广场。早在我离开伦敦之前，我已经通过信件安排好一辆马车在那里等我。虽然当时已经敲定了这件事，不过在旅程中，我无法确认我安排的人会不会出现。令我惊奇的是，他确实在那里。

我们以美国的随意方式迅速成了朋友。他名叫兰道尔·D. 吉尔平，是个生于此长于此的科罗拉多本地人。我称呼他为兰迪，他则称呼我为罗比。他身材矮胖，总是一副欢快表情的脸上留着一圈又长又浓密的灰色胡须。他的眼睛是蓝色的，脸被阳光晒成了赭红色，他的头发是和胡须一样的铁灰色。他戴着一顶皮帽，穿着一条我这辈子见过的最脏的裤子。他的左手缺了一根手指。他把一支步枪放在马车的驾驶座下面，他说枪里已经上好了子弹。

尽管兰迪彬彬有礼，热情友好，但他似乎对我有些保留意见，如果不是在美国待了这么久的话，我可能还发现不了。在我们驾车朝着派克峰的顶峰前进时，我花了整段旅途的大多数时间来思考可能的原因。

原因似乎是多方面的。从我寄来的信件中，他曾猜测我是一位勘探者，正如许多来此地区的外地人一样（由此我得知这座山有许多储量丰富的金矿）。不过，随着他变得越来越健谈，他告诉我，当他看到我穿过广场向他走来时，他从我的衣着和举止推断我是一位牧师。如果我是来找金子的，他能理解；如果我是一位主的牧师，他也明白世界上会有这么一种人；但是两者相结合的话，那就很奇怪了。随后，这个奇怪的英国人又指示他驾车前往山上那间臭名昭著的实验室，这就使得谜团变得更加复杂。

这就使得兰迪对我的态度比较谨慎。我几乎无法安抚他，因为我的真实身份和目的很可能同样令他感到费解！

通往尼古拉·特斯拉实验室的道路沿着大山的东部而建，坡度时陡时平，稳步向上。首先是从城里的一条小巷出发，在最初的一英里左右路程上，周围的植被相当茂密，但在出城之后不久，地面就变成了缺少土壤的岩石，植物也只有高大且间距均匀的冷杉。东边的景色一望无际，但地貌过于平坦，土地的使用上也没有多少不同，因此没有什么值得惊叹的风景。

大约一个半小时之后，我们来到了一处相对平坦的地形，位于山的东北方向，这里一棵树都没有。我注意到许多颜色还算新鲜的树桩，这表示此地原有的少数树木最近已经被砍伐一空了。

在这片小型高原的正中就是特斯拉的实验室，规模远没有我以前以为的那么大。

"你在这儿有生意吗，罗比？"兰迪说，"你可得小心点。听人说这地方挺危险的。"

"我知道有风险。"我斩钉截铁地说。我与他商量了一番，因为不确定特斯拉今天会不会返回山脚下的城镇，我希望能够保证自己准备离时可以不费力地回到宾馆。兰迪告诉我，他还有别的事要做，不过到了下午他会回到实验室这里等着我，不见不散。

我注意到他不肯把马车驾驶到离实验室太近的地方，因此最后的四五百码[1]距离我必须步行。

实验室本身是一座屋顶倾斜的方形建筑物，用未染色或者未上漆的木材建造而成，其设计体现出许多即兴建筑的特点。屋顶的倾斜度不尽相同，而且在某些地方以怪异的角度相交，因此看来在主体结构完工后，似乎增添了许多小型的扩建工程。在主屋顶上面（或穿过主屋顶）建造了一个大型木制吊机，在屋顶的一个侧面则建造了另一个较小的钻井架。

在这座建筑的中心部位，有一根直指天穹的金属杆，随着其高度提升而逐渐变细，似乎最终将会收缩成一个端点，但实际上并没有，因为金属杆的顶部是一个较大的金属球。它在明媚的朝

1　英制长度单位，1 码 ≈ 0.91 米。

阳下闪闪发光，并在山边的清新微风中轻轻晃动。

在小路两边的地面上安放着一些用途不明的科学仪器。有许多金属杆被打入石质地面中，其中大部分使用绝缘电线互相连接。靠近主楼的一侧是一面镶在木框上的玻璃墙，我看到其中有几个测量刻度盘和示数仪表。

我听到一阵突如其来的猛烈噼啪声，从建筑的内部传来一系列明亮而又可怕的闪光：白色，蓝白色，粉白色，没有规律，但快速地反复出现。这些光芒爆发得极为猛烈，以至于光线不仅从我看到的一两个窗子里爆发出来，甚至还从墙壁的微小缝隙之中流露出来。

我承认，在这个时刻，我的决心短暂地动摇了，我甚至还回头去看了一眼，心想或许兰迪和他的马车还在我喊一声他就能听见的距离之内。（他早已不见踪影了！）又走了两三步之后，我的决心更加微弱了，因为大门旁边挂着一块牌子，上面手书的字体写道：

极度危险
请勿靠近！

当我读到这几个字时，房间里的放电就像它开始时一样突然地停止了，这似乎是个好兆头。我握紧拳头，用力敲响了门。

略等了一会儿之后，尼古拉·特斯拉本人为我打开了门。他的表情就像是一个忙碌的人遭到打扰时那种心不在焉的模样。这不算是一个好的开始，但我还是尽力做到最好。

"特斯拉先生？"我说，"我是鲁珀特·安吉尔。或许您还记得我写来的信件？我是从英格兰寄信给您的那一位。"

"我不认识什么英国人！"他朝我的身后望着，好像想知道除了我自己之外，我还带来了多少个英国人，"再说一遍你的名字，先生？"

"我是鲁珀特·安吉尔。我参与了您在伦敦的展示活动，并且非常感兴趣——"

"你是那个魔术师！艾利先生知道的那个？"

"我是那个魔术师。"我确认道，尽管我当时还不知道他的第二个问题是什么意思。

"你可以进来！"

在随后数小时的相处中，我对他产生的第一印象理所当然地得以增强。不过在当时，我最先注意到的是他的面容。他脸颊瘦削，既聪明又英俊，强壮的颧骨颇具斯拉夫人的特点。他留着稀疏的胡须，细长的头发从中间分开。总体来说，他似乎疏于照料自己的外表，看起来就像是一个长时间工作，只在筋疲力尽之时才会睡觉的人。

特斯拉拥有非凡的头脑。当我向他表明了身份之后，他立即回忆起了我们此前短暂的通信内容，甚至还记得我在差不多八年前给他写信，要求他提供一份他笔记的抄件。

在他的实验室里，他把我介绍给他的助手艾利先生。这个有趣的人似乎填补了特斯拉生活中的许多角色，从科研助手、合作者到家务用人和伴侣。出乎我意料的是，艾利先生自称是我的仰慕者。他曾于1893年在堪萨斯城观看过我的魔术表演，并对魔术发表了简短但颇有见地的谈话。

从各种迹象来看，这两位先生是实验室里仅有的工作人员，只与那台惊人的科学仪器为伴。我之所以使用这种将它赋予一种近似人格的提法，是因为特斯拉本人提及这台仪器时，习惯用一种好像它具有自己的思想和直觉的说法。昨天我曾听到他对艾利说"它知道暴风雨要来了"；另一次，他说："我想它在等着我们重新开始。"

与我在一起时，特斯拉显得相当放松，尽管我在门口初见他时，他似乎怀有某种敌意，但其后的时间里，这种敌意就消失无踪了。他说他和艾利马上就要吃午饭了，随后艾利在某间侧屋里迅速制作出了简单但营养丰富的食物，我们三人坐下来一同享用。特斯拉坐在离我们两人较远的地方，我注意到他是一个挑剔的食客，每次将食物放入口中之前，他都要仔细观看，吃掉的部分和扔掉的部分一样多。每吃一口，他都要使用一块小餐巾擦拭手和嘴唇。接下来，他把没吃过的食物扫到建筑外头的一个垃圾桶里，然后小心翼翼地清洗并擦干餐具，把它们放在抽屉里锁上。

在这之后，特斯拉回到艾利和我身边，向我询问英国的用电情况，包括电力的普及程度、英国政府对发电和输电的长期规划、规划的输电类型以及其用途。幸运的是，因为我计划同特斯拉会面，在离开英国之前，我已经做好了这方面的功课，因而能够在合理的知情范围内与他交流。他似乎对此相当满意。他特别高兴地获悉，许多英国的装置更倾向于支持他的多相系统，而美国的情况则恰巧相反。

"大多数城市还是更喜欢爱迪生系统。"他咆哮着，并对竞争对手的方案开展了一番技术方面的批驳。

我意识到，这番评论是他已经演练过许多次的，而且往常的听众都比我更有能力接受这些观点。他在结论中指出，最终人们会转而使用他的交流电系统，但在那之前，他们会在一个失败的方向上浪费大量的时间和机会。在这个方面，以及关于他工作的另外几个方面，他显得毫无幽默感并且令人生畏，但其他时候，我觉得他是一个令人愉快的有趣伙伴。

最终，他的问题开始集中到我本人身上：我的职业、我对电力的兴趣，以及我打算将电力应用到何种用途。

在离开英国之前我便已经下定决心：如果特斯拉询问我魔术的秘密，我将破例向他透露任何他可能会感兴趣的事情。这似乎是唯一正确的方案。当我在伦敦观看他的展示活动时，他看起来是和我一样的专业人士，同样喜欢让观众感到惊讶和困惑。但与魔术师不同的是，他更愿意披露自己的秘密，甚至可以说是焦急地等待着披露自己秘密的机会。

不过事实证明，他对我的秘密并不好奇。我意识到将谈话往这个话题引导恐怕会徒劳无功。取而代之的是，我让他来引导谈话的方向，随后的一两个小时，他饶有兴致地谈及他与爱迪生之间的冲突、他与官僚主义以及科学界的斗争，以及最重要的——他的各种成就。他现在的实验室资金来源于前些年的科研成果。他建设了世界上第一座足以为整座城市供电的水力发电站：发电站位于尼亚加拉瀑布，受益城市是布法罗。诚然，尼亚加拉让特斯拉发了一笔财，但正如许多突然暴富的人一样，他不知道自己的财富能够维持多久。

我尽可能温和地将谈话的中心聚焦在金钱上，因为这是我们两人同样真正感兴趣的少数事情之一。当然，对他而言我几乎算是个陌生人，因此他不会向我透露他的财务细节，但资金显然是他的当务之急。他数次提到他目前的赞助者 J. 皮尔庞特·摩根。

我们并未直接触及我到访此地的原因，但今后将有足够的时间讨论此事。至于昨天，我们只是刚刚彼此相识，了解彼此的兴趣。

目前我还尚未描述他的实验室的主要特点。在整个用餐过程以及随后的长时间交谈之中，我们都被他庞大的实验线圈所遮掩。事实上，整个实验室可以说就是实验线圈本身，因为除了记录和校准仪器之外，几乎没有其他东西。

实验线圈巨大无比。特斯拉说，它的直径超过了五十英尺，对此我没有什么值得怀疑的。因为实验室内部的照明不佳，所以实验线圈给人一种阴暗、神秘的感觉，至少当它在未使用时是这样的。整个实验线圈围绕着其中部的一个核心（也就是我在外面看到的那根金属杆的基部）建造而成，缠绕在许多木头和金属的板条上，越是接近你探索的核心，复杂程度也就越高。作为外行人，我完全看不懂它的设计思路。很大程度上，它就像是一个奇怪的笼子。它本身和它周围的一切都显得很随意。例如，实验室里有几把普通的木椅子，其中有的就在线圈旁边。还有许多零碎的东西：纸张、工具、被遗忘的食物残渣，甚至是一块看起来脏兮兮的餐巾。当特斯拉带着我绕着线圈转的时候，我目瞪口呆，惊讶万分，但当时的我不可能理解它有什么意义。我只能说，我明白它能够使用或是转换大量的电力。它使用的电力是从山下的科罗拉多斯普林斯输送上来的。特斯拉支付的代价是亲自为该城镇安装了发电机。

"我拥有我需要的一切电力！"在某个时刻，他这样说道，"你在晚上可能会发现这一点。"

我问他这句话是什么意思。

"你会注意到，城镇的灯光会时不时地变暗。有时甚至会全部熄灭几秒钟。那就说明我们在山上正在开展工作！让我向你展示一下。"

他领着我走出这座胡乱搭建的房子，穿过外面崎岖不平的地面。走了一小段路之后，前方的山体坡度陡降，在那里，下方很长的距离之外，就是整个科罗拉多斯普林斯，在炎热的夏日阳光里闪耀。

"如果你哪天晚上到这里来，我会示范的，"他许诺道，"只要拉下一根拉杆，我就可以把整个城市推入黑暗之中。"

当我们掉头返回时，他说："你一定得在晚上来这里一趟。夜晚是山里最美好的时候。正如你肯定已经注意到的那样，这里的风景规模宏大，但本质上缺少趣味。一边是岩石山峰，另一边，地面像桌面一样平坦。俯视下方或者环视四周其实是错误的。真正的有趣之处在于上方！"他朝天空打了个手势，"我从未见过如此清澈的空气、如此皎洁的月光。更不用说那些我从未见过的风暴！我选择此处正是因为此地的风暴频繁。恰巧在这个时刻，有一场风暴正在发生。"

我朝四周望去，寻找熟悉的景象。远处堆积如山、顶部形状犹如铁砧的乌云，或者如果更贴切一点的话，一团黑色的雨云，在风暴真正爆发的前几分钟里，它会使天空变得极为昏暗。但是各个方向的天空都是一片无拘无束的蓝色。空气也依然清新而流通，没有那种预示着倾盆大雨的不祥闷热。

"风暴将在今晚7点之后到来。事实上，我们需要去检查一下凝聚器，从中我们可以判断出准确的时间。"

我们步行返回实验室。途中，我发现兰迪·吉尔平和他的马车已经到达，并停在离我们相当远的地方。兰迪向我招手示意，我也同样向他招手。

特斯拉指向了一个我此前提过的仪器。

"这个仪器告诉我们，一场风暴目前正在中心城地区，位于北方大约八十英里外。瞧！"

他示意我看向仪器中一个可以通过放大镜看到的部分，并在某些古怪的时刻用手指戳向它。看了一会儿之后我才明白他想让我看什么——在两个金属螺柱之间的间隙中，不时有一道小火花将它们连接起来。

"每一次放电都代表着一次闪电，"特斯拉解释道，"有些时候，在看到这里的放电现象之后的一个多小时，我才听到远方传来的隆隆雷声。"

我正要表达自己的怀疑，却想到面前的这位在这方面从不开玩笑。他走到紧挨着凝聚器的另一个仪器旁，记下其上的两三个读数。我跟着他走了过去。

"是的，"他说，"安吉尔先生，你今晚能否好好看着你自己的手表，并记录下你看到第一次闪电的时间。根据我的计算，那将会是在晚上7点15分到7点20分之间。"

"您连准确的时刻都能预测？"我说。

"大约五分钟以内。"

"只靠这个您就能发大财了！"我大声说道。不过他看起来不为所动。

"这都是无关紧要的，"他说，"我的工作纯粹是实验性的，我主要关心的是风暴发生的准确时刻，从而可以最大程度地利用它。"他瞥向吉尔平正等待着的地方，"我看到你的马车已经准备返回了，安吉尔先生。你打算再次来访问我吗？"

"我来科罗拉多斯普林斯只有一个原因，"我说，"那就是向您提出一个商业建议。"

"以我的经验来看，那将是最好的那种建议，"特斯拉严肃地说，"我后天在这里等你。"

他解释说，今天他将前往铁路终点，在那里接收一批设备。

于是我离开了，并且在恰当的时间与吉尔平一起返回了城镇。

我必须记录下来，就在晚上7点19分，镇上出现了一道闪电，紧接着是一阵雷声。然后开始了一场在我的经历中算是比较壮观的风暴。在此过程中，我冒险走到宾馆房间的阳台上，仰望着派克峰高处特斯拉实验室所在之处。那里一片漆黑。

1900 年 7 月 13 日

今天，特斯拉向我展示了他的实验线圈的工作状态。

一开始，他询问我是否有神经质的症状，我说没有。于是，特斯拉给了我一根金属棒让我抓住，这根金属棒用一根长链子连接到地面上。他给我拿来一个巨大的半球状玻璃容器，里面似乎充满着烟雾或是某种气体，把它放在我面前的桌子上。按照他的指示，我继续用左手抓着金属棒，右手则放在玻璃上。刹那间，一道亮光从玻璃容器的内部迸发出来，而我手臂上的汗毛则根根直立。我警觉地缩回了手，亮光消失了。特斯拉快活地笑了起来，我再次将手放在玻璃上，稳稳地握着它，神奇的光芒再次爆发。

接下来又进行了几次类似的实验，其中有的是我亲眼见到特斯拉在伦敦展示过的。我不想暴露自己的紧张情绪，因此坚忍地忍受着装置的每一次放电。最后，特斯拉问我是否愿意坐在他的实验线圈所产生的磁场内，而与此同时，他将把电压提高到两千万伏特！

"能保证安全吗？"我询问道，下颌略微前伸，好像已经习惯了冒险似的。

"我向你保证，先生。这不正是你来看望我的原因吗？"

"确实如此。"我确认道。

特斯拉示意我坐在一把木头椅子上，我照做了。艾利先生同样走了出来。他拉过一把椅子，把它放在我旁边并且坐了下来。他递给我一张报纸。

"看看你能不能用超自然的光线阅读！"他说，特斯拉和他都笑了起来。我也露出微笑，这时特斯拉一把拉下了一个金属把手，伴随着震耳欲聋的撞击声，突然出现了放电现象。它从我头顶的线圈中爆发出来，像一朵巨大而又致命的菊花的花瓣一样展开。我目瞪口呆地看着这些抽搐着、喷吐着的电火花先是向上弯曲，绕过线圈的顶部，然后开始向着艾利和我移动，就像是在寻找猎物一样。艾利仍然待在我身边，因此我强迫自己不要逃走。

突然间，一道电火花触碰到了我，然后在我的全身上下跳动，似乎在追踪我的轮廓。再一次地，我的皮肤出现了鸡皮疙瘩，我的眼睛被亮光刺得生疼，但除此之外，没有什么疼痛，没有被烧伤或是被电击的感觉。

艾利示意我看向自己手上还抓着的报纸，因此我把它拿到面前打开，并确信无疑地发现，电光非常明亮，足以进行阅读。当我这样做的时候，两个电火花划过报纸的表面，几乎就像是在试图引燃它。神奇的是，报纸并没有烧着。

随后，特斯拉询问我是否愿意和他一起外出走一走。我们一到门外，他便说道："先生，请让我对你表达祝贺。你非常勇敢。"

"我决定不表达出我的真实感受。"我提出异议。

特斯拉告诉我，许多到访他实验室的来客都参与了我刚才看到的演示，但他们之中几乎没有人能接受他们想象中的放电带来的破坏。

"也许是他们没有看到过您的展示，"我提议道，"我知道您不会拿自己的生命冒险，当然更不会让从英国远道而来、为您提供商业机会的人冒险。"

"确实如此，"特斯拉说，"也许现在正是我们不受打扰地讨论生意问题的时机。我可以请你详细说明一下你的想法吗？"

"这件事我还没能完全确定——"我暂停下来，试图组织我的语言。

"你想要投资我的研究项目吗？"

"不，先生，不是这样的，"至少这个问题我还是可以回答的，"我知道您已经有许多与投资者相处的经验了。"

"是的，确实是这样。有些人认为我是一个很难合作的人，我的头脑里很少有那种能为投资者带来短期利润的主意。这曾经造成人际关系中的不愉快。"

"现在也是一样，也许我可以这样说。前天我们谈话时，您显然在想着摩根先生。"

"摩根先生的确是当前最重要的事务。"

"那么，我可以坦率地说，我很有钱，特斯拉先生。我希望我能帮助您。"

"但你说你不打算投资。"

"我的计划是购买，"我回答道，"我希望您能为我制造一台用电的机器，如果我们能商定一个价格，我很乐意为它买单。"

在此之前，我们一直在实验室所在的小型高地上漫步，但这个时候，特斯拉突然停了下来。他站在原地，若有所思地望着前方山坡上的树木。

"你想要买哪一件仪器？"他说，"正如你所见，我的工作既是理论性的，也是实验性的。所有我在用的东西对我来说都是无价之宝，我是不会卖掉它们的。"

"在我离开英国之前，"我说，"我在《泰晤士报》上读到了一篇介绍您工作成果的文章。文章里说，你已经在理论上证实了电力可以通过空气传输，并且您计划于不久的将来展示这一原理。"在我说话的同时，特斯拉热切地注视着我，但鉴于我已经表露了自己的兴趣，我不得不继续说下去："您在科学界的许多同行都说这是不可能的，但您对您在做的事情充满信心。这些是真的吗？"

在我问出最后的问题时，我直视着特斯拉的双眼。我看到他的面容再次发生了巨大的变化。现在他的表情和手势变得活泼而富有表现力。

"是的，这完全是真的！"他喊了起来，立即开始狂野地对我叙述他那（对我而言）几乎完全无法理解的计划。

一旦开始之后，就没什么能够阻止他了！他大步朝着我们前方走去，快速而兴奋地说着话，我不得不小跑着才能跟上他。我们远远地绕着实验室转了几圈，一直都能看到金属杆上那巨大的球形尖顶。特斯拉一边说话，一边朝着它打了几次手势。

以下就是他所说的话的本质，如果我的理解正确的话。他很久之前就已经确定，在传输他所提倡的多相电流的方法之中，效率最高的方法就是把电压提高，沿着高压电缆进行引导。而现在，他能够证明，如果电压提升到足够高，电流就会变为极高频，从而根本不需要电缆。电流将被送出，以辐射的形式广泛地注入以太，然后通过一系列探测器或者接收器再次捕获电流，将其转化为电能。

"想象一下各种可能性吧，安吉尔先生！"特斯拉大声宣告，"人类所知道或所能想象到的每一件电器、每一桩公用事业、每一种便利，都将由散发在空气中的电力驱动！"

随后，在某种程度上，我好奇地发现特斯拉与我此前在火车上的旅伴鲍勃·坦豪斯的相似之处。他开始列举一系列的可能性：照明、取暖、热水浴、食物、房屋、娱乐、汽车……所有这些都将以某种未经描述的神秘方式来取得电力。

"已经能使用了吗？"我问。

"毫无疑问！当然，你明白，是在实验的基础上，但其他人完全可以重复我的实验，如果他们愿意试试的话，而且实验完全可以控制。这不是什么幻觉！再过几年，我将为全世界发电，正如我现在为布法罗和科罗拉多斯普林斯两座城市发电那样。"

在他滔滔不绝地讲话的这会儿工夫，我们已经绕着整块地方走了两圈，我一直走在他身边，决心要让他科学上的狂喜沿着自己的道路进行下去。我知道以他的聪明才智，他最终会回到我一开始告诉他的那件事上面。

终于，我等到了这个时刻。"你是说你希望从我这里购买这个设备，对吗，安吉尔先生？"他说。

"不是的，先生，"我回答道，"我来此想要购买的是另外一样东西。"

"我的时间和精力都已经贡献给我刚才所说的那些工作了。"

"我非常理解，特斯拉先生。我在寻求某种新的东西。告诉我：如果电能可以传输，那么物质也可以从一个地方传输到另一个地方吗？"

他的回答坚定得令我吃惊。"能量和物质只不过是同一种力的不同表现形式。你一定明白这一点吧？"

"是的，先生。"我说。

"那么，你已经知道答案了。不过我必须补充一句，我不明白为什么会有人想要传输物质。"

"但是，您可以为我制造这样一台能够传输物质的机器吗？"

"要传输的物质的质量有多大？我是说重量有多少？尺寸又是怎样的呢？"

"重量不会超过二百磅[1]，"我说，"至于尺寸……我们就说高度最多不会超过两码吧。"

他不屑地挥了下手。"你准备给我多少钱？"

"您想要多少钱？"

"我急需八千美元，安吉尔先生。"

我忍不住大笑起来。这数目比我计划的多一些，但还是在我的承受范围内。特斯拉看起来有点不安，似乎觉得我疯了，并且往后退开了一点……但仅仅过了一小会儿，我们就在多风的高原上拥抱在一起，互相拍打着对方的背部。我们都有各自的需求，而各自的需求又刚好能互相满足。

我们分开后，两双手紧紧握在一起，就在此时，响亮的雷声在我们身后的山中某处响起，在我们的周围滚动，在狭窄的山谷里隆隆作响。

---

[1] 英制质量单位，1 磅 ≈ 453.59 克。

1900 年 7 月 14 日

特斯拉讨价还价的能力比我想象的要更高。我不能仅仅付给他八千美元，而要付一万美元，无论从任何标准来说，这都算是一小笔可观的财富了。看起来他就像普通人那样把重要的事情留待第二天解决，而当他今天早上醒来时，他意识到八千美元仅够弥补我到来之前的亏空。我的仪器花费的成本会更高。除此之外，他还要求我提前支付相当高比例的现金。我有三千美元可以用现金支付，还可以用我带来的无记名债券再筹集三千美元，剩余的部分则必须从英国寄来。

特斯拉立即同意了这一安排。

今天他更详细地询问了我对他的要求。他对我准备实现的魔术效果不屑一顾，而更关心实用性，包括仪器的尺寸、电源、重量以及便携程度。

我十分欣赏他的分析能力。便携性是我从未考虑过的问题，但对一名需要巡回演出的魔术师来说确实是个关键因素。

他已经制订了粗略的计划，同时他要求我在科罗拉多斯普林斯等候两天，在这段时间里，他将前往丹佛获取仪器必要的组成部分。

特斯拉对我计划的反应终于证实了一件我长久以来一直怀疑的事：伯登从来没有见过特斯拉！

我正在了解我的老对头。他试图通过奥利维亚来误导我。

他的幻术使用了普通人会认为是电力的那种闪光效果，但其实那并不是电力，只是闪光效果而已。他以为我会陷入无望的追逐之中，而特斯拉和我则正是在面对隐藏的能量核心。

但是特斯拉的工作开展得很慢！我担心的是时间问题。我曾天真地以为，一旦我提出了自己的要求，特斯拉只需要花几个小时就能制造出我想要的机器。从他喃喃自语时心不在焉的表情来看，我可能开启了一个没有尽头的发明项目。（另一方面，艾利也证实，有时特斯拉会在一个问题上考虑数月之久。）

10月和11月，我在英国有无法取消的表演预定，因此必须在那之前就回去。

在特斯拉回来之前，我有两天时间无事可做，所以我想我可能会利用这段时间研究火车和轮船的时间表。我已经发现，尽管美国是一个在许多方面都很强大的国家，但提供这类信息显然不是它的长处。

1900 年 7 月 21 日

特斯拉的工作似乎进展顺利。我获准每两天一次前往他的实验室，我虽然已经看到了一些仪器部件，但还没进展到足以演示的程度。今天我发现他在进行研究上的实验。他似乎被它们迷住了，看到我的时候显得有点恼怒，又有点迷惑。

1900 年 8 月 4 日

三天来，猛烈的雷雨一直在派克峰附近肆虐，使我陷入阴郁沮丧的情绪。我知道特斯拉肯定是在开展他自己的实验，而没有在制造我的装置。

日子一天天过去。我必须在本月月底之前登上离开丹佛的火车！

1900 年 8 月 8 日

今天上午我到达实验室时，特斯拉告诉我，我的装置已经准备好演示了，我兴奋地准备观看。然而，当演示进行时，装置并未成功运行，我看着特斯拉摆弄电线，足足看了三个多小时。此后我返回了宾馆。

科罗拉多州第一银行通知我，一两天内我可以拿到更多的可用资金。或许这能激励特斯拉付出更大的努力。

1900 年 8 月 12 日

今天的演示再次失败了。我对此感到失望。特斯拉似乎感到迷茫，但他声称自己的计算绝对不可能出错。

简要记录一下故障。装置原型是他的实验线圈的缩小版本，布线方式也有不同。我先是听取了关于原理的冗长演讲（其实我一点也没有听懂，不过我很快意识到特斯拉只不过是为了厘清自己的思路，把自己的想法大声讲出来），特斯拉拿出了一根金属棒，他本人或是艾利先生将它涂成了一种明朗的橙色。他把金属棒放在一个平台上，紧挨着一种像是倒过来的圆锥体的电线。圆锥体的顶点聚焦在金属棒上。

根据特斯拉的指示，艾利先生拉下了靠近原版线圈的一个大型拉杆，一阵噪声响起，随之而来的是现在我已经相当熟悉的电弧放电爆发。几乎在同一时间，橙色的金属棒被蓝白色的火焰包围着，火焰以一种最为可怕的方式蜿蜒地环绕着它。（尽管我没有明说，不过想到我所期待的舞台效果，我对这个现象还是颇为满意。）噪声和光亮迅速增强，就像是金属棒被熔融的颗粒飞溅到地板上。不过金属棒的外观并没有任何改变，没有受到损伤，说明金属棒实际上并没有熔化。

几秒钟后，特斯拉戏剧性地挥了下手，艾利先生把拉杆又推了上去。电流立即消失，但是金属棒仍在原位。

特斯拉立即就被这个谜题吸引住了，并且，正如先前曾发生过的情况一样，他完全无视了我。艾利先生建议我过几天再来实验室，但我十分清楚：时间不多了。或许特斯拉先生并没有完全了解我在时间方面的要求？

1900 年 8 月 18 日

今天值得记录的不仅是又一次失败的演示，还有特斯拉和我之间发生的相当激烈的争吵。这场争吵发生在机器故障之后不久，所以我们都很紧张，我是带着失望的紧张，而特斯拉则是带着沮丧的紧张。

在涂成橙色的金属棒再次一动不动之后，特斯拉把它捡起来递给我。几秒钟之前，它还沐浴在明亮的光线里，朝各个方向散发出火花。我小心翼翼地从他手里接过它，本以为自己的手指会被烫伤。

事实上，金属棒是冷的。这就是怪异之处：不仅是那种未曾加热过的凉爽感觉，而是就像刚从冰块里拿出来一样冷。我举起手中的金属棒。

"要是再发生类似的失败，安吉尔先生，"特斯拉用颇为友好的语气说，"我恐怕就得把它当成纪念品送给你了。"

"我乐意接受，"我回答，"不过，我更希望能带着我想要买的东西离开。"

"给我足够的时间，我能移动地球。"

"时间正是我现在缺少的东西，"我把棒子扔到地上，语气不善地反驳道，"另外，我并不想移动地球，也不想移动这根金属棒。"

"那么，请说出你喜欢的物品，"特斯拉语带讽刺地说，"我会集中精力攻克它。"

在那一刻，我感觉到我有必要释放出一部分累积了许多天的情绪。

"特斯拉先生，"我说，"当您使用一根金属棒做实验时，我一直袖手旁观，因为我告诉自己这样做是为了实验目的。现在或许为时已晚，但我想请问，您是不是可以使用其他东西来做实验呢？"

"在合理范围内，是的。"

"那么您为什么不按照我的要求来做呢？"

"那是因为，先生，你从来就没有详细描述你的要求！"

"我的要求可不是传送一根短小的铁棒，"我愤怒地说，"就算这个装置能按照我早已向您说明过的方式运行，它对我也没什么用。我希望它能传送一个活的东西！一个人！"

"所以你希望我用一个人，而不是一根倒霉的铁棒来证明我的失败？你提议由谁来做这个危险的实验？"

"为什么这个实验会有危险？"我说。

"所有的实验都有风险。"

"我会亲自使用这台装置。"

"你想自己上？"特斯拉的笑声中带着些许威胁的意味，"先生，在我开始在你身上做实验之前，我需要你先付清余款！"

"我该走了。"我转过身去，胸中满是愤怒和懊悔。我推开他和艾利，走出门外。吉尔平和他的马车还没有来，但我还是大步向前走，下定决心即使是靠两条腿也要回到镇上去。

"安吉尔先生，等一下！"特斯拉站在他的实验室门口，"我们还是不要这么草率就下结论比较好。我应该详细向你解释一下。如果我早知道你要传送的是活的有机物，你就不会像现在这样提出异议了。处理大质量的无机化合物十分困难。但是对活的组织，解决问题的次序则完全不同了。"

"您在说什么，教授？"我问。

"如果你想让我传送一种生物，请明天再回来。这事一定能完成的。"

我点点头表示自己听到了，然后继续前行，踏上了下山小路上松软的砾石。我原以为自己会在下山的路上遇见吉尔平，但即使他不出现，我也准备好了借此机会锻炼一下。道路在山的一侧蜿蜒而行，有许多将近一百八十度的急转弯，大多数时候路的一侧会是悬崖。

当我走了差不多半英里的时候，我注意到路边的长草丛里有一道橙色的闪光，于是我停下来仔细观察。那是一根涂成橙色的短金属棒，看起来与特斯拉在实验中使用的那一根完全一致。想到自己或许可以用它来纪念与特斯拉这次不一般的会面，我把它捡了起来，随身带下了山。它现在还在我的身边。

1900 年 8 月 19 日

今天早上吉尔平把我送到实验室时，我发现特斯拉的心情十分沮丧。

"恐怕我会让你失望了，"当我走到门前时，他对我说道，"还有许多工作要做，而且我知道你非常急迫地想要返回英国。"

"发生了什么事？"我问道，并且高兴地发现昨天我们之间产生的不快已经是过去的事了。

"我本以为有机生物会是一件简单的事。结构比那些元素简单多了，而且生命本身已经携带着微小的电量。我当时的假设是，我唯一需要做的就是增强能量。我不明白这为什么不起作用。我的计算结果准确无误。过来亲自看看证据吧。"

在实验室里，我发现艾利先生以一种我从来没在他身上见过的姿势站立着。他双手抱胸，下巴凶狠地抬起，整个姿势就像是一个愤怒的、进入战斗状态的人，如果我以前见过这种人的话。在他身边的长凳上放着一个不大的木头笼子，里面有一只长着白色胡须和爪子的小黑猫正在睡觉。

我走进房间，他的眼睛定在我身上，我说道："早上好，艾利先生。"

"我希望你没有参与此事，安吉尔先生！"艾利喊道，"昨晚特斯拉先生坚定地向我保证，我的孩子们的猫不会受到伤害，所以我今天才把它带来的。现在他坚持要用这可怜的家伙来做一个必定会将它置于死地的实验！"

"我可不想听到它的惨叫。"我对特斯拉说。

"我也不想。你认为我是一个没有人性的人，乐于折磨这美丽的上帝造物吗？来看看这里，说出你的想法。"

他带着我走近仪器，我立刻发现它在一夜之间发生了重大的改变。当我离它只有一两英尺远时，我惧怕地向后一缩！五六只巨大的蟑螂散落在它的周围，它们都有着黑色的甲壳和长长的触角。这真是我曾见过的最令人作呕的生物了。

"它们死了，安吉尔，"特斯拉注意到了我的反应，"它们不会伤害你。"

"是的，死了！"艾利说，"这就是问题所在！他坚持要让这只猫接受同样的危险遭遇。"

我低头看着这些恶心的巨大昆虫，担心它们会突然活过来。我再次往后退了一步，特斯拉则用脚尖推着其中一只，把它翻过来给我看。

"看来我造出了一台可以杀死蟑螂的机器，"特斯拉轻声嘟囔道，"它们也同样是上帝的造物，这真是让人沮丧。我从没想过这台机器可以夺走生命。"

"发生了什么问题？"我对特斯拉说，"昨天您还很有信心的。"

"我已经反复验算了许多遍。艾利也检查了计算过程。这就是每一个实验科学家最不想遇到的情况：理论与实际出现了无法解释的分歧。我承认我不知道是因为什么。这种事情以前我从未遇到过。"

"我可以看看您的计算吗？"我说。

"你当然可以，但鉴于你并不是一个数学家，我恐怕那对你来说没有什么意义。"

特斯拉和艾利向我展示了一个活页笔记本，其上记录了他的计算过程，我们一起仔细研究了很久。特斯拉以一种我能够尽可能理解的方式说明了算式背后的原理，以及计算的结果。我假装明白似的点着头，但直到最后，我可以将算式本身当成理所当然的，并把注意力集中在结果上时，我才有了一种恍然大悟的感觉。

"您是说这代表着距离？"我说。

"这是一个变量。为了实验目的，我将它设定为一百米，但这只是理论上的，因为正如你所见，我试图传送的任何东西都没有传送出任何距离。"

"那么这里的这个值又是什么？"我指向另一行算式。

"这是角度。我用的是指南针的示数。它可以设定为以能量节点为中心的三百六十度中的任何一个角度。同样地，目前而言也只是理论上的。"

"你有没有设定高度？"我问。

"没有。在仪器能够正常工作之前，我仅仅是把传送的位置设定在实验室正东方的空中。绝不能把物体传送到已经被另一个有质量的物体占据的地方！我可不想思考那样会发生什么事。"

我若有所思地注视着那些工整的算式。我不知道具体的过程，但我突然间产生了灵感！我冲出实验室，从门口向正东方望去。正如特斯拉所说，正东方几乎空无一物，因为那个方向正是实验室所处的高地最为狭窄的地方，离小路十米左右的地方，地面就开始有了落差。我迅速走到高地边缘朝下望去。透过树林，我可以看到沿着山边蜿蜒而下的小径。

当我回到实验室时，我径直走向我的随身旅行箱，从中抽出了我昨天傍晚在路边发现的金属棒。我把它拿给特斯拉。

"这就是您的实验对象，没错吧？"我说。

"是的，没错。"

我把我发现它的地点和时间都告诉了他。他急忙走到它的"双胞胎"所在的地方，这会儿它正躺在那些不幸的蟑螂中间。他把这两根金属棒放在一起，我站在他的旁边，为它们外表的一致性而惊叹不已。

"瞧瞧这记号，安吉尔先生！"特斯拉震惊地吸着气，轻轻地用手指抚摩金属棒上刻下的一个十字记号，"我做这个记号，正是因为我需要证明，它是通过以太传播的同样物品。但是——"

"它制作了一个自己的复制品！"艾利说。

"你说你是在哪儿找到它的，先生？"特斯拉问道。

我领着他们二人走到门外，向他们指出了山下的那个位置。特斯拉一言不发地站着，好像在思考着什么。

然后他说道："我需要确定具体位置！带我去看！"然后他转向艾利，"带上经纬仪和卷尺！尽快赶上来！"

说完，他便抓住我的前臂，沿着陡峭的小路向前走去，一路上不停地要求我带他去看我发现那根金属棒的具体位置。我原以为我可以直接带他到那个地方去，但随着我们沿着小路走得越来越远，我就不再那么确定了。巨大的树木、破碎的岩石、矮小的林下植被，看起来都非常相似。特斯拉一直在我耳边叽叽喳喳地说着话，我很难集中注意力。

最终，在小路上的一个急转弯，那里的草长得很长，我停下了脚步。艾利一直在我们后面小跑着，很快他就追了上来，在特斯拉的指示下架起了经纬仪。经过几次仔细的测量，特斯拉表示不可能是这里。

又过了差不多半个小时，我们又发现了一个可能的位置。它就在实验室的东边，当然就高度而言则比实验室低得多。考虑到山坡的陡峭程度以及铁棒在地面上会反弹以及滚动等情况，我们认为这里确实有可能是铁棒最终停留的位置。特斯拉显然很满意，在返回实验室的路上，他一直在沉思着。

我也一直在思考，因此当我们再次进入实验室时，我说道："我能提出一个建议吗？"

"我已经欠你很多了，先生，"特斯拉回答道，"你想说什么都可以！"

"既然您可以对设备进行校准，那能不能把传送的目标设得近一些？也许是实验室的另一边，或者是房子周边的空地？"

"英雄所见略同啊，安吉尔先生！"

自从我认识特斯拉以来，我从未见过他的情绪如此高昂。他和艾利立即开始了工作。而我则再一次成了多余的人，安静地坐在实验室的后部。我早就养成了带上食物前往实验室的习惯（特斯拉和艾利在全神贯注地忙于工作时经常忘记吃饭），所以我吃掉了宾馆工作人员制作的三明治。

在经历了我不准备在此详细描述的漫长、乏味的一段时间之后，特斯拉终于说道："我想我们已经准备好了，安吉尔先生。"

因此接下来我开始检查那台设备，正如在魔术师表演时，受邀前往台上检查魔术师柜子的观众那样。我与特斯拉一起走到门外，毫无疑问地发现，他所设定的目标位置上并没有任何金属棒。

当他把用作实验的金属棒放入装置，并且拉下拉杆的时候，一声令人满意的巨响预示了实验的成功。我们三人冲到门外，在草地上确实无疑地发现了一根熟悉的橙色铁棒。

返回实验室后，我们一起检查了"原版"的金属棒。它像石头一样冷，但从外表上看，它与它那个穿过了虚空的"双胞胎"完全一样。

"明天，先生，"特斯拉对我说，"明天，如果我尊贵的助手同意的话，我们将对这只猫进行安全地传送。如果能够成功，我相信能够使你满意了吧？"

"确实如此，特斯拉先生，"我热情地说，"确实如此。"

1900 年 8 月 20 日

我们确实成功了。猫毫发无伤地穿过了以太！

然而，仍然有一个小问题。特斯拉再次进入了全神贯注的状态，而我则再次被赶回到我租住的宾馆里，感受时间的流逝，并为此烦恼不已。

特斯拉向我承诺，明天的演示将会是完全成功的，不会再有任何问题。我感觉自己好像看到了一个急于收到余款的人。

1900 年 10 月 11 日
德比郡，考德洛宅邸

我从未想过我能活着写下这些文字。由于我的兄长亨利意外去世且没有留下任何子嗣，我终于得以继承了我父亲的贵族头衔以及领地。

我现在永久居住在家族的老宅里，放弃了作为舞台魔术师的职业生涯。我的日常工作是管理遗产，处理亨利的突发奇想、小题大做以及纯粹的因财务判断失准而造成的各种问题。

我现在需要这样签名：

鲁珀特，第十四代考德戴尔伯爵。

1900 年 11 月 12 日

近期我前往我在伦敦的故居，在那里住了几天，刚刚返回。我的主要目的是将那间房屋和我过去的工作室清空，并在公开市场上出售这两处房产。考德洛庄园目前处于破产的边缘，我急于筹集一批现金，用于对这座房子以及庄园的部分附属建筑进行紧急维修。当然，我一直在咒骂自己，因为我把我的舞台生涯的大部分积蓄都浪费在了特斯拉上。得知亨利去世的消息后，我匆忙返回英国，离开科罗拉多州之前的最后一个行动就是付清了余款。当时我根本没有想到，这条消息会从根本上改变我的生活。

不过，回到埃德米斯顿别墅的故居对我产生了另外一种我未曾预料的影响。当然，我发现它充满了回忆，这些回忆是那么复杂，但最重要的是，它让我回想起了我刚来到伦敦的那些日子。那时我还只是个孩子，被剥夺了继承权，对人情世故还很幼稚，没有受过完整的教育，没有受过任何职业技能的训练。然而，我在逆境之中为自己开辟了一条生路，最终使自己变得相当富裕并且十分有名。我曾经是——我认为我现在仍然是——魔术界的顶尖人物。而且我并没有满足于自己的成就，而是将大部分资金投资于富有创新性的新型装置，使用这一新型装置显然会给我的职业生涯带来新的动力。

我满怀渴望地思考了两天，最终决定给茱莉亚寄一封短信。我很想念她，虽然我们已经分开了许多年，但我仍然认同我早期在伦敦与她一起度过的生活。我再也无法将我早期的计划和梦想同与她相爱的那段经历分割开来。

令我感到惊讶又非常高兴的是，她同意与我见面。两天前，我和她以及孩子们在她的一位女性朋友家中度过了一个下午。

在这样的情况下再次见到我的家人，我的情感难以承受，即便是曾经有什么提出现实问题的计划，这时也都放弃了。茱莉亚一开始显得十分冷漠，但显然我震惊而激动的表情打动了她（爱德华现在十六岁了，长得高大又英俊！莉迪亚和弗洛伦斯又漂亮又温柔！整个下午我都没法把目光从他们身上移开），不久后她就变得和蔼可亲，热情地对我说话了。

随后我将自己的情况告诉了她。即使是在婚后我们生活在一起的时候，我也从未对她透露我的家庭背景，所以我要对她说的是三个惊喜。第一，我向她坦白了我曾经放弃了一个她从未听说过的家族头衔和庄园；第二，我现在又重新得到了那些我放弃过的东西；第三，因为上述原因，我决定离开舞台。

与我想到的一样，茱莉亚似乎十分平静地接受了这些消息。（只有在我告诉她，她今后应当被称呼为茱莉亚女爵时，她的表情才产生了短暂的变化。）一小会儿之后，她问我是否确定要放弃自己的职业生涯。我说我想不到别的办法。她告诉我，尽管我们已经分开了，她仍在充满敬慕地关注我的魔术表演，只是为自己无法参与其中而感到遗憾。

在我们交谈时，有一种绝望之感从我心中升起，或者更准确地说是浮现出来。我抛弃了我的妻子，更不可原谅的是我还抛弃了我可爱的孩子们，只为了那个美国女人。

昨天，在我离开伦敦之前，我再次请求与茱莉亚见面。这次孩子们没有和她在一起。

我完全任凭她处置，乞求她能原谅我对她犯下的罪孽。我恳求她能回到我的身边，再次作为我的妻子与我一起生活。我向她保证，只要她愿意接受，我可以在自己的能力范围内满足她的所有要求。

她没有答应，但她说她会仔细考虑。我不配得到更好的结果。

当天晚些时候，我登上了前往谢菲尔德的夜班火车。除了与茱莉亚和解，我什么都没想。

1900 年 11 月 14 日

尽管如此，当面对一片颓败的庄园时，我要想的事情只有钱。

在浪费了这么多钱之后，我很快就因为缺钱而感到不便，这简直太荒谬了，因此我写信给特斯拉，要求他退还我付给他的所有款项。我离开科罗拉多斯普林斯已经快三个月了，他至今音信全无。不论他的情况如何，他都必须退钱，因为在我给他写信的同时，我也给纽约的一家律师事务所写了信，这家律所曾在我上次赴美国巡回演出时协助我解决了一个较小的法律问题。我指示律所在下个月的第一天对他提起诉讼。如果他一收到我的信就退款给我，我就会撤回诉讼。不然的话，他将承担全部后果。

1900 年 11 月 15 日

我准备返回伦敦。

1900 年 11 月 17 日

我返回了德比郡，厌倦了漫长的火车旅行。然而，我对生活的热情才刚刚重新燃起。

关于茱莉亚和我未来在一起的生活，她已经提出了建议。归根结底，我必须做出决定。

她说她愿意回到我身边，再次作为我的妻子与我一起生活，但条件是，我需要重新开始上台进行魔术表演。她希望我离开考德洛宅邸，返回埃德米斯顿别墅居住。她说她和孩子们并不想搬家到德比郡某个（对他们来说）不知名的偏远村庄。她指出这一点时，用词非常简单明确，因此我知道这个条件是不容更改的。

为了试图说服我相信这不仅是为了她，也对我有好处，她又提出了四个基本论点。

第一，她说舞台是她生命中不可缺少的一部分，这一点与我相同。尽管她现在将照顾孩子们视为首要的职责，但她希望全面参与我未来的舞台活动。我猜她这样说的意思是，如果不带上她，我就不能出国进行巡回演出，从而彻底避免下一个奥利维亚·斯文森出现在我们之间的风险。

第二，按照她的说法，今年年初时，我正处于职业生涯的顶峰，如果我现在隐退的话，那个邪恶的伯登将必然夺走我的桂冠。显然他仍在表演他那一版的人体传送。

第三，茱莉亚提醒我，我所了解的赚钱方式就只有表演魔术这一种。而我现在不仅有继续支持她的生活的义务，还需要不断投入资金以维护那座她上周之前从没听说过的家族庄园。

第四，她指出，即使我继续在伦敦工作，我也不会失去继承权。宅邸、土地以及庄园的所有一切都会继续等待着我，直到真正适合我退休的时机到来。至于维修之类的紧急事务则可以在伦敦安排进行，与在宅邸里下达命令同样便捷。

因此我返回了德比郡，表面上是为了处理这边的事务，但实际上，我确实需要一些时间独自思考。

我不能简单地逃避自己在考德洛宅邸应该承担的责任。这里有佃农，有家庭服务人员，还有我的家族传统上对乡村议会、教会和教区居民等做出的承诺，诸如此类。我发现自己把这些看得很重要，所以我想，也许它们一直在我的血脉里，直到如今。

但我很可能即将破产。假如我真的破产了的话，在这些事务之中，我又能发挥什么实际的功用呢？

1900 年 11 月 19 日

我真正想要的就是与茱莉亚和家人们重聚，但那就意味着我需要接受茱莉亚提出的条件。搬回伦敦居住并非难事，但我确实对重返舞台的想法极为抗拒。

其实我真正离开舞台只不过是几个星期的时间，但在此之前，我从没有意识到舞台表演已经成为我极大的负担。我记得那一天，我在科罗拉多斯普林斯，听说了迟来的亨利去世的消息。我没有考虑过亨利本人，还有他在巴黎那羞辱性的死亡，只觉得那是适合他的结局。我感觉到的是，对我自己而言，一种突然间解脱了的感觉，真正的、令人兴奋的解脱。

我终于可以摆脱魔术表演带给我的精神压力和紧张感。谢天谢地，我不再需要继续每天的练习。不再需要在摇摇欲坠的地方旅馆或海滨小屋里过夜。不再需要频繁乘坐火车进行疲惫不堪的旅行。不再需要持续不断地关注各种实际问题：确保道具和服装与我同时到达同一地点；检查剧院的后台区域，以便更好地利用道具；雇用人员，付给他们薪水，以及上百种其他琐事。这一切都突然从我的生活中消失了。

我还想到了伯登。这个不可动摇的敌人一直潜伏在魔术的世界里，准备着随时继续对我进行恶作剧。

如果我不再登台表演，我绝不会怀念这些。我从没有意识到我的内心已经累积了这么多的愤恨。

但是茱莉亚在引诱我。

当我制造出一个惊奇的效果时，观众会发出快活的笑声；聚光灯照射着我的那种感觉；我遇到其他的艺人并与他们建立友谊，还有每次表演结束时的掌声。不可避免地随之而来的还有名望、街上人们钦佩的目光、同时代知名人物的尊重，以及社会最高阶层的认可。只要是一个诚实的人，都不会否认这些的重要意义。

还有金钱。我多么渴望金钱！

理所当然地，这不再是我将会做出什么决定的问题，而是我能够在多快的时间内说服自己这样做的问题。

1900 年 11 月 20 日

我再次乘坐火车前往伦敦。

1900 年 11 月 21 日

我返回了埃德米斯顿别墅，并在信箱里找到了一封艾利的来信，他是尼古拉·特斯拉的助手。我现在把这封信抄录下来：

尊敬的安吉尔先生：

我想您应该没有听说过此事，不过尼古拉·特斯拉已经离开了科罗拉多州，据传正在东海岸一带继续他的业务，可能是在纽约或者新泽西州。他的实验室已经被他的债权人没收，目前正在寻找买家。我本人则陷入了困境，还被欠了一个多月的工资没有发。

您一定想要知道的是，尽管如此，特斯拉先生是一位富有荣誉感的人，早在我们此处的工作完成之前，您购买的设备已经按照您的指示送往您的工作室了。

一旦设备正确完成组装（组装说明由我本人撰写），您将发现它处于正常工作的完整状态，并完全按照经协商同意的技术规范运行。设备具有自调节和自校准功能，理应在没有调整或维修的情况下运行多年。您只需保持它的清洁，在电触点发暗时将它们擦亮，并确保其大体上没有未经维修的物理损坏即可。（特斯拉先生附上了一套备件，用于更换正常情况下需要更换的零件。至于其他所有部件，例如木支柱，都可以从日常来源更换。）

当然，我很想知道您会使用这项非凡的发明表演出怎样惊人的魔术，因为正如您所知，我是您最忠实的仰慕者之一。尽管您未能在场观看，但我可以证明，雪鞋（我孩子的宠物猫的名字）使用这台装置进行了数次传送，且现在已经安全返家，再次成为我们的家养动物。

让我下一个结论吧，尊敬的先生，我十分荣幸能参与到为您制作这台装置的过程当中，不管我扮演的角色有多么微小。

您最忠实的，法勒姆·K.艾利，工学学士

1900 年 9 月 27 日

又及：您曾经和善地观看我班门弄斧的小把戏，并假装对其感到困惑。既然您如此强调需要解释，也许您乐意知道，我使用五张扑克牌和消失的银币表演的小型幻术，是通过经典的掌心藏牌和扑克牌弹力技巧相结合创造出来的。您对这个小把戏的态度让我十分感激，因此我非常愿意为您依次发送每个动作的详细说明，如果您需要的话。F.K.A.

读完此信，我立即赶往我的工作室。我询问邻居们近期是否有见过一个从美国寄来的巨大包裹，但他们对此毫不知情。

1900 年 11 月 22 日

今天上午，我把艾利的信给茉莉亚看了，当时我完全忘记了，我还没把我最近这次的美国之行、我在那里做了什么事告诉她。当然，这引起了她的好奇，因此我需要向她进行一番解释。

"所以说，你所有的钱都投到这里去了？"她说。

"是的。"

"看来特斯拉现在已经潜逃了，我们只有这一封信作为证明？"

我向她保证，艾利是值得信任的，并且指出当艾利写这封信时，他并没有收到我的催款信。我们针对包裹是否在运输途中遭遇到了不可预料的事情，是怎样的事情，以及我们应该怎样找回它进行了一番讨论。

然后茱莉亚说："这个魔术究竟有什么特别的？"

"魔术本身没什么特别，"我回答道，"特别的是实现它的方法。"

"伯登先生与此事有关吗？"

"我发现你还没有忘记伯登先生。"

"亲爱的，正是阿尔弗雷德·伯登挑起了我们之间的第一次不和。我用许多年的时间来反思，我把一切出错的事情都归结到他攻击我的那一天。"泪水开始从她的眼睛里涌出，反射着悲伤的光芒，但她的语气带着平静的愤怒，一点也没有自怨自艾的迹象，"如果那一天他没有伤害我，我就不会失去我们的第一个孩子，我认为从那时起我们的关系就产生了裂痕，我们本来可以不必分离的。你的不安就是从那时开始的。虽然我们后来又生了三个孩子，但也无法补偿伯登那天残忍而又愚蠢的行径，而你们的宿怨一直在持续，这也证明了你依然感到愤怒。"

"我从来没和你提起过那些事，"我说，"你是怎么知道的？"

"因为我不是傻瓜，鲁珀特，而且我偶尔会读到魔术杂志上的评论。"我没想到她仍在订阅魔术杂志。"你仍然是我最关注的人，"她说，"我只是不知道为什么你从来没有提起过他对你的攻击。"

"我想，是因为我对这场宿怨感到有点羞耻。"

"但他才是攻击者，不是吗？"

"我必须自卫。"我说。

我告诉她，我曾经调查过伯登的背景，以及我试图发现他是如何完成魔术行动的。随后我向她描述了我对特斯拉的设备寄予的希望。

"伯登依靠的是标准的舞台技巧，"我解释道，"他使用柜子、灯光和化装的技术，在他所谓的传送到舞台的另一位置的过程中，他其实是隐藏了自身。他进入一个柜子，然后从另一个柜子出来。他完成得很出色，但他的道具在遮掩他的秘密的同时，也让他的秘密显得平凡无奇。而特斯拉设备的美妙之处在于，这个把戏可以在开放空间表演，而重新出现的过程根本无须使用道具！如果它能按照我的计划进行，我就可以立即将自己转移到我喜欢的任何位置：舞台上的空地、贵宾包厢、观众席前方与舞台之间的位置，甚至是观众席前排的一个空座位！事实上，任何可以对观众产生最大化影响的地方都可以。"

"你说的话听起来似乎充满了假设，"茱莉亚说，"你是说这些是在计划之中的吗？"

"艾利的信上说，这台设备现在已经寄给我了。我只需要接收它就可以。"

当我倾诉我对特斯拉设备的热情时，茱莉亚是完美的听众。在接下来的一个小时或者更长时间里，我们讨论了这台设备能够呈现出的各种可能性。茱莉亚很快认准了它的核心性质。如果我能在任何一个公众舞台上成功表演这个魔术，伯登将永远都无法超越我！

如果我对当前应该做什么事情有任何疑问，茱莉亚永远都会立即消除这些疑问。的确，她十分激动，我们立即开始寻找这份船运货物。

我沮丧地提出，如果我们在伦敦的诸多船舶货运代理人的办公室里四处走访打探，试图找到一个未曾交付的板条箱，那至少需要几周的时间。但是茱莉亚用她那种我非常熟悉的方式快刀斩乱麻地说道："为什么我们不先去邮局找找呢？"

两个小时后，我们找到了两个寄给我的巨大板条箱，它们正安全地在普莱森特山分类办公室的死信区等待着。

1900 年 12 月 15 日

过去的三周时间大部分都在沮丧和痛苦中度过，因为我一直在等待着有关方面为我的工作室通电。我就像是一个拿到了新玩具却不能玩的小男孩。自从我从普莱森特山取回特斯拉的装置之后，我就把它安装在我的工作室里，但没有电力供应，它就毫无用处。我已经把艾利先生那清晰得过分的使用说明读了一千遍了！不过，在我越来越频繁的催促之下，伦敦电力公司终于完成了必要的工作。

从那之后，我就一直在练习，在精神和情感上都沉浸于这台非凡的装置对我的要求之中。下面，我将列举出我了解到的所有事情，并未以特别的顺序进行排列。

装置处于完全正常工作的状态，并且经过巧妙设计，从而可以使用任何种类的电源。这也就意味着我可以带着它去巡回演出，甚至可以前往欧洲、美国以及（艾利在他的说明书中如此声称）远东。

尽管如此，我不能在未通电的剧场表演这个节目。日后我在接受新的表演预订时，必须先了解剧场是否已经接通电源，除此之外还有许多新的事项（其中一些会在下面列出）必须进行预先了解。

移动性问题。我知道特斯拉已经尽力了，但这台装置重得离谱。从现在开始，必须将装置的运送、拆解以及安装作为最优先的事务来安排。举例来说，以后不可能简简单单地乘上火车前往某地进行表演，除非我不打算表演特斯拉魔术。

技术排练。装置必须组装两次。第一次是在表演当天的上午，用于私人测试，接下来，当主幕布拉下、正在进行别的节目的时候，它必须在幕后重新组装起来。令人敬佩的艾利先生已经提出了如何快速、安静地实施此项工作的建议，但即便如此，这仍是一件艰巨的任务。这需要大量的排练，而且我需要雇用更多的助手。

剧院的空间布局。我本人或是亚当·威尔森必须提前赴现场进行勘测。

封闭整个后台区域。这方法切实可行而且直截了当，但是许多剧院的后台工作者会对此感到极为不满，出于某种原因，这些人总是以为他们自动获得了得知他们自认为是商业秘密的那些事务的权利。在此情况下，不可能让陌生人看到我实际上在后台区域做了些什么。同样地，这需要比往常复杂得多的准备工作。

表演后的封装设备和拆卸也都充满了风险。除非这些流程制定妥当，并解决了随之而来的各种问题，否则我没法接受任何新的表演预约。

所有这些特别的准备！然而，精心的计划和排练正是成功的舞台魔术的本质所在，而我对这些都不陌生。

今天总算是向前迈进了一小步。所有舞台魔术都由其首创者为其命名，也正是依靠着这个名字，它们才能在魔术界广为人知。"三美神""斩首公主""卡萨达加传信"，这些都是当前最流行的舞台魔术。伯登给他的二流把戏取了个乏味的名字："新人体传送"（我从未使用过这个名字，即使是在当年使用他的方法的时候）。

经过一番思索之后，我给特斯拉的发明取名叫"刹那之间"，这将是它广为人知的名字。

另外我还需要记录一下，本周一，也就是12月10日，茱莉亚和孩子们返回了埃德米斯顿别墅与我一起生活。今年圣诞节我们将一同前往考德洛宅邸度假，那将是他们第一次见到那座庄园。

1900 年 12 月 29 日
考德洛宅邸

我是一个快乐的人，得到了自己的第二次机会。我无法忍受想起过去那些与家人分开时度过的圣诞节，也无法忍受想到自己可能会以某种方式再次失去这种幸福。

因此，我忙于为接下来必然会发生的事情做准备，这一切都是为了避免接下来可能会发生的事情。我是故意使用这种模糊的表达方式的，因为我现在已经排练了两次"刹那之间"，已经了解了它的真实效果，所以我必须谨慎地对待这个秘密，即使是在这个日记本里。

当孩子们睡着了之后，茱莉亚鼓励我参与生意的时候，我一直专注于庄园的各项事务。我决心纠正那些我的兄长容许他自己犯下的疏忽。

1900 年 12 月 31 日

　　在我写下这些文字时，19世纪正在走向它的终结。再过一个小时，我将前往我们的起居室，在那里与正等待着我的茱莉亚和孩子们一起迎来新的一年和新的世纪。这个夜晚充满了未来的预兆，以及对过去不可避免的提醒。

　　由于保密的原则再一次束缚着我，我必须说，今晚早些时候赫顿和我一起做的事情是不可避免的。这件事必须完成。

　　我将要写下的文字是用一只仍在颤抖的手写下的，那是出于我心里原初的恐惧。我一直在努力思考，在这些我亲身经历的事情之中，有哪些是能够记录下来的，最后我认定，对发生的事情进行直截了当甚至毫无根据的描述，是唯一可行的方法。

　　今天晚上，夜幕刚刚降下的时候，孩子们提前上床小睡，以确保在新世纪来临的时刻他们能够醒着。我告诉茱莉亚我准备做的事情，并让她在她的起居室里等候。

　　我找到了赫顿，我们一起离开房子，穿过东草坪走向家族墓室。我们用园丁偶尔会使用的一辆手推车推着魔术产出的材料。

　　赫顿和我只有防风提灯用来照明，在昏暗的光线下，打开门上的挂锁用了好几分钟的时间。由于长期没有打开过，这把旧锁已经难以转动了。

　　当木制的大门打开时，赫顿表明了他的不安。我感到对他的极度同情。

　　我说："赫顿，我没有指望你能完成这件事。如果你愿意的话，可以留在这儿等我。或者也可以回到房子里去，我会自己一个人做完的。"

"不，老爷，"他用他那种诚实的方式回答道，"我已经同意要做完这件事了。坦白说，我绝不会一个人到那里面去，说句不尊敬的话，我想老爷您也不会一个人进去。但其实，除了我们自己的想象之外，根本没什么可怕的。"

我们把手推车留在入口处，大着胆子走了进去。我们把手里的防风提灯举到离我们尽可能远的地方。光线只能照亮前方不远处，但我们的巨大影子投射在旁边的墙壁上。我对家族墓穴的记忆很模糊，因为我只来过一次，而且那时候我年纪还很小。一小段粗糙的石阶向下延伸到小山的内部，在这段台阶底部又有一扇门，通过这扇门之后，洞穴会略微变得宽敞一点。

第二道门没有上锁，但它很沉重，难以打开。我们用力把它推开（它发出刺耳的摩擦声），然后穿过它，进入了另一边漆黑的空间。我们与其说是看到，不如说是感觉到洞穴在我们面前伸展开去。我们的提灯几乎无法穿透黑暗。

空气中有一种极为刺鼻的气味，浓厚得简直就像是嘴里的味道。我放下提灯，调整灯芯，希望它能够变得更明亮一点。我们闯入这个地方似乎激起了上百万颗灰尘，它们在我们身边盘旋。

赫顿在我身边开口说话了，他的声音在地下这令人窒息的空间里似乎变得弱了许多。

"老爷，我现在应该去把那些产出的材料搬下来吗？"

在提灯的微弱光芒下，我只能勉强辨认出他的面容。"是的，我想是这样的。你需要我帮忙吗？"

"您可以在台阶底下等着，老爷。"

他迅速走上楼梯，我明白那是因为他想要尽快完成这项工作。随着他那盏提灯的光芒消退，我感到更加孤独，更容易屈从于对黑暗和死亡孩童般本能的恐惧。

这里躺着我的大多数祖先，他们按照仪式摆放在架子和石板上，如今已经成为骸骨或者骸骨的碎片，躺在箱子里和罩子里，被灰尘和剥落的衣物所包裹。当我来回移动提灯时，我能辨认出较近的一些石板上有人体的形状。在地下的某个无法被提灯的光线照亮的地方，我听到一只巨大的啮齿动物奔跑的声音。

我向右边移动，伸出手来，感觉到在差不多我腰部的高度有一块石板，我在上面摸了一把。我感觉到了小而尖锐的物体，摸起来很松散。我鼻子里的臭味立刻加剧了，我感到自己开始作呕。我慌乱地退开，当我手中提灯的光柱开始旋转，我仿佛瞥见了过往生活中那些最可怕的片段。

我把提灯举得高高的，强迫自己去看那里究竟有什么东西。我知道现实几乎不可能像我的想象那样令人不快。我感觉到这些离世已久的祖先被我的到来唤醒了，他们正从自己的位置上移开，抬起可怕的头颅或是变成骨骼的手，隐晦地散发着因我的到来而产生的恐惧。

在其中的一个石架上，摆放着我父亲的棺材。

我被自己的恐慌撕裂了。我想要跟着赫顿一起到上面的空气中去，但我知道我必须进一步深入地下的深处。我无法向任何一边移动，因为恐惧让我站在原地动弹不得。我是一个理性的人，我知道任何事情都能够解释，我接受科学的思维方式，然而在赫顿离开我身边的那几秒钟里，我却被不合逻辑的简单冲动所折磨。

终于，我听到了他在台阶上拖动第一个装着魔术产出材料的袋子的声音。我非常高兴地转过身来帮助他，尽管他似乎能够独自移动这个重物。当我们将麻袋抬过门口时，我不得不放下提灯，因为赫顿把他的提灯留在了手推车上，所以我们几乎在一片漆黑中工作。

我对他说："我很高兴你能来这里帮助我，赫顿。"

"我明白，老爷。我自己一个人也不敢做这事。"

"那就让我们快点做完吧。"

这一次，我们一同返回手推车那里，将第二个大袋子拖到台阶下面去。

我最初的计划是全面探查墓室，寻找存放魔术产出材料的最佳地点，但等真正到了这里，我完全不想做什么探查之类的事。因为我们的光源无法穿透黑暗，我知道所有的探查都必须近距离完成。我害怕去观看那些很容易让我产生联想的石架和石板。它们布满了洞穴的两侧，而洞穴延伸得很远。它充满了死亡的气息，充满了亡者的遗体，让人联想到终结，生命被遗弃给老鼠。

"我们就把袋子放在这儿，"我说，"离地面尽可能远。我明天再下来一次，白天光线可能会好一点。还得带上更好的火把。"

"我完全理解，老爷。"

我们一起走向左边的洞壁，找到了另一块石板。我强忍不适，用手摸索了一下。这块石板上似乎并没有什么东西，所以在赫顿的帮助下，我把两袋魔术产出材料都抬了上去。做完这件事，我们一言未发，颇有默契地一同返回地面，将外面那扇门关了起来。我打了个寒战。

在夜间花园的冷空气中，赫顿和我握了手。

"谢谢你的帮助，赫顿，"我说，"我原来根本不知道那下面是什么样子的。"

"我也一样，老爷。您今晚还需要我做别的事情吗？"

我考虑了一下。

"你和你的妻子愿意在午夜时，与我和考德戴尔伯爵夫人在一起吗？我们打算一起等待新年到来。"

"谢谢您，老爷。我们深感荣幸。"

我们的探险就这样结束了。赫顿把手推车推向园丁小屋，而我则穿过东草坪，然后绕过房子回到主入口。我直接来到这个房间，趁着事情还新鲜写下这篇日记。

然而，在我开始写之前，出现了一个必要的延迟。当我走进房间时，我在梳妆镜里看到自己的倒影，于是停下来看了看。

厚厚的白色灰尘粘在我的靴子和脚踝上。蜘蛛网散落在我的肩膀和胸口。我的头发已经被覆盖了一层厚厚的灰色尘土，同样的灰色尘土粘在我的脸上。一双红了眼圈的眼睛从仿佛戴了一张中空面具的脸上向前张望着，有那么一会儿，我站在原地，被自己的形象惊呆了。我感觉到在前往家族墓穴之后，我似乎被某种邪恶的方式变成了它的居民。

我脱掉脏衣服，甩开这些想法。我爬进更衣室里等待浴缸装满热水，洗去身上的污垢。

现在这篇记录已经写好了，时间也将近午夜。是时候去与我的家人和仆人们参加一个简单而又熟悉的仪式，庆祝一年的结束，这次同样也是一个世纪的结束，并且迎接新的一年、新的一个世纪的到来。

20世纪是我的孩子们成年并且茁壮成长的一个世纪，而我，作为旧世纪的一员，将在适当的时候把新世纪留给他们。但在那之前，我一定会留下自己的印记。

1901 年 1 月 1 日

　　今天我再次返回家族墓室，将魔术产出材料移动到了一个更好的位置。随后，赫顿和我在墓室里放了一些老鼠药，但今后我必须找到存放材料的更安全的方式，帆布袋子不是长久之计。

1901 年 1 月 15 日
埃德米斯顿别墅

　　赫斯基斯·安文报告说，他已经为我安排了三场演出预约。其中两场已经双方确认了，另外一场则是有条件的，剧院方要求我必须表演"刹那之间"（这个魔术在安文的标准提案中有着诱人的描述）。我已经同意了，因此可以说这三场演出已经是确定无疑了。总收入将达到三百五十几尼！

　　昨天特斯拉装置从德比郡运抵伦敦，在亚当·威尔森的协助下，我立即将其拆开并重新安装起来。根据我的计时，安装设备总共花了不到十五分钟的时间。如果要在剧院表演，我们必须把这个时间缩短到十分钟以内。艾利先生的说明书上称，在他们对装置的便携性进行测试的时候，他和特斯拉两人可以在十二分钟内将整个设备重新安装完成。

　　亚当·威尔森知道我魔术的秘密。他必须知道。亚当已经为我工作五年多了，我相信我可以信任他。为了尽可能合理地提高他的忠诚度，我向他提供了每场十英镑的保密奖金，在每次表演成功之后以他的名义存入一个累积基金户头上。他和格特鲁德的第二个孩子即将降生。

我增加了对"刹那之间"舞台表现力的工作投入，当然其他的几个把戏也需要重复练习。因为已经有好几个月没有上台表演，我的技能有些生疏了。我承认我对这些日常工作毫无热情，但一旦适应了之后，我就开始享受它了。

1901 年 2 月 2 日

今晚我在芬斯伯里公园帝国剧场表演，但我的节目单上并没有"刹那之间"。我接受这次委托是把它当作一次试水，再次体验在观众面前表演的感觉。

我表演了一个我改编过的"消失的钢琴"，过程特别顺利，我收到了又长又热烈的掌声，但在我的表演结束时，我感到沮丧和不满。

我渴望表演那个特斯拉魔术！

1901 年 2 月 14 日

我昨天排练了两次"刹那之间"，明天打算再排练两次。我不敢再加大频率了。本周六晚上，我将在霍洛维路上的特罗卡代罗剧院表演这个魔术，下周至少还要表演一次。我相信，如果我能足够频繁地表演这个魔术，那么除了舞台动作、误导和节奏之外，就不需要再进行更多的排练了。

特斯拉警告过我，使用这台装置会留下后遗症，确实如此，而且有些症状还相当严重。这绝对不是一件简单的事。每次使用它都让我十分痛苦。

首先是身体上的疼痛。我的身体被撕裂，被拆散。每一个组成我的微粒都被抛散开来，成为以太的一部分。在一段短暂到无法测量的时间里，我的身体被转换成了电波。它在空间中传播，在确定的目标位置重新组合起来。

砰！我的身体崩溃了！砰！我的身体又组合起来了！

这是一种猛烈的冲击，仿佛我身体的每一个部分向所有方向爆开。想象一下你的手掌被一根钢筋穿过。现在，再想象一下，十根或是二十根钢筋以不同的角度插在同一个位置。更多的钢筋落在你的手指和手腕上。上百根钢筋击中你的手背、你的指尖、你的每一个关节。

更多的爆炸从你的骨肉内部向外爆发。

现在将这种疼痛扩散到你的整个身体，无论是外部还是内部。

砰！

一百万分之一秒的剧痛！

另一声砰！

那感觉就是如此。

然而，我到达了我设定好的目标位置，并且与一百万分之一秒之前的我别无二致。我仍是完整的、完全相同的我自己，但我正处于极度痛苦的冲击中。

我第一次使用特斯拉装置是在考德洛宅邸的地下室里，事先根本不知道自己会经历什么。我摔倒在地上，以为自己已经死了。我的心脏、我的大脑似乎不可能在体验如此剧烈的痛苦之后存活下来。我没有思想，没有情绪反应，感觉就像已经死了一样，我的表现也完全就像是死了。

当我跌倒在地时，茱莉亚（当然，在我测试装置时她与我在

318

一起）跑到我的身边。从那之后，我第一个清晰的记忆就是她将手温柔地伸进我的衬衫里，试图找寻生命的迹象。我睁开眼睛，发现她在我身边温柔地照料我，我感到震惊和惊喜，以及无法言喻的幸福。我很快就站了起来，告诉她我很好，不需要担心。我握住她的手亲吻她，再一次成为我自己。

实际上，这场残酷的经历带来的身体上的痛苦消退得很快，但它在精神方面的后果则更为可怖。

在德比郡第一次测试装置之后，当天下午我再次强迫自己进行测试，但结果就是我在圣诞节的大部分时间都陷入了比黑暗更黑暗的状态。我死了两次。我成了行尸走肉中的一员，一个该受诅咒的灵魂。

还有一样东西一直在提醒着我那时候做了什么：那些后来我不得不找地方丢弃的材料。正如我之前写过的那样，直到除夕夜前，我甚至都无法面对这项可怕的任务。

昨天，在伦敦我熟悉的电灯照明的工作室里，安装好了特斯拉装置之后，我觉得自己应该再进行两次排练。我是一名表演者，一位专业人士。我必须给我所做的事情赋予一个形象，给它带来一种光彩和魅力。我必须在刹那之间把自己投射到剧院的某个位置，而且在到达的那一刻，我必须表现得像是一个成功做到了"不可能完成之事"的魔术师。

如果我像是挨了一斧头一样跪在地上，那是绝对不可行的。哪怕是稍微表露出一点我在刚才的一百万分之一秒里所禁受的痛苦，也都是不可接受的。

关键在于，我需要表达出两个层面的花招。魔术师通常会展示一种"不可能"的效果：一架似乎消失不见的钢琴，一个台球神奇地为自己创造了一个复制品，一位女士穿过了镜子的玻璃。观众当然知道，不可能的事情并没有真的因此而成为可能。

另一方面，"刹那之间"是通过科学的方式，真正达成了原本不可能达成的事情。观众看到的就是实际发生的情况，是真正的"眼见为实"！但我不能让观众知道这一点，否则的话就成了科技展示，而不是魔术表演了。

我必须采用谨慎的艺术，让我的奇迹显得不那么神奇。当我从将我撕裂成元素的装置里走出来时，我必须表现得不像是刚刚被一阵猛击打成微粒，又在另一阵猛击中重组起来的模样。

因此，我一直在努力着，试图找出做好准备迎接痛苦的最好方式，以及如何在不屈服于痛苦的同时做出适当的反应，举起双臂，微笑着鞠躬，接受掌声。我需要看起来足够神秘，但是又不能过于神秘。

我今天记录的是昨天的事情，因为昨晚回到家时，我感到非常绝望，甚至完全想不起要把排练的过程记下来。现在已经是下午了，我多少算是恢复过来了，但是想到明天还要进行两次排练，我已经开始感到沮丧了。

1901 年 2 月 16 日

我对今晚在特罗卡代罗剧院的演出充满了忧虑。我整个上午都在这家剧院度过，把装置安装好，测试，再把它拆散，然后把它安全地锁在板条箱里。

在那之后，正如之前所预料的那样，我们与负责移动布景的工作人员进行了漫长的谈判，他们对我用木条封起后台区域的意

图十分不满。最后，一笔直截了当的现金交易解决了此事，但这意味着我的演出收入因此而大幅减少。显然，如果我想要表演这个魔术，就必须得提出比以往高得多的出场费才算是有利可图。很大程度上这要依靠今晚的表演效果来确定。

现在，在我必须前往霍洛维路之前，我有一两个小时的空闲时间。我计划与茱莉亚和孩子们一起度过，然后试着在剩下的时间里小睡一会儿。然而我感到极为紧张，几乎不太可能睡得着。

1901 年 2 月 17 日

昨天晚上我成功地穿越以太，从特罗卡代罗剧院的舞台上转移到了贵宾包厢里。装置完美地完成了任务。

但是观众并没有鼓掌，因为他们根本没看到发生了什么。当他们最终开始鼓掌时，他们更像是感到困惑而缺少热情。

这个魔术需要更好的铺垫，一种更为危险的感觉。而转移的目标点需要聚光灯的照射，从而在我重新实体化时将注意力吸引到我身上。我已与亚当谈过此事，他提出了一个巧妙的建议：我可以在装置上安装一个支线电路，从而使得灯光不再由后台工作人员控制，而是由我本人支配。魔术总是能有所改进。

我们将于周二再次在该剧院表演。

我把最好的事情留到最后来讲——我现在能够在电流的冲击下完美地掩饰自己的表情。昨晚，茱莉亚在观众席上观看我的表演，亚当则待在后台透过一小片掀起的幕布观看，他们两人都说我恢复得非常快。当时有一个有利因素，观众并没有完全注意到我，因为只有他们两个发现了我表露出的唯一一个缺点（我下意识地向后退了一步）。

对我本人而言，应该可以这样说：使用这台装置练习之后，那种可怕的冲击已经不再像之前那么可怕了，而且每次我尝试之后，那种感觉都会变得稍微好一点。我可以预见，最多再过一个月，我就可以承受这种冲击而不会有丝毫的外在流露。

另外我还注意到，与第一次尝试之后相比，我现在禁受的悲观情绪也变得轻微了许多。

1901 年 2 月 23 日
德比郡

在吸取了周末表演的经验教训之后，我在周二的那场表演获得了《舞台报》评论文章的赞扬，这简直是我甚至不敢期望的最有利的结果！昨天在火车上，茉莉亚和我反复把这篇文章读给对方听，它无疑会对我的职业生涯产生正面的影响。我们暂时回到德比郡居住，在我们处理完这里的事务并于下周返回伦敦之前，将不会得知任何切实的结果。我可以心满意足地等待。孩子们和我们在一起，天气寒冷而明朗，沼地色彩温和的景致吸引着我们。

我感觉到我终于即将到达我事业的巅峰。

1901 年 3 月 2 日
伦敦

在我的预约登记簿里，我收到了在未来四个月内前所未有的三十五个演出邀约：三场演出是以我的名字命名的，这三场之中还有一场将被称为"伟大的丹东专场秀";另外十七家剧院,我的名字将出现在节目单的首位;其余的邀约则用充足的金钱填补了它们无法提供的声望。

鉴于我已拥有了如此丰富的选择,在我选择接受任何一个邀约之前,我都可以要求剧院方提供后台区域的详细技术规格说明,还可以强制要求他们接受我使用木板将后台区域封闭的条件。我已经修改了标准的合同模版,新增设的条款规定,剧院方必须提供观众席准确的平面图,并保证供电设施稳定可靠。有两家剧院急于邀请我到他们那里演出,甚至承诺说他们可以保证在我登台表演之前安装好供电设施。

我将在这个国家漫游。布赖顿、埃塞斯特、基德明斯特、朴次茅斯、艾尔、福克斯通、曼彻斯特、谢菲尔德、阿伯里斯特威斯、约克,所有这些地方以及更多其他地方都欢迎我第一次拜访它们,当然首都也是如此,我收到了伦敦数家剧院的邀约。

尽管这涉及漫长的旅行(将乘坐头等火车的头等车厢,费用由对方支付),但行程安排尽可能地保证了我有充足的闲暇时间,而且在我与一小批随行人员在全国各地穿行的同时,我们将有足够的机会在必要时前往考德洛宅邸。

经纪人已经在谈论赴国外巡回演出的事情了,也许还将再一次前往美国。在国外肯定会遇到一些新问题,但没有什么问题是一位年富力强的魔术师无法使用他的智慧来解决的。

这一切都非常令人满意,我希望可以原谅自己在毫无保留的自信之下写下这些内容。

1901 年 7 月 10 日

南安普敦

目前我正在南安普敦的公爵夫人剧院进行为期一周的演出。茱莉亚昨天来看望我，应我的要求，她带来了我的文件和档案，我有机会拿到这个日记本，因此这似乎是定期写一篇日记的好机会。

最近几个月，我一直在改编和排练"刹那之间"，现在基本可以说这项技术已经臻于完美了。我从前对它的期望终于取得了成果。目前，在通过以太之后，我不会对身体遭受的疼痛产生任何反应。从观众的角度来看，整个移位的过程平稳顺利，天衣无缝，完全无从解释。

同样地，我在开始阶段遭受的极为痛苦的精神冲击，目前也不再成为问题了。我不再受到抑郁情绪或自我怀疑的折磨。相反（我不会向任何人透露这一点，只在这个秘密的、可以上锁的日记本上记录），我身体上的痛苦已经成为一种令我几乎开始上瘾的快乐。起初，我对死亡和来世的想象让我感到心灰意懒，但现在我每天晚上都会将移位的过程当作重生和自我更新。在最初的那些日子里，我担忧自己可能需要用表演来代替练习，但现在我刚一结束表演就开始渴望下一次。

三个星期前，在我没有演出安排的一段短暂时期，我在工作室里将特斯拉装置组装起来，并亲自完成了整个过程。这不是为了尝试新的表演技巧，也不是为了完善现有的技巧，而只是为了体验那种经历中的快感。

处理每次演出之后产出的材料仍然是一个问题，但在这么多个星期过去之后，我们已经开发出了一套常规流程，从而尽可能在不引起麻烦的同时完成这项工作。

我做出的大多数改进都是在表演技巧方面。一开始表演这个魔术时，我错误地认为效果本身的新奇性足以让观众眼花缭乱。我忽视了最古老的魔术原则之一：魔术的奇迹必须通过它的表现力来阐明。引导观众的注意力绝非易事，因此魔术师需要激发他们的好奇心，并保持住他们的这一状态，然后通过表演看似不可能完成之事，打破观众的每一项预期。

我在特斯拉装置的基础上添加了一系列的魔术效果和技巧（其中大多数都是专业魔术师所熟悉的），从而使"刹那之间"变得更引人深思，更加可怕，并最终令人感到极为困惑。我并不是在每次表演中都使用所有可以使用的技法，而是有意地不断改变节目，让自己有新鲜感，也让我的对手迷惑，不过我可以在下面记下我吸引和误导观众的一部分方式——

我允许观众在我使用特斯拉装置之前观看它，在某些时候的某些剧院，我会允许观众在我使用装置之后仍能看到它。

我偶尔会邀请一批热心观众登台来观看装置。

我可以出示一样在我被传送之前由某位观众捐赠的私人物品，在我完成传送之后，通过这件物品，观众可以确定我带着它一同完成了传送。

我允许某位观众用面粉、粉笔或类似的东西给我画一个标记，因此当我出现在我选择的目的地时，观众可以毫无疑问地看到，我就是一瞬间之前还在舞台上清晰可见的那个人。

我可以在整个剧场内被随意传送到任何地方，具体如何选择，一方面要看剧场的空间布局，另一方面也要看我想要达到的效果。我可以立即传送到正厅前排座位的中央或是后部，或是特等座，或是某个包厢。

为了取得更令人惊奇的效果，我可以将自己传送到其他舞台道具或者人工制品上。举例来说，有时在整个演出过程中，观众席的上方一直悬挂着一张空荡荡的大网，而当传送完成时，我会坐在这张大网里。另一种大受欢迎的方法是，我将传送的目标设定在一个密封的盒子或者箱子里，再把它放在所有观众都能看到的地方，周围还有一批热心观众，从而保证我绝对不可能通过某个暗门或者翻板门进入箱子。

然而，这种自由让我变得有些鲁莽了。一天晚上，几乎是一时兴起的决定，我把自己传送到了舞台上的一个玻璃水箱里。这是一个严重的错误，因为我犯下了魔术师最大的罪过：我没有排练过这个效果，而是将太多的机会留给了运气。我惊险刺激地出现在水箱之中，引得水花飞溅，这让观众兴奋不已，但也几乎让我溺死。我的肺里立刻灌满了水，几秒钟之内，我就开始为生存而奋力斗争。亚当·威尔森当机立断的行动救了我的命。这令我想起了伯登早年间对我的那次袭击，让我毛骨悚然。

在这次不受欢迎的重新组合教训之后，我如果想要尝试新的效果，一定会预先进行彻底的排练。

当然，我的表演仍然以传统的魔术为主。我有很多可供表演的戏法，每当我在一家新的剧院表演时，我都会改变自己的节目单。我总是展示各种各样的技巧，从一个大家都很熟悉的魔术开始预热，比如"杯子和球"或者"神秘的酒瓶"。接下来是几种不同的扑克牌技巧，再之后，为了增添舞台上的视觉色彩，我会表演一系列技巧之中的一种，例如不断地抛撒出丝巾、彩旗、纸花或者手帕。我通常会利用上台的热心观众来表演两三个传统的幻术，例如使用桌子、柜子或者镜子的那些，慢慢地将气氛推向高潮。最终都是用"刹那之间"结束我的演出。

1902年6月14日
德比郡

我比以往任何时候都还要忙。去年的8月到10月，我在全英国进行巡回演出。随后又于去年11月到今年2月再次前往美国巡演。今年5月之前我一直在欧洲大陆，目前我正忙于在英国剧场的长期巡演，这一次主要的演出地点是那些海滨度假村的剧场。

未来计划：

我打算好好休息一阵子，用许多时间与我的家人们在一起！9月的大部分和10月的上半月将维持这种状态。

在美国时，我曾试图找到尼古拉·特斯拉。我对他的装置有一些疑问，同时也想要提出一些对它加以改进的建议。另外我也确信，他会想要知道这台装置至今为止的表现有多么出色。然而，特斯拉已经销声匿迹。据传他已经宣告破产，正在躲避他的债主。

1902年9月3日
伦敦

一个重大的启示！

昨天晚上稍早些的时候，我正在伊斯灵顿的达利剧院，在两场演出之间休息，一个人来到剧院后台门口说想要拜访我。当我看到他的名片时，我立即请他到我的化装室来。此人正是《晚星报》的年轻记者亚瑟·科尼格先生，他曾经给了我许多关于伯登的思考。我毫不惊讶地得知他目前担任该报的新闻副总编辑。岁月让他脸上的胡子变得浓密，也让他的腰围增加了几英寸。他热情地走进来，用力握住我的手，上下摇晃了几下，另一只手拍着我的肩膀。

"丹东先生，我刚刚观看了你的下午场演出！"他说，"我诚挚地祝贺你。评论家们终于对一场音乐厅的演出做出了公正的评论。我承认自己也同样感到迷惑和愉快。"

"很高兴听到你这样说。"我说，并示意我的化装师给科尼格先生倒一小杯威士忌。此后我请化装师暂时离开十五分钟，让我们两人单独相处。

"祝你健康，先生！"科尼格举杯示意，"或许我该说，伯爵大人？"

我惊讶地盯着他。

"你是怎么知道的？"

"你为什么会觉得我不知道？媒体界以通常的方式得知了你哥哥去世的消息，并进行了及时的报道。"

"我看到那些报道了，"我回答道，"它们都没有提到我。"

"我想，那可能是因为舰队街很少有人知道你的真名，他们对你的艺名更熟悉。只有真正的仰慕者才能把你与亨利·安吉尔联系起来。"

"什么都逃不过你的眼睛，是吗？"我带着勉强的敬佩说道。

"我确实熟知这一类的消息，先生。别担心，我不会泄露你的秘密。我认为，这是一个秘密，对吗？"

"我一直把我生活的两个部分分开。从这个角度来说，这确实是个秘密。如果你能保密的话，我会很高兴的。"

"我向你保证，大人。我很感激你对我如此诚实。我明白秘密是你们这一行的关键，我并不想发现或者暴露一位魔术师的秘密。"

"情况并非总是如此，"我指出，"上次我们见面时——"

"伯登先生，是的，没错。我承认，那次的情况稍有不同。我觉得他在用他的秘密勾引我。"

"我明白你的意思。"

"是的，先生，我相信你明白。"

"告诉我，科尼格，你今天看了我的演出，你觉得我的最后一个魔术怎么样？"

"你完善了伯登先生仅仅是塑造成形的东西。"

这话在我听来宛如仙乐，但我还是追问道："你说你感到迷惑，但你并没有感觉到我在引诱你破解这个秘密，是这样吗？"

"是的。你激起了一种我熟悉的神秘感。当你看到一名魔术大师的表演，你会对他是如何做到这一切感到好奇，但你同时也明白，你如果得到了一个解释，一定会大失所望。"

他说着，露出微笑，然后静静地小口啜饮着威士忌，表情甚是愉快。

"我想问问，"过了好一会儿，我终于说道，"你这次来见我是为什么呢？"

"我想为伯登先生——你的对手的事情向你道歉。我承认，我的所有那些关于他的详尽理论都是错误的，而你的理论，尽管简单而又直接，却是正确的。"

"我不懂你的意思。"我说。

"你一定记得，我上次与你见面的时候，我有一套夸大其词的理论，并据此认为伯登先生表演的魔术是有史以来最为伟大的。"

"我记得，"我说，"你的明智说服了我。我非常感激你——"

"然而，当时你有另外一个不同的解释。伯登不是一个人，而是两个人。你说他们是双胞胎，同卵双胞胎，每一次有需要时，都由一个人取代另外一个人。"

"但你证明了他只有一个人——"

"你是正确的，先生！伯登的表演确实是基于这样一个事实：他有一个孪生兄弟。阿尔弗雷德这个名字是由两个名字组合起来的——阿尔伯特和弗雷德里克，同卵双胞胎，他们以一个人的身份进行演出。"

"那不是真的！"我说。

"但那正是你本人的理论。"

"因为其他的理论都说不通，"我解释道，"你很快就把我从迷惑中解救出来了。你有证据——"

"事实证明，大多数证据都只是间接的，另外一些则是伪造的。那时候我还只是个年轻记者，还没能完全掌握这个职业的精髓。在那之后，我学会了核查事实和交叉比对，然后再次核查。"

"但是，听着，科尼格，"我说，"我自己也去调查过了。当时对我来说，没有什么比证明事实更加重要了。我查看了医院里他的出生记录，以及他就读学校的登记册——"

"那些都是很久之前就伪造好的，安吉尔先生。"他看着我，面露疑惑，仿佛在怀疑自己对我的称呼是否合适。我点点头，于是他继续说道："伯登兄弟的生活就是围绕着维持这个幻象来安排的。他们的一切都不可信。"

"但我仔细调查过了，"我坚持道，"我知道他们是两兄弟，一个叫阿尔伯特，一个叫弗雷德里克，但其中一个比另一个小两岁！"

"两个人都巧合地出生于5月，我记得是这样。我想，要把1856年5月8日改成1858年5月18日，大概不需要太高超的伪造文书技术。[1]"

"我看到了一张这两兄弟的合影！"

"是的，一个非常容易找到的证据。我相信这是一个转移注意力的妙招，专门留给像你我这样的人。而我们俩都中招了。"

"但这两兄弟长得一点也不像。我亲眼见过那张照片！"

"我也一样。实际上，我在办公室留有这张照片的复印件。他们的面部特征有显著的区别。但你肯定知道化装、脸颊垫片这类东西可以用于欺骗人的，不是吗？"

这个消息让我如遭雷击，我盯着地面，无法连贯思考。

"恼怒又刺激，不是吗？"科尼格说，"你一定也感受到了。我们都被这两个恶作剧者给骗了。"

"你确定吗？"我质问道，"完全确定？"科尼格缓慢地点着头。"比如说，你有没有见过这两兄弟一起出现？"

"我就是因此而确定的。只有一次，而且时间很短，他们在我面前相聚了。"

"你是在跟踪他们吗？"

"我是在跟踪他们之中的一个，"科尼格纠正了我的说法，

---

1 英国用英文的全称来记录月份而不用阿拉伯数字，因此月份难以修改。——译者注

"8月的一个晚上，伯登先生从他的住所出发，我跟踪了他。他独自走进摄政公园，仿佛在悠闲地散步。我跟在他身后大约一百码的地方。当他绕着内圈步行时，一个男人从对面走了过来。在他们相遇的时候，他们停顿了大约三秒钟，说了些什么。然后他们像之前一样继续步行。不过这个时候，伯登手上多了一个小皮箱。跟他说话的那个人很快从我身边走过，当他走过来时，我可以看到他与伯登长得一模一样。"

我疑虑重重地盯着科尼格。

"你怎么知道——"我仔细考虑着对方可能会在哪里犯了错误，"你怎么知道现在提着箱子走在前面的那个人不是那个与伯登说话的人？伯登本人也完全有可能原路返回。如果是那样的话，走过你身边的那个人不就是他本人吗？"

"我知道我看到了什么，大人。他们穿的衣服是不一样的，也许一种诡计，但这让我能够区分他们。他们相遇，交谈，继续按照彼此原本的方向步行，他们长得是一模一样的。"

我的精神高度集中。我在快速思考在剧院里进行魔术表演的各种机制。如果他们是一对双胞胎，那么在每一场演出中，兄弟两人就必须同时身处现场。这也就意味着，没有办法可以避免让后台工作人员知道这个秘密。我早就知道伯登从不会封闭后台区域，而且在每一场演出的过程中，总是有人在侧舞台逗留，这些人看到了许多不应该让他们看到的东西并以此牟利。在我利用替身表演换人魔术的时候，我已经得知了这些。但是，如果科尼格方才说的是真实情况，那么伯登的秘密竟然保持了这么多年而且未曾泄露过，这有些令人不可思议。假如伯登的表演确实基于他有一个孪生兄弟的事实，想来他的秘密应该早在多年前就被揭穿了吧？

但他的秘密确实没有泄露过，那又该如何解释？只有一个方法：不仅在演出期间，而是在演出的前前后后都需要保密。例如说，伯登1号（暂且这样说）带着他的魔术装置和道具到达了剧院，而此时伯登2号已经躲在其中的一件道具中了。在演出中的恰当时机，伯登2号会现身，而伯登1号则躲藏在舞台上的某个道具内部。

诚然，这是可行的，如果这就是全部的答案，我也许能够接受。但是，考虑到多年间前往各地的巡回演出，乘坐长途火车、雇用助手、寻找住处等琐事在实践中带来的负担，这令我感到惊奇。伯登必须有一个团队协助他的工作：一位机关师，这是理所当然的；一名或者更多登台表演的女助手；几个搬运工和值班员；一位经纪人。如果所有这些人都知道他的秘密，那么他们保持沉默的能力实在是强得惊人。

从人性的角度来看，另一种大得多的可能性是，因为这些人不是全部都值得信任，所以伯登1号和伯登2号将不得不进行一系列更为细致的隐藏。

除此之外，演艺人员日常生活的现实也是值得考虑的问题。比如说，如果这一天伯登有下午场和晚场的表演，那么在两场演出之间，伯登2号（藏在魔术装置里的那一个）会做什么呢？当他的兄弟和其他演员在休息室放松时，他会继续躲藏着吗？或者，他会不会悄悄溜出来，然后独自躲在更衣室里，直到下一场演出开始？

他们两人是如何进入和离开剧院后台而不被发现的？后台的守门人全都是生了疑心病的守护者，在某些剧院，看门人极为谨慎地检查每个人的身份和职业，以至于据说哪怕是那些最为著名的演员，一想到可能会迟到或是试图偷运情妇时都会浑身发抖。

当然，总会有一些其他方法可以进入后台，尤其是通过布景区或剧院前门，但再一次地，必须说这需要持续不断的保密措施和相应准备，以及愿意接受身体上的巨大不适。

"看来我给你带来了许多值得思考的东西。"科尼格的声音打断了我的思路。他拿着空的酒杯向前伸手，仿佛想要再来一杯似的，但因为我想要继续仔细思考，我相当粗鲁地把杯子从他手里拿走了。

"这次你对你所谓的事实完全确定了？"我说。

"绝对确定，先生。我发誓。"

"上次见面时，你给了我一些线索，让我可以自己去核实。这次你也打算这样做吗？"

"不——我能给你的只有我的言语。我亲眼见到了他们两人在一起，我认为不需要更多的证据了。"

"也许对你来说，确实不需要。"我站起身来，暗示面谈已经结束了。科尼格拿起他的礼帽和风衣，走向房门，我为他打开了房门。

当他走过门口时，我尽可能随意地说道："你好像对我完成演出的方法不感到好奇。"

"我认为那就是魔术，先生。"

"你不会因此而怀疑我有一个孪生兄弟？"

"我知道你没有。"

"所以你确实调查过我的背景，"我说，"那么，伯登呢？他是否想要知道我是怎么做到的？"

科尼格先生向我眨了眨眼睛。

"我相信，他和他的兄弟不想让你知道他们对你充满了好奇，先生。"他伸出手来，我们握了握手，"再次祝贺你。如果我可以这样说的话，看到你这么健康，我感到很安心。"

在我来得及回答之前，他就离开了，但我想我知道他是什么意思。

1902 年 9 月 7 日
伦敦

我在达利剧院的短暂演出季结束了，接下来的一段时间我可以在伦敦处理我的各种事务，并在德比郡与茱莉亚和孩子们一起度过我渴望已久的一个月假期。

明天我将北上。威尔森已经在我之前出发，为处理魔术产出材料进行例行的必要安排。

今天上午，我已将特斯拉装置安全放置在我的工作室里，付清了未来几周的助手们的薪水，结掉了未结的账单，并与安文进行了为时颇长的讨论，主要是关于我秋冬季的演出预约事宜。即便是从目前的情况来看，从今年 10 月中旬到明年三四月份，我将忙得不可开交。从这些演出中获得的预期收入，即使扣除了所有的日常开支，也将使我的财富增加到远超我年轻时最疯狂的想象。到了明年的年底，我很可能再也不用工作了。

这让我想到了科尼格在临别时发表的评论。我已经将它记在日记里，现在我觉得有必要解释一下。

几个月以前，我还在继续打磨完善"刹那之间"的表现力的时候，我想到过一个新奇的最后转折。让我想到这个主意的正是一开始我所经历的那种感觉，那就是，我在极度的痛苦之中，不知为何活了下来。精心布置的灯光和化装让我在表演结束、似乎穿越了以太的时候，看起来比之前更为憔悴。我似乎因这艰巨的任务而筋疲力尽。我是一个与死神调情的人，而现在，死亡正在我身上展现出它的痕迹。

这种效果已经成为我日常行为的一部分。在整个表演过程中，我的行动都更加小心谨慎，就仿佛在保护自己的肢体以免它们受伤。当我转身时，我的腰部和背部都显得十分僵硬，走路时双肩耸起，弯腰驼背。但在此情况下我还是尽力表演，好像自己完全不在意身上的痛苦。当我表演完"刹那之间"之后，我奇迹般完好无损地存活下来，然后我允许苍白的灯光打到我身上，让我显得阴郁可怖。随着最后一次落幕，在大多数观众看来，我似乎不会再在这世界上停留多长时间。

除了表现效果之外，我心里确实有一个长期的计划。简单地说，我正在为自己的死亡做着谋划和准备。毕竟，我对死亡这个概念并不陌生。许多年来我一直扮演着一个死人，而茱莉亚则扮演遗孀。在我经历了如此多次特斯拉地狱般装置的传送之后，这个想法很容易就出现了：我可以把自己的死亡作为舞台表演的一个桥段。

我希望在明年永远退出舞台。我想摆脱无休止的巡回演出、长途旅行、在剧院住宿过夜、与剧院方无休止的争吵。我厌倦了对我所做的事情而言必需的保密工作，而且我总是担心伯登会再一次对我发起攻击。

最重要的是，我的孩子们正在长大，我希望更多地陪伴他们。

爱德华很快就要去上大学了，两个女孩无疑希望不久后就能结婚。

正如我所说，到了明年的这个时候，我的经济将完全独立，通过谨慎的投资，考德洛庄园的收益将足以供养我本人和我的家人们度过余生。对除此之外的全世界来说，伟大的丹东，或者鲁珀特·安吉尔的一生，将于1903年秋季的某一天，因其职业生涯的艰辛遭遇引发的癌症而结束。

与此同时，在不对外公布的情形下，第十四代考德戴尔伯爵将在差不多的时间接管他继承得来的遗产。

于是，科尼格对我的健康状况"好得令人惊讶"的评论就得到了解释。他是一位目光敏锐且聪明的人，对我的了解比我希望的多得多。

说到他，我一直在思考他的新理论，即伯登不是一个人，而是两个。我还是无法确定。

这倒不是说这一前提本身是不可能的——毕竟，我从前的雇员卡特早就已经独立提出了这一观点——而是因为生活在谎言中会产生无穷无尽的后果。科尼格还在我的化装室里时，我已经想到了其中的一些问题。

日常生活又如何呢？没有一位演艺人员能够一直工作，无论他或她的职业生涯有多么成功。总会有自愿或非自愿的休息时间。演出安排之间必须留有适当的空隙。演出以及巡回演出都有可能在开始之前被取消。还有公众假日、疾病、家庭危机，等等。

如果说伯登不是一个人，而是两个，而其中一个一直处于隐藏状态，以使得另一个看起来像是"唯一的"阿尔弗雷德·伯登，那么隐藏者究竟隐藏在哪里，又是如何隐藏的？在隐藏者的日常生活中会发生什么事？他如何与他的兄弟联系？他们会见面吗？如果会的话，他们怎样防止其他人看到？

除了他们自己以外，还有哪些人知道这个骗局？伯登又怎么确保那些知道的人会保守这个秘密？

说到其他人，尤其值得一提的是伯登的妻子，她知道这个骗局吗？还有他的孩子们呢？

如果伯登是两个人，他们不可能都是他妻子的丈夫，也不可能都是孩子们的父亲。他们之中哪一个是丈夫，哪一个是父亲？伯登的妻子出身于贵族家庭，她绝不是一个愚蠢的女人。她对伯登到底了解多少？

难道连她也对他的真实身份一无所知吗？

隐藏和欺骗能够成功地延伸到婚姻、家庭，甚至是夫妻生活吗？她会不会没有发现这两个男人之间的任何不同，并因此毫无怀疑呢？

还有那些家庭杂务、私人之间的笑话和评论、对某件私事的共同回忆，以及身体上的亲密接触又怎样呢？难道说这两人的合作达到了如此的程度，以至于连最隐私的个人事务也会被卷入仅围绕舞台上的一个魔术而建立的保密和预防措施之中？这真的是可以想象的吗？

另一种可能性，如果存在的话，则更加难以置信：伯登的妻子知道事情的真相，并出于某种原因准备忍受它。

如果是这样的话，伯登的安排肯定会在多年前就陷于失败。

不可避免的是，在这种安排之下，两兄弟之中的一个会被视为婚姻关系中较为次要的伴侣。他们之中的一个（让我再次称他为伯登2号）不会是真正与她举行婚礼的人。因此，在她的眼中，他不像伯登1号那样是她真正的丈夫，那么在夫妻生活方面又会产生哪些问题呢？

再进一步说，伯登2号将不会是孩子们真正的父亲。（出于公序良俗考虑，我在这里认为没有与妻子结婚的伯登2号也不会是孩子们的生父。）因此，伯登2号将会是孩子们的叔叔，在情感与身体上都与他们分隔开来。作为妻子和母亲的女性将无法克制地以某种方式歧视他。

这是一个极不稳定的局面。

由于以上两个解释都非常站不住脚，我被迫接受了第三个解释：伯登兄弟故意对妻子隐瞒了真相，试图欺骗她，但她自己却将这种欺骗当作是无关紧要的。换句话说，她已经发现了真相（她怎么可能没有发现？），但出于她自己的原因，她决定默许。

尽管这个理论本身也尚有一些悬而未解的谜题，但我认为它是最合理的解释。即便如此，整件事情也非常离谱，令人难以置信。

我会竭尽全力保护我自己的秘密，一直以来我也确实是这样做的，但我不会让保密成为我的一种困扰。伯登，以及可能存在的伯登的兄弟，会像科尼格所描述的那样痴迷吗？

我对这件事仍然犹豫不决！

最后要说的是，这并不重要，因为戏法就是戏法，所有看到的人都会知道它就是一个正在当众表演的骗局。但是茱莉亚因为这场宿怨而遭受了难以想象的痛苦，而我自己的生命也几乎因它而提前终止。我相信伯登是一个对自己的秘密极端狂热的人，与他纠缠是我的不幸。

此外，我也有自己的幸运，作为这场宿怨的直接后果，我偶然发现了一个让我发了财的魔术。

1902 年 11 月 27 日

韦克菲尔德与利兹之间的某处

与茱莉亚和孩子们一起在德比郡度过了一个漫长而有益的假期之后，我再次开始巡回演出。明天我将开启在利兹的威廉国王剧院的演出，接下来直到下周周末每天演出两次。

在那之后，我将前往多佛，在那里我将成为白崖剧院节目单顶端的人物。再从那里前往朴次茅斯，度过圣诞节假期前的一周。

我是一个疲惫但快乐的人。

有些时候，人们会注意到我的外表，并以一种善意的方式评论我的健康可能遭受了怎样的损害。我勇于面对这些。

1903 年 1 月 1 日

就这样，我来到了鲁珀特·安吉尔将要放弃此生的这一年。我还没有为他，或我的死亡选择一个确定的日期，那要等到我的美国巡演结束之后。

从明天算起，三周之后我们将从利物浦出发奔赴纽约，4 月之前不会返回英国。处理魔术产出材料的问题只有部分得到了解决，但有助于缓解这一问题的是，我平均每周只会表演一次"刹那之间"。如果有必要的话，我会像以前那样做，但威尔森声称他已经找到了解决办法。无论如何，演出都将继续。

茱莉亚和孩子们将与我一起前往美国，参与这场日后将被视为我的告别之旅的巡演。

1903 年 4 月 30 日

我已告知安文继续接受年底前，甚至是1904年头几个月的预约。尽管我将在9月底之前去世。也许会是在9月19日，星期六。

1903 年 5 月 15 日
洛斯托夫特

纽约、华盛顿、巴尔的摩、里士满、圣路易斯、芝加哥、丹佛、旧金山、洛杉矶……这些地方让我的出场达到了令人目眩的新高度，在那些之后，我来到了萨福克郡的洛斯托夫特。在美国或许我能发财，但像洛斯托夫特的展览馆剧院这样的地方才是我真正的谋生之处。

明天开始我将进行为期一周的演出。

1903 年 5 月 20 日

我取消了今天的两场演出，明天的演出也岌岌可危，当我写下这些文字时，我正焦急地等待着茱莉亚的到来。

我是个傻瓜，一个该死的傻瓜！

昨天的晚场演出，只进行到一半。我几乎无法让自己平静地写作。

所以我必须冷静。

我最近在我的节目单中增加了一个新的扑克牌戏法。在这个戏法中，一位观众被请上台。这位观众拿起一张扑克牌，将他的名字写在牌面上。我把扑克牌的一角撕掉，把这一角交给上台观众拿着。其余的部分装入一个纸信封并且点燃。火焰熄灭后，我拿出一个大橘子。我把橘子切成两半，发现那张签了名字的扑克牌就在橘子里面，而撕掉的那一角也理所当然地能够完美地拼上去。

昨晚的上台观众，我当时觉得他一定是一个当地人：他高大魁梧，肤色红润，说话时带着萨福克当地的口音。早在我的演出刚开场时，我就注意到他坐在观众席前排中间，当我看到他那张和蔼可亲、缺乏智慧的脸时，我把他列为可能的志愿者之一。事实上，我一叫人上台，他立即就举手示意，我本应该意识到这可能会带来麻烦。然而，当我表演这个魔术时，他是一个完美的陪衬，甚至以他稀薄的幽默感和平庸的观察力引来了一两个观众的笑声。（"拿一张扑克牌。"我说。"什么？你想让我把它拿家里去吗，先生？"这人瞪着眼睛说道，脸上一副急于取悦的表情。）

我怎么会没有猜到这个人就是伯登？！他甚至给了我一个线索，因为他在扑克牌上写的名字是阿尔弗·雷德伯恩，一个几乎毫无难度的近似字谜。但由于我放松了戒备，我以为这是他的真名。

扑克牌戏法结束后，我与他握了手，称呼着他的名字表示感谢，我现任的女助手海丝特带领他走向舞台侧面的台阶，我示意观众为他鼓掌。

我没有发现在此之后，雷德伯恩的座位仍然空着。当我注意到这一点时，"刹那之间"的表演已经开始了。

在为这个魔术累积紧张感的过程中，他的离席只是让我在潜意识里感到些许不安。我知道有什么事情不对劲，但在那一刻，我无法仔细思索到底出了什么问题。

电流开始在特斯拉装置里流动，高压放电的长卷须缠绕在我周围，观众的期待达到顶峰。就在那一瞬间，我终于注意到他的座位仍然空着。此事的重要性像一道闪电一样向我劈来。

那时已经太晚了。装置正在运行，我决心完成这次表演。

演出到了这个时候，已经没有什么修改的余地。甚至连我选择的目标区域也是确定的。调整坐标过于复杂耗时，因此除了表演开始之前，任何时候都无法进行此项工作。前一天晚上，我把昨天的两场表演的传送目标地点都定为舞台左侧最高处的包厢，并要求剧院方确保这两场演出期间将此包厢空置。这个包厢与二层看台几乎一样高，观众席的几乎所有其他地方都能够看到它。

我将会出现在包厢外面的栏杆上，聚光灯会第一时间照亮我，我趴在栏杆上，脸朝下面对着一长段距离之外的观众席前排座位，似乎在挣扎着维持平衡，双臂胡乱挥舞，身体剧烈抽动，诸如此类的。在下午场演出中，一切都按计划进行，我的神奇位移引发了观众的惊叫、咆哮和警惕的叫喊声，随后当我拉住海丝特扔给我的绳子荡到舞台上时，观众发出了雷鸣般的掌声。

为了让自己到达包厢的栏杆上时处于脸朝下的状态，我站在特斯拉装置内部时必须背对着包厢。观众当然不可以知道这一点，但在我的身体到达的那一刻，我的姿势是与我传送之前一样的。因此，从我在装置内部的位置看不到传送的目标位置。

伯登就在这附近的某个地方，我突然间意识到一个可怕的现实：他又要来破坏我的表演了！假如他躲在那个包厢里，当我到达时突然伸出手来推我一把会怎样？我感到周围的电张力在不可避免地增加。我忍不住焦急地转过身，抬头望向那个包厢。透过致命的蓝白色电火花，我只能勉强分辨出它的形状。看起来没什么问题。那里没有什么东西阻挡我的到达，尽管我无法看到包厢内部有座位的地方，但看起来那里不像是有人的样子。

然而我很快就意识到，伯登的意图比我想象的更加险恶得多。就在我抬头望向包厢的那一瞬间，两件事情同时发生了。

第一件事是，我身体的传送过程实际上已经开始了。

第二件事是，装置的电源被切断了，从而立即中止了电流。蓝色的电火花消失了，电场也消散了。

我仍然在舞台上，站在装置的木笼里，所有的观众都能看到我。我正转过头看着我背后的那个包厢。

传送的进程被打断了！但在它中断之前，它已经开始了，我现在可以在包厢的栏杆外面看到我自己的形象。

那就是我的鬼魂，我的分身，短暂地停留在我回头张望的姿态，身子扭到一半，半蹲着，看着上方的别处。

这是我自己的一个微薄的、虚无缥缈的复制品，一个部分成形的产出。

就在我望向它的同时，这个我自己的形象惊恐地挺直身子，伸出双臂，向后倒了下去，它倒进了包厢，从而离开了我的视野！

我看到的情况让我惊恐万分，我向前迈步，走出了特斯拉笼的线圈。就在这时，聚光灯亮了起来，照亮了整个包厢，试图在那个我意图重新实体化的地方找到我。观众差不多已经意识到这个戏法是怎么回事了，他们纷纷抬头望向那个包厢。一些人开始鼓掌，但是掌声很快就消失了。那里什么也看不到。

我独自站在舞台上。我的魔术被摧毁了。

"幕布！"我朝侧舞台大喊道，"马上拉下幕布！"

这似乎用了很长的时间，但技术员终于听到了我的喊声，幕布落下，把我和观众隔开。海丝特跑了出来。她本应在我待在包厢栏杆上接受观众掌声时重返舞台，在那之前她是不应该出现的。

"发生了什么事？"她喊道。

"那个从观众席登上舞台的男人，他在哪里？"

"我不知道！我以为他回到自己的座位上了。"

"他设法进入了后台区域。你本来应当确保这些人离开了舞台！"

我恼火地将她推开，掀开厚重的幕布。我蹲伏下来，从幕布的下方穿过，走到脚灯前面。现在剧场里的灯全都亮了起来，观众正进入过道，慢慢地走向出口。人们显然感到困惑和不满，但现在他们已经不再关注舞台。

我抬头望向那个包厢。聚光灯已经关掉了，在平淡的室内灯光下，我还是什么都看不见。

一个女人发出一声尖叫，然后又一次尖叫。她似乎位于这座剧院中包厢后方的某个区域。

我迅速走进侧舞台，在那里见到了威尔森，他也正跑到舞台上来找我。

我命令他立即将装置拆卸装箱，说话时已经上气不接下气，因为我发现自己的肺莫名其妙地感到劳累。说完后，我从他身边跑开，登上通往二层看台和包厢的楼梯。许多观众正从楼梯上走下来，我不得不逆着人流穿行，他们低声抱怨着我缺乏礼貌，但显然并没有人认出我就是那个刚刚遭遇了惊人失败的表演者。失败就是这样会让人突然间变得寂寂无名。

我迈出的每一步都困难万分。当我呼吸时，我的喉咙里嘎嘎作响，我能感觉到我的心脏怦怦直跳，就好像我刚在上坡路上跑步一英里。我的身体一直很健康，体力锻炼对我来说从来不是问题，但突然间，我感觉到自己既肥胖又跛脚。当我来到第一段短楼梯上面时，我已经走不动了，不得不靠在熟铁栏杆上喘气，下楼的人群被迫绕过我。我休息了几秒钟，然后跳上下一段台阶。

没走两步，我就开始剧烈咳嗽，这可怕的咳嗽让我大吃一惊。我的身体已经没有一点力气了。我的心脏跳得非常厉害，我能听到血液有规律的流动声在我的耳朵里响起，汗水从我的全身涌出来，我的干咳让气管涌起一阵阵剧痛，就连胸腔似乎都塌陷下去了。我简直虚弱得无法再呼吸，当我强迫自己吸入一点空气时，立即又引发了一阵咳嗽，让我气喘吁吁，痛苦不堪。我已经无法站立了，向前倒在石头台阶上，最后几位观众从我身边走过，他们的靴子离我可怜的脑袋只有几英寸远。当我躺在那里时，我既不知道，也不在乎他们对我的看法。

终于，威尔森找到了我。他像抱着一个孩子那样把我抱在怀里，我挣扎着试图恢复正常的呼吸。

许久之后，我的心跳和呼吸恢复了平稳，一阵可怕的寒意袭来。我感觉到自己的胸部就像一个肿胀的脓疱，依然非常疼痛。并且，虽然我能阻止自己再次咳嗽起来，但每一次吸气都非常浅，而且吸入的气体很快就被排出。

最后，我终于能够开口说话了："你看到发生了什么事吗？"

"阿尔弗雷德·伯登一定进入了后台，先生。"

"不是那个！我是说，电源被切断的时候，发生了什么事？"

"我在操控开关面板，安吉尔先生。和往常一样。"

在表演"刹那之间"时，威尔森的位置是在舞台后部观众看不到的地方，因为他被布景区的背景幕布遮住了。尽管他在整个过程中一直与我保持着联系，但在大部分时候，他是看不到我的。

我喘息着，将自己曾经短暂见到的那个灵体般的分身描述给他。

威尔森看起来有些困惑，但他立即提出他可以前往那个包厢观察情况。于是他上楼去了，我则只能无助地躺在没有铺地毯的冰冷石阶上，感到非常不舒服。一两分钟后，威尔森返回了，他说包厢里的座椅散乱地倒在地毯上，但除此之外，没有什么不寻常的现象。我不得不接受他的说法。我早就知道威尔森是一个精明可靠的助手。

他扶着我走下楼梯，再次回到舞台上。这时，我已恢复到不需要人扶助就可以站立的程度了。我扫视着顶层包厢，以及现在已经空无一人的观众席，但并没有那个分身存在的迹象。

我不得不忘掉这件事。我的身体突然变得虚弱无力，这才是更紧迫的问题。每一个动作都让我感到如同拉伤般的疼痛，咳嗽似乎藏匿在我的胸腔里，随时有可能爆发。由于害怕再次咳嗽起来，我有意地限制自己的活动幅度，试图让自己的呼吸平稳。

威尔森叫了一辆出租马车，将我安全地送回租住的宾馆房间，并立刻安排给茉莉亚捎了一条口信。他还为我叫了一位医生，医生来得很晚，但他到达后立即对我进行全面检查。他说他没有发现什么不对劲的地方，因此我付钱给他让他离开，并决定第二天早上再找一位医生。我难以入睡，但最后还是睡着了。

今天早上醒来时，我感觉稍微恢复了一些，可以独自下楼了。威尔森正在宾馆的门厅等着我，他说茉莉亚中午时就会到。

与此同时，他说我看起来很不舒服，但我坚持称自己已经开始恢复了。不过在吃完早餐后，我发现自己几乎没有力气。

我不情愿地取消了今天的两场演出。威尔森前往剧院接洽有关事宜，而我则在宾馆里写下了这篇记录。

1903 年 5 月 22 日
伦敦

在茱莉亚的敦促和威尔森的建议下，我取消了在洛斯托夫特的剩余场次。下周的安排也取消了——我原定将在海盖特的宫廷剧院开启一个短暂的演出季。至于 6 月的第一周，在德比的阿斯托利亚剧院的预约，目前我还没有决定。

我试图尽可能表现得乐观，但在我内心的最深处潜藏着一种不可告人的恐惧。简单说，我怀疑我不良的健康状况将导致我以后永远都无法演出了。在伯登的恶意攻击之后，我变成了一个半残疾的人。

算上在洛斯托夫特的宾馆里来看我的那个医生，以及我自己在伦敦的家庭医师，我已经接受了三位医生的检查。他们都认为我没有什么明显的疾病症状。我抱怨自己的呼吸问题，于是他们听了我的呼吸音，要求我多呼吸新鲜空气。我告诉他们，当我走上一段楼梯时，我的心跳会加快，于是他们听了我的心跳，让我注意饮食，放慢动作。我说我很容易疲劳，他们建议我好好休息，早点睡觉。

我在伦敦的家庭医师给我取了一份血样，因为我要求他做一些客观的检验，哪怕只是为了减轻我的恐惧。他很快报告说，我的血液异常"稀薄"，这种状况对我这种年纪的男性来说并不罕见。他给我开了一种补铁剂。

医生离开后，我自己进行了简单的测试：我量了一下自己的体重。结果令人震惊。

我的体重似乎减轻了将近三十磅。在我成年后的大部分时间里，我的体重差不多是十二英石[1]，也就是一百六十八磅左右。在多变的生活里，只有这个数字始终没有太大变化。今天上午，我发现自己的体重只剩下一百三十九磅，也就是十英石还差一点。

我在镜子里看到的自己与以往相同。我的脸没有变瘦，我的眼睛没有充血，我的颧骨没有高耸，我的下颌没有凸出。的确，我看起来有点疲惫，而且我的皮肤有一种不常见的黄褐色，但我看起来绝对不像是一个爬一小段楼梯就在半路上喘不过气的人。也不像是一个刚刚失去了差不多六分之一体重的人。

由于没有正常的或是合乎逻辑的原因，这一定是特斯拉传输过程没有完成导致的。第一次冲击发生了。而在那之后，电力的信息只传输了一部分。伯登将电源中断时，第二次冲击还没有完成，因此首末两端都没能完成重组。

他的干涉再一次把我带到了死亡的边缘！

稍后

茱莉亚宣称，她要把我喂得胖胖的，好恢复我的体力，所以今天的午餐异常丰盛。不过吃到一半时，我就感到疲倦和恶心，最终没有吃完。我刚才小睡了一会儿。

当我醒来时，一个想法迅速冒出头来，我仍在思考它可能带

1　英制重量单位，1 英石 ≈ 6.35 千克。

来的后果。

在这个保密的日记本中，我可以透露这一点：每当我使用特斯拉装置时，无论是正式表演还是彩排，我总是会在口袋里装上两三枚金币。我这样做的理由应该是不言而喻的。我最近获得了一笔财富，它的来源可不仅是出场费。

但是，凭良心说，特斯拉曾警告我不要这样做。他是一个道德高尚的人，针对伪造货币的问题，他对我进行了漫长的演说。他还说，在科学上他也有充分的理由。装置是根据我已知的体重进行校准的，同时也有一定的安全边际，但如果我身上有一些小而厚重的物体，例如金币，可能会使得传送到更远的目标时定位不准确。

因为我相信特斯拉的科学素养，起初我决定只随身携带纸币，但这样做就不可避免地会出现重复的序列号。每次演出时，我仍然会携带一些高面额的钞票，但在大多数情况下，我更喜欢携带黄金。我从未遇到过特斯拉说过的定位不准确的问题，也许是因为我传送的距离都很短。

今天下午，午睡醒来后，我在衣服口袋里找出了星期二晚上我带着的三个金币。我一拿到这些金币就知道它们的重量变轻了。接下来我把它们放在办公室的天平上，与没有经历过传送的同种金币进行比较，从而确定它们确实变轻了。

我估计它们也同样损失了大约百分之十七的质量。它们看起来没有任何变化，尺寸与普通金币完全一样，甚至连掉到地上时发出的响声也都没有任何不同，但不知为何，它们的重量减小了。

1903 年 5 月 29 日

本周的情况没有任何改善。我还是很虚弱。我看起来很健康，没有发烧，没有外伤，没有疼痛，没有疾病。尽管如此，只要我稍微活动身体，就会感到极为疲劳。茱莉亚继续努力用食物让我恢复健康，但我的体重只增加了一点点。我们俩都假装我在好转，但这样做只是为了否认那对我们俩来说都显而易见的事情：我永远都不会恢复我失去的那一部分。

在这种强迫性的身体疲惫之中，我的头脑继续正常工作，这反过来又增加了挫败感。

虽然很不情愿，但根据我所有亲近的人的建议，我取消了后续的所有预约。为了分散自己的注意力，我一直在运行特斯拉装置，用它传送了一批金币。我并不贪婪，我也不想突然暴富而引起不受欢迎的注意。我只是需要足够的钱来保证我和我家人的长期幸福。每次传送结束时，我都会仔细称量每一枚金币，但没有哪一枚变轻了。

明天我们将返回考德洛宅邸。

1903 年 7 月 18 日
德比郡

伟大的丹东死了。在洛斯托夫特展览馆剧院的一场表演中，魔术师鲁珀特·安吉尔在上演一个戏法时，因事故不幸受伤，后来因伤势过重死亡。他在他位于伦敦海盖特的住宅中去世，留下了一位遗孀和三个孩子。

虽然健康状况不佳，但第十四代考德戴尔伯爵还活着。他有幸在《泰晤士报》上读到了自己的讣告，这是一种没有多少人能够得到的特权。当然，讣告没有标明作者，但我可以推断，它并不是伯登写的。讣告对我职业上取得的成就做了公正和赞赏的评价，但除此之外，我没有感受到嫉妒的暗流或者潜藏的微妙怨恨，如果讣告是由逝者的一位竞争对手撰写，这些情绪通常都是可以察觉的。至少伯登没有卷入此事，这让我感到些许欣慰。

鲁珀特·安吉尔遗留的事务目前掌握在一家律所手中。他当然真的死了，他的遗体真的被摆放在一副棺材里。我认为这是安吉尔表演的最后一个魔术：他提供了一具遗体用于举行自己的葬礼。茱莉亚正式成了他的遗孀，孩子们成了他的遗孤。他们全都参加了在海盖特公墓举行的葬礼，只有他最亲近的家人能够出席。根据遗孀本人的请求，新闻界未曾参与此事，当天现场也没有出现狂热的仰慕者。

就在葬礼举行的那一天，我本人与亚当·威尔森及其家人匿名乘坐火车返回德比郡。他和格特鲁德已同意继续担任我的雇员。我能够给他们相当丰厚的奖金。

三天后，茱莉亚和孩子们也从伦敦返回。目前茱莉亚仍是安吉尔的遗孀，但随着我从人们的记忆里淡出，她将悄悄地成为考德戴尔伯爵夫人，如同她拥有的权利那样。

我以为我已经熟悉了在自己的死亡中存活下来这件事，但这一次的方式是我永远不可能再重复的。因为我无法再重返舞台，也因为我现在担任的这个曾因为我的兄长而无缘得到的角色，我发现自己正在思考该如何让今后的日子充实起来。

在洛斯托夫特那件发生在我身上的不快事件产生的最初冲击

之后，我现在已经适应了自己新的存在形式。我的身体机能没有衰退，我的健康状况保持着稳定。我几乎没有体力或者力气，但似乎也不会突然间死掉。本地的医生重复着我在伦敦听过的话：只要假以时日，没有什么问题是营养丰富的食物、适当的锻炼和积极的态度无法解决的。

因此，我发现自己现在的生活状态，就跟我刚从科罗拉多返回英国时曾经短暂预想过的差不多。在宅邸和庄园的各处有很多事务需要处理，因为多年来庄园几乎没有正常运转过，所以大部分东西都处于衰退状态。幸运的是，这一次我的家族拥有了必要的资金来解决一些最为严重的问题。

我让威尔森在地下室里把特斯拉装置组装起来，理由是我打算随时排练"刹那之间"，为重返舞台做准备。当然，实际的用途并非如此。

1903 年 9 月 19 日

今天只是为了记录一下，今天是我原本计划让鲁珀特·安吉尔去世的日子。这一天与其他每一天一样平静地过去了（不考虑我对自己的健康持续感到不安的话）。

1903 年 11 月 3 日

我正在从肺炎中康复。我差点儿就死掉了！自从 9 月底以来，我一直在谢菲尔德皇家疗养院住院，能活下来简直是个奇迹。今天是我出院回家的第一天，我可以在床上坐起来写东西。透过我的窗户，沼地看起来美丽极了。

1903 年 11 月 30 日

正在康复。

我基本上已经康复到了刚从伦敦返回时的状态。也就是说，正式的说法是还好，不正式的说法是不太好。

1903 年 12 月 15 日

今天上午10点半的时候，亚当·威尔森来到我的阅览室，告诉我楼下有一位访客想要见我。是亚瑟·科尼格！我惊讶地盯着他的名片，想知道他为什么会来。"告诉他我现在没空。"我对亚当说，然后来到我的书房开始思考。

他的来访是否与我的葬礼有关？假装自己已经死亡可能会被认为是一种欺诈，因此属于违法行为，但我无法想象这会对其他人造成什么伤害。但是科尼格来访这一事实就说明，他知道葬礼是假的。他会以某种方式勒索我吗？我仍然不完全信任科尼格先生，也不理解他的动机。

我让他在楼下等了十五分钟，然后让亚当把他带到楼上来。

科尼格似乎怀有一种严肃的心情。我们互致问候之后，我请他坐在面对我书桌的一张安乐椅上。他说的第一件事是向我保证，他的来访与他供职的报社无关。

"我是作为一名使者来访的，伯爵大人，"他说，"我以个人身份受到第三方的委托，我的委托人知道我对魔术界感兴趣，并因此请求我与您的妻子接洽。"

"与茱莉亚接洽？"听到这话，我真的吃了一惊，"为什么你会需要与她接洽？"

科尼格看起来显然很不舒服。

"伯爵大人，您的妻子是鲁珀特·安吉尔的遗孀。正是由于她的这一身份，我的委托人才会请求我与她接洽。但我个人认为，鉴于从前曾经发生过的事情，先与您见面才是最明智的选择。"

"究竟发生了什么事，科尼格？"

他随身携带着一个小皮箱，这时，他将皮箱放在自己的腿上。

"这位……我的委托人偶然间发现了一个笔记本，一本私人的备忘录。我的委托人认为您的妻子会对它感兴趣。准确地说，我的委托人希望考德戴尔伯爵夫人，我是说安吉尔夫人，可能有兴趣买下它。这位，呃，我的委托人不知道您，伯爵大人，还活着，因此我觉得自己不仅背叛了那位派我执行任务的委托人，而且也背叛了那位我本来应该与其接洽的人。但我真的觉得，在这种情况下——"

"这个笔记本是谁的？"

"它属于阿尔弗雷德·伯登本人。"

"你把它带来了吗？"

"当然。"

科尼格将手伸向皮箱，从中拿出一个布面的笔记本，上面有一个可以上锁的扣子。他把笔记本递给我让我看，但因为已经上了锁，我看不到其中的内容。当我再次看向科尼格时，我发现他手里拿着钥匙。

"我的……委托人希望得到五百英镑，先生。"

"它是真的吗？"

"毫无疑问。您只要读几行就会相信的。"

"但它值五百英镑吗？"

"我猜，您会觉得它不止值五百英镑。这本笔记是伯登亲手写的，直接揭露了他的魔法的秘密。他详细阐述了自己的魔术理论，并解释了他的众多戏法是如何完成的。其中同样也包括了他对双胞胎一事的隐瞒。我觉得它读起来非常有趣，我可以向您保证，您也一定会有同样的看法。"

"你的委托人是谁，科尼格？谁想要这笔钱？"他看起来有些不安，很显然不习惯做这种事，"你说你已经背叛了你的委托人。在那之后，你突然又有了顾虑吗？"

"这很难解释，伯爵大人。从您的表现来看，我猜您还没有听说过我带来的主要消息。您知道伯登本人最近去世了吗？"我震惊的表情已经将他想要的答复泄露无遗。他说："准确地说，我相信双胞胎兄弟之中的一个已经死了。"

"你听起来不太确定，"我说，"为什么？"

"因为没有确凿的证据。您和我一样清楚，伯登兄弟对隐藏自己的生活有多么狂热。所以当双胞胎之一去世时，还活着的另一位会这样做也就不足为奇了。很难寻找到他们的踪迹。"

"那么你又是如何知道的？哦，我明白了……委托你的那个第三方。"

"还有一些间接的证据。"

"比如说？"我提示道。

"教授的演出中不再有那个著名的魔术。在过去六个星期里，我曾经多次看过他的演出，他一次都没有表演过那个魔术。"

"这可能有许多原因，"我评论道，"我本人也曾看过几次他的演出，他并不是每次都表演那个魔术的。"

"确实如此。但很有可能是因为要表演它的话，两兄弟都必须在场。"

"我想你应该告诉我你的委托人是谁，科尼格。"

"伯爵大人，我相信您曾经认识一位名叫奥利芙·温斯科姆的美国女性，是吗？"

我在这里把这个名字写下来，是因为我现在已经意识到他说的是这个名字，但当时我过于震惊，以至于以为他说的是"奥利维亚·斯文森"。因此，我们之间产生了误会。一开始我以为我们说的是同一个人，后来当他澄清这个名字时，我以为他说的是另一个人。最后我想了起来，当奥利维亚准备去接近伯登时，她用了她母亲的娘家姓。

"由于某些你一定能够理解的原因，"当这一切都解释清楚之后，我说道，"我从来没有提起过斯文森小姐。"

"是的，是的。我为提到她而道歉。不过，她与这本笔记本密切相关。据我所知，温斯科姆小姐，或者您所认识的斯文森小姐，几年前曾经受雇于您，但后来她叛逃到了伯登阵营。她一度担任伯登的舞台助手，但时间不长。我想大约正是在这个时期，您与她失去了联系。"

我确认事情确实是这样的。

"事实证明，"科尼格继续道，"伯登双胞胎兄弟在北伦敦有一个秘密藏身处。确切地说，是一间位于霍恩西富人区的套间公寓，兄弟两人其中之一隐姓埋名地住在这里，另一个则在圣约翰伍德享受舒适的家居生活。他们会定期轮换。在温斯科姆小姐……

叛逃之后，她被安置在霍恩西的公寓里，并一直在该处居住。如果法庭对她的诉讼失败的话，她将继续居住在那里。"

"诉讼？"

听到如此巨量的信息，我一时间感到难以理解。

科尼格接着说道："因为未支付公寓的租金，她收到了限期搬离的通知，期限就在下周。作为一名没有永久居留权的外国人，她如果不能继续在那间公寓租住，就将被驱逐出境。正是因为这些原因，她才来找我，因为她知道我对伯登先生很有兴趣。她认为我或许可以帮助她。"

"替她找我要钱。"

科尼格郁闷地皱起眉头。"不完全是，但——"

"继续说。"

"您一定有兴趣知道，温斯科姆小姐不知道伯登是两个人，而且直到今天还拒绝相信自己被骗了。"

"我自己也曾经问过她，"我回忆起了那次与她在里士满的那家剧院里不快的相逢，"她那时候就说伯登只是一个人。她知道我怀疑伯登有双胞胎兄弟。但现在我很难相信她说的是实话。"

"死去的那个伯登是在霍恩西公寓发病的。从描述的当时情况来看，很可能是心脏病发作。温斯科姆小姐叫来了伯登的医生，遗体被带走后，警察来到了现场。她将死者的身份告知警方，警方声称会进一步调查后就离开了，但他们再也没有回来过。后来她又与医生联系，得知医生当时正忙着。医生的助手告诉她，伯登先生生病了，但已很快康复，刚刚离开医院。因为在伯登去世时，温斯科姆小姐就在现场，她很确定他已经死了，听到这个消息她无法相信。她随后又去了警察局，但令她震惊的是，警方也确认了医生的说法。

"这些都是温斯科姆小姐亲口为我讲述的。所以说，从她告诉我的情况来看，她不知道伯登还在维持第二个家庭。他完全蒙住了她的眼睛。她只知道伯登大部分时间都和她在一起，即使没和她在一起的时候，她也总是知道他在哪儿。"科尼格坐在椅子上，倾身向前，全神贯注地为我讲述着他的故事，"于是，在伯登突然去世的时候，她就和任何一个可能处在她这个位置的人一样，感到震惊和沮丧，但她没有理由认为这是什么不寻常的事件。据她说，他确实是死了。她说在医生到场之前，她和遗体一起待了一个多小时，他的身子都凉了。医生检查了遗体，确认伯登已经死亡，他说他一回到诊所就会签发死亡证明。然而现在，她面对着所有相关人员的一致否认，不仅如此，她还面对着一个无可辩驳的事实：阿尔弗雷德·伯登仍然出现在公众舞台上，在大庭广众之下表演着他的魔术，显然绝对没有死亡。"

"如果她认为伯登只是一个人，她如何解释此事呢？"我插话道。

"当然，我问过她了。您一定知道，她对魔术界并不陌生。她告诉我，经过深思熟虑之后，她得出了一个悲伤的结论：伯登利用某个魔术技巧，例如服下某种药物，来伪装自己已经死亡。而这一切都是精心设计的诡计，目的就是抛弃她。"

"你有没有告诉她伯登有一个双胞胎兄弟？"

"是的，我这样做了。她对这个想法嗤之以鼻，并且向我保证，如果一个女人与一个男人一起生活了五年，她一定知道关于他的一切。她完全否认可能有两个人的这种想法。"

（早些时候，我曾对伯登兄弟如何与他的／他们的妻子和孩子相处产生过疑问。现在，这些疑问又增添了一个新的层次。看来情妇也同样受到他们的欺骗，但她不愿意承认自己被欺骗了，或者根本不知道。）

"所以这个笔记本突然出现了，从而解决了她的所有问题。"我说。

科尼格看着我，表情像是在思考着什么，然后说道："不是所有的问题，只是最紧迫的那些。伯爵大人，我想我应该让您看一下笔记本的内容，而不必先付款，作为我诚意的一种表达。"

他把钥匙给了我，当我打开锁时，他向后靠在椅背上。笔记本上的字体很小，笔迹整齐，线条平顺，但乍看之下并不很清楚。读完开头的几页之后，我开始迅速翻阅剩下的页面，就好像我的手指在一副扑克牌的边缘划过。我作为一名魔术师的职业本能告诉我要提防伯登的诡计。持续这么多年的宿怨已经展示了他伤害我的意愿。当我停下来时，我已经翻了大约一半。我凝视着它，陷入了沉思。

这有可能是伯登设计得最为精致的对我的攻击。科尼格关于奥利维亚的故事、伯登在她的公寓里死去、一本包含着伯登最有价值的职业秘密的笔记本。这一切都可能是捏造的。

我仅有的证据就是科尼格所说的话。如果这是另一个诡计的话，笔记本里实际上写了些什么？一个足以操纵我做出错误反应的错综复杂的骗局吗？其中会不会包含着什么东西，通过奥利维亚·斯文森本人，威胁到我生活中最后一个保持着稳定的方面，亦即我与茉莉亚之间奇迹般地恢复了的婚姻？

在我看来，即使只是拿着这个笔记本，也会将我置于危险之中。

科尼格的声音打断了我的思考。

"我是否可以冒昧地说，伯爵大人，我能够猜出您在想什么？"

"不，你不可以如此冒昧。"我说。

"您在怀疑我，"科尼格坚持道，"您认为是伯登付了钱给我，或者以某种方式强迫我，让我把这个笔记本带给您。是这样吗？"我没有回答，只是半打开笔记本，眼睛朝下盯着它。

"您有能力调查我告诉您的所有事情，"科尼格继续道，"一个月前，霍恩西公寓的房东在汉普斯特德巡回法庭向温斯科姆小姐提起了诉讼。您可以自己去查法庭记录。在惠廷顿医院有社工人员的记录，在温斯科姆小姐声称伯登死去的那一天，一具身份不明的遗体被送到该医院，是因心脏病发作而死，年龄与体格都与伯登能对得上。另外还有一条记录，这具尸体当天被一位当地医生带走了。"

"科尼格，十年前你曾经给了我错误的证据让我去核实。"我说。

"确实如此。我一直对此感到懊悔，并已经将那个错误所引发的结果完全告诉了您。我向您保证，这本笔记是绝对真实的，我得到它的过程与我所说的完全一致，而且还活着的那个伯登非常想要夺回它。"

"它是如何脱离他的掌控的？"我说。

"温斯科姆小姐意识到了它潜在的价值，她认为它或许可以作为一本书出版。当她急需资金的时候，她认为这本笔记对您，或者说按照她所知道的，对您的遗孀或许会更有价值。理所当然地，她把它藏了起来。伯登本人当然不可能为了取回它而去见她，但十天前，她的公寓遭到强行入侵并被翻得一团糟，这肯定不是个巧合吧？什么东西都没丢。这本笔记被她藏在了别处，现在仍归她所有。"

我从我手指停下的地方再次翻开笔记本，并且意识到，我用手指抚摩着最上等的纸张边缘的动作，就与一位魔术师迫使上台观众抽取他想让他抽取的那一张扑克牌的动作是一样的。当我看到右手边那一页中间部分的某一行上写着我的名字时，我的这种感觉又增强了。就好像伯登迫使我选择了这一页。

我仔细看了看那行字，很快就弄明白了这句话的其余部分。"这就是安吉尔永远无法解开整个谜团的真正原因，除非我自己告诉他答案。"

"她想要五百英镑，是吗？"

"是的，伯爵大人。"

"她会得到的。"

1903 年 12 月 19 日

科尼格的来访让我筋疲力尽。在他离开后（带着六百英镑，多出来的部分一方面是为了补偿此事迄今为止给他带来的麻烦，另一方面也是为了换取他以后对此事保密且不再参与），我很快就上床躺着休息，一直躺到当天晚上。在那之后我写下了那一天发生的事情，但第二天和第三天，我太虚弱了，吃得很少并几乎一直在床上休息。

昨天我终于有了些精力，开始阅读伯登笔记本中的一部分。正如科尼格预计的那样，我发现它是一本引人入胜的读物。

我向茱莉亚展示了一些片段，她也认为它很有意思。她对他自鸣得意的语气的反应比我还要激烈，并且她告诫我不要因为对他生气而浪费自己宝贵的精力。

事实上，尽管他以既可悲又令人愤怒的方式，对我所知道的一些事件进行了歪曲，但怒火并未在我心中点燃。最让我着迷的是，我终于有证据能够证明，"阿尔弗雷德·伯登"是一对双胞胎密谋的产物。他们并未在笔记本里承认这一点，但这些记录显然是由两个不同的人写成的。

他们用第一人称单数的代词来称呼对方。起初，我觉得有些困惑，也许让人感到困惑正是他们这样做的本意。但当我向茱莉亚指出这一点时，她注意到，显然他们并没有想到会有其他人能看到这个笔记本。

这表明他们习惯性地将对方称呼为"我"，而反过来说，这又意味着他们一生中的大多数时间都在这样做。在我认真研读的过程中，从笔记本的字里行间，我意识到他们生活中发生的每一件事都被纳入了一种集体性的体验。这就好像他们从小就在为一个魔术做着准备，在这个魔术中，一个人会悄悄地取代另一个人。这个魔术愚弄了我，也愚弄了大多数观看过他们表演的人，但很显然，最后被愚弄的应该只有伯登自己。

两个生命合二为一，意味着每一个都只有原来的一半。当其中一个活在明面上时，另一个则隐藏在虚无的幽冥世界里，宛如一个潜伏的灵魂，一个复制品，一个分身。

如果有精力的话，明天我会再读一部分。

1903 年 12 月 25 日

在过去的两天里，席卷宾南山脉的大雪切断了我们的房子与外界的联系。然而，我们的房屋是温暖的，食物供应充足，并且我们不需要去任何地方。我们已经享用了圣诞晚餐，孩子们现在正在玩他们得到的礼物，茱莉亚和我则在一起放松。

我还没有告诉她，我可怜的身体又遭遇了一种新的令我担忧的疾病。我的胸部、上臂和大腿上长出了几处紫色的疮，虽然我已经涂了抗菌药膏，但它们还没有减退的迹象。一旦路上的雪解冻，我就得再叫医生来。

1903 年 12 月 31 日

医生建议我继续使用抗菌药膏，这些药膏终于显示出了一些效果。在他离开前，他告诉茱莉亚，皮肤上的这些令人不快和疼痛的溃烂，也许是某种与器官或是血液相关的更严重疾病的症状。每天晚上我们睡觉前，茱莉亚都会温柔地清洗这些伤口。我的体重一直在降低，不过最近降低的速度有所放缓。

1904 年 1 月 1 日

新年快乐！

我怀着严峻的心情迎接新一年的到来。我怀疑自己能否坚持到这一年的年底。

我一直在阅读伯登的笔记本，用以吸引自己的注意力，以免过多关注自己遇到的麻烦。我现在已经读完了，不得不说我被它深深吸引。我发现自己不可能不去记录他的方法、观点、遗漏、错误和自欺欺人，等等。

虽然我憎恨和恐惧伯登（我不能忘记他还在外面世界的某处活跃着），但我发现他对魔术的观点很有创新性和刺激性。

我对茱莉亚提起过这个看法，她表示同意。她没有说得太多，但我能感觉得到，她认为，正如我开始也认为的那样，伯登和我如果能成为合作者而非对手，那会好得多。

1904 年 3 月 26 日

我病得很重，在至少两个星期的时间里，我确信自己随时可能死去。症状非常可怕：持续的恶心和呕吐，皮肤上的溃疡进一步扩散，右腿麻痹，大面积的口腔溃疡，背部下方几乎无法忍受的剧痛。不消说，我大多数的时间都被关在谢菲尔德的一家疗养院里。

然而现在，发生了一个小小的奇迹，我发现自己似乎正在康复。溃疡已经消失并且没有留下任何痕迹，我的腿有了一些知觉并且可以活动，总体上说，疼痛和不适的感觉正在消退。上个星期我一直在家里，虽然卧床不起，但我的情绪每天都在好转。

今天我终于下了床，坐在温室里的一张躺椅上。我可以看到田野和远处的树木，在更远的地方是岩石嶙峋、直冲天空的库尔巴峭壁，上面仍有星星点点的积雪。我的心情很好，正在重读伯登的笔记本。最后的这两件事情不能说毫无关联。

1904 年 4 月 6 日

我已经读了三遍伯登的笔记本，并对其进行了详细的注释和交叉引用。茱莉亚正在准备制作一份我修改过并大幅扩展了的文本的重抄件。

尽管我的病情仍在缓解，但我必须面对一个事实：总体而言，我的健康状况还在持续恶化。因此，我承认，在我生命中的最后几个月，我打算对我的敌人进行最终的报复。是他造成了我的现状，他必须付出代价。买下他的笔记本给了我一个实现报复的方式。我准备安排将它出版。

有关魔术的文献相当难以取得。这并不是说没有人写作或出版这类书籍，但除了一些简单的儿童读物，以及少数关于魔术手法的入门介绍之外，这类书籍并非是由一般的出版商出版的。在普通的书店也很少能够找到它们。相反，它们通常由一些专业的出版商制版印刷，只在魔术界内部发行。每本书的印数最多不过五六百本，价格也相当昂贵。获得这类藏书极其困难，并且花费颇巨，许多魔术师只有在他们的同行去世之后，从逝者的家人变卖的藏书中才能获取这类书籍。这些年来，我也积攒了不少的藏书，我经常查阅它们，以便使用或改编原来已有的魔术。在这方面，我与其他魔术师没什么不同。这类书籍的读者人群很小，但除了这些人之外，无法想象还有更加专注、更加知情的人存在。

在阅读伯登的笔记本时，我时常想到，为了伯登的魔术师同行们的利益，这本笔记的内容应当出版。其中包含着很多对魔术的艺术和技巧的合理评论。无论他的意图究竟是怎样的（他声称自己写下的文字记录只是为了给自己的近亲属，以及他自己热切地期望着的"后代"观看），他自己都不可能出版这本笔记。他把它放在了错误的地方，真是粗心！

我认为，代替他将这本笔记出版将是我的最后一次演出。当我完成对它的注释和改写之后，我将亲自负责此事。

如果他能活得比我更长，他将会发现我的复仇拥有着精巧设计的多个层次。

首先，伯登很快就会震惊地发现，他自认为的他职业生涯中最重要的秘密在未经他许可的情况下发表了。当他意识到我对此负有责任时，他会更加懊恼。当他发现我从自己的坟墓里走出来，并将他的笔记本付梓时，他的懊恼之中又会增加一种困惑。（他确信我已经死了，这是我从他的笔记本中得出的事实。）最后，如果他仔细阅读我增添的注释文本，他将发现我最后的复仇中最为微妙的一个层次。

简而言之，我改写了他的文本，使其不那么晦涩难懂。我主要是扩写了那些他只是简单提及的一般性的有趣话题，用众多的例子阐述了他引人入胜的默许理论，详细描述了诸多伟大魔术师所使用的方法。对我所知道的由他发明的魔术，以及我所知道的他能够表演的魔术，我全都增添了详尽的说明——在每一个例子里，我似乎都在解释这个魔术是如何完成但又不触及其核心秘密的。

最重要的是，我强化了围绕着他的"新人体传送"魔术的那种神秘感，但我没有透露任何东西。我甚至没有暗示伯登是一对同卵双胞胎的这一事实。困扰着这两个人一生的那个秘密仍然还是秘密。

因此，还活着的那个伯登将意识到，我拥有最终的决定权，我们的争斗以我的获胜结束了。在侵犯他的隐私的同时，我表明自己可以尊重他的隐私。我希望他能从中了解到，他在我们之间挑起的敌意完全是徒劳无功，且充满了破坏性；我们对彼此的攻击是在浪费我们彼此的才能。我们本应该是朋友。

我将把这个事实留给他，让他在余生之中反思。

还有另外一种额外的报复，那就是遗漏。他将永远不会发现特斯拉装置的秘密。

1904 年 4 月 25 日

伯登文本的工作进展顺利。

上周，我给三家专业的魔术界出版商写了信，其中两家在伦敦，另一家在伍斯特。我在信中声称自己是一位业余的魔术爱好者，并以一种未曾明说的方式暗示，多年来我一直利用自己的地位和财富支持或是赞助多位魔术师。我解释说，我正在编撰一位著名魔术师的回忆录（目前阶段还尚未提及其姓名）。我询问他们原则上是否有兴趣出版这本书。

到目前为止，两家出版商已经寄来了回信。他们均未做出能够出版的承诺，只是鼓励我提交相关材料。这些回信也提醒了我：我不应当提及自己拥有的财富，无论我的提法有多么隐晦。两封信都暗示，如果我能为出版商的制作出资，则该书更有可能获得他们的青睐。

当然，对现阶段的我来说，这并不是一个问题，不过尽管如此，在第三家出版商的回信寄来之前，茱莉亚和我还不打算做出决定。

1904 年 5 月 18 日

文本的编撰工作已经完成，我们将手稿提交给了我们首选的出版商。

1904 年 7 月 2 日

我已与位于伦敦旧城区老贝利街的古德温和安德鲁森出版公司达成了出版协议。

他们将在今年年底前将伯登的书付印，第一版印制七十五本，每本售价三个几尼。他们承诺此书将包含大量的插图，并将会通过私人信件，向他们的固定客户进行密集的广告宣传。我同意支付一百英镑的印刷费。古德温先生读过手稿之后，又提出了几个新颖的想法。

1904 年 7 月 4 日

在过去的四周之中，我病情的缓解期已经结束，早期的疾病再次缠上了我。首先是皮肤上生出紫色的疮，一两天之后，口腔和喉咙出现大面积的溃疡。

三周之前，我的一只眼睛失明，另一只眼睛在一两天之后也失明了。上周我已无法进食固体食物，但茱莉亚每天给我送来三次清淡的肉汤，这让我活了下来。我的疼痛如此剧烈，甚至无法从枕头上抬起头来。医生每天来看我两次，但他说我太虚弱了，无法前往医院。我的症状是如此痛苦，以至于我不能在此全面描述，但医生说，由于某种原因，我的身体对感染的自然免疫力已遭到破坏。他向茱莉亚透露（她后来也告诉了我），如果我的胸部再次感染，我将没有力量抵抗。

1904 年 7 月 5 日

我度过了一个不舒服的夜晚，今天黎明时分，我相信我已经到了自己在这个地球上的最后一天。然而，现在已经快到午夜了，我还在坚持。

今晚稍早的时候，我开始咳嗽，医生直接来看我。他建议使用凉毛巾为我擦身体，这些毛巾让我舒服了一些。我身体的任何部分都无法动弹。

1904 年 7 月 6 日

今天凌晨 2 点 45 分，一阵咳嗽和之后的内出血引发了心跳停止，我的生命结束了。

我的死亡既漫长又痛苦，还很凌乱，对茱莉亚、孩子们，还有我自己来说，都非常令人沮丧。我们都为死亡的悲惨而感到震惊，并因此深陷悲哀的情绪。

死亡以一种独一无二的方式缠绕着我的人生！

曾经，作为一种无害的欺骗，我假装自己死了，这样茱莉亚就可以作为我的遗孀生活下去而无须担心丑闻。后来，每一次使用特斯拉装置，都会给我带来死亡，一周就有好几次。当鲁珀特·安吉尔假装被安葬时，我还活着并且目睹了。

我曾经多次欺骗了死神。因此，我产生了死亡并不真实的错觉。这已经成为一种平常的事件，似乎由于某种悖论，我总是能够活下来。

现在我看到我自己躺在病床上，因多种癌症而死亡，在那场肮脏而又痛苦的死亡之后，我还在这里，并把它记在我的日记上。1904年7月6日，星期三：我死亡的那一天。

没有人应当承受如此悲惨的命运，以至于不得不看到我所看到的一切。

稍后

我从伯登那里借用了一个技巧，所以我就是我自己。

写下这些文字的我和死去的那个我不一样。

在洛斯托夫特的那个晚上，伯登导致特斯拉装置发生故障的那个时候，我们成了两个实体。两个生命，两个鲁珀特·安吉尔。我们分道扬镳。在3月底，我的癌症开始暂时缓解的那个时候，我回到了考德洛宅邸，我们又相聚了。

当我还活着的时候，我保持着一种错觉——我是一个人。其中的一个我躺在病床上等待死亡的时候，另一个我将最后的思考记录下来。自从3月26日以来，这本日记上的所有条目都是我写的。

我们是彼此的分身。

我死去的分身躺在楼下还没有钉上盖子的棺材里，并将在两天之内被安置在家族墓穴中。我，作为他活着的分身，将继续活下去。

我是尊贵的鲁珀特·大卫·安吉尔阁下，第十四代考德戴尔伯爵，茱莉亚的丈夫，爱德华、莉迪亚和弗洛伦斯的父亲，英格兰德比郡考德洛庄园的领主。

明天，我将讲述我的故事。这一天发生的所有事情让我与家里的所有人一样，除了悲伤之外，什么都没有留下。

1904 年 7 月 7 日

我的余生从这一天开始。像我这样的人能怀有什么期望？以下是我的故事。

1

1903 年 5 月 19 日晚上，我诞生于洛斯托夫特的展览馆剧院，一个俯瞰全场且空无一人的顶层包厢里。我的生命始于我在包厢的木栏杆上摇摇晃晃地保持着平衡，并很快从栏杆上往后倒去。我摔在包厢的地板上，把包厢里的椅子撞得四散。

我全神贯注于一个刚刚在我脑子里产生的可怕念头：伯登不知道通过何种方法找到了通往包厢的路，并且正在等着我。

显然不是如此！当我在椅子之间挣扎，试图确定自己身体的方位时，我意识到这一点：尽管伯登以某种方式破坏了装置，但它已经足以完成传送。伯登不在这里。

当聚光灯被打开时，明亮的光线涌入包厢。时间只过了两三秒钟。我想：我还有机会拯救这个魔术！我可以爬回栏杆，尽力去补救！

我翻了个身，双手和膝盖着地，正准备爬上栏杆。这时，令我大吃一惊的是，我听到舞台上有一个声音在大喊着要求拉下帷幕。我向前走去，低着头俯视舞台。幕布正在拉起，但在它完全合拢之前，我短暂地看到了我自己，我的分身！他在舞台上一动不动。

在特斯拉装置的底座上有一个隐藏隔间，随着传送的进行，我的分身将自动掉入其中。我的旧身体，我的分身，会被隐藏起来不让观众看到，从而造成最大程度的冲击。

这一次，伯登的干预一定是阻止了隔间的运行，从而使得我的分身完全可见！

我迅速地思考着。亚当·威尔森和海丝特都在后台，他们必须在幕后处理紧急情况。我还活着，并且体力充足，感官也十分敏锐。我意识到自己有责任前往后台区域，与伯登对质并彻底解决我们的恩怨。

我从包厢里走出去，迅速沿着走廊奔跑，然后走下楼梯。

我从一位女服务员身边经过。我在她面前急停下来，尽可能快地说："你看到有人试图离开剧院吗？"

我的声音像是一种粗粝刺耳的低语！

那个女人直勾勾地盯着我，发出惊恐的尖叫。在那一瞬间，我无助地站在那里，她的尖叫声震得我的耳朵都要聋了。她屏住呼吸，眨了眨眼睛，然后又发出一声尖叫。我意识到自己在浪费时间，所以我把手放在她的胳膊上，想要轻轻地把她推开。我的手沉入了她的手臂里！

她倒在了台阶上，浑身发抖，口中发出呻吟。这时我已经来到了楼梯底部，并且找到了通往后台区域的门。我把它推开，但我的手立即缩了回来，因为我感觉到我的手和胳膊穿到了木头里面。我全神贯注于寻找伯登的迫切需要，没有时间多加注意。

亚当·威尔森没有注意到我，从他在布景后面的位置向外跑去。我在他后面喊他，但正如他未曾看到我那样，他也没有听见我的声音。我停下脚步，试图想清楚伯登最有可能在哪个位置。

他以某种方式中断了装置的供电，这说明他一定进入了副舞台的夹层。在此之前，威尔森和我把所有的东西都连接到剧院方在地下室新设的供电终端。

我找到了通往下方的楼梯，但就在我来到楼梯顶端准备下去的时候，我听到一阵沉重的脚步声朝我的方向接近。一瞬间之后，伯登本人现身了。他仍然穿着滑稽的乡巴佬衣服，脸上涂着油彩。他一步跨上两个台阶。我震惊得一动不动。当他离我不到五英尺的时候，他抬起头来看向他即将要经过的地方。他看到了我！再一次地，我看到了曾出现在那个女服务员脸上的那种因恐惧而扭曲的表情。惯性使得伯登继续冲向我，但他的脸因震惊而变得狰狞，他伸出手臂挡在自己身前。几乎与那同时，我们相撞了。

我们两人全都四肢张开，沉重地摔在走廊的石头地面上。一时间，他压在我的身上，但我设法从侧面滑了出去。我向他伸出手。

"离我远点！"他叫道，半蹲着，跌跌撞撞地朝前走去。

我朝着他猛扑过去，用手抓住他的脚踝，但他从我手中滑开了。他在恐惧中发出不成词语的吼叫声。

我对他喊道："伯登，我们必须停止这种危险的争斗！"但再一次地，我的声音十分粗哑，几乎无法听到，与其说是说话声，更像是呼吸声。

"我不是故意的！"他喊道。

他现在已经站了起来，离我越来越远，仍然不时地回头看着我，脸上一副恐惧的表情。我放弃了搏斗，让他逃走了。

2

在那一夜之后，我返回了伦敦，其后的十个月一直居住在那里，这是我自己的选择和决定，在一个只剩一半的世界中生活。

特斯拉装置的事故从根本上影响了我的身体和灵魂，它们的位置对调了。我的身体变成了我从前的自己的一个鬼魂。我活着，呼吸，吃饭，排泄身体的废物；我能听，能看，能感觉到寒冷和温暖，但我的身体是一个幽灵。在明亮的光线下，如果不仔细看的话，我看起来差不多是正常的，尽管可能有些憔悴。但当天气阴沉时，又或者在夜晚我处于人工照明之下时，我看起来就像一个灵体。人们可以看到我，但他们的视线又能够穿过我。我的轮廓依然存在，如果人们足够仔细地看我的话，他们甚至可以认出我的面容、我的衣着，等等。但在大多数人看来，我是一个来自地狱的危险可怕的景象。那个女服务员和伯登看到我时都像是见了鬼一般，而且他们确实见到了鬼。我很快就意识到，如果我在这种情况下被别人注意到，我不仅会吓坏大多数人，还会使我自己遭遇某种危险。人们在恐惧时会做出无法预料的反应。有那么一两次，陌生人向我扔东西，似乎是想要把我赶开。其中一样投掷过来的物品是一盏燃着的油灯，它差点儿就打中我了。因此，只要有可能，我通常都会躲在人们的视线之外。

但与此相反，我的思想突然感觉到从身体的束缚中解脱出来。我总是保持警惕、思路敏捷、乐观积极，这是我从前只能短暂地在自己身上瞥到的东西。由此产生的一个悖论是，我通常感觉到自己很强壮并且充满力量，但现实是我无法处理大多数需要体力的任务。例如，我必须重新学习如何拿起钢笔或是餐具之类的物品，因为如果不谨慎处理的话，我随手抓住的东西一般都会滑开。

我发现自己处于这样一个令人沮丧的病态处境，因此在大多数时间里，我新的精神能量转化为纯粹的厌恶和恐惧，指向两个伯登里攻击我的那一个。他持续消耗着我的精神能量，正如他消耗了我的身体那样。无论从任何角度来看，我都无法被这个世界察觉到，就和已经死了没有区别。

3

没过多久我就发现，我可以随着自己的意愿变为可见或者隐身。如果我穿上我在那场表演期间所穿的演出服，并在黄昏之后行动，我几乎可以去任何地方且不被看到。如果我想要正常行动，那么我就会穿上其他衣服并在脸上涂油彩，让我的容貌看起来更加稳定。这种模拟并非完美，我的眼神空洞，令人不安。有一次，在一辆灯光暗淡的公共马车上，一个男人大声提醒人们注意我的袖子和手套之间莫名其妙出现的缝隙，我不得不迅速离开。

钱、食物、住宿对我来说都不是问题。我或是在隐身状态下拿走我需要的东西，或是为它们付钱。这些担忧微不足道。

我真正忧虑的是我的分身的状况。

我从报纸上得知，当天我向舞台的匆忙一瞥完全误导了我。报道称，伟大的丹东在洛斯托夫特的一场表演中受伤，因此被迫取消了未来的演出计划，他目前正在家中休养，预计将在适当的时候返回舞台。

这个消息让我感到宽慰，但同时也十分惊讶！当大幕拉下时，我瞥到了我自己的分身，它冻结在分身特有的那种半死半活的状态。分身实际上就是传送之前的原身，它被留在特斯拉装置里，看起来像是死了一样。在公众场合表演这个魔术后，如何隐藏和处理这些半死不活的分身，这一问题正是我在真正开始演出之前必须解决的。每一次演出都会产生一个新的分身。

这条报道提及了"健康不佳"和"取消演出"，这让我意识到那一晚的情况与平时不同。传送只完成了一部分，而我就是它可悲的结果。我的大部分被留在原地了。

我和我的分身都因为伯登的介入而减损了许多。我们有各自不同的问题要面对。我处于一种类似幽灵的状态，而我的分身的身体健康大大受损。虽然他在这个世界上拥有物质性和行动的自由，但从事故发生的那一刻起，他就注定会死；与此同时，我被判处永远在阴影中生活，但我的健康状况没有任何问题。

7月，也就是洛斯托夫特事件发生的两个月后，我仍在适应这场灾难，而我的分身显然单独决定提前宣布鲁珀特·安吉尔的死讯。如果我处于他的位置，我也一定会这样做。这时我才意识到，他就是我。这是我们第一次分别做出相同的决定，我也是第一次明白，尽管我们是两个不同的存在，但我们在情感上仍是同一个人。

在那之后不久，我的分身返回考德洛宅邸并接管了家族产业。再一次地，这也是我会做的事。

然而，我仍暂时逗留在伦敦。我有一件可怕的任务需要处理，这件事必须秘密进行，绝不能与考德戴尔伯爵的头衔产生任何联系。

简而言之，我决定必须彻底处理伯登的问题。我准备杀了他，或者更准确地说，杀死两兄弟之中的一个。

伯登的秘密双重身份使得谋杀成为一种可行的报复手段。他改动了官方的记录，从而抹去了双胞胎的存在，并在生活中隐瞒了半数的自我。鉴于只有一个伯登拥有合法的身份，还有什么能够阻止我杀死另一个呢？这将会最终结束他们的骗局，对我来说，这足以令人满意，因为杀死他们中的一个就和杀死两个一样有效。另外我还有一个推断，我目前处于幽灵般的状态，且我的唯一已知身份已被公开埋葬，受到了公众的哀悼，因此我，鲁珀特·安吉尔将永远不会被抓获，甚至不会有任何的嫌疑。

在伦敦，我开始制订我的计划。我可以使用我有效的隐身能力去跟踪伯登，弄清楚他如何处理他的生活和各种事务。我看到他和他的家人一起在他们的住宅里；我看到他在他的工作室里为表演做准备和排练；我站在侧舞台上看着他在舞台上表演；我跟踪他去了他和奥利维亚·斯文森在北伦敦的秘密居所……甚至还有一次，我瞥到伯登和他的孪生兄弟在一条黑暗的街道上短暂而又秘密地会面，匆忙地交换信息，处理一些必须立即完成的紧急事务。

当我看到他和奥利维亚在一起时，我终于下定了决心，他必须死。那次多年前的背叛仍然残留着足够的情感，在愤怒中又增添了疼痛。

我可以肯定地说，做出谋杀的决定是这种可怕的行为之中最困难的环节。我经常被激怒，但我一直相信自己是一个温和的、沉默寡言的人。虽然我从不想伤害他人，但在我成年之后，我经常会发现自己在咒骂着要"杀掉"伯登。这种咒骂几乎都是在私下的场合，而且大多数时候都是没有说出口的。那是受害者经常会发出的、无能为力的胡言乱语，伯登经常迫使我陷入这种境地。

在那些日子里，我从没真的想过要杀了他，但是洛斯托夫特的这场袭击改变了一切。我沦为幽灵，而另一个自我正在死去。

那天晚上，伯登真的杀死了我们两个，复仇的怒火在我心中燃烧。

一想到杀戮，我就感到满足和兴奋，我的个性也因之而发生了变化。我，一个超脱了死亡的人，活着的目的就是杀戮。

一旦我做出了这个决定，我就很难再继续等待下去了。我将伯登兄弟之一的死亡视作我获得自由的关键。

但我从没有使用暴力的经验，而且在我做任何事情之前，我必须决定怎样做才能做到最好。我需要的是一种迅速的、针对个人的作案手法，在伯登无助地死去时，他必须知道是谁为了什么杀死了他。通过一个简单的排除法，我决定用刀刺死他。再一次地，想象这个可怕的行为在我心中激起了无与伦比的兴奋和期待。

我是这样排除了其他的杀人方式：毒药起效太慢，投毒的过程又太危险，而且无论如何都缺少个人之间的接触；如果使用手枪，噪声太大，而且同样也很难有近距离的接触。我基本上没有进行体力活动的能力，因此凡是涉及这一点的杀人方式，例如使用棍棒或者绳索，都是不能实现的。经过实验我发现，如果我用双手坚定地握住一柄长刃刀，但又不要握得过于紧，我就可以有足够的力量将它刺入血肉之中。

4

在我完成准备工作的两天后，我跟踪伯登来到巴勒姆的女王剧院，他是该剧院本周综艺节目的头号人物。那天是星期三，下午场和晚场都有演出。我知道伯登有一个习惯，他会在两场演出之间留在化装室里，并躺在沙发上小睡。

我在黑暗的侧舞台上观看他的演出，演出结束后，我跟着他沿着阴暗的后台走廊和楼梯来到他的化装室。当他进入化装室并关上门，整个后台区域也不像演出刚结束时那样躁动不安的时候，我来到我藏匿凶器的地方。随后我小心翼翼地回到伯登房间外面的走廊，只有在确定周围无人时，才从一个黑暗的角落来到另一个。

我当时穿着洛斯托夫特的演出服，如果我想在无人注意的情况下移动就必须穿它，但我的刀只是一把普通的刀。如果有人看见我，他们会觉得那把刀似乎悬浮在空中。

在伯登的房间外，我站在门口对面一个阴暗的凹陷处，让自己的呼吸平静下来，并试着控制自己加速跳动的心脏。我慢慢地从1数到200。

我再次确认周围无人接近，然后走到门前，轻柔但却坚定地将自己的脸压向木头。几秒钟后，我的脸穿过了木门，因此我可以看到整个房间里的情况。只有一盏灯亮着，在这凌乱的小房间里投下暗淡的光芒。伯登躺在沙发上，闭着眼睛，双手叠放在胸前。

我缩回了脸。

我紧握着刀，打开房门走了进去。伯登动了一下，睁开眼睛朝我的方向看过来。我关上门，并顺手插上了门闩。

"是谁？"伯登眯着眼睛说道。

我来这里不是为了和他闲话家常的。我在狭窄的地板上跨了两步，然后跳到沙发上，蹲坐在他的腹部上方，双手举起了刀。

伯登看到了那把刀，然后他的眼睛转向我。在昏暗的灯光下，我只是勉强可见。当我坐在他身上时，我看到自己手臂的轮廓，那把刀在他的胸口上方抖动着。我的形象一定既狂野又恐怖。我已经两个多月没办法刮胡须或是理发了，我的脸瘦削不堪。我既恐慌又绝望。我坐在他的肚子上。我手里握着刀，准备一刀致命。

"你是什么东西？"伯登喘息着说。他抓住了我灵体的手腕，试图把我推开，但对我来说，挣脱开来是非常容易的。"谁——？"

"准备去死吧，伯登！"我喊道，但我知道他听到的只会是粗哑又恐怖的低语，我只能发出那样的声音。

"安吉尔？求你了！我那时候不知道我在做什么！我没有恶意！"

"是你干的吗？还是另一个？"

"你什么意思？"

"是你干的，还是你的孪生兄弟？"

"我没有兄弟！"

"你就快死了！告诉我实话！这是你最后的机会！"

"我只有一个人！"

"太晚了！"我喊道。我用我实验得出的方式握着刀柄，这样能够最为有力地握住刀。如果我捅刺的时候太用力的话，刀就会从我手中滑出，因此我把刀尖放在他的心口上方，开始稳定地施加压力，我知道这样能使刀锋刺向目标。我感觉到他衬衫的布料裂开了，刀尖刺进他的皮肉里。

然后，我看到了伯登脸上的表情。他已经完全被我吓呆了。他的手放在我头上的某个地方，试图抓住我。他的下巴不受控制地张开了，舌头向前伸出，唾液从他的两边嘴角流到下巴。他急促地呼吸，胸口不停抽搐。

他什么话也没有说出来，但他正在试图说话。我听到一个人淹没在自己的恐惧中时发出的咝咝声和噼啪声。

我意识到他不再是一个强壮的人了。他的头发已经开始变得灰白。他眼圈的皮肤因疲劳而有了皱纹。他的脖子上有很深的皱褶。他躺在我的身下，与一个虚无的恶魔搏斗，这个恶魔现在正坐在他的身上，拿着一把刀准备杀死他。

这种想法让我反感。我无法完成这次杀戮。我无法杀死一个这样的人。

所有的恐惧、愤怒和紧张都从我身上消失了。

我把刀子扔到一边，灵巧地从他身上滚下去。我向后退去，现在我已经失去了防备的手段，我反过来需要恐惧他会做些什么了。

他仍然躺在沙发上，痛苦地喘息着，恐惧而又宽慰地颤抖着。我顺从地站在原地，为自己对他造成的影响感到羞愧。

终于，他稳定了下来。

"你是谁？"他的声音因恐慌而变了调子，最后一个字甚至变成了假声。

"我是鲁珀特·安吉尔。"我用粗哑的声音回答道。

"但是你已经死了！"

"是的。"

"那你是怎么——？"

我说："我们本来不应当开启这一切，伯登。但是，杀掉你不是结束这一切的正确方法。"

我一直在努力去做的低劣尝试让我感到自己十分卑鄙，直到这一刻，曾经统治了我的生活的那种基本的道德感又再一次占了上风。我怎么可以去想象我能够如此冷血地杀死一个人呢？我悲伤地转过身，将身体靠在那道木门上。当我缓慢地穿过它时，我听到他再一次发出惊恐的惨叫。

5

取走伯登性命的尝试让我陷入了绝望和自我厌恶之中。我知道我背叛了我自己，背叛了我的分身（他对我的行动一无所知），背叛了茱莉亚、我的孩子们、拥有良好名声的我父亲以及每一个我认识的朋友。如果说我需要一个证据，去证明我与伯登的宿怨是一个巨大的错误，我现在终于得到了它。我们过去对彼此所做的一切都无法表明，我们堕落到如此残忍的境界是理所当然。

在一种痛苦和冷漠的状态下，我返回了我租住的房间，认为我的生命再也没有意义了。我的生命中再也没有值得去做的事了。

6

我本打算让自己变得衰弱并且死去，但即使是对我这样的存在，生命的精神也在阻止我这样做。我以为只要我不吃不喝，自然很快就会死掉了，但在实践中，我发现我并没有足够的意志力去抵抗干渴。每一次我喝下几滴水以缓解干渴，也就将我的死亡推迟了。饥饿也是一样。它像怪物一样吞噬我的意志。

一段时间之后，我与这些事情达成了和解，继续作为悲惨的半个世界的居民活下去。造成这种境况的不只是伯登，也是我自己，或者说我开始这样认为。

我在这种可悲的状况下度过了冬天，就连毁灭自己的行动也失败了。

到了2月的时候，我感到一种深刻的东西在我的体内生长。起初，我以为是自从洛斯托夫特以来便萦绕着我的失落感再次增强了，因为我将永远无法再见到茱莉亚和孩子们。我拒绝自己这样做，因为我确信尽管自己想要与他们在一起，但我的外表很可能会吓坏他们。几个月过去之后，这种悲哀在我的心中变成了一种可怕的伤痛，但我的周围却并没有什么能让它以这样的方式突然增长。

当我想到另一个我，那个在洛斯托夫特被我留在身后的分身的生活时，我感受到一股强烈而又尖锐的专注感。我立即就知道他遭遇了麻烦。

他或许是发生了某种意外，或许是遭到某人的威胁（也许是伯登兄弟中的一个？），甚至也有可能是他的健康状况以比我想象的更快的速度恶化。他生了病，甚至可能快死了。我必须去和他在一起，尽我所能地帮助他。

到了这个时候，我的外形已不再像是一个身体健壮的人了。事故本身已经让我的身体变得虚弱，糟糕的饮食和缺乏锻炼更使我骨瘦如柴。我很少离开我肮脏的房间，仅在夜间没人能看到我的时候才会出门。我知道我已经变得丑陋不堪，从各个角度来说都是一个名副其实的僵尸。前往德比郡的长途旅行似乎充满了各种危险的可能性。

因此，我开始有意努力改善自己的外表。我开始摄入适量的食物和饮料，剪下我蓬乱的长发，还偷了一套新衣服。我需要几周时间才能恢复成刚离开洛斯托夫特时的外貌，但就在我开始这样做的同时，我几乎立即就感到好多了，我的精神也开始振奋起来。

与此相反，我清楚地知道我的分身所遭受的痛苦几乎是无法忍受的。

一切都不可避免地朝着我回家的方向发展。在3月的最后一周，我买了一张前往谢菲尔德的夜间火车票。

7

关于我回家这件事，我只有一点是完全清楚的。我称之为分身的我的另一部分不会对我的突然出现感到惊讶。

我在一个明媚的春日上午抵达了考德洛宅邸，在阳光直射下，我的外貌达到了最为类似实体的程度。尽管如此，我仍然知道自己的形象会令人吃惊，因为在我从谢菲尔德车站乘坐出租马车、公共马车，然后再次乘坐出租马车的短暂日间旅途上，我吸引了许多旅客好奇的目光。我在伦敦时已经习惯了这样的目光，但是伦敦的居民本身也习惯于见到这座城市里的各种怪人。不过在这种乡下地方，一个穿着深色衣服、戴着大礼帽、骨瘦如柴、肤色不自然、头发参差不齐、眼睛古怪地深陷的人，必然会引起人们的好奇和警惕。

在宅邸的正门处，我用力敲响了门。当然，我可以自己进去，但我不知道自己期望能够找到什么。作为一名未经通传的归来者，我认为自己最好按部就班地完成这件事。

来开门的是赫顿。

我摘下礼帽，直接站在他面前。他还没来得及正视我就开始说话，但当他看到我时，他立即沉默了。他无言地盯着我，面无表情。我很了解他，因此我知道沉默暴露了他的惊恐。

我给了他足够的时间让他接受我可能是什么人，然后开口说道："赫顿，我很高兴能再次见到你。"

他张了张嘴，似乎想要说什么，但什么也没说出来。

"你一定知道在洛斯托夫特发生了什么，赫顿，"我说，"我是那件不幸事故所产生的后果。"

"是的，先生。"他终于说道。

"我可以进来吗？"

"我是否该告诉考德戴尔伯爵夫人您来了，先生？"

"在见她之前，我想先和你安静地谈几句，赫顿。我知道我的到来可能会引起恐慌。"

他带着我来到位于厨房旁边的他的会客室，给我倒了一杯他刚煮好的茶。我站在他面前，啜饮着茶水，不知道该如何解释。不过赫顿拥有我一直都很敬佩的冷静头脑，他很快就控制了局面。

"先生，我认为最好的办法是，"他说，"如果您愿意在这里稍等一下的话，我将立即去向伯爵夫人报告您来了。我相信她听了这个消息很快就会来见您。你们两位可以一起决定接下来该怎么做。"

"赫顿，告诉我……怎么样？我是说……身体如何？"

"伯爵阁下前段时间病得很重，先生。不过他康复得很顺利，本周刚从医院返回家里。目前他正在温室里疗养，我们把他的床搬到了那里。我相信伯爵夫人这时候正和他在一起。"

"这是一种不可能的情况，赫顿。"我试探道。

"是的，先生。"

"特别是对你来说，我的意思是。"

"对我，对您，对所有人都是一样的，先生。我明白在洛斯托夫特的那家剧院发生了什么事。伯爵阁下，也就是，您，先生，完全地信任我。您一定记得我参与了魔术产出材料的处置工作。按照您的指示，老爷，这座房子里理所当然地没有秘密。"

"亚当·威尔森在这里吗？"

"是的，他在。"

"我很高兴知道这一点。"

几分钟后，赫顿离开了，又过了大约五分钟，他带着茱莉亚返回。茱莉亚看起来很疲惫，她的头发在脑后扎成一个发髻。她直接走向我，我们互相拥抱了一下，尽管足够热烈，但我们都很紧张。我们彼此抱着的时候，我感觉到她的身体有些紧绷。

赫顿礼貌地告退，在场的只有我们两人时，茱莉亚和我向彼此保证我不是什么可怕的骗子。在漫长的冬天里，连我本人也都开始怀疑我自己的身份。有的疯子会用妄想来取代现实，很多时候，这样一种精神疾病似乎可以解释一切：我曾经是鲁珀特·安吉尔，但现在我失去了自己的生命，留下的仅仅是记忆；又或者，我只是另一个相信自己是安吉尔的疯子。

当我有机会时，我告诉茱莉亚，我的身体存在物理上的局限性。我告诉她，如果光线不够明亮，我可以从人们的视线里消失；并且我能够在不经意间穿过固体。

然后她告诉我，我、我的分身，正在遭受癌症的折磨，但由于某种奇迹，症状似乎自发地有所缓解，使得我、他，能够回家。

"他会完全恢复吗？"我焦急地问道。

"医生说，有时会有这种自发的康复情况，但大多数时候，病情只是暂时缓解。他确信，在这种情况下，你，他——"她看起来快要哭了，因此我牵起了她的手。她努力稳定情绪，忧郁地说道："医生认为，这只是暂时的回光返照。肿瘤已经转移到他身体的多个器官。"

然后她告诉我一件令我大吃一惊的事情。正是从她那里，我得知伯登，或者更准确地说，伯登双胞胎兄弟之中的一个，已经死了，并且他的笔记本已经落入我的，我们的，手中。

这些消息令我极为震惊。例如说，我得知伯登死亡的日期，正是在我试图杀死他的失败行动的三天后。

在我看来，这两件事一定是有联系的。茱莉亚说，人们认为他死于心脏病发作。我怀疑这是否与我给他带来的恐惧有关。我记得他发出痛苦的可怕声音，他吃力的呼吸，他看起来很疲劳，脸色也很差。我知道精神压力很可能会引起心脏病发作，但直到此刻之前，我一直以为在我离开后，伯登会变得理智并最终恢复正常。

我将我的故事向茱莉亚坦白了，但她似乎认为这两件事并没有关系。

更令人感兴趣的是关于伯登笔记本的消息。茱莉亚告诉我，她已经读过其中的一些片段，伯登的大部分魔术都在其中得以描述。我询问她，我、我的分身，是否有什么关于如何处置它的计划，但她说疾病使得所有的计划都无法执行。她说，她和我一样对伯登的事情感到懊悔，我的分身也和她一样。

我说："他在哪里？我们必须在一起。"

"他很快就会醒了。"茱莉亚回答道。

8

我与我自己的重聚一定是历史上最不寻常的一次！他和我是完美的互补。我所缺少的一切都在他身上，而我拥有的一切他都失去了。当然，我们是一样的，比同卵双胞胎之间还要亲近。

当我们两人之中一个说话时，另一个可以轻松地将句子补完。我们的动作相同，手势相同，习惯相同，会在相同的时刻想到相同的事情。我知道关于他的一切，他也知道我的。我们所缺少的只是过去几个月分离期间各自的经历，但一旦我们互相描述了这些经历，这种差异就消失了。当我描述我试图杀死伯登的过程时，他浑身发抖。同时，我也间接地忍受了他的疾病带来的一部分痛苦和不幸。

既然我们已经相聚，就再没有什么能把我们分开。我让赫顿在温室里再铺一张床，这样我的两个半身就能够一直待在一起。

这一切都不能瞒着家里的其他人，所以我很快就和我的孩子们、亚当和格特鲁德·威尔森夫妇，以及女管家赫顿夫人团聚了。

每个人都惊叹于我们创造的不可思议的双重效应。一想到孩子们将来可能因父亲身上发生的这种事情而受到什么影响，我就感到一阵恐慌，但茱莉亚和我都认为真相总好过另一个谎言。

不久之后，我们就意识到可怕的癌症没有给我们留下多少相聚的时间，因此如果还有什么事情要做的话，就是现在了。

9

从4月初到5月中旬，我们一起修订了伯登的笔记本，为其出版做准备。我的双胞胎兄弟（因为很容易就会这样看待我的分身）很快又病重了，虽然他完成了这本书大部分的前期工作，但最后部分是由我完成，也是由我与出版方进行协商的。

并且，我用他的身份记录他的日记，直到他去世。

昨天，他的死结束了我们的双重生活，我自己的短篇故事也随之而结束。

现在又只有我了，我的生命再一次超越了死亡。

1904 年 7 月 8 日

今天上午，我与威尔森一起来到地下室确认特斯拉装置的状况。它仍处于正常工作状态，但鉴于我已经很久没有使用过它了，因此我查看了艾利先生的使用说明，以确认一切都已经准备好了。我一直很享受与身在远方的艾利先生合作的感觉。他详尽而又一丝不苟的使用说明总是让我感到很有乐趣。

威尔森询问我是否应当将这个装置拆除。

我稍微想了一下，然后说道："我们还是等葬礼结束后再说吧。"

葬礼将于明天中午举行。

威尔森离开后，我从里面锁上了通往地下室的门，然后将装置通电，用它传送了更多的金币。我考虑的是未来，是担任第十五代伯爵的我的儿子，以及我的妻子，前伯爵的遗孀。所有这些都是我无法完全承担的责任。我再一次感觉到，我自己的无能带来的重重压力不仅压在我的身上，也压在我无辜的家人身上。

我没有数过我们使用这台装置创造了多少财富，但我的分身给我看过他的储藏处，它设立在地下室最黑暗的角落一个封闭并上了锁的隔间里。为了茱莉亚的迫切需要，我从中取走了估值两千英镑的金币，然后在剩余的部分中又添加上我带来的少数新金币。我认为无论我们铸造多少金币，都还是不够的。

不过，我会确保特斯拉装置继续完好地安装在地下室里。艾利的使用说明将与它存放在一起。总有一天，爱德华会发现这本日记，并且意识到这台复制装置的最佳用途。

稍后

再过数个小时就将举行葬礼，我没有很多时间在这里写作。因此，我只记下最要紧的几点。

现在是晚上8点，我身处于我的分身去世之前我与他一同分享的温室里。美丽的夕阳给高耸的库尔巴峭壁染上金色，尽管这个房间背对着落日，但我可以看到头上琥珀色的云朵。几分钟前，我轻柔地绕着房子走了一圈，呼吸着夏日的气息，倾听着这个我自从年幼时就非常喜欢的沼泽乡村地带那宁静的声音。

这是一个晴朗温暖的夜晚，在这个夜晚，我要计划好结局，最终的结局。

我是我自己的一个遗迹。我的生命已经没有任何存在下去的意义。我所爱的一切都被我所处的状况所禁止。我的家人接受了我。他们知道我是谁，我是什么，也知道我的处境不是我自己造成的。即便如此，他们所爱的那个人已经死了，我无法代替他。我离开对他们来说更好，这容许他们最终可以为那个死去的人彻底而自由地表达他们的悲伤。只有表达出悲伤，才能从悲伤中走出来。

而且，我也已经没有了合法的身份：鲁珀特·安吉尔已经死亡并且被埋葬了；第十四代考德戴尔伯爵将于明天安葬。

我没有实体的存在。我只能在肮脏的半死不活的状态下生存。我无法安全地旅行，如果我打算那样做的话，要么进行不令人信服的伪装，要么就会把人们吓得半死并将自己陷入危险。我对生命的唯一期待是作为我自己的幽灵，永远停留在我的家人们真实生活的边缘，永远萦绕于我自己的过去和他们的未来。

所以，现在我的生命必须结束，我需要去死。

但是，生命的诅咒紧紧抓住了我！我早已发现生命的精神在我的心中燃烧得多么猛烈，不仅使我无法做出杀害他人的行为，就连自杀也是不可行的。曾经有一次，我希望让自己死去，但那时我的愿望还不够强烈。只有说服自己相信，我还有一个不可能实现的期望，我才能让自己死去。

写完这些笔记之后，我将把这本日记，以及更早的日记一起藏起来，藏到家族墓穴中摆放着的我的那些分身之间。然后，我会打开地下室里的隔间，把金子留给我的儿子，或者我儿子的儿子来找到。在金子用完之前，这本日记绝不可提早被发现，因为那等于我承认自己犯下了伪造货币的罪行。

这一切都做完之后，我会给特斯拉装置连上电源，最后一次使用它。

我计划秘密地、独自将自己传送过以太，这将是我职业生涯中最为轰动的表演。

在此之前，我花费了一个小时来测量和检查坐标，精确到我能做到的最精确的程度。我自己做着准备和排练，就像是将有数千名观众观看我的表演一样。但这一次独一无二的魔术表演必须只有我一个人在场，不能有任何人看到。

我计划将我自己传送到我的分身——那已经死亡的躯体上，我的末日将在那里到来！

我会到达那里。这一点毫无疑问，因为特斯拉装置的准确性从来未曾动摇。但这种病态的结合会带来什么结果呢？

如果我的计划失败的话，我将在我的分身那饱受癌症折磨、已经死去两天的僵硬躯体中重新物质化。我也会立即死去，不会有任何的知觉。明天，当他们把遗体送去安息时，我也会随着那具遗体一起被埋葬。

但我相信我有机会得到另一个结果，一个满足了我想要活下去的强烈愿望的结果。我将不会因为这次重新物质化而死！

我确信，几乎确信，当我到达我的分身的遗体时，它会重获生机。这将会是一次重聚，一次最终的结合。

我的残余将会与他的残余互相融合，我们将再一次变得完整。

我拥有他未曾拥有过的精神。我将用我的精神将他的躯体复活。我拥有从他那里带来的生存下去的意志，所以我将把这种意志还给他。我拥有他现在缺少的活力。我将用我纯净的健康治愈他的病损、溃疡和肿瘤，将血液再次泵入他的动脉和静脉，软化他僵硬的肌肉和关节，为他苍白的皮肤增添血色，他和我将再度结合起来，使我拥有完整的身体。

认为这样的事情有可能发生，是否正是疯狂的定义呢？

如果这是疯狂，那么我满足于疯狂，因为我将会活下去。

我已经足够疯狂了，即使在我还没有计划的时候，我仍相信有希望。这种希望使我能够继续前进。

我复活了的、疯狂的躯体将从没有钉上盖子的棺材中站立起来，然后迅速离开这座房子。那些对我来说被禁止的一切都将被抛在身后。我热爱我的此生，也曾在此生中爱过他人，但因为我仅存的活下去的希望是一种每个理智的人都会觉得应当谴责的行为，我必须放逐自己，抛弃我所爱的人，走向外面的世界，尽可能利用我能够发现的一切。

现在我就将要那样做！

我会独自走向结局。

第五部分

分身

1

我兄弟的声音不停地对我说话：我在这里，不要离开，和我在一起，一辈子，离你不远，来。

我一直在试图入睡，在那张又大、又冷、又软的床上辗转反侧，咒骂自己没在暴风雪到来之前离开这座房子，如果那样的话，现在我就会躺在我父母家我自己的床上了。但每当我想到这里，那个声音就坚持说：留在这里，别走，最后到我这里来。

我不得不从床上爬起来。我把西装外套搭在肩上，在厨房楼梯平台对面的厕所里小便。屋子里一片漆黑，寂静而又寒冷。当我站在便器前发抖时，我的呼吸变成了白雾。冲了水之后，我不得不再次穿过楼梯平台，除了身上搭着的西服外套之外，我什么都没穿。当我从大楼梯间往下看时，我注意到下面的那一层有一丝亮光。那是从一扇门的缝隙里透出来的灯光。

我回到那间让人难受的卧室里，但没法再躺到那张冰冷的床上去了。我回忆起餐厅里火炉旁的那张安乐椅，于是我迅速穿上衣服，抓起我的东西走下楼梯。我看了看表，已经凌晨2点多了。

我的兄弟说：没关系，就现在。

凯特仍然在餐厅里，她醒着，坐在火炉旁她的椅子上。她正听着一台放置在炉边石上的便携式收音机。看到我，她似乎并不感到惊讶。

"我很冷，"我说，"我睡不着。而且无论如何，我得去找

397

到他。"

"外面还要冷得多，"她朝身后黑洞洞的窗子打了个手势，"你会需要这些东西的。"

在她对面的椅子上放着几件防寒衣，包括一件厚重的羊毛衫、一件厚大衣、围巾、手套和一双橡胶靴子，还有两个巨大的手电筒。

我的兄弟又在说话了。我无法无视他。

我对凯特说："你知道我会这样做的。"

"是的。我一直在想着呢。"

"你知道我会做什么吗？"

"我想是的。你一定会去找他。"

"你会和我一起去吗？"

她使劲摇了摇头。"绝不可能。"

"那么，你知道他在哪里？"

"或许我一直都知道，但把它忘掉可能会比较容易。与你见面最困难的问题就在于我知道，在我还是个孩子时留给我伤痛的那东西现在还在下面。"

2

雪已经停了，但是风一直持续不断地吹来穿透一切的寒冷空气。雪在大花园的边缘部分堆得很深，但中间部分的雪相当浅，我可以在凹凸不平的地面上跌跌撞撞地走过去。我有好几次脚下一滑，但没有摔倒过。

凯特打开了入侵者警报，这使得整个区域充满了耀眼的光。

我由此看清了方向，但在我回头时，除了刺眼的光线之外什么都看不见。

我的兄弟说：我很冷，在等着。

我继续前进。我到达了应该是草坪远端的地方，地面突然变高了，黑暗的树木挡住了前方的视线，手电筒发出的光照亮了凯特所说的砖砌拱门。雪堆积在它的底座上。

门没锁，当我拉把手时，很容易就使它开始移动。门是向外开的，门外的积雪阻碍了它，但它由厚重的橡木制成，当我能够更好地握住门把手时，我就可以把雪推到一边去，让我可以挤过门缝。

凯特给了我两个大号手电筒，她说我需要尽可能充足的光线。（"如果有需要的话，回到房子里来再拿几个。"她这样说道。"为什么你不和我一起去并且帮我拿着手电筒呢？"我问她。但她只是坚定地摇着头。）我把门打开，向里面张望，并且用两个手电筒之中更大的一个往里面照去。没有什么可看的：倾斜下来的岩石洞顶，一些粗糙的台阶，以及台阶下方的第二道门。

"是的"这个词在我的脑子里成形。

第二道门既没有锁，也没有搭扣，我一碰它，它就平稳地打开了。手电筒射出的光束四处摆动：一个手电筒被我拿在手里向四周照射，另一个则夹在我的腋下，照亮我的前方。

随后，我的脚与地面上凸出的坚硬物体相撞，我被绊倒了。我撞在石墙上，腋下夹着的那个手电筒掉到地上摔坏了。我半蹲着，单膝跪地，使用另一只手电筒检查摔坏的那个。

有一盏灯，我的兄弟说。

我再次挥动我仅剩的一个手电筒，这一次，在靠近第二道门的地方，我注意到一根蒙皮电缆被整齐地固定在木头框架上。在差不多肩膀高的位置有一个普通的电灯开关。我将它按下。一开始，什么都没有发生。

然后，在洞穴的远处下方，山丘的内部深处，我听到引擎的声音传来。随着发电机加速运转，整个洞穴里的灯都亮了起来。这只是一些低功率的灯泡，简单地固定在山洞顶部的岩石上，并由金属网罩覆盖着，但现在不需要手电筒的光线也可以看到山洞内部的一切。

3

这个洞穴似乎原本是岩石之间的一道天然裂缝，后来又进行了挖掘拓宽。凸出的岩层形成了几个自然的石架，其中许多石架又通过后期将周围较软的岩层挖空而加深和延长了。也有人试图平整地面，因为地上有许多碎屑和石块。靠近第二道门处有一股泉水顺着洞壁向下滴落，在它流经的地方留下了一层黄色的含钙沉积物。在水落到地面的地方，一条粗糙但有效的排水沟与现代化的排水管道连接在一起，将水导入一个用碎石铺底的渗水坑。

这里的空气清新得令人惊讶，而且比外面那冰冷刺骨的寒风温暖得多。

我朝着山洞下方走了几步，用双手扶着两侧的洞壁支撑身体。地面凹凸不平，破损不堪，电灯光线暗弱并且彼此相距甚远，因此在有些地方，很难找到一个安全的落脚点。向前走了大约五十码之后，地面陡然下降并转向右侧，而在主通道的左侧，我注意到一个大型的空洞，并且从其入口的圆度来看，它不是天然形成的。这个洞穴的高度有大约七英尺，因此不必担心会碰到头。它的入口并没有电灯照明，因此我用剩下的那个手电筒向里面照去。

我立刻希望自己没有这样做。里面装满了古老的棺材。大多数都是水平堆放的，不过也有十几个是靠墙直立的。它们的尺寸各不相同，但令人沮丧的是，其中很大一部分显然是给未成年的儿童使用的。所有的棺材都不同程度地腐烂了。水平放置的那些棺材显得最为破旧：木头变黑、卷曲，并随着时间的增长而破裂。许多棺材的盖子已经掉到了棺材里面，而放在最顶上的几个棺材侧板已经掉落。

在大多数棺材堆的底部有一些成堆的棕色碎片，可能是人的遗骨。直立着的那些棺材的盖子都是没有固定的，只是斜搭在棺材上。

我迅速退回主通道，抬头瞥了一眼我进来时的那道门。因为通道有一个小转弯，我现在看不到出口了。在这个洞穴的深处，发电机继续运转着。

我浑身发抖。我不由自主地想着：那台远处的发电机，以及我手里的这个手电筒，只有这两样东西能阻止我突然间陷入永恒的黑暗。

但我不能回头，我的兄弟在这里。

我下定决心要迅速解决这个问题，继续沿着小路转向右边，地面向下倾斜的坡度变得更大了。前方又有一道台阶，这里的电灯较为密集，因为台阶高低不平并且向一侧倾斜。

我用手扶着墙走下了台阶。隧道立即变得宽阔，进入一个更大的山洞。

这里装满了漆成棕色的现代金属货架，用镀铬螺母和螺栓固定起来。每个货架都有三层，一个个叠上去，就像火车的卧铺。货架旁都有一条狭窄的过道，从大厅中央的主过道中延伸出去。架子之间的过道上方都安装着一盏电灯，照亮了货架上摆放着的东西。

4

每个货架的每一层都摆满了毫无遮盖的人类躯体。他们都是男性，衣着整齐。他们统一穿着晚礼服：一件有燕尾的紧身夹克、一件有黑色领结的白衬衫、一件图案朴素的马甲、一条缝着缎带的细腿裤、一双白袜子和一双亮闪闪的皮鞋。他们的手上都戴着一副白色的棉手套。

每一个躯体都和其他所有的躯体一模一样。这个男人有一张苍白的脸孔，鹰钩鼻，嘴唇上蓄着稀薄的胡子。他的双唇都没有血色。他的额头很窄，发际线后移，头发上涂着润发油。有些躯体的脸面对着上方的货架或是洞穴的顶部，另外一些的脖子转动过了，因此他们会面对着左边或者右边。

所有这些尸体的眼睛都是睁开的。

他们大多数都在微笑，露出了牙齿。他们的左上磨牙都有一个缺角。

所有的尸体都以各不相同的姿势躺倒着。有些身体笔直，有些身子扭曲，有些弯腰弓背。没有一具尸体像是自然地躺着的：大多数尸体似乎将一只脚放在另一只脚前面，所以当它们被摆放成躺倒的姿态时，原来在前面的那只脚就像是在后面的那只脚上面。

每一具尸体都有一只脚悬空。

它们的手臂也都处于不同的位置。有些将手臂举过头顶，有些像梦游者一般向前伸着手，另外一些则直接放在身体侧面。有几具尸体戴着的白手套被墨水染成了红色。

所有这些尸体都没有腐烂的迹象。就好像他们每个人都是被活活冻住的，没有死亡，而只是不再能行动了。

他们的身上没有尘土，也没有散发出什么气味。

5

每一个架子的前方都有一张白色的卡片。它是手写的，装在一个塑料支架上，而塑料支架又巧妙地卡在架子的下沿。我看到的第一张卡片是这样的：

基德明斯特主权剧院

1901年4月14日

下午3点15分【下午场】

2359／23

25g

它上面那个架子的卡片几乎与它完全相同：

基德明斯特主权剧院

1901年4月14日

晚上8点30分【晚间场】

2360／23

25g

再上方的第三具尸体，其标签是这样的：

基德明斯特主权剧院

1901年4月15日

下午3点15分【下午场】

2361／23

25g

接下来的一排架子上又有三具尸体，它们的标签和日期都相似。这些都是按照日期顺序排列的。接下来一周，演出的地点发生了变化：北安普顿的财富剧场。那里进行了六场演出。接下来是为期两周的休息，再其后是一系列单独的演出，大约每三天一场，演出地点都是在地方上的不同剧院。因此，十二具尸体按照顺序贴上了标签。布赖顿宫廷码头剧院的一季演出占据了5月的下旬（六个货架，十八具尸体）。

我继续向前走，沿着狭窄的中间过道走到洞穴的尽头。

在这里，最后一个货架的最上面，我看到了一具小男孩的尸体。

6

他是在慌乱的挣扎中死去的。他的头向后倾斜并转向右边。他的嘴张着，嘴角朝下。他的眼睛睁得大大的，望向上方。他的头发乱蓬蓬的。他的四肢都绷得很紧，似乎正在努力地想要挣脱。他穿着一件栗色运动衫，上面有着《魔法环岛》的角色图样，下身是一条卷起了裤脚的小牛仔裤，以及蓝色的帆布鞋。

他的标签同样是手写的：

考德洛宅邸
1970年12月17日
晚上7点45分
0000／23
0g

标签的最上方写着男孩的名字：尼古拉斯·尤利乌斯·伯登。

我拿起标签，把它塞进自己的口袋，然后伸出手，将他拉向我。我把他抱在自己的怀里。就在我碰到他的那一瞬间，一直存在于我背景之中的来自我的兄弟的感觉减退、消失了。

我第一次知道他不在了的感觉是怎样的。

我低头看向我怀里的他，试图把他弄成一个更容易抱起的姿势。他的四肢、颈部和躯干既僵硬又柔韧，仿佛是用结实的橡胶制成的。我可以活动他的这些关节，但只要我一放开手，它们就又会恢复到我见到他时的形状。

当我试图抚平他的头发时，他的头发也不情愿地回到了原本的位置。

我紧紧地抱住他。他既不冰冷，也不温暖。他伸出的一只手，因惊恐而紧握着，碰触着我的侧脸。我终于找到了他，这种宽慰的感觉压倒了一切——除了对这个地方的恐惧。我想要转过身，从而可以回到入口处，但这样做就意味着我需要背对这个大厅。我用双臂抱着我过去的生命，但我不再知道我的背后可能站着什么东西。

不过，那里确实有些东西。

7

我缓慢地向后退，没有回头去看。当我退到主通道上并且慢慢转身时，尼基的头碰到了最接近的一具尸体抬着的脚。一只漆皮鞋慢慢地前后晃动着。我连忙躲开，充满了恐慌。

我看到在大厅的这一头还有另外一个洞穴，离我现在站立的位置只有五六英尺。我一直听到的发电机的声音就是从那里传出来的。我走向那里。通向这个空间的入口倾斜、低矮，从来没有人尝试去拓宽通道或是让进出更方便。

发电机的声音现在很响亮，我能闻到它散发出来的汽油味。在那个洞穴里面，离入口不远的地方安装着几盏电灯。它们的光线散落在大厅凹凸不平的地面上。因为我抱着尼基的身体，我无法穿过那个入口，因此我弯下腰，试图看看里面可能有些什么。

我目不转睛地望着我能看到的那一小段岩石地面，然后我直起身子。我不想再看到什么了。我感到一阵寒意。

我什么也没看见。即使有什么声音，也被发电机的机械撞击声给淹没了。里面没有任何动静。

我向后退了一步，然后再一步，尽可能不发出任何声音。

在那个洞穴里有一个人站着，保持安静，一动不动，就待在我能够看到的范围之外一点点，等着我或是进入，或是后退。

我继续沿着架子之间狭窄的通道后退，时不时地摆动身体，以免尼基的头或者脚蹭到架子上的那些尸体。

恐惧正在消耗我的体力。我的膝盖在颤抖，我的手臂肌肉已经被尼基的体重拉伤，现在它们开始疼痛和抽搐。

一个男人的声音从那个洞穴里传出来，在放着架子的大厅中回响："你是伯登家的人，不是吗？"

我什么都没有说，恐惧让我浑身麻痹。

"我想过你会来找他的。"一阵粗哑的吸气声，以及仿佛痰液在喉咙里滚动的咯咯声。那个声音听起来很细弱、很疲倦，但是洞穴的回响增强了它："他就是你，伯登，而这些都是我。你要带他走吗？还是你准备留下来？"

我看到一个影子在那粗糙的洞口处移动，更令我恐慌的是，发电机的声音很快就减弱、停止了。

电灯熄灭了：黄色、琥珀色、暗红色、黑色。

我身处于无法穿透的黑暗中。手电筒在我的口袋里。我移动小男孩的重心，设法抓住了手电筒。

我用颤抖的手打开了手电筒的开关。当我试图更好地握住手电筒，并把尼基的身体紧紧抱在怀里时，光柱疯狂地倾斜着。我转过身。

抬起的腿的影子在我身边的洞壁上快速旋转。

我用臂弯笨拙地护住尼基的头，在架子之间横冲直撞地走完了通道剩余的路程，我的肩膀和胳膊不停地撞在架子上，弄掉了好几张塑料标签。

我不敢回头去看。那个男人跟在我后面！我的腿已经没有力气了，我知道自己随时可能摔倒。

当我登上弯曲的台阶离开大厅时，我的头撞到了洞顶上一块凸出的石头，疼得我差点儿把尼基掉在地上。我继续弯着腰，跌跌撞撞地前进，甚至没有想办法让手电筒的光束保持稳定。现在全都是上坡路，似乎每走一步，尼基都会变得更加沉重。我转过脚尖，倒在通道的墙壁上，恢复了体力，然后继续蹒跚前行。恐惧驱使着我。

终于，第二道门出现在我的眼前。我几乎没有停下脚步，只是用我穿着靴子的脚把它踢开并且强行穿过。

在我身后，通道的石头地面上，我能听到脚步声正在松动的石块上稳步向前。

我跑上通向地面的楼梯，但是雪已经被风吹了进来，覆盖了最上方的四五级台阶。我的脚滑了一下，向前摔倒，小男孩从我的怀里滚了出去！我向前冲去，用尽全身的力气把门撞开。

我看到，白雪覆盖着地面，黑黢黢的房子，两个亮着灯的窗户，一扇敞开的门，里面有灯光，雪从天空飞驰而来！

我的兄弟在我的思维里大声叫喊！

我转过身，发现他四肢张开地倒在几个台阶上，于是我再次把他抱了起来。我拖着沉重的脚步走进了雪地里。

我挣扎着，摇摇晃晃地穿过厚重的积雪，走向开着的那扇房门，不停地回头看着像是一个黑色长方形的、敞开的墓室大门，害怕看到一直跟着我的东西从那里出现。

突然，安装在房子这一侧的闯入警报灯亮了起来，把我晃得几乎什么都看不见了。在灯光照射下，暴风雪似乎更加猛烈起来。凯特出现在开着的门口，身穿一件棉大衣。

我试图向她呼喊，提醒她警惕起来，但我已经喘不过气来了。我继续摇摇晃晃地在雪地里滑动着，将尼基的身体抱在胸前。最后，我终于来到了门前的院子，在白雪覆盖着的水泥地面上滑行，从她身边挤到了灯火通明的走廊里。

她默默无言地盯着我怀里的那个小男孩的尸体。我气喘吁吁地转过身，回到门口，靠在门前的柱子上，望着铺满积雪的花园，以及更远处那模糊的墓室入口。凯特站在我身边。

"盯着墓室！"我说。这是我能说出的唯一一句话。"盯着！"

积雪的另一边，没有任何东西在活动。我向后退了一步，将尼基放在铺着石板的地面上。

我在口袋里摸索着，找到了尼基曾在的那个架子上的标签。我猛地把它塞给凯特。我仍然气喘吁吁，我甚至觉得自己以后都无法再正常地呼吸了。

我喘息着说："看这个！笔迹！是一样的吗？"

她从我手中接过了标签，在灯光下举起它，聚精会神地看着。然后，她直直地望向我。她的眼睛因恐惧而瞪大了。

"是一样的，是不是？"我喊道。

她用双手搂住我的上臂，整个身子靠了过来。我能感觉到她在颤抖。

闯入警报灯因限时而自动熄灭了。

"再把它打开！"我喊道。

凯特向她身后伸出手，摸到了开关。然后她再次抱住我的胳膊。

雪在光线下飞快地旋转。透过风雪，我们能够模糊地看到家族墓室的入口。我们都看到一个瘦削的男性身影从墓室的门里走了出来。他穿着深色的衣服，以及全套的防寒装备。长长的黑发从他夹克衫的兜帽下方散落出来。他抬起一只手，保护自己的眼睛不受强光的伤害。他对我们既不好奇，也不害怕，尽管他一定知道我们正在那里注视着他。他没有看我们一眼，甚至也没有朝房子的方向看一眼，只是走到平坦的地面上，在暴风雪中耸起肩膀，然后向右移动，穿过树林，走下山坡，离开我们的视野。